芦花飞回

金色芦溪◎著

安徽师范大学出版社
·芜湖·

图书在版编目(CIP)数据

芦花飞回 / 金色芦溪著. —芜湖:安徽师范大学出版社,2019.9
ISBN 978-7-5676-3454-1

Ⅰ.①芦… Ⅱ.①金… Ⅲ.①回忆录-中国-当代 Ⅳ.①I251

中国版本图书馆CIP数据核字(2018)第059144号

芦花飞回　　金色芦溪　著
LUHUA FEI HUI

责任编辑:祝凤霞
装帧设计:丁奕奕
出版发行:安徽师范大学出版社
芜湖市九华南路189号安徽师范大学花津校区　邮政编码:241002
网　址:http://www.ahnupress.com/
发 行 部:0553-3883578　5910327　5910310(传真)
印　刷:江苏凤凰数码印务有限公司
版　次:2019年9月第1版
印　次:2019年9月第1次印刷
规　格:700 mm × 1000 mm　1/16
印　张:23.5
字　数:350千字
书　号:ISBN 978-7-5676-3454-1
定　价:78.00元

前言

几十年一路走来，一直埋头于工作和事业中，在市一级就快要到二线的时间了，也就在这个时候，我来到了年轻时朝思暮想的省级机关，几多欢乐，几多忧愁。在大机关，一切将从头再来。向前看，岁月匆匆，年华已过，山高水深，路在前方，再有几年，才能告老还乡。

回头望，几十年一路匆匆走来，一个农民的孩子走进省级机关，虽不能说光宗耀祖，但也算是幸运的了，我已经十分知足了。

一个即将到退休年龄的人，一个刚刚还是身兼双职、工作繁忙的人，忽然来到一个陌生的单位陌生的岗位，人们对你是什么目光，我不知道，但我不能放松自己。几十年已经养成的工作习惯，一下子停下来不是很容易的，更不容易的是停下多年来养成的对于工作思考的惯性。一个同事的一句话提醒了我，到这里你得“从头再来”。

是的，在这里我的工作任务轻了，压力没了，得到的是更多的照顾。这种照顾一下子让你感觉到空虚和害怕，你不要以为自己还年轻，你已经日薄西山了，你所有的踌躇都只能装在自己的口袋里，你的作用没多大，你不是一个能够决策的人，你必须适应，你必须调整好自己。

一段时间里，我时常思考一个问题，工作还有几年时间，未来岁月还很漫长，心态决定一切，如果不认真调整好自己，就是对自己不负责任，不但不利于身心健康，也是不明智的。

静下心来，往回看，虽不是什么好主意，却是一种很好的回避方法。眼不看心不烦，心不烦则身体健。静下心来，明确方向，回头看看自己走过的路，有时顺畅，有时坎坷，有时自豪，有时悲伤。

一路走来一路想，所见所闻所思所悟，零零碎碎，杂乱无章，丢的丢了，忘的忘了，总有几分感慨，几分惋惜。过去也曾有随时捡起来记录下来的想法，但缺乏恒心和毅力，现在好了，可以有很长的时间，而且有更好的条件，这也是一种对自己时间的合理有效的安排——利用工作余暇做一件有意义的事。

思想这个玩意儿，有时间，有空间，就容易胡思乱想，没有约束，就会天马行空。与其让其天马行空，到头来一事无成，倒不如静下心来，理一理几十年来的路程，既是一种思想的约束，也是一种乐趣。刚开始时，有些犹豫，没有什么信心，但写着写着，就觉得有些路子了，慢慢地找到了一些感觉，时常也从人生过程的回味中，捡回了很多失去的快乐，再次体会到人生很多的真谛，也就坚持写了下来。

人生中很多当初的选择，在此之前，是无法深刻体会的，而一旦到了能够体会和感受到的时候，已经晚矣，这就是人们常说的“畜生先悔人后悔”。但人之后悔的时候，已经来不及了。所以在这里，也是告诫人们，很多事要力求做到“先知先觉”。而要做到这一点，就要读书，并且能从书中读出来，感悟到书中的道理及意义，并联系自己的生活和工作，运用到自己的生活和工作实践中，从而减少后悔的概率。

我们每个人都希望人生一路潇洒一路歌，扬帆千里硕果累，但事实上，即使是很成功的人，每一个脚步迈得都不是很轻松，我们要看到他们光环背后的辛酸和苦难、坚守和奋斗。

人生任何时候，都是有一个底线的，这个底线就是法律和社会道德，任何时候这个底线都碰不得。在这个底线之上，你可以展翅飞翔，飞得多高，飞得多远，那是你能力的发挥，更有机遇和幸运的降临。

得之不喜，失之不忧，要有一个良好的心态面对，因为你要相信，一切都有一切的理由。每个人都是历史长河中的一个匆匆过客，何必去患得患失、尔虞我诈、钩心斗角呢！机关算尽反送了卿卿性命。

我在写作中描写的有些现象只是当时环境下的现象，对很多问题的看法都是当时情景下的思考，其中也记录了自己在成长中的思想的形成。也许我的思维有些反骨的倾向，看问题往往是逆向思维的多，人家说好时，我是很少顺着别人的思维去说好，总是带有一种疑问，向不好的方向去想，想的问题较多，而在较多的问题中，我又喜欢回过来思考，积极地思考解决问题的方法。我认为，这种思路是积极的，容易被人们接受，一般不会引起误会。而在提出解决问题的思路时，很多时候是因这件事本身产生的一种灵感，有些是联想到其他事所产生的灵感，有些是拿来主义，这些往往可以给人一个新的视角和一个新的思考空间，引起人们的思想共鸣。

就在写到这里时，母亲生病了，难得请了几天假，回到原来的老房子，服侍陪伴老人。闲暇时，看到老屋有些杂乱，心中有些触动，人老了，对什么都看淡了。

母亲一直以来都是不马虎的，把家里料理得整整洁洁，屋子里的东西摆放也是井井有条的，可到了这个年龄已经有些力不从心了。厨房里到处都有油烟的污迹，饭桌、锅碗盆勺也有些粘手，屋子里的东西摆放零乱，好长时间没有整理了。在给母亲吃好药，安顿好后，我赶紧动手整理杂物、打扫卫生，整整一天的时间，总算将屋子杂物整理干净，卫生打扫好。就在整理中，无意间我在杂乱的书橱里翻到了几本笔记本，封面上已经有一层灰，打开一看，那还是在农委和报社工作期间，自己写下的很多对于时事、对于工作和生活的思考和感悟。我停下手中的活，翻了几页读下去，还是那么清新有味，不免有些感慨。

我不知道我到底写了多少本笔记，也不知道现在都丢到哪里去了，只是依稀记得，过去有这么个习惯，遇到什么事，总有一些自己的观点，喜欢写下来，写了也就写了，写了也就丢了，没有很认真地当回事，没有很好地注意留存，现在看来很是可惜。

回忆中，每当写到那些曾经在我人生中重要时刻，关心我、爱护我、褒扬我的人，我都百感交集。感谢他们亲人般的帮助和支持，感谢他们真诚的爱护，感谢他们无私的指点。在我的生命中，这些人我始终视为长辈和兄长。回顾中，那种发自内心的尊敬和尊重油然而生，我在这里也向他们表示衷心的祝福——好人一生平安。人生中难得遇到他们，这是我的幸运。也感谢那些在我工作中给我意见的人，是他们让我在工作中时时警省，保持着清醒和谨慎。更感谢那些和我一道工作的同事朋友们，是他们辛辛苦苦，任劳任怨，尽职尽力，给了我事业前进的动力和活力，特别是在报社的十年，我们一道创业，一道奋斗，一道分享发展的快乐。

人生忽如梦，转眼六十年。

有个朋友发来一条微信：人生第一个20年，勤奋学习；第二个20年，努力工作；第三个20年，工作和家庭；第四个20年，自由自在；以后的多少年，赚取一年是一年。这个概括有些道理，人生就是在努力奋斗中前行的。没有奋斗，就没有收获；没有奋斗，就没有快乐。人生有梦，每个人都有自己的梦想，但不是每个人都能如愿以偿，只要你努力了，你奋斗了，你就不会后悔，至于你得到什么，是机遇，不要在意，重要的是你为此而努力了，奋斗了，你是快乐的。按照这个朋友的说法，还有20年，那是自由自在的20年，也是人生最快乐的20年，那就让我们一道努力，为这最后的快乐的20年继续奋斗吧！

2018年9月10日

目录

母亲

世上唯有母爱是最无私、最真实、最伟大的。

星期天带着歉疚我去看望母亲，这是我每个星期天回来必须要做的。母亲身体还好，九十多岁的人了，头脑清醒得很，饭菜都是自己做，常年一个人住在老房子里，我们只有星期天有时间过去看看她，和她说说话，拉拉家常。考虑她毕竟年岁已高，还是不放心，先前是外甥和她住在一起，后来姐姐从农村过来陪她。作为儿子不能在她身边照顾她，让九十多岁的老母亲一个人单独住，心里总是有些内疚的。本来工作在灵湖可以多花点时间陪陪母亲，哪怕上班前匆匆一过，哪怕晚饭前一个简单的告别，总可以让母亲宽心。可是最近工作调整，将我们这些同志调整到了邻近的湖滨市，无奈我只能利用周末回来看看。每次回来看母亲，我从母亲的脸上就可以看出她那期盼儿子的发自内心的喜悦。回到母亲身边，即使时间很短，只要和母亲聊上几句家常，对她来说也是一个宽慰。

一个星期天，母亲身体状态不太好，咳得厉害。我去看她时，她躺在床上，说是洗澡时着凉了。我说送她去医院看看，她说不要紧的。我还是坚持买了些药让她服，顺便买了点排骨给她补补身子。她总是说胃口不好，不想吃东西，吃的也很少，问医生，医生说年龄大了，活动量小消化不好，没有什么好办法。第二天，再去看她时，觉得她状态不如前一天，说送她去医院，她还是坚持不去。这下我不由她了，坚持送她到医院看一看。

母亲最怕去医院。七十多岁时患了哮喘病，每遇到天气变化或者风寒，哮喘就容易发作，尤其是春秋季节。每次生病送她去医院时，都要做她的工作。医生对她的病很了解，拿过病历就知道又是老毛病犯了，开了几天的药水，吊了两天状况稍有些好转，她就催着我们不要给她再吊水了，很少能把一个疗程的药水吊完再出院。她说，药水总不是个好东西，用多了不好。只要身体能扛得住，她是坚决不去医院的。母亲勤俭持家一辈子，舍不得乱花一分钱，每次去医院回来，她都要问这次用了多少钱。一次病重得厉害，没有办法住进了医院，可刚住进两三天，病情稍微稳定，她就急着要出院，弄得医生也很为难。她有晕车的毛病，对她来说，哪怕很短的一段路，坐车也是受罪的。看她那晕车难受的样子，真让人揪心，所以每次到医院或是回农村老家，我总是小心翼翼开车，速度尽量均匀，很少刹车，即使刹车我也是慢慢的，让她感觉不到，就是这样，有时还是先让她吃点防晕车药。

母亲生活很简单，每天一两样菜就行了，偶尔也买点荤的，吃不了的总舍不得倒掉。我们经常劝她，现在我们收入还可以，负担也不重，你想吃什么就买点什么，好好补补身子，颐养天年，可她总是说，现在一个人好弄，搞多了吃不了浪费。

母亲有些耳背，弟弟特地给她配了一个助听器，她不怎么愿意用，说那东西有些噪音听不清，所以电视声音听得不清楚，她以看图像为主。上午有空的时候，她会出去转转。中午也不休息，碗一放下，就去一家棋牌室打麻将。她说，那里打牌的人多得很，都是些退休的老人，去迟了，打不上。母亲牌打得很不错，她头脑清楚，牌技熟练，总是赢得多。她和那些打牌的说，你们是拿工资的，我是农村的，没有工资，这打牌赢了，就是我的工资。她经常说，她这是“小赌保家用”。

母亲很会持家。记得小时候，父亲身体不太好，我们兄弟姐妹五个，家庭负担不轻，完全靠母亲操持，外公每年接济点家用。母亲把每年结余下来的钱积攒着盖房子，我记得，我家的老房子在母亲手里就翻盖了三次。由于家住圩区，害怕水淹，每次翻新房子，总要把房基垫高，到我离开家时，在村里我家房子的地基一直是最高的。

到弟弟工作以后，父母都六十多岁了，那时他们都在农村，还有几亩承包地，每到农忙或者星期天，我都回去帮帮忙。渐渐地，他们年龄大了，我和弟弟又都在城里工作，回去的时间少了，又怕他们在农村劳动累着，忙时我们又照顾不过来，我就动员他们到我们身边来，家里承包的田不种算了。刚开始母亲不同意，我们就再三做工作，后来我在城里找了一家公司，让父亲给人家看看门，这样母亲才随着父亲过来了。刚开始来，母亲在城里生活很不习惯，待上一两个星期，就急着要回老家，她说她在农村忙惯了，闲着难受，回去还可以劳动劳动。后来有了孙女，母亲过来给我们带孩子，这才安下心来，慢慢也就适应了城市生活。

母亲一直和我们住在一起，后来我们买了新房，我们要她过去，她不愿意，说那里人不熟，房子楼层也高，不方便。我们也就依从母亲的决定，让她继续住在原来的房子里，但考虑到她年龄大了，于是让姐姐来照顾照顾她。

又是一个星期天，中午我有一个饭局，一大早，我就去母亲那里，一进屋就闻到了炖肉的香味，看来母亲今天状态不错，我很高兴，母亲健康就是我们子女的最大幸福。果然，母亲见我来了很高兴，马上告诉我："今天我买了几斤排骨，你中午就在这里吃吧。"我突然间感到我已经有一段时间没有和母亲一起吃饭了，我一时不知说什么好，内心有一种说不出的感觉。母亲接着说："人老了，就怕生病，只要我身体好好的，我自己能动，就不要你们来照应。"是的，母亲很包容，很慈祥，她从没有对我们发过脾气，也很少责怪我们，即使我们有错，也总是慢慢地给我们讲清道理。母亲没有文化，话不多，但很多话都是对我人生旅程的教诲，让我受益一辈子。看着母亲那苍老略显瘦削的脸庞和慈祥的目光，我的身体突然间感到有些颤抖，有着一股无以言状的暖流涌动，我的眼眶有些湿润了。母亲是那么平凡，又是那么伟大，作为儿子，我为有这样的母亲而感到骄傲。

陪在母亲的身边是很幸福的，听着母亲的唠叨，仿佛又回到了童年，无论你现在是在做什么，母亲的话总是那么亲切，尽管有些话你已经听了很多遍，但每一遍都饱含着母亲对子女的深情和厚爱。快到十一点的时候，我的手机响了，等我接过电话，母亲问是人家约着吃饭吧。问话中带着些淡淡的挽留，说着母亲转身去了厨房，边走边说，那你就喝口汤再走吧。少刻，母亲盛来一碗热腾腾的排骨汤，拿着备好的筷子，递到我面前。我一再说营养够了，可母亲就是不肯，看母亲那么慈爱而执着，我只好接过母亲手中的碗，象征性地喝了几口。看到母亲在一旁看着我，我的心里忽然一阵颤抖，眼眶有些湿润了。我实在喝不下去，坚持着把碗递到母亲手里。看着母亲瘦弱的身体，一年比一年苍老，我是多么希望母亲能够更健康更长寿啊。

又来电话了，我要走了，母亲打开门，招呼我要少喝点酒。我转过身来，看着母亲站在门口目送的目光，我在心底里默默地祝福母亲——健康长寿。

那天中午，母亲又是一个人吃饭。

父亲

父亲去世已经十几年了，可总是经常活在我的梦里。梦里的父亲依然是那样亲切和蔼，那样忙碌。我甚至经常在外面看到一些老人的背影，疑似是父亲。父亲七八十岁时，由于脑出血留下了后遗症，身体时好时坏。一次车祸的影响，加重了父亲的病情，使父亲的生活自理能力更差。

父亲只读过几个月私塾。据父辈们说，当年听说要读私塾，报名那天，父亲和几个叔伯们都藏起来了，结果每个人都遭了一顿打，就这样他们也还是只念了几个月就没有再念了。所以父辈们都是“斗大的字，认不得一箩筐”。

父亲年轻时身体很好，四个人抬的捕鱼大盆，他能一个人背，可有一次一不注意闪了一下腰，留下了终身的伤病。从此以后，每当劳动稍累一点，他就常常蹲在院子的墙根下，一口口地吐着血沫。每当我看见父亲蹲在那里吐血沫的样子，我就十分害怕。母亲看着他那样子，也没有办法，有时只能让他少做点家务事。那时家境很穷，家里没有钱给父亲看病，我和大姐上学的钱全靠外公接济，大姐只念到小学五年级就没有再上学了，二姐只是在耕读学校念了几年。父亲的病只得自己扛着，直到五十多岁，父亲的病不治而愈，身体也越来越好。

父亲是个典型的地道农民，老实巴交，干什么事都很实在。那时在生产队劳动，好多人出工不出力，父亲却总不会躲奸耍滑的，劳动上常常吃别人的亏。有时候太累了，放工回到家里就倒在床上。姐姐劝他不要太实心眼，父亲一声不吭，还是那个样。

相对来说，犁田是比较实在的活，既不能偷懒也不是很累。但农忙时，犁田的人要起得早歇得迟，天冷时还要赤脚下田，父亲得把厚厚的棉裤卷得老高，回家时常常是双腿冻得通红。为了御寒，父亲有时回来得喝上几杯。父亲喝酒很简单，常常是干活累了的时候，回到家里，打开碗橱门，就着中午剩下的冷菜，喝上几杯，有时候干脆就站在碗橱边喝上一两杯。父亲喝酒是从不贪杯的，直到我们有了工作，家庭经济条件有了改善，父亲才有点嗜酒，偶尔有些放量，但从没有失态过。

父亲在村里人缘很好，从不和人结仇。平时喜欢从村东转到村西，张家有事，他会过去帮帮忙，李家有事，他也会去帮帮忙，从不要人家什么报酬，也很少在人家里吃饭，常常因忙着别人家的事，耽误了自家的事。母亲常说他是“家里事务懒，外面事务勤，生产队事累死人”。

农村实行家庭联产承包责任制后，年轻人大多外出打工，农村的男劳力少了，犁田打耙等活人手少了，父亲更忙了。家里农活刚忙完，他就从这家忙到那家。到六十多岁的时候，父亲也是张家叫李家请的，很少有闲时。父亲从不和人计较，干什么都任劳任怨，宁愿自己多吃点亏。

1960年生活艰难，粮食短缺。人们为了生存，想方设法找东西吃，农村连树皮都有人啃，只为能填饱肚子。父亲很有办法，冬天在河边找来枯死的柳树，一个虫眼，劈开就有一个白白胖胖的虫蛹，用瓦罐煨熟，倒进碗里泛着一层油珠，那味道特别香。屋后的树丫上，是秋天收下的山芋藤，到了冬天已经又干又黑，取下来洗干净，切碎后烀熟，算是比较好的一顿饭。有时父亲还会到田埂上挖来几只老鼠，剥下皮煨熟，那就是非常难得的美味。开始时，全村里人都吃食堂，按人按量。记得有一次，太阳快要下山了，父亲犁田回来，给我带了两个很硬很硬的碎米面粑粑，大队发给他的，他自己却舍不得吃。

父亲闲时，喜欢捣鼓捣鼓，家里斧子、锯子、刨子、钳子等木瓦工具都有，家里的简单木瓦工活都自己做。父亲还喜欢打鱼，他经常利用农闲和生产队放工的时间，扛着搭网，系上鱼笼，沿着村边的池塘边打鱼，一个小时左右的时间，总能打上一两斤鱼，有鳌鲦、过龙鱼、鲫鱼等杂鱼，有时还能打到几斤重的大鱼。

考虑到父母年事已高，在父亲六十多岁时，我们将父母接到自己身边，和我们住在一起。父母都很随和，各方面也不计较。可父亲在农村忙惯了，一时闲下来不习惯，因此来城里之前我给他找了个看门的差事。父亲不识几个大字，耳朵也有点背，夜晚职工叫门，他往往听不到，干了两年时间，我们就不再让他去了。但他对家乡很是思念，在城里待上一段时间，就要回到乡下住上几天。直到父亲后来身体状况不是很好，我们才不让他去乡下，随后父亲就一直在我们身边，直至去世。

洁白的童年

童年纯洁得就像一张白纸，每一笔每一划都让人记忆犹新；童年清澈得就像泉水，没有杂质，没有烦恼；童年是美好的，童年是快乐的，童年的每一个梦，都是一个故事，童年的每一个故事，都有一个梦。我的童年，是奔跑在广袤的沙滩上的狂野，是翻滚在绿草如茵的堤埂上的欢乐，是游玩在浩渺的灵湖岸边的梦想……

童年的家乡，天是蓝的，地是绿的，水是清的，人是善的，歌是甜的，梦是美的。蓝天、白云、田野、湖滩、草地、芦苇、柳林、牛羊、鹅群、鸟语、蛙叫、虫鸣……大自然给了这里一个美好的环境，沐浴着我美好的童年，滋润着我童年的心灵。

我出生在一个极其普通的家庭，没有有钱人家的荣华，没有有钱人家子女的娇纵，更没有有钱人家的书香熏育。直到十几岁都没穿过商店买来的成品衣服，只有到了每年春节前，母亲才在街上买来布料，请来村里的裁缝师傅，为我们添件过年的新衣。平时根本见不到肉，也只有在过年的时候，或者家里来了亲戚或匠人，母亲才会上街买点肉。如果亲戚或匠人有三两天的时间在家，还得等他们离开，我们才有机会吃到一两块。父辈们不识几个大字，家中什么书也没有，除了我上学用的课本外，没有任何其他的书，当然我也就没有看过什么书，更没有钱买过一本小画书。童年更没有什么文化陶冶，只是偶尔从姐姐或大人那里，听来一些鸡零狗碎的神狐鬼怪的故事，倒是吓得浑身鸡皮疙瘩，哪里还敢晚上出门。父母的教育，或者说根本就谈不上教育，是能够吃饱不生病养大就行。偶尔的只言片语，也算是对幼小心灵的养育，然确让我在以后的人生中受益匪浅，慢慢领悟，给予了我对于美好未来的追求和挚爱。

童年留不住，人生不重来。

这是一个圩区的村庄，原来是灵湖北岸的一片湖滩。很早以前，我们的前辈移居而来。从家谱记载来看，我们的始祖最早在山西，是一个叫威武将军的，不知是躲战乱，还是其他什么原因，来到这里。到我们这一代，已经是第二十三代了，分东柳和西柳。我们这个村叫东柳村，又叫大柳大队，分上、下柳两个村，上柳村沿堤而居，下柳村则在圩中，有着近百户人家，我的家就在下柳村。这个村村风纯朴，村民善良，可以说是道不拾遗，夜不闭户，全村只有一户人家姓徐，一户人家姓张，两家都是倒插门，其余人家都姓柳。

据说，灵湖系断陷潴水而成，民间有“陷灵州长卢州”之说。从当时的地理条件来看，这里处于灵湖北岸的中间地带，岸边芦苇茂盛，绵延几千米。这里经常刮东南风，大风掀起的大浪带着湖中的泥沙不断地被卷到岸边，久而久之，这里慢慢地形成了一个沙嘴。到我们记事的时候，这里已经是一个长四五千米，宽两三千米的大沙滩，厚厚的沙层有五六米高，绵延伸展到湖中央，岸边的靠圩埂的一个方圆几平方千米的芦苇荡被沙子包围，中间形成了一个深深的水潭，后来人们把它叫作芦柴嘴。

听父辈们说，芦柴嘴最早不叫芦柴嘴，而叫罗奇嘴。传说，很早很早以前，这里的罗姓村有一家人在一年春天，生下一个长相像个老汉的儿子，皮肤黝黑黝黑的，这家人闷闷不乐，就由儿媳乘着月色，带着一个木盆，抱着这个孩子，送往湖边，准备将孩子放在盆中，任由其漂泊。村子离湖边很近，可这家儿媳走了好长时间，怎么也走不到湖边，那儿媳回头一望，一下子蒙了，村子已经离自己很远很远了，身后的湖滩已经随着她向湖中延伸了好远，可她离湖边还是那么远，她再往前走，脚下的滩涂就再往湖中延伸，她吓得浑身冒汗，赶紧丢下木盆，抱着孩子跑回家。后来家人给这孩子起名叫罗奇，人们也就把这个绵延到湖中的滩嘴叫罗奇嘴，现在人们叫它芦柴嘴。

芦柴嘴由风浪卷起的泥沙淤积而成，沙滩坡度很小，远远伸向湖中，来往的船只容易搁浅，人们就在芦柴嘴嘴头前装上一盏灯，提示过往船只注意浅滩。我们记事的时候，这里先是在嘴头竖上一根高高的铁杆，在顶端装上一盏电池灯，每到晚上就有人过去打开灯，灯光一闪一闪的，隔一段时间要换一下电池。两个电池好大好大，小朋友们有时捡来没有电的电池玩。大约在一九六几年，人们在这里建了一个很高很高的航标灯，基座是用水泥浇灌的，灯架用一段一段的圆钢焊接而成，很结实。人们可以从下面爬到上面，上面是一个十字形，中间是一盏大灯，下面是一个底座，电源一开底座就不停地转动，导致灯光一闪一闪的。胆大的小孩有时还爬到航标灯的顶端。

那时灵湖闸还没有建起来，冬天灵湖处于枯水季节，一望无际的湖滩，干枯的蒿草和野稗没过头顶，牛儿进去了也看不到，小孩子们只能在湖边的草丛中玩耍，不敢往里边钻，有时只是顺着大人走过的路走到湖边。湖水很浅很浅，对岸看得清清楚楚。几张捕鱼的大盆就在湖边，划水用的桨，以及起固定作用的桨桩、桨皮（猪皮晒干后用来当作连接桨桩和木桨的皮条圆圈）都放在盆上。顽皮的小孩有时会把大盆推下水，学着大人的样子划，可两只桨用力不均，大盆总在湖中打转转。

那时岸边的地势不是很高，一到发水季节，水就会淹没低处的农田。为了防止农田被淹，人们就在湖滩不远处筑起一道大堤，并且每年冬季都要从堤外取土，对圩堤加高加固。挑圩时，全村劳力齐上阵，从秋收后一直要挑到来年开春。一担一担的泥土，要经过一层一层的夯实，四个人抬着石夯，喊着号子，一起抬起一起放下，一下挨着一下。喊号的人随口就来，东扯一句，西扯一句，看到什么就说什么，其他人随声附和。有时还用耕牛，一人牵着一头牛，一圈一圈地踩，一层一层地加高加固。

我们村三面环湖，东边圩堤虽是内埂，但相邻的圩堤比较薄弱，每遇大水常常先破，所以东堤也是要加固的。在周边的几个圩里，我们村的圩埂是最坚固的，常常周边圩堤都破了，我们村的圩还能坚持不破。大堤就像一条蜿蜒的苍龙，为我们守护着家园。相邻几个村，只有我们村在圩中心，大水一来圩堤决堤，全村就会被水淹，所以每到挑圩救圩时，我们全村人都很卖力。

为了减少大浪对圩堤的冲击，父辈们每年都要在堤外插上一排排柳树桩。柳树生命力很强，几年工夫就长成大树，而大树上的柳树枝，每到春季只要把它砍下来，砍成铁锹把粗的柳树桩，再在堤外和堤埂的下面插下去，当年就能成活并长成小树。年复一年，圩堤下已经形成了一条宽阔的柳树林带。这条柳树林带在发大水时，不但能够阻挡风浪对大堤的冲击，而且为每家每户提供了很多柴火。每年大队都要对大堤上和湖滩边的柳树枝丫进行砍伐再植，粗一点的就锯成一截一截留下栽插，下脚的就当作柴火分给各生产队，生产队再分给各户。

春季，雨水较多的时候，一些柳树上就会长出很多蘑菇，特别是一些枯老的柳树枝丫和根部。我们经常在雨后或者雨中，钻进树林去找，一会儿就能找到不少，身上的几个荷包都会装得满满的。回到家，母亲用它们来铺鸡蛋，味道鲜美极了。

春天，极目茫茫的沙滩，零零星星的野草，开着小花，五颜六色，争奇斗艳。走在沙上，一脚深一脚浅，稍一走快，鞋底带着沙子打在腿上，沙子一会儿就灌满了鞋子，你只有脱下鞋子才能走得快一些。江燕很会做窝，在很多白色贝壳中间垒个窝，鸟蛋在窝里你看不出，就是有鸟儿在窝里孵化，你也不容易辨别的。有时鸟巢就在你脚下，你还没有发现，等鸟儿扑棱一声从你身边飞出，吓得你一跳，你才知道这儿还有一个鸟窝。

沙滩上有各种各样的花儿，五颜六色，蜜蜂在花丛间飞来飞去，几只白色的蝴蝶在花丛间飞舞，格外醒目。偶尔你还能看到几只野兔在远处奔跑撒欢儿，一会儿就不见踪影，让你惊愕。一种叫山雀的小鸟儿在高高的蓝天上，不停地振动翅膀，银铃般的清脆歌声洒落在广阔的沙滩上，那就是沙滩的音乐。

沙滩和大堤之间有一片很大很大的芦苇丛，芦苇丛中的深处有一个清澈见底的潭，人们叫它龙塘。据说在这一片巨大的沙丘里面，曾藏卧着一条巨龙，守护着这片沙滩，后来这里的老百姓为了围湖造田，在这里挑筑圩堤，不小心用铁锹碰到了巨龙的尾巴，巨龙尾巴一摇，飞入天空，卷起满天沙尘，留下了一个深深的大坑，人们称之为龙塘。

每到春天，芦苇郁郁葱葱，走近芦苇荡，就像走近无边的青纱帐，前边没有路，你只能拨开一根根芦苇一步步往里边走，脚下是干净松软的沙子，一脚踩下去沙啦啦一个窝。置身芦苇丛中，你能看到一根根芦苇竖直向上，能闻到淡淡的芦苇叶子的清香，能听到风摇芦苇叶子摩擦的沙沙声，还有各种鸟儿喋喋不休的叫声，淹没在芦苇丛中。扬起头，你在摇曳的芦苇叶子中看着天空，仿佛置身于另一个世界，越往里走你越感到神秘，也有些害怕。

春天是鸟儿繁殖的季节，金铜雀在芦苇丛中跳来跳去，它的叫声节奏分明，嘹亮动听。它高高地在几根芦苇之间连成一个漂亮的窝，下了蛋后，就开始孵化小鸟。我们有时候钻进芦苇丛中，慢慢地扳下芦苇高处的叶子，顺着弯下的芦苇秆摸到鸟窝，抓到几个鸟蛋，有时鸟蛋还热乎乎的，盘旋在我们头顶上的鸟儿望着鸟巢，扑棱着翅膀，发出愤怒的叫声。

芦苇丛中的龙塘不大，只有三四百平方米，湖水经过沙子的过滤，格外清澈透明，两米多深的潭，底部的沙子粒粒可数，一脚踩下潭边的沙子，只见一粒粒沙子慢慢滑向潭底，留下一条条淡淡的黄色的水迹。我们有时候从家里弄来一把黄豆或者绿豆，有时也会在田埂边摘来一把绿豆，掏上一个深深的坑，把豆子埋起来，然后做个记号。一个星期的时间，埋在沙坑里的豆子，就会长出又嫩又壮的豆芽来，再在潭水里洗一洗，白白净净的。

不断堆积的沙滩，在东南风的作用下，渐渐地在这里形成了一个一千多米的弧形大湾，人们叫它嘴湾，湾里是一片柳树林。平时这里草木繁茂，春季来临雨水较多的时候，嘴湾涨满了雨水，湖水也漫过树林的草地，清清的雨水，浅浅的滩涂，鱼儿就会蜂拥而来交配下籽，鲫鱼、鲢鱼、鲶鱼居多。村里会捕鱼的就会在夜晚来到这里，带着马灯和鱼罩，在浅滩中静静地等候，看到鱼儿交欢，悄悄地过去，一罩下去，或者一条，或者两条，然后压住鱼罩，用手去捉，一个夜晚往往能搞到头十斤。这里的柳树树干上大多长满了“胡须”，那是柳树在湖水较长时间的浸泡中长出的根。

青草丰美的滩涂是放养家禽家畜的天然草场。每年开春，母亲都要从街上捉来十几只小鹅，这样到六七月份的时候，小鹅就可以长到七八斤重。那时农忙即将开始，父母就把鹅宰掉，腌制起来，到农村“双抢”（抢收抢种）时，每天切上几丁放在饭锅上，算是农忙时的加餐美味。

刚捉回来的小鹅，放在木盆中，将莴苣叶子切碎，拌上碎米，作为饲料，喂上头十天，等小鹅黄黄的绒毛中有的开始发白时，就可以放到荒田或者大堤上，让它们自己吃草。到了有斤把重的时候，也是早稻秧苗正嫩的时候，鹅最喜欢吃秧苗，就需要人看管了。那时我早上要把鹅赶出去，放在圩埂外滩的草地上，傍晚时候又要去将鹅赶回家来。圩埂外滩是连片的树林和青草地，到处是鹅要吃的嫩草。鹅吃饱了就待在草地上打盹儿，也不跑远，偶尔遇到放牛的小孩恶作剧，把鹅赶得到处跑。

记得有一年大旱，那时我才六七岁，中午太阳热辣辣的，我光着膀子，只穿了一条裤衩，赤着脚，将鹅顺着大堤赶往湖滩，由于赶得太急，来不及避让一条五六米深的抗旱大沟，我和十几只鹅一下子掉进了抗旱的沟里。我身上划了一道道血痕，半天动弹不得。我爬起来后，将鹅一只一只地从沟里抱上来，然后顺着沟边爬上来。那深沟是村里为了抗旱，引水灌溉挖的，人们在圩埂上挖出一条深深的大沟，需要引水时，就在灵湖岸边摆上十几辆水车，一台比一台高，两人一车，几十人不分昼夜地把灵湖里的水往圩里车，抗旱结束再将抗旱沟填上夯实。

春天，满目青绿，放鹅是很有趣的。遇到星期天，我就早上把鹅赶到湖滩草地，然后，它吃它的，我玩我的。快到中午的时候，草地上的露水早已晒干，我就一个人仰躺在厚厚的草地上，闭上双眼，任凭暖融融的太阳光晒在身上。有时约几个伙伴一道在草地上翻翻筋斗，打打八叉，做做游戏。玩累了，就地美美地睡上一觉，醒来时全身热乎乎的，脸蛋儿也被晒得通红通红。

鹅吃饱了就会到龙塘里喝水，虽然那时没有念过“鹅鹅鹅，曲项向天歌，白毛浮绿水，红掌拨清波”的诗句，但我感受到的比诗句更美，以至于今天一读到这诗句就会联想到那时的情景。美妙的芦苇丛中，有一口清澈见底的潭。几只白鹅浮游在清澈的水面，有的把头斜插在翅膀里，美美地睡着，一动不动；有的伸起长长的脖子，叫着，打着，闹着，清脆的叫声回荡在芦苇丛中。一只公鹅，高昂起长长的颈脖，不时弯下点着水，那是在向身边的几只母鹅发出求爱的信息。一会儿它伸长颈脖咬住一只母鹅的颈脖，把那只母鹅压在身下，交配完了，一昂颈脖，发出“咯咕咯咕”几声高叫，那是胜利者的呐喊，也是胜利者的炫耀，那叫声响亮在潭中，播散到芦苇丛中。几只鹅都是白的，经过潭水的清洗，显得格外干净洁白，红红的鹅掌在水中悠闲地划动着。

岸边一根根芦苇直直地伸向天空，稍远的地方有一根芦苇刚刚伸出水面，直直地立在那里，嫩嫩的芦叶还未张开。这里没有外面的风吹，没有湖中的大浪，只有鹅游动时激起的涟漪，一切是那么的自然和谐，一切是那么的美妙绝伦，置身其中你一定会流连忘返。

我们这个村子有着近百户人家，据家谱记载，我们的祖先是一个叫威武将军的，不知是何原因，什么时候从山西来到这里，至今已经二十三代了。全村都姓柳，只有两户倒插门，一户姓徐，一户姓张。房屋都是坐北朝南，六条巷子，每条巷子宽四五米，房屋一家挨着一家，整齐排列。一条环村河将村庄和外面隔开，村东、村西各有一个门进出村庄。据老人说，旧时湖沿岸经常有土匪出没，为了防止土匪进村，全村人就挖了一条环村河，将村庄和周围田野隔开。村南、村北还挖了两口大塘，一方面是为了抬高村庄地基，另一方面是为了全村人用水。那时湖沿岸土匪猖獗，经常白天将船靠到湖岸边，偷偷上岸，窜进村庄，有假扮卖货郎的，有假装问路的，有假装走亲戚的，什么鬼招都使，以此来探听村里虚实，打探哪家富裕，明确抢劫的目标，踩好进村线路，寻找机会，有时是乘晚上摸进村，有的就在白天明目张胆地进村抢劫，有时还见了漂亮的女人就抢。这条河挖成后，东、西门晚上都关着，土匪就进不了村。白天当陌生人进村时，巡更的人就会仔细询问。当发现土匪远远从湖边上来，人们就会赶紧跑回村里，关上东、西门，土匪就进不了村。当土匪们来到村庄环村河河边时，巡更的人就会敲响铜锣，告知有土匪来了，村民们很快就会从家里拿起家伙，集中到环村河边，这样土匪就不再有恃无恐了。为了防止土匪下水过河，有时河里还暗暗下了滚钩，一旦有人下水，碰到了滚钩就会被勾住，生死难定，所以，土匪一般不敢轻易下水。

我的曾祖辈兄弟六个，我的太公排行老大，到祖辈时都一一分了家。我的爹爹（爷爷）有我的父亲和一个听说早年夭折的姥姥（姑姑），其他几个父辈有单传的，也有姐妹兄弟多的。我们这个家族人数很多，也是村里最大的一支，一直非常和谐，父辈们虽然分家了，但兄弟情义仍然很重，每每哪家有什么事，其他人都要一起帮忙，有什么比较大的事，就由父辈中较有威望的大伯主持。小时候，父辈们对我们礼仪方面的要求很严。

每到春节，家家户户杀鸡的杀鸡，宰鹅的宰鹅，春天捉来的猪仔也到了宰杀的时候了。一个村一户人家宰上一头两三百斤的大猪，东家十斤西家八斤，也就卖完了。想省事的人家干脆将生猪卖给乡里的食品站，称过重当场结算，钱就装进了腰包。

村前大塘里的鱼儿也到了捕捞的时候了，一大早大人们将渔网撒到塘里，划着大盆几下一敲，鱼儿到处乱跳，有的一下子就跳到了盆里，有的跳到了岸边的泥里，有的小孩就拿着网兜站在岸边看着，一有机会一伸网兜就可以兜到一条大鱼。网下去一会儿就网满了鱼。有时村里会用大网从一边拉到对岸，满网都是白花花活蹦乱跳的鳙鱼，一条在斤把左右，很少有四五斤的大鱼。接下来是分到每个生产队，再由每个生产队分到每户，人多的一家三五斤，人少的两三斤。

早在过年前，每家每户就忙着准备过年的糖馃。趁着天气好的时候，煮上一锅糯米饭，撒上几滴油，然后将煮熟的饭晒上几天，一粒一粒米饭晒得干硬干硬的，待到要做糖馃时，再将晒过的饭粒放在锅里翻炒，一粒粒米饭爆成米花。那边用山芋等熬成的糖丝，早已准备好了，等到糖丝可以挂片时，就可以将炒好的米花放进锅里，将米花和糖丝拌匀后抄上来，放在一块平整的木板上，迅速摊开，用力压平，厚一厘米左右，然后用菜刀切成一块一块的，这就是每家过年的糖馃。也有人家用少量黄豆、芝麻或者花生做糖馃，那算是比较高档的。不过如果哪家糖丝熬得不好，就会影响糖馃的质量和味道。糖丝熬得不到火候，糖馃成不了团，容易散，如果糖丝熬得过老，糖馃就有些苦味。那些天村子里很多人家都在自制糖馃，到处弥漫着糖馃的味道。家家户户都在忙着办年货。邻村的裁缝师傅更是忙不过来，这家还没有忙完，那家早已等得很急，常常要起早带晚。小孩子们更是欢喜雀跃，一个个精气神十足，尽情地玩耍，整个村庄热热闹闹，沉浸在节日的气氛中。

除夕的那天早上，家家都要做一顿一年中最好的早餐，每人一碗汤，或是鸡汤，或是肉汤，农村人说“三十大一碗汤，涨得老先生吭”。然后就是炸圆子，或者春卷年糕，算是早点。圆子是一定要炸的，意味着团团圆圆。

接着就是忙过年的菜肴，每家每户都要做上十几样菜，有荤有素，有鱼有肉，十分丰富，即使家庭经济比较困难的，也要买些肉和鱼来过年。有些菜都是做了好多放在那里，过节几天热热就行了。那几天每家的餐桌上鱼是必不可少的，有时一条鱼从除夕一直要摆到正月十五，大人不允许动筷子，即使家里来了亲戚，亲戚也不会轻易去动筷子。农村人说，鱼就余吧，年年有余嘛。

快到中午的时候，每家都要将新的春联贴上。用小麦粉加上一些水搅拌均匀，熬上一会儿，就成了自制的糨糊。再用一把草剪齐扭成刷子状，沾上糨糊刷上门，贴上春联，每一家都增添了节日氛围。

中午是吃年饭的时候，一家人都要坐上桌子，就连小孩也可以坐上，平时是不允许的。开饭前要先放鞭炮，点上几炷香，向祖先默默祷告，对着中堂鞠躬或者磕头。每年的年饭对每家来说都是一年一度的奢侈餐，菜肴是丰盛的，每家都会摆上十来个菜，少的也要摆上六道或者八道菜。能够喝酒的，酒壶早已打满，不能喝酒的，家里也准备着酒。

年饭吃过，算是真正过年了，大人们也放松心情，放下所有的农活，喝酒的喝酒，聊天的聊天，看戏的看戏，打牌的打牌。人们丢掉一切的不愉快，图个新一年的顺顺利利，每个人都沉浸在节日的快乐之中。大人们特别提醒孩子们说，大新年的，小孩子更要懂礼貌爱长辈，见到长辈要主动喊一声，不能打架，不能骂人，甚至初一的那一天，还不能摸剪刀、菜刀等，水也不能倒到外面。

除夕，每家都要炒些葵花籽、花生、蚕豆等，以备初一早晨邻居小孩子们来拜年时拿给他们。母亲每年都要在除夕搓上初一早晨全家吃的元宵。做元宵面的糯米要在前两天放些水泡好，使之软化，然后将糯米拿到屋前家的石碓窝里一碓嘴一碓嘴舂，几升糯米要舂上几个小时，舂到差不多细的时候，就用筛子筛一筛，直至全部糯米都成了细碎的米粉。有时用石磨磨，但磨的元宵面没有舂的好吃。磨元宵面要两个人，一个人推着磨，另一个人不断地将一勺一勺的糯米放进磨眼，随着磨盘的转动，米浆顺着磨盘的边沿直流到下面的盆里。盆里早已放上一层薄布，待全部磨完后，将盆里的布提起来，让米浆中的水不断地渗出，直至可以搓成元宵，剩下暂时不用的就把它晒干，以后随时可用。

听大人们说，除夕鬼神们都出来讨鬼钱，每家都要到村口烧些纸钱给已故先人。除夕的夜晚格外黑，再加上到处是星星点点的烧纸的光，小孩子们更添了几分害怕。除夕关好门后，夜里是不能开门的，所以家家都睡得早，以期初一的早晨抢个早，多来些财气运气。

初一的早晨，最重要的是开门，每家都要图个好的开头。之前初一都是父亲开门的，七八岁开始，每年初一都是我开门。初一开门，我既兴奋又紧张，总在心里默默地祈祷着一切顺顺当当，生怕哪个环节有个失误。开门前要先洗好脸，穿好新衣裳，拿好火柴，将先放的大爆竹拿出来，检查好爆竹火芯和火柴，点燃后就在大门堂放下，砰的一声响后，就可以开门了。随着大门的打开，心里默默地祈祷着新年的祝福，接着点燃小爆竹，门外噼里啪啦，喜气盈门，满地都是红红的爆竹花。邻居家和周围的村庄爆竹声也连连响起，一派节日的气氛扑面而来。

初一的早晨有吃大元宵的，有吃小元宵的，也有吃长寿面的。大元宵里面的馅一般是熟芝麻磨碎和着红糖做成的，一碗三四个，喜欢吃的，一顿可要吃上头十个。我一次只能吃三四个，一般吃到三个以后，就觉得吃不下去了。有时姐姐在元宵馅里放上五分或两分的硬币，看谁有运气能够吃到，我吃的少，获得硬币的机会就少，于是就在舀元宵时，用锅铲一个个扎着试试，姐姐知道了告诉母亲，母亲笑笑。

初一的早上，晚辈们一定要给长辈们拜年的。吃过早饭，我和几个堂兄弟约好一道，按照父辈们的长幼顺序，一家一家拜年。每到一家都要叫声长辈“新年好！身体健康”，长辈们会高兴地答应一声，接着会把自家准备好的糖馃往每个人的兜里塞。几家下来每个人的兜里都已装满，中间大家还要回家里一趟，将兜里的糖馃掏出来再出去。

拜完了年，大家就三个一群五个一伙地去村东的打谷场玩。每个小孩都穿着新衣裳，像花蝴蝶一样，在这里尽情地玩乐着，有放鞭炮的，有打弹子的，有打铜板的，有打面包纸的，有跳房子的。打弹子时，大多是赌面包纸的，或者是来钱的，一炮一张面包纸，或一炮一分钱。几个小朋友在一起，各人拿一个弹子，一人先动，后面的就可以打对方的，打到就赢了，赢了还可以连续打另一个，直到没打着，再让下一个人打。打弹子讲究眼力，瞄得要准，手指用力要均匀，食指和中指夹住弹子，弯起的大拇指一用力，弹子就弹出去了。为了打得准，有时要趴在地上瞄准，有时中间隔着障碍物，也可以直起身子端起来打，眼力好的，在很远的地方都能打到，打出的弹子高高地击中被打的弹子，一下子两个弹子会弹得很远，有时其中的一个弹子甚至会被撞碎。小孩子们不顾灰尘，为了能赢，什么姿势都行，新穿的衣服一会儿就被弄脏了。稍大一些的喜欢打铜板。一个人先扔，另一个人跟着打，打到了就赢了，如果打不到铜板又离被打的很近，则一定会输，会打的看没有把握，会选择用假动作，借机打得很远，让对方也打不到。那时铜板很多，很多人家都有，卖货郎挑着担子在村里收，一个铜板两分钱。有的小孩装着整整一袜筒的铜板，道光的、顺治的、光绪的、同治的、宣统的都有。不知什么原因，我家的锅灶下也时常能找到铜板。

女孩们喜欢跳房子。两个人一组，先在地上画上一个长方形的格子，再分成几个小方格，小方格的多少由自己定，谁先跳完一周，谁就可以背对身后的方框，将手中的瓦片从头顶扔过去，瓦片落到哪个方格，那个方格就是谁的，别人再跳时，就必须跳过这个方格，如果有两个方格甚至三个方格连在一起，别人想跳过去就很难了，获得的方格多的就赢了。

放鞭炮很有趣，有的从家里买来的鞭炮上偷偷摘下几颗，有的从地上捡来没有燃放的鞭炮，还有的从大人那里要来未熄的烟头，一会儿点上一个鞭炮，一会儿点上一个鞭炮。把鞭炮插在新鲜的牛粪上放，点燃鞭炮牛粪被炸得满天飞，是大一点的孩子玩的恶作剧。记得有一次，村西一个大一点的男孩，将一支大爆竹插在一堆新鲜的牛粪上，点燃爆竹后吓得就跑，可是等了好长时间，没看到爆炸，他跑回去准备再点，可当他刚刚弯下身子伸手要去点时，却听到“嘭”的一声巨响，牛粪被炸得满天飞，那个男孩满身满脸都是牛粪，在场的孩子个个笑得前仰后翻。

村东的大堤离村庄很近，埂头有一块宽阔的地方，那里还有一个篮球场，村里幼儿园的老师经常带我们去玩。春节遇上天气好的时候，约上几个小伙伴来到大堤软绵绵的草地上，抱着脑袋翻个筋斗，一个接着一个地打着滚，也不管弄脏了衣服。累了大家就躺下来，伸展着四肢，仰望蓝蓝的天空、飘着的白云，闭上双眼，让暖融融的太阳光照在身上，惬意极了。

春节这几天也是大人们最开心的日子，大人们按家族聚在一起，差不多从初一开始，轮流做东。到了中午，哪家做东，男人们就聚到那一家，女人们就在家里忙着做饭菜。鸡鸭鱼肉样样都有，家家都拿出最好的来招待大家。坐酒席是很讲究的，有一席二席三席四席，上横下横，长辈当然要坐上横，晚辈坐下横，一席二席都是贵客坐的，旁边是陪客的。如有新女婿上门那一定是坐一席的。开始，大家按规矩先敬长辈，三巡过后，就开始了划拳喝酒，就这样一直要喝到下午两三点钟，差不多桌上有人喝多了才结束，偶尔还有几个人晚上接着喝的。

春节期间，也是农村人结婚最多的时候，有人家嫁女儿的，有人家娶媳妇的。嫁女儿的前一天晚上就准备好了嫁妆，定好了送亲的人。嫁妆是由男人挑着的，有被子、澡盆、蚊帐、马桶等，所有的嫁妆都贴着红双喜字，还有猪肉、公鸡、挂面等。新娘亲手做的鞋子，一定要整整齐齐放在澡盆的边上，那是新娘的针线功夫的展示。蚊帐由一个小孩扛着，天一亮就出发，路远的还要点着马灯赶路。娶媳妇的人家更是早几天就忙开了，新房早已准备好了，还要忙着婚宴，桌数根据家族人员和亲戚朋友的多少而定。村里哪家有喜事，大家都知道，一大早村里的老老少少都赶来看热闹。送亲的队伍还在很远的地方，早就有人赶上去放爆竹迎接，有的送亲队伍故意刁难，爆竹要连续放，一直要放到新郎家，否则爆竹一停，送亲的队伍就不走了，磨磨蹭蹭，放慢脚步，让新郎家迎亲的人感到为难。

迎亲的早已将新娘家的嫁妆接了过来，送亲的几个挑担子的男人也跟着到了新郎家。送亲的女孩们被远远丢在后面，她们都是新娘的亲戚朋友，一个个穿着新衣裳，花枝招展，她们还没到村口，就有好事者早已搬来板凳设置障碍，堵着不让她们进村。待到送亲队伍到来时，就有人出来吆喝，要新娘唱歌，不唱就进不了村。新娘一般是不愿意出来的，也不做特殊的打扮，混在送亲的队伍里，只有见过的知道，很多人并不认识。这时送亲的队伍里会有人出来代替新娘唱，一首不行再来一首，好事者总是想着法儿折腾，给她们提问题，让她们猜谜语。这边新郎家的人急了，等着她们吃早饭，就会有人出来打圆场，或是新郎家的嫂子、婶婶什么人，总之能说会道，比较泼辣，装着大把大把的喜糖，一边往几个好事者兜里揣糖，脸上嘻嘻笑着，嘴里还带骂着，连拉带拖将好事者赶走，一边顺手往天上撒出一把糖来，观看者一下子四散开去抢糖，送亲的也就顺势溜过关来。接着一群小朋友跟着她们的队伍，叫着哄着闹着，到了新郎家里，新娘是一定要在新房里的。喜欢看热闹的就围堵在新房门口，抢着要看新娘，新郎家为了哄走孩子，接待送亲的人，会有人拿来大把大把的喜糖，往堂屋中间一撒，让孩子们抢。

吃过饭以后，送亲的人都要回去了，新娘还得在房里，身边有一个人陪着，这时就可以闹洞房了。从酒桌上下来的人就会借着酒劲儿，或躺在新床上，或故意将烟头弄湿，要新娘点烟，或说些荤话要新娘回答。新娘点烟时，他不吸而是吹，新娘一支火柴点不着的，就用两支三支一道点，再点不着时，有的新娘就将火柴往恶作剧者鼻子上一扔，吓得恶作剧者哇哇大叫。也有的将一个苹果用一根线挂起来，让新郎新娘面对面不用手，口对口咬苹果，等他们正好将要咬住苹果时，站在旁边的人一推新娘，苹果没咬着，两人弄了个头碰头。有的将床上的枣子和花生拿来，逼问新娘是什么，非要她说出“枣（早）生（花生是生的）”不可。玩得功夫深了，总有一些年龄大的嫂嫂婶婶过来，连打带拖将这些人赶走。

那些天，全村子里的人都沉浸在节日的欢乐喜庆之中，满村的上空弥漫着酒菜的香味，常常能看到村里有人喝得东倒西歪。村东的一个叔叔，酒一喝多就唱，本家的一个叔叔，酒一喝多就哭。这几天正是农村亲戚朋友相互拜年的时候，村间的大路上，常常有人家的亲戚朋友提着礼物来来往往拜年的。

两个舅舅都在湖滨市，每年春节前或者节后，母亲都要带着我给两个舅舅拜年，姨娘和我们一道只去了一趟，后来就没有再去了，她感觉两个舅妈不够热情。去时，总要带些自家做的糖馃，一家一份，好几十斤，要用扁担挑着。那时两个舅舅家经济都不宽裕，都是四个孩子，大舅在机械厂工作，二舅在书店工作。我们一般要在那里住上三两天，但我感觉在他们两家总有些拘谨，和几个老表之间也没有共同的话题，感觉他们娇惯，缺乏礼貌，我们几乎没有在一起玩过，但那时我对城市是十分向往的。姨娘家每年也都要去的，姨娘是很小就让姨夫家抱养的。姨娘家是一个和睦的大家庭，兄弟四个，姨娘排行老二，姨夫是一个退伍军人，两个老表都比我小，我在那里感觉很亲切，有时我一个人要在她家玩上四五天，姨奶奶很和蔼，待我像自己的孙子一样。外公已经退休，但一直还在单位值班室帮助照应，我和母亲只去过一次。

我在家排行老三，两个姐姐，那时妹妹、弟弟还没有出生。四五岁的时候，全村人都在大队吃食堂，每天早中晚各家拿着盛饭的桶到食堂打饭，小朋友们还上幼儿园，由村里一个阿姨带着玩。后来，粮食开始紧张了，一开始是稀饭多了，后来就是稀薄的米汤，一家人都吃不饱了。小孩子不懂事，非要吃饱，饿得哭了起来，姐姐没有办法，就把用来去食堂打饭的饭桶拿来，放些水再涮一涮。再后来到了冬天，实在没有什么吃的，就吃些萝卜缨子，萝卜缨子吃完了，父亲就把架在树上已经晒干发黑的山芋藤弄下来，先用水洗洗，然后切碎，放在锅里烀熟当饭吃。那东西实在难吃，很难咽下去，几天吃下来，大便都解不下来，好在经历的艰难时间不长。奶奶是在那个时候去世的，没有棺材，只有一块门板。去世前，奶奶常常带着我和隔壁家与我同龄的小三，从村东转到村西捡粪。奶奶眼神不好，我们就跟在奶奶后面，一边玩一边帮她找粪。奶奶没有东西哄我们，偶尔炒些蚕豆、豌豆给我们吃。我家屋后有一大片蓖麻，秋天蓖麻结子了，奶奶就悄悄地弄来一大把蓖麻籽，炒熟后装在兜里，然后分给我们吃。小孩嘴馋，谁知那个东西吃几粒可以，吃多了就头昏，我们两个跟在奶奶后面，不一会儿就又是头昏又是呕吐，这可把奶奶吓坏了，赶紧把我们带回家，不让我们告诉母亲，母亲回来后就发现了，因为锅旁边还撒了几粒蓖麻籽。母亲说，那东西吃多了会死人的，奶奶吓得半天不吱声。

听大人们说，在旧社会，有一次，奶奶在村边捡粪，发现土匪偷偷从村后过来，奶奶一面大声往村里报信，一面大声骂土匪。土匪们被村庄的护村河挡住了，气得哇哇叫，东、西门都关了，村里进不来，急得要下河过来。奶奶吓唬他们说："河里下满了滚钩，你们敢下水，就让滚钩钩死你们。"这一说，真吓得土匪不敢轻举妄动，其实，河里并没有下滚钩。后来，土匪们看村里人都来了，放了几枪，就悻悻而回。村里人都说奶奶很勇敢，一句话就把土匪吓跑了。

爹爹在我出生前就去世了。听母亲说，爹爹患的是哮喘病，五十岁的时候经常发作，那时没有钱看病，哮喘厉害时，奶奶就用小孩睡的床箩放上棉絮，让他歪在里面。他喘气时嘴张得像斛掀一样，不到六十岁爹爹就去世了。

大姐念书很聪明，可是由于家庭条件不好，只读到小学五年级就没有上学了，但在村里也算是个有学问的人，后来在生产队里担任记工员。村里的基干民兵中，她也是一个骨干分子，常常参加村里的一些会议和民兵活动。那时，农村的社会活动很多，政治氛围很浓，村里的年轻人十分活跃，共青团员、民兵经常开会学习，组织开展各种社会活动。生产队出工时，每个人背着一个用红布做成的小包，里面装着《毛主席语录》。出工前，社员们要集中在生产队仓库前，学习一段毛主席语录，劳动休息时大家坐下来，也要学习一会儿。晚上放工回来交流学习时，大姐经常把毛主席语录念给大家听。

大姐脾气倔，干事很认真也很能干。记得有一次，她刚买的一支钢笔不知怎么被弄坏了，她非说是我弄的。我觉得实在冤枉，就和大姐吵了起来，吵不过大姐，气急之下，我手里正好有一根篾尺，不知怎么一划，篾尺正好打到大姐的大拇指上，十指连心，大姐痛得大哭起来，这可吓坏我了。父亲过来，不问三七二十一，拿起挑水的枷勾就朝我打，我吓得就跑，晚上也不敢回家，就藏在塘边一棵歪脖子树上，足足待到快半夜。母亲和二姐急了，到处找我，喊我回家，我这才敢从树上下来，那种被冤枉的感觉又恨又怕，至今我仍然记忆犹新。

小时候，小朋友们都喜欢用纸做面包（一种用纸折叠而成的可分正反两面的玩具）“玩赌”。两人以上都可以玩，大家选择一块比较平整的地方，将面包玩具用一只手贴在墙上高处，手一松，面包玩具翻滚着飘离墙根，越远越安全，后放的一个人用同样的方法，计算一下大概距离，判断需要从多高处放面包，等面包玩具飘到离前一个人放的面包玩具很近的地方，张开大拇指和食指一量，只要能够上就赢了。没有纸张做面包玩具，大姐读过的书差不多都被我折成面包玩具了，大姐不得不把书藏起来。到大姐放假的时候，我就到处找，等到大姐发现时，书已被我撕掉一大半了。大姐很生气，但也没有办法。那时我在家最小，又是唯一的男孩，两个姐姐很喜欢我。

二姐没有上过全日制学校，从小就跟着父母做农活，平时放牛，我也经常跟着她放牛。农村的耕牛性格一般比较温顺，特别是水牛。看到那些大孩子骑在牛背上，胆大的还站在牛背上，我又想骑又害怕，姐姐就鼓励我。人小够不着牛背，姐姐就把我抱上去，光光的牛背上没有东西抓，两条腿也够不到牛的腹部，没有固定的东西，坐在光光的牛背上，生怕掉下来，特别是牛走起来的时候，一颠一颠的，掌握不了平衡，就容易摔下来。牛在下坡时更是要后仰身子，甚至要抓住牛尾巴，才能不掉下来。有胆大的，干脆从牛头上往上爬，两只脚踩在牛的两只角上，牛头一抬，人就上了牛背。

春天放牛是很快乐的。早晨，从牛棚里牵出耕牛，牛会撒尿拉屎，牛粪一定要用粪筐拾起来，没有粪筐就干脆用一把草兜在牛后，双手捧着送到生产队的粪窖里。跟在牛后你会闻到牛刚从牛棚出来身上散发的膻腥味。牛温顺地走在前头，熟悉地朝着圩堤走去，到了圩堤南面的草滩上，到处是青青的绿草，放下牛绳，任由牛吃草。细心的孩子为了不让牛绳缠住东西，还会把牛绳系在牛角上，系好后便可以自个儿玩起来。

放着牛，三五个小放牛娃在一起，快乐得像小鸟，翻筋斗，躲猫猫，抓“老鹰”，尽情地玩着。嫩嫩的草地像厚厚的地毯，任由我们跌倒了爬起来，滚过去翻过来，追着打着闹着叫着，那时没有忧愁，没有苦恼，没有理想，没有憧憬，不知道外面世界有多精彩，不知道天有多高，地有多大，山有多远，水有多深，只有眼前的村庄、草地、大堤、河沟、庄稼、芦苇、柳林，只有快乐和兴趣。肥美广阔的滩涂草地，给了牛儿充足的草源，牛儿在那里不会跑得很远。夏天的时候，牛儿吃饱了，会在树荫下躺着，有时为了驱赶身上的苍蝇，它会躺在一个水凼里，滚得满身是泥。一种又大又凶的牛苍蝇特别厉害，像蜜蜂一样，一飞到牛身上就叮，牛尾巴不停地扫着，打不到的地方，就皱皱皮任由它叮咬，放牛的一看到就打。有时牛苍蝇还会叮人，不过很快就会被赶走，或者被打死。

如果说打高尔夫是现在的健身运动，那么打球子就是那时我们的高尔夫运动。打球子既类似于打高尔夫，又类似于打棍球。双方人数对等，每人手里拿着一根经过简单加工的球棍，这些球棍都是来自圩埂上的柳树枝丫。枝丫根部自然弯曲，上部笔直，形似高尔夫杆。用一段结实的树料，加工成鸡蛋大小，就算作球子。球场就是广阔的草地。圩堤上到处长着一种巴根草，不高但很密，非常适合打球子运动。只要选择一块平整的草地，两边距离五十米左右，每边中间画一个一米多宽的痕迹，两边各放上一个标记就算是球门，一边一个守门员，一方把球子打进了另一方的球门就算得分。男孩子们打球子是很勇猛的，一棍子打下来，球子会飞得很远，广阔的草地没有边际，只要抢到球子，打入对方的球门就赢了。打球子很危险，稍不注意球子就会伤到人，所以只有胆大的孩子敢打，胆小的一般不敢打，或者帮着凑凑场。

斗牛是很刺激有趣的。一些大一点的孩子知道公牛好斗，有时故意将两头公牛赶到一起。两头公牛一见面往往就会两眼圆睁，互不相容，两蹄不停地扒着土，胆大的很远就会一头冲过来，“嘭”的一声牛头撞在一起，力量悬殊的，只一两个回合，较弱的就会甘拜下风，扭头就跑。如果两头公牛力量相当，它们就会纠缠在一起，不停地摆动牛角，攻击对方，不时地发出“啪啪啪”的牛角撞击声，斗到眼红时，两头牛的头会死死地抵在一起，谁也不会退让。大伙儿站在远处边看边吆喝，等两头牛斗到差不多的时候，稍逊的那头公牛的放牛人就会赶紧过来，冒着危险驱赶另一头公牛。有时很难分开，几个人上去才能把它们分开，实在没有办法，就用干树枝点上火，放在两个牛头中间，这样才能把它们分开。耕牛都是各生产队的，有的生产队有人专门放牛，有的生产队是各户轮流放。耕牛是生产队十分重要的财产，伤害耕牛是要追究法律责任的，有意斗牛让牛受伤生产队会追究的。

春天放牛的时候，正是蚕豆、豌豆成熟的季节，放牛的从家里带来瓦罐、火柴或者打火石，选择一块地势较高的地方，挖上一个简易的灶坑，将瓦罐放在上面，捡来一大堆干树枝和干草，再跑到庄稼地里弄来一大兜蚕豆或豌豆，放在罐子里，再放上水，点上火，一会儿蚕豆或豌豆就煨熟了。夏天的时候，有时在沟里摸来几条鱼，从家里悄悄地带来一小包盐，就着河水煮起鱼来。那时鱼儿特别多，每到春季放秧水的时候，经过一冬沤过的秧田，水一放干，田里的鱼儿像人家撒晒的山芋片一样，沟沟凼凼里到处有鱼。

秋天的时候放牛，放牛的会捡来干的柴草，从人家山芋地里挖来山芋，放在柴火上烤，一会儿山芋就烤熟了。滚烫的山芋拿在手里，两只手只有不停地交换才不致被烫伤，不一会儿大家手上脸上都是灰，乐着闹着。

女孩们放牛，喜欢在圩堤的埂头上选择一块平整干净的地方下窝棋。她们在地上并排挖上十二个小窝窝，每排六个，每窝放下六个子，加上一个盖，一个盖算十个子。然后一手抓住一子，从大拇指前抛出一个子，抛向空中，与此同时，从地窝中抓子，将空中的另一个子换到手里，放到地面，然后反复依次将窝中抓取的子在手中调换，并念有口诀“各大子，一把抓四子，第二子，一把抓三子，三子来挑一，一字旁边歇，一护护，二护护，三护护”，最后再一把将四个子全部抓起来。两人以抓子个数确定从哪个窝抓起，依序每窝放一子，至放完看最后一子的位置，如果正好间隔一个空窝，那么，这个空窝后的窝里的子就归谁，直至最后将所有窝里的子抓完算结束，得子多者为赢家。如果用来“玩赌”，每子算什么，事先说好，譬如，一子算一个纸粽子，或者算一个弹子，或者刮一次鼻子、打一个巴掌、在脸上贴一纸条，总之，输家都要受到象征性的惩罚。

两个姐姐针线活都很不错，我们的鞋底都是母亲和两个姐姐一针一线纳的，一双鞋底要纳上好长时间。做鞋底是需要提前准备好材料的，在夏末太阳还很厉害时，就要选择好天气，准备好一些用来糊袼褙用的旧布料，然后用面粉打成糨糊，用一块门板作垫板，将一块块碎布拼凑起来，用糨糊一层一层地糊，差不多有三四层，然后将门板放在太阳底下，几天后袼褙晒得很干，把它取下来放好。到用的时候，就将你要做的鞋样放在上面，照样子一个一个剪下来，一般有个三四层就够了，再沿鞋样的边缘修剪整齐，沿边贴上一条白织布，包住鞋样的边缘晒干，有空的时候就拿出来一针一针地纳，每隔一个米粒小的距离走一针，一行一行，密密麻麻，一个鞋底要纳上上千针。由于鞋底厚，针线穿过需要很大的力量，每个纳鞋底的妇女兜里都带有一个顶针，纳鞋底时就套在手指上，顶针上面有密密麻麻的针坑，当针头插不进去时，就要借助手指顶针的力量，帮助针线穿过。到上鞋帮时，还要借助锥子引眼，才能将鞋帮和鞋底缝好。

生产队劳动时，妇女们都喜欢把鞋底带在身边，休息时就坐下来纳上几针，针头不好使时就在头上蹭一蹭。每到过年的时候，母亲和姐姐都要为我们全家每人准备好几双鞋底，有做棉鞋的，有做单鞋的。有时即使旧鞋的鞋底已经磨通了，鞋帮也破了，脚趾已经出来了，做好了的鞋也不拿出来穿，新鞋要到过年的时候才拿出来穿。针线活是检验农村妇女是否心灵手巧的一种技艺，几个妇女坐在一起，常常要看谁的鞋底纳得平整美观，有时为了美观，还要在鞋底上纳上些花样。鞋底有花样，鞋帮更是讲究，货郎担里有专门剪好的花样和绣花用的五颜六色的线，花样五分钱一双，花线一毛钱一绺。老奶奶、小孩、女同志的鞋头上都可以绣些鞋花，花样只是用白纸剪的，还需要按照花样选配好花线的颜色，一针一线地纳上去。

记得我上初中的时候，姐姐给我做了一双草鞋（相当于凉鞋，实际是布做的），草鞋上面绣了“自力更生 艰苦奋斗”的字样，很好看。一次放学回家，正好遇到了当时的公社书记，他看到我脚上穿着很漂亮的草鞋，一开始很惊讶，忽然间像发现什么似的，马上脸色一沉，严肃地对我说：“你怎么把毛主席语录穿在鞋上？”被他这么一说，我吓得不知如何是好。“还不赶快把它脱下来。”他边走边说。我一句话也不敢说，赶紧把鞋子脱下来，拎在手中，赤着脚往家走。回家后，那双草鞋就再也不敢穿了。第二天到学校，还生怕让学校老师知道。

二姐没有读过全日制学校，但很喜欢看书，她经常把大姐学过的课本带在身边，有空就拿出来看看。她白天参加生产队劳动，晚上就在村里的耕读夜校上课，尽管她没有在正规学校上过一天课，但她后来通过自学也有高小的文化程度。

小时候我长得好玩，大人们都很喜欢。记得有一年春节，外公来我家过年，晚上想要带我睡我不干，外公就哄我说：“晚上给我捂脚，一晚给你两毛钱。”在外人看来，外公很凶，连几个老表都害怕他，可在我眼里，外公很慈祥，虽然没有文化，不会讲故事，话也不多，但给我的印象很和蔼。外公个头不高，身体健壮，头发花白，到后来是满头银发，气宇轩昂，严肃内敛。外公很疼母亲，他认为两个舅舅都念了书，没有给母亲念书是个遗憾，所以一再对母亲说，一定要让我读书。他说只要我读书，学费他给。外公还是有重男轻女的思想的，对于两个姐姐是否读书，外公也就没有那么讲了。外公知道没有文化的苦楚，听母亲说，外公在家排行老大，弟兄六个，家里负担重，所以外公很早就出去做木工，几个弟弟念书都靠外公挣钱补贴。

母亲很会料理家务，虽然家庭经济收入不好，但在外公的支持下，母亲把家里料理得井然有序。我家的房子在村子中间巷的后面，我记事时是三间土墙瓦房，在我们村不算很好，也不算差。因为是圩区，房子的位置都很低，一旦遇到大水破圩，房屋就要被淹，为了防止被淹，有条件的家庭都将房屋地基垫高。

原来的老房子，位于村子中间的最后面，前面住的是父辈的两个兄弟家。他们两家房子连在一起，紧挨后面的就是我家，我家房屋的后面是一条环村河。房子离河边有三四十米，随着房屋地基的升高，后面的地势也高了，于是就在房子后面十来米的地方砌了石坝，以防泥土流失。

垫高房基比盖房子还要麻烦，要先将原来房子里的东西全部搬出来，卸下屋上所有的瓦，拆掉房子桁条椽子，再从村后的地里挑来土，将房屋的地基垫高夯实，然后再重新在上面盖，老木料还要出新。

记得我家的老房子升高了两次。第一次是在我很小的时候，那时老房子只有三间，面积不大，但也要忙活好几天。第二次抬高地基是在一九六九年大水后，在外公的支持下，我们家的条件稍微好了些，那次也是先将屋上的小瓦一块一块卸下来，再将房屋整体拆掉，然后请了二十多人挑了三天的土，把地基培高了一米多。那次培高地基时，老房子基本重新翻盖了，只留用了少数老木料，添了很多新木料，正屋的面积也扩大了，另外，还在房子西头前后屋之间添盖了一间房，面积十来平方米。那次盖房是母亲事先筹划好的，在房子没盖前，父亲就买了些木料准备着。外墙虽是土墙，但都是一层层土夯上去的，墙体非常结实。墙体上面一截是用土坯或者直接从秧田埂上挖来的垭渣垒砌的。内墙一般都是用土坯垒砌的，这些土坯一般是在八九月份天气十分好时，在场基上加工的。先从旁边的地里挑来没有杂质的泥土，放上少量水，然后由人或者耕牛慢慢踩踏，直到生泥土变成熟泥土，再选择一块平整的地方，将一个用木头做的土坯模子放在地上，然后往模子里放上熟泥，用手抹平后再取下模子，土坯经过若干个太阳后，变干很结实的时候，就可用来砌墙。

盖房子挑地基是一个重体力活，都是邻里乡亲相互帮忙，没有工钱。每次填地基，母亲都要买来很多很多的鱼肉，做好多好多的菜，款待他们。母亲说，人家来帮忙是很大的人情，又是重体力活，要舍得给人家吃饱吃好，不能亏了人家。母亲很会做菜，做好的萝卜烧肉、红烧鸡、红烧大鳊鱼用大脸盆一盆盆端上来，香味扑鼻，很是诱人。母亲还会将不起眼的毛鱼做成美味，她将新鲜的毛鱼剁成鱼泥，配好葱、蒜、姜等作料，搓成鱼圆，然后放在油锅里一炸，端到桌上，大家吃了赞不绝口，但猜不到是什么做的。那时生产队也经常集体开伙，或者农忙结束或者冬季开湖捕鱼的时候，都是由母亲来掌灶。

西厢房紧挨着前面大爷家，最初是作为厨房用的，一边堆放着柴火，一边摆放着碗橱水缸，靠中间的墙边是锅灶。记得还是老房子的时候，我经常在锅灶堆柴火的地方捡到铜钱。靠前面大爷家的那面墙头上，并排摆着五尊菩萨，栩栩如生，都是木头做的。母亲说，这几尊菩萨很灵，西厢房没盖的时候就一直摆在那里，每到大旱的时候，菩萨们也会满头是汗。后来几尊菩萨不知被谁搬走，也不知道搬到哪里去了。有一次，我在我家后门口发现了一尊被遗弃的菩萨，但已经破损。

后来，父亲又把门楼重新扩建，建了一个东厢房，并把厨房搬到了东厢房，于是我就在西厢房开了床铺。床铺由两张睡柜组成，柜里照样可以放些东西，以后这里就成了我学习、睡觉的地方。我非常喜欢这个环境，用旧报纸将整个房顶和墙体糊上，里面显得亮堂多了，一张带有四个抽屉的麻将桌，一边紧挨在床边，一边紧靠窗户，一盏自制的台灯，用汽车喇叭做底座，拖拉机输油管做灯杆，外加一个别人送的灯罩。经过一番认真的布置，房间虽小，但很温馨。我平时都在这里看书写字，听广播。高中毕业刚回来，我在东头房间的阁楼上，用报纸和几根竹竿糊起一块墙，简单地隔了一块，算作学习的地方，一个柜子上放着一个箱子，算是桌子。需要学习时，就端来梯子爬上去，然后将梯子往旁边一靠，就可以安心学习，无人打扰。后来由于夏天阁楼上炕气太大，没有办法睡觉，我又搬到西厢房。

村里的村风很好，真正是夜不闭户，路不拾遗，我家的门平时总是开着的，经常有人从我家前后门经过。

我家的场子比较大，屋子里又干净又明亮，所以生产队经常在我家开会。开会时，喜欢抽烟的男人常常坐在墙角，一边抽着烟一边听着，妇女们一边纳着鞋底一边听着，有的怀里还抱着孩子，孩子常常在怀里就睡着了。那时只要上面有什么大会，生产队队长就要去参加，回来就传达。队长不识什么字，完全凭着听会的记忆，回来给大家讲一下，然后大家七嘴八舌地讨论一番。开会学习大家都很认真，每次开会学习前都要点名，点名簿就挂在我家堂屋的墙上。差不多时间，社员们都会陆续赶到，很少有迟到的。开会时大家发言很踊跃，虽然讲得很简单，三言两语，甚至一句话，表个态度，但也很认真。有时上面有什么材料下来，就由一个人念给大家听，遇到字认不得的，念材料的就停一下跳过去，再继续往下念。一般念完后，大家都要议论议论。记得有一次，念材料的人临时有事，一时找不到人，有人看我在房里看书，就建议让我读给大家听。我涨红了脸，也不好推就接过材料，像念书一般地念，材料不长，可我念得满头是汗。念完后，大人都说，这孩子还真不错呢。

中小学时代

我是七岁上的学，记得我上小学是大姐带我去报名的。学校设在离我家有两里地的九九村的一个老祠堂里，叫朝阳小学，我们在学校南边的一间办公室报的名。这间办公室是祠堂旁边的一间厨房改造的，比正屋矮一些，屋里地面比外面稍低一些，屋里的光线显得有些暗。我们一进屋，只见一个老师坐在里面，刚有一个小孩报名结束准备出去。见我进去，老师主动问我是不是来报名的，今年几岁了，我说七岁，那时小孩上学年龄一般是八岁。老师愣了一下，然后拿出一小堆火柴，放在桌上让我数。我数了一遍，老师说再数一遍，我又数了一遍，老师说你可以报名入学了。

考虑到学生年龄小，上学不方便，学校就在离家很近的上柳村设了一个一二年级的复式分班教学点。这个复式班有三十几个同学，分两边坐，一边是一年级学生，另一边是二年级学生，语文、算术都是由一个姓张的老师教。张老师这边给一年级的学生上课时，那边二年级的学生做作业；给那边二年级的学生上课时，这边一年级的学生做作业。教室就在上柳村的最南边，是一个生产队的三间仓库，教室前是稻谷场，也是同学们做操、下课玩耍的地方。三间房，其中两间敞开的是教室，另一间隔着墙，里边是老师批改作业和休息的地方，墙上挂着两块黑板，一块是一年级用的，一块是二年级用的。三十几个同学，年龄参差不齐，大的已经是十几岁了，小的也就八九岁，我在班里可是最小的了。上学的课桌都是自己带，课桌各式各样，条桌、方桌，还有用方凳子、宽一点的板凳当桌子的，板凳也是大小不一。我的课桌是从家里带的一个很小的方桌，我还从家里带来小板凳，也叫猴子板凳。

张老师住在朝阳小学，离这里一里多地，他每天一早过来，看着我们早读，中午要回去吃饭，下午再回来上课。张老师个子高，身体瘦削，不苟言笑，对学生要求严，很凶。有同学甚至给他起了个外号——张和尚。上课时，他手里经常拿着一根竹条，教学生认字时，他会用竹条指着黑板上的字，一遍遍地反复指认。有谁不注意听课或者做小动作时，他会不声不响走到你身边，不轻不重地给你一下，虽然不是很重，但竹条很细，打起来还是很痛的。他经常叫我们背课文或默写课文，如果背不出来或默写不出来，就要罚站或抄写十遍生字词，有时给你一下，同学们都很怕他。

有一次，老师让我们背课文，我们中有五个同学没有背出来，老师说，你们什么时候背出来，什么时候才可以回去。中午，就把我们关在教室里，不让回家。同学们都走了，老师也走了，教室的门锁着，我们被锁在教室里出不去，只好一遍又一遍地背着课文。过了好长时间，大家觉得肚子饿了，忽然有个胆大的同学说，我们从窗子上爬出去吧。其实我们早看到教室南边一个窗子中间的一根档子已经被人扳断，窗口早被同学们爬得光溜溜的，可是都不敢往外爬。看着那个胆大的同学爬了出去，我也跟着从窗口爬了出去。下午，我们不敢迟到，吃过饭就赶紧来到学校，这时值班的同学已经来了，教室的门也开了，老师还没有到。实际上，老师是知道我们会从那个窗子爬出去的，下午上课的时候，故意装作不知道。

学校离我们村有一里多地，来回上学的路边，一边是一条很深很长的大沟，另一边是农田。放学的时候，老师要求我们在路上不得玩水，有时就站在路头，看着我们走过那一段大沟。遇到刮风下雨天，他有时还要牵着小一点的同学，把我们送过那段大沟。我们每次放学回家，都要在学校门口先排好队，可大家走不了一会就散了。放学的路上，大家总是不很安分，经常追逐打闹到庄稼地里，有谁踩踏了庄稼或是从庄稼地里走，其他同学看到会马上指出，甚至报告给老师。

春天，是农民做秧田的时候。农民们首先把经过一冬沤化的稻田，用犁翻一遍，再耙上好几遍，使秧泥变得软软的，田块变得平平整整的，然后将泡好的稻种撒上，软软的秧泥上嵌上了一层均匀的带有胚芽的稻种，放上一层水，胚芽就会慢慢地长成秧苗。

开春也是鱼儿等活跃的季节，浅浅的田沟里常常可以看到许许多多的小鱼、泥鳅、黄鳝，青蛙也跳出来了。大一点的同学就想着法儿玩，弄个一米来长的竹爿，一头剖开绑上十几根缝衣针，另一头拿在手里，看准了田沟里的泥鳅、黄鳝一下斩下去，泥鳅、黄鳝等就被斩到了缝衣针上，吱吱直叫。他们不敢将泥鳅斩带到教室，就藏在教室旁边的草堆里，放学的时候，再带着几个小同学到秧田边继续斩泥鳅。一次，一个大同学在上学的路上斩泥鳅迟到了，被老师发现了，他来不及将泥鳅斩藏起来，只好在教室门口罚站。他一手拿着那个竹爿，一手拿着一个袜筒，忽然袜筒里发出呱呱的青蛙的叫声，吓得手一松，袜筒掉了下来，几只青蛙从袜筒里蹦了出来，那个同学吓得呆呆地站着不知如何是好，弄得全班同学笑得前仰后翻。老师这下可火了，教鞭在黑板上敲得啪啪响，同学们被吓得目瞪口呆，不敢吭声。

我们在上柳村的教学点大约待了一年时间，就回到了朝阳小学。这是一个完小，全校有好几百学生，周围的几个村子的孩子都在这里上学。老祠堂很大，前后三道院，门外两边各有一个青石雕刻的石狮，进门迎面有一块很大的石碑，顶部呈半圆形，石碑上雕刻着一列列整齐的字。门里两边就是教室，再往里走是一个方形院井，地面用青石块铺就，石块已经被踩得很光滑，两边也是很大很宽敞的教室。祠堂里的柱子都很粗，小孩一人抱不过来，都用漆漆过，但已经很斑驳。再经过一个大厅，往后走，又是一个方形小院井，穿过院井，后面的三间房空空荡荡。这个祠堂建在几个村的中心位置，距离几个村差不多远。祠堂旁边一口大塘，据说祠堂就是建在挖塘的泥垫起的高地上的。正对祠堂大门的一棵乌柏树，很大很粗，伸展的枝叶就像一把撑起的巨型华盖。

小学的学习很轻松，每次老师到下课前十分钟就布置作业，待到下课的时候作业已经做完了，剩下的时间就是玩耍，大人也不管。那时我们没有课外书可读，书包里只有算术、语文两本书，作业本和一支铅笔。偶尔有的同学书包里藏着一本小画书，好多同学都要抢着看，有的同学就赶在上课的时候偷偷地看，一旦被老师发现，不但要挨罚，小画书还要被没收。为了要回小画书，有的同学就赖在老师的办公室里，不给书就不走。老师没有办法，只好狠狠地将他训斥一顿，再将小画书还给他。很多同学读书，是边读边撕，上一课撕一课，课上完了，书也撕光了。期中、期末考试是很严的，达不到六十分就升不了级。每年总有几个同学过不了关得留级，有的同学一连要留几年，就是升不了级。

我们念到五年级的时候，因为附近几个村子入学的孩子太多，学校又在上柳村的东边增设了一个分部。教室是一个生产队的仓库，共有五间，当中一间是老师的办公室，东西两边的两间是两个班的教室。瓦屋土墙，中间的土墙上竖直铲平一块墙面，上面用红漆写着“上游小学”。教室前一块操场，操场前是一块荒岗坟地，经常能看到腐朽的棺木和被猪从土里拱出来的瓦罐散落在那里，小孩子们很少敢接近。

小学阶段很快就过去了，没有学习很多的知识，只有天真和玩乐，成天就像一个快乐的天使。

那时大家也用毛笔，每天中午学生要练二十分钟的毛笔字，老师将学生写得好的字画个红圈。每次毛笔字本一发下来，我总要先看看老师给我画了几个红圈，红圈越多越有劲。

由于父母都没有什么文化，家里连纸都很少见到，书本就更不用说了，书对我来说实在是太缺乏了。舅舅给我寄来了一本毛主席语录、一本毛主席著作。我如获至宝，整天拿着，一遍又一遍地看，连下面的注释也一字不漏，很多毛主席语录那时都能大段大段地背下来。一本毛主席著作，我不知看了多少遍，其中《纪念白求恩》《为人民服务》《愚公移山》是会背的。我甚至连毛主席著作中的《矛盾论》《实践论》《论持久战》《湖南农民运动考察报告》等文章也能囫囵吞枣地看，虽不能够全部看懂，但总是觉得有味道，看了一遍又一遍。虽然年幼单纯，但我对知识充满着渴求，也时常有梦。

那时候，我们的学习没有压力，老师上完课后留下十分钟，布置好作业，课堂上大家抓紧时间也就做完了。放学后，大家想着法儿玩，村东村西组成两个阵营，一到晚上就开始打仗、捉迷藏。打仗以村子的中间巷为界，晚饭后开始战斗，两边的小孩拿着泥团或者棍棒，看到对方的人就开始驱赶，直到把对方吓退为胜。后来发展到相互投掷泥团、石块，有的就不敢出来了。这时就有胆大的向对方小孩子家屋上扔泥团、石块，大人们赶快跑出来，高着嗓子骂。小孩们被吓得跑得老远，不敢再闹了。

逮“老鹰”、捉迷藏是两项很有趣的活动，特别是在月明的晚上，大家先在村边的稻谷场上集中起来，分成两个队，一队只有一个人，做“老鹰”，另一队人排着一支长长的队伍，一个人作为鸡妈妈，挡在前面拦着“老鹰”。“老鹰”一会儿左边一会儿右边，后面的人被“老鹰”追得左右跑，跑不动了就会被抓住，直至抓到剩下一个人就算输了。捉迷藏是先分成两组，一组先开始藏，然后另一组开始找。那时农村草堆多，钻进草堆再用草将自己盖起来，是很难找到的。

最高兴的是到邻近村庄看电影，那时农村看电影很稀罕，一年一个村能放两场电影就不错了。好不容易等到邻村放电影，大家不知有多么高兴，晚饭后几个小朋友早已约好，碗一放下，就急匆匆地往邻村赶，最远的村庄要走一个多小时。等到了放映场，已经是黑压压的一片，就要找一个位置较高的地方，找不到较高的位置，有时就要想办法从场基旁边推来石磙站在上面，或者从草堆上拽上一把草，钻到最前面垫在屁股下面坐在地上，仰着脖子看。到散场的时候已是半夜，月光清澈的晚上还好，遇到没有月色的晚上，大家只能摸黑往家赶。夜晚池塘也看不清，模模糊糊像平平展展的场基，有不熟悉路的会“扑通”一声掉到水里，不过我们这里的孩子在湖边长大，大多会游泳。

那时我家里负担很重，两个姐姐在生产队劳动还不算整劳力，大姐每天挣八分工，二姐只能挣到大人一半的工分。一工分只能挣到三四毛钱，我家一年就一千多一点的工分，算起来也只有三四百块钱。妹妹弟弟都很小，我放学回家还要打猪草。春天的时候，田埂上到处是猪草，可油菜沟里的草更嫩更多，有时我们趁看油菜的人不注意，一头就钻进去，一把一把地抓，不一会儿就满满一篮。有时好不容易挖了一菜篮猪草，遇到两三个小伙伴就玩起赌草来。大家在一个地方挖一个三四十厘米见方的坑，每人放一把猪草，然后在距离十多米远的地方画一条线，大家站在线外向坑里扔铲子，谁将铲子扔到坑里，里面的猪草就是谁的。有时辛辛苦苦挖的一篮猪草会全部输光，回家怕挨骂，就趁着天黑的时候，钻到生产队的红花草田里，猛拽几把，篮子就满了，再在田埂上挖些野草盖在上面，到了家里不敢放在院子里，就直接倒在猪圈里，怕被父母看见挨骂。

春天的时候万物复苏，沟里、湖里、塘里、秧田里的泥鳅、鱼儿开始活跃起来，我们跟着大人学张卡子。傍晚的时候，我们从外面挖来蚯蚓，穿在卡子上，然后将卡子钓顺着沟边、塘边隔一段插一根，待到第二天一早再去起。一晚上下上几十根，到第二天一早能起到十几二三十条泥鳅，偶尔还能起到小一点的黄鳝。卡子钓是用一根一尺来长的树枝做成的，中间拴上一段线，线的另一头栓上一个卡子。卡子一般是用做灯笼的竹篾做的，选一段竹篾，将两头斜剪，大约比大米稍长一点，线拴在中间，再将蚯蚓穿在卡子上，泥鳅吃蚯蚓时，连同卡子一起吃了，这样泥鳅就被卡住了。回来后，烧煮泥鳅前，一定要先将泥鳅肚子剪开，将卡子取出。

放暑假的时候，正是农村最忙的时候，我每天要烧饭、喂猪，做些家务杂活。那时生产队都要做早工，“双抢”的时候，生产队队长经常是半夜就挨家挨户喊工。出工前母亲要将我叫醒，告诉我睡一会儿就起来，不要忘了烧早饭。早饭一般都是稀饭，有时放些山芋、蚕豆、大豆等。小孩子家瞌睡大，有时一睡下，到醒来时天已经大亮，大人们快要放工了，只能急匆匆地坐到灶前，点着火后，就大把大把地往灶膛里添柴火，结果越急火越慢。如果烧棉柴就快些，棉柴火烈也好烧，如果烧稻草就更急了。有时接连天阴，稻草不干，一把草塞进灶膛，还要用火剪把草挑起架空，再用力朝灶膛里吹风，才能把火烧得旺些。有时实在来不及了，母亲回来后就干脆和面夹疙瘩。一次教训以后，为了不误事，我就在父母叫醒我的时候，赶紧起来把稀饭烧开，待到天将亮的时候，再烧一会儿就好了。可有时烧得太早，到大人们放工回来，稀饭不是稀饭，干饭不是干饭，很难吃。

天亮的时候，还要把鸡笼里的鸡放出来。放鸡时要托一托哪几只母鸡当日要下蛋，对喜欢在外面下蛋的母鸡，要把它捉到鸡窝用一个东西罩起来，待到它下了蛋，才把它放出去。接着就要放猪，放猪时首先要拿着尿瓢，待猪出来时将猪尿接住，倒进茅坑，然后带上粪筐和粪铲，一边放猪一边捡粪，放猪回来还要喂猪。

早饭过后，大人们又要去劳动，趁着早上比较凉快的时候，我就在门口的凉床上再睡一会儿。那时我家的门口正好有两棵好大的椿树，浓浓的树荫遮住了早上的太阳。夏天的时候，差不多早中晚三餐都将饭菜端到门口的凉床上，这一条巷子家家门口都放着凉床，没有树荫的就在自家的门口搭上凉棚，吃饭的时候大家端着饭碗从巷子这头走到那头，哪里有风就在哪家门口坐下来。

大人出工的时候，我们几个小伙伴就有点时间玩一玩。如果哪天中午要有一盆蚕豆花蒸鸡蛋，那就麻烦了。母亲出工前将一把晒得很干的蚕豆，用开水浸泡着，告诉我等一两个小时，待蚕豆皮浸泡软时，就可以把蚕豆皮剥去。常常一碗蚕豆花需要剥一个多小时，手剥得很痛，为了偷懒我就想办法，将一把泡好的蚕豆放在大桌上，然后拿来量米用的升子，双手使劲地压住升子，用力揉来揉去，一会儿一碗蚕豆花就完成了。有时候蚕豆没有泡好，去皮很费劲，我就站到大桌上，两只脚踩在升子上，扭转身子来搓掉蚕豆皮。没有钟表也不知道中午什么时候烧饭，只能看太阳的方位和物体的影子来判断。煮干饭放多少水很难把握，稍大一点的孩子教我一个法儿，米下锅后将一只手伸到锅里，水面溢过手背就差不多了，所以每次煮干饭我都要用手试一试。

我们家很少上街买菜，只有春节或家里有匠人的时候，才偶尔到街上买点肉。“双抢”劳动量大，母亲要给家里改善改善伙食，就在饭锅上蒸两个鸡蛋，有时斩几丁咸鱼或咸鸭，一般一人一丁，待母亲放工回来，再炒上一两个素菜，通常是丝瓜炒鸡蛋。记得我家自留地在村东晒场边，靠晒场边一排栽了向日葵，种了丝瓜、豆角，夏秋季节，每隔一两天都能摘到一大篮子新鲜的丝瓜、豆角。丝瓜、豆角几乎每天都吃，有丝瓜炒鸡蛋、老丝瓜渣汤、丝瓜下面条、丝瓜烧泥鳅、炒豆角、蒸豆角等。老丝瓜渣汤清甜爽口，在炎热的夏季，喝上一口真是沁人心脾。一条老丝瓜只能渣一小碗汤，籽也是很好吃的。

一次听人说吃生鸡蛋可以补身体，我就从鸡窝拿来一个生鸡蛋，打开一仰脖子下肚，一股腥味弄得我差点吐了。有时烧饭的时候，我就偷偷地拿一个鸡蛋放在锅里，饭烧好了，鸡蛋也就熟了。一次在外面的草堆洞里，我一下子捡了十几只鸡蛋，高兴极了，悄悄地将捡来的鸡蛋藏在一个地方，趁大人们外出偷偷地煮一个。后来被母亲发现了，统统收回去卖了换盐。

夏天灵湖里经常出现蓝藻，越是中午天热的时候越容易产生。每当出现蓝藻的时候，大人们就要放下碗筷，带着铁锹，扛着水车，拿着箢子，赶到湖边捞。蓝藻是天然的有机肥料，刚捞到的蓝藻经过一段时间的发酵，虽然特别臭，但是最廉价的有机肥料，山区的人到圩区来买，一元一担。出现蓝藻一般要有三四级东南风，蓝藻出现后，要靠风力把它推到岸边，如果风向有变化，蓝藻就难以捞到，必须赶在风向没有变化前尽快多捞一点。捞蓝藻先要在湖边的沙滩上扒上一个个大大的沙坑，妇女们一箢子一箢子地将漂上来的蓝藻捞起来，倒进沙坑。蓝藻多的时候，男人们安上水车，将蓝藻和湖水一道车进沙坑，然后让沙子过滤掉水分，留下厚厚的蓝藻。

每到这时候，生产队都要每家送饭去。从圩埂到湖边有两里多地的沙滩，沙子经炎热的太阳一晒，滚烫滚烫的，穿上鞋子也十分烫脚。各家送饭的东西不一样，人少的人家用瓷缸装上饭菜，用家织布大澡巾扎好带去，人多的人家要用箩筐装上饭菜挑着送去。谁家饭先送来谁家就先吃，吃饭就在沙滩上或坐或蹲。太阳晒得人大汗淋漓，加上湖风一吹，皮肤就变得通红通红，然后就会脱皮，皮肤就会被晒黑，尤其是小孩子，是经不得晒的。

我家的屋后就是塘，我经常一个人蹲在后门口的塘边，拿着鱼竿静静地在那儿钓鱼。买不起鱼钩，就用缝衣针在煤油灯上烧上一会，然后用钳子将缝衣针弄成鱼钩状，再放在煤油灯上烧红，趁热往冷水里一放，一个鱼钩就成了，有时也直接用大头针弯成鱼钩，再系上鱼线，拴上鱼漂。鱼线就用洋棉线，鱼漂用一小段棉花秆或者将粟米秸秆剪成一段一段的，拴在鱼线上，鱼饵是在阴沟边挖的细小的红蚯蚓，鱼竿就用较长的棉花秆、细长的树枝或者小竹竿。有时怕别人看到，就将鱼竿放在塘边，人在家后门口看着，偶尔还能钓到老鳖。老鳖很精，一般在咬钩前要先浮出水面观察一下，稍有动静它就会不咬钩。刀鳅特别难钓，但它嘴馋，你可以将鱼钩慢慢地提起，它就会跟着鱼钩上来，直至水面，由于它的嘴小，不易钓，我就想办法，拿来一个带着长柄的网兜，待到它跟着鱼钩浮上水面，我就用网兜从水下抄起，就这样我一个中午能捞到一大碗。

那时塘里鱼很多，每到夏天，大塘靠村口的对面一块芦苇里，经常有草鱼吃芦苇的嫩头。一次，我从家里到村东，有意识地顺手捡起地上一块石头，到了那里一看，果然有几条草鱼在吃芦苇嫩头，我猛地一个石头砸过去，真准，一下砸中了一条草鱼，只见它在水中一冒一冒的，旁边的一个小伙伴高兴地说，砸中了，砸中了。我赶紧让他下去逮，当时我因为前两天踢皮球右脚崴了贴着膏药，不能下水。旁边的小伙伴一跃跳下，几个划水就来到那条鱼前，看准了一把逮住，赶忙抱了上来。那条鱼有七八斤，我们拿回家一人分了一半。

除了钓鱼以外，不同季节，不同环境条件，可以用不同的形式捞鱼，如网兜网鱼、推网推鱼、渔网网鱼、夹网夹鱼、猛子摸鱼、水凼逮鱼等，每一种捞鱼的方法都很有趣。

用网兜网鱼，一般是在春夏季节大雨过后，田沟里溢出的水，直往塘里淌，鱼儿遇见新鲜雨水，一个劲儿顺着流水往上游，尤其是春天油菜花开的时候，一场大雨，田里沟里都是水，只要哪儿有流水声哪儿就有鱼。你只要手里有一个网兜，往沟里一拦，在上游顺着沟里走一趟，鱼儿就进了网兜。

有一次，夜里下了一场大雨，我一大早就起床，拿着网兜就出门。村前的大塘边有一个新挖的水凼，上面秧田里的水经过水凼直往塘里淌，鱼儿一个劲儿地往水凼里游，可水凼与秧田有高差，鱼游到了水凼里，就再也游不到秧田里了。我一看还有鱼在拼命地从凼里往上游，就赶紧先把水凼通往大塘的缺口堵起来，以防鱼跑了，接着再把秧田的缺口堵起来。水凼面积不大，只有两三平方米，水深到腿肚子，我卷起裤腿跳下去，用脚一搅水，哈哈，里面有好多鱼，我一边用网兜捞，一边用手摸，一会儿就抓到了头十斤，全是白花花的大鲫鱼。还有些鱼不好逮，我就一个劲儿用脚搅水，没逮着的鱼很快被水呛得浮出水面，这时用网兜一捞就行了。捞了许多鱼但没有带装鱼的东西，我干脆脱下裤子，用草把两个裤脚一扎，两个裤筒装得满满的，兴高采烈地抱回家。

那时村里的塘很多。夏天，天气一热，村口的大塘就是我们的游泳池。一到中午，大人们要休息，小孩子们就三五成群地跑到塘里。有的父母怕出事，不让自己的小孩下塘洗澡，就在他们的屁股上用墨水做上记号，一下水记号就没了。我也不知道什么时候会水的，反正是跟着大孩子学，扎猛子，狗爬式，打漂花都会，在深水处也能浮上一会儿。村口的塘边不是很深，但中间很深，那时听大人说塘里有水鬼，人一下去，水鬼就抓住你的腿往深处拽，之前塘里淹死过一个小孩，我就更不敢单独洗澡了，就是人多的时候，一游到塘中间着不到底时，心里一想起水鬼就有些害怕，赶紧往塘边游。

实际上一个人洗澡是很危险的，有一次，村里的一个十几岁的孩子中午放牛的时候，天气太热，就在抗旱的抽水机口洗澡，一个人下去后来就没有上来，直至淹死漂了上来，家里人才知道。

一次，我们五六个小朋友在村口的大塘洗澡，我一个猛子扎下去，上来换气时系在脖子上的大澡巾翻过头顶，罩住了前面，我弄不清岸边在哪，澡巾又影响换气，我急得两手乱抓乱打，喊也喊不出声，呼吸困难，旁边的一个大点儿的孩子看到我紧张的样子，赶紧游过来把我托起，拿下系在脖子上的澡巾，这才让我换口气来。

夏天经常遇到塘里水少的时候，十几个小孩在塘里打打闹闹，一会儿塘里的水就被搅翻了，这时鱼儿被吓得到处乱窜，你一个猛子扎下去，身子贴着水底，两手张开顺着塘底摸去，鱼儿直往你身子下钻，一抓一个准。有的时候鱼儿躲到淤泥的脚印凼里，脚踩到了，它一动也不动，一个猛子下去就是一条。塘边的树洞里、草丛里到处藏着鱼儿，你只要顺着塘边摸，一定能摸到，有时一个洞里可以抓到几条。稍大的孩子，家里养着鸭子的，身后会拴着一个脚盆，一边摸河蚌和螺蛳，一边摸鱼。

一天中午上学的时候，走到半路上，看见很多人在一条快要干涸的沟里摸鱼。我不管三七二十一就跳了下去，不一会儿一条大鱼一下子钻到我的脚下，我赶紧扑下身子压到鱼身上，这是一条鲶鱼。这时其他人也发现了，赶紧过来抢，鱼儿很滑，他们无法抓住。我正好抓到它的腮部，顾不上脏了身上的衣服，我赶紧抱起大鱼上岸，也不顾上学要迟到了，顺着圩埂就往家跑。回到家我用秤一称，三斤六两。

村口大塘只有到了过年的时候，生产队才下大网捕捞一次鱼，然后按劳力分到每家几斤。我家的后门口有一棵歪斜在塘边的柳树，正好是下网的地方，站在树上用一根长长的竹竿，将一截渔网一头勾住，慢慢地将渔网伸到塘中间，放上一会儿，就会有鱼被网网住。最厉害的是用丝网，大鱼小鱼都能网到，但丝网摘鱼很麻烦，稍不注意网就会被弄破，有时候遇到水里有树枝，会把网弄得很乱。

一年四季，夹网都可以捕鱼，也可以健身，但它适合较大的孩子或者大人，因为用它需要很大的力气。夹网一般是先织成长五六米、宽三米左右的网片，然后从中间一折，再将两头缝好，成长口子形，也有成半圆形的。夹网上口系上浮漂，下口系上锡坠，两头各由一根三五寸长的横档撑开网口，两头横档中间安上一个可自由转动的桊，再各用一根一米来长的绳，一头系在木桊上，一头系在竹竿上。捕鱼时，用两根竹竿将渔网撒到河塘边稍远的地方，渔网很快就自然张开，网坠带着渔网很快下沉。捕鱼人将两根竹竿张开，两手握住竹竿从两边击打，将鱼往网兜里赶。两根竹竿赶到快到一起时，捕鱼人迅速将两根竹竿抵在肚子上，双手用力将夹网抬起，起网越快鱼儿逃跑的机会就越少，特别是遇到大鱼更需要有速度和力气，稍一怠慢，鱼儿就会跑掉。越是草多的地方，鱼儿越多，只要把准位置，迅速下网迅速起网就有鱼，有时还可能有大鱼，但草越多的地方，起网阻力越大，要格外用力。

记得有一次，一棵小树倒在水边，我知道这是一个好地方，一定会有鱼，我很准确地将渔网撒下，围住了整个小树，网一下去，就见渔网有动静，我赶紧用足劲儿起网，果然，一下子网到了一条一斤多重的鲢鱼、一条两斤多重的黑鱼，还有一只一斤多重的老鳖。那可是我一次网到最多的一次，高兴得我扛着夹网往家跑，因为我身上系的鱼笼已经装不下了。

冬季水沟、池塘水都很浅，鱼儿都藏在草丛里，行动也很慢，这时用推网推鱼是一个好方法。推网有一根很长很长的竹竿作为推杆，推杆前是一根一米来长的横木，推杆顶在横木中间的一个槽上，撑起三角形网兜。推网的网片是我自己做的，是用纳鞋用的棉线慢慢织出来的一个三角形网片。推鱼是个力气活，有时几个人一道，有时一个人，人站在沟的一边，把推网从沟这边顺着沟底用力地推向沟那边，越到沟头，鱼儿等越多，虾子、鲫鱼、泥鳅什么都有。那时好像癞蛤蟆特别多，很多时候都能推到，有时还能推到大鱼。遇到大一点的塘，几个推网在一起，把水搅浑，就有可能推到更多的鱼。

家里渔网、夹网、推网都有。上中学时，学习压力不大，我经常趁放学回家的空闲时间，扛着夹网顺着塘边转一圈，一次总能捕到一两斤，虾子、小鱼、泥鳅都有。回来后，去掉鱼杂清洗一下，那也是一顿美味佳肴。

站网只有生产队才有。站网拉鱼是大人们干的，生产队经常让年轻力壮的劳力，在农闲时到湖边去拉网，来改善生产队社员的生活。记得有一年夏天，正是农忙时，我和一个堂兄放学回来，看见他家门口放着生产队的站网。堂兄的老爸是生产队队长，我们就大着胆子，偷偷地将生产队的站网拖到湖边，两人脱下裤子，跑到离湖边有一段距离的地方，将站网撒开，然后将拉绳系在腰间，一人在一头拼命地往岸上拉。第一网，网下反了，费了九牛二虎之力，一条虾腿都没有拉到。第二网，我们认真地理好网，一网下来，足有两斤多鱼，都是些毛鱼、虾子、翘嘴鲌等。拉到第三网，我们实在拉不动了，两个人在沙滩上好好地躺了一会儿。

捞鱼摸虾对我这个在湖边长大的孩子来说是一个莫大的乐趣。母亲经常说，捞鱼摸虾误了庄稼，意思是不务正业。直到我参加工作以后，在家乡教书的时候，遇到星期天或者放假的时候，也经常用不同的方式捕鱼。对我来说，那好像不仅仅是捕鱼，更是一种运动式的休闲。直到调到县城工作，我有时还忘不掉。一九九〇年发大水，县城被淹，湖水淹到了城墙脚，退水的时候，鱼儿特别多。我从农村家里拿来夹网，下班的时候，换上旧衣裳，戴上草帽（怕被人认出），穿上胶鞋，系上鱼笼，顺着城边的环村河捕鱼，一个小时就捕了十几斤鱼。

初中是在邻村的吴岗中学上的，入学也没有考试。我们是这个中学的首届学生，当时只有两个班，之前这里一直没有学校，所以班上的同学年龄相差较大，大的同学已经十七八岁了，我才十三岁，记得还有两个同学比我小一岁，在班级里我们可算是最小的了。从初一到初三，我们一直在北边的教室，两个班的中间是一个老师的休息室。学校前是一个宽大的操场，再前面就是一片很大的柿子园，每到秋天柿子红了的时候，树上像挂满了红灯笼，通红通红的。学生们不敢随意去摘，柿子常常被鸟啄得掉下来满地都是。

除语文、数学两门课教学比较规范外，其他课都没有作业，同学们也不认真听。语文老师教学非常认真，也很有水平，对学生要求很严，很多学生都怕他。他要求我们每周至少要写一到两篇日记，每天中午要练一到两张毛笔字。他对学生的作业批改得十分认真，对学习好的同学更是注意培养，班上哪个同学的作文写得好，在作文评讲时，就拿出来读给大家听，字写得好的也放在讲台上让大家看。数学老师教学也很认真，经常出些较难的题让学生练习。全班的学习氛围很浓，同学的学习成绩都很不错。

大约就在那时我对语文产生了兴趣，学习特别认真。可能因为那时可供学习的书太少，更谈不上有什么课外书读，同桌的一本成语词典，我硬是一页一页地抄，按拼音顺序排序，一直抄到w，后面的部分不知怎么弄丢了，才没有抄完。尽管那时学习十分认真，但由于父母没什么文化，没有一个很好的书香环境，什么《水浒传》《三国演义》《西游记》等名著根本没有听说过，偶尔从二姐那里听来一两个关于妖鬼的故事，吓得平时晚上一个人都不敢出门。这造成了我的文学、历史知识“先天性营养不良”，以致尽管后来我试图向文学方向努力，但最终无缘。

“你只要好好学习，我就给你学费，我这一辈子就是吃了没有文化的亏。”这是外公给我印象最深的一句话，也激励我一直坚持学习。外公是个木工，虽不识字，却能绘图，有一手好技术。当年建设佛子岭水库时，他曾是一名骨干技术员，参加制作了佛子岭水库的模型。外公先在江汉退休，后移居到湖滨。外公外婆一直是两人单独生活，生活很简朴，每次到他那里，看到桌上的菜，我甚至觉得不敢放开吃饱。

父辈们对小孩学习的理解，首先是要写得一手好字，他们说，字就是一个人的大褂子，字写得好，说明你有学问。那时没有书看，我就把更多的时间拿来练字，钢笔字一笔一画写得十分认真，工工整整。为了写得整齐好看，我先用尺子画一条线，让每行字都在规定的线上。没有字帖，完全靠自己的感觉，认为工整就是漂亮，也根本没有书法的概念。班里的一些同学觉得我写的字好看，有的同学就把我的本子拿回去抄，说我上课笔记记得全。

初二的时候，不知从哪里弄来一本《纪念白求恩》的隶书字帖，我开始认真地临摹起来，大概写隶书我比较感兴趣，很快就入门，每次练完大字，总要从报纸上找来隶书临摹，后来见到报纸上有隶书字体的文章标题，干脆就剪下来夹在一个本子里，有空就模仿练一练。老师很鼓励，每天二十四个大字，老师最少要给上十几个圈。整个学生阶段，也就是那个时候，才真正练习过毛笔字，时间也就一年多，那是真正的野学野练，只是写写而已。

村里有文化的人不多，我们上初中在村里已经是算是文化程度最高的了。春节的时候，我就开始给自己家写春联，村里人家看我字写得不错，就有人家拿来红纸让我写。一家几个门，有大门，有房门，还要横批，怎样裁纸很讲究，必须先考虑好，裁得不合理，门联过大或过小都很难看。刚开始，给人家写稍不注意，或写错了一笔或自己不满意，就自己掏钱买来红纸重写。

第一年写得不多，后来每到春节，就有越来越多家让我代写春联，从腊月十几开始，一直要写到除夕。有次看到街上卖的春联字体是篆体，一个圆圈里面写一个字，写的春联很好看就想学。没有圆规，我就选择一个大小适中的碗，卡在裁好的春联上，用铅笔轻轻地画一个圆，然后再写字，一副对联要花上一两个小时，但乐在其中。

初中时，同村共有五六个同学，我们一直是一道上学一道放学。其中两个大一点的同学都是本家堂哥，有一个还有一手绝活——很会找黄鳝。到夏天的时候，早稻秧苗刚插下去不久，正是长势很旺盛的时候，田里水很清，也是黄鳝下籽的时候，我们几个有时就利用中午上学的时间，顶着烈日，顺着田埂找黄鳝。大家都会找，可逮不住黄鳝，只要看见田埂边有一个新的洞口或有一处泡沫，就喊着叫堂哥过来。他很有经验，一看就知道是不是黄鳝洞，洞里有没有黄鳝。在下手前，他一定要再找出另一个洞口，然后才趴在田埂上，伸出中指，弯曲其他四指，凭着中指的感觉顺着洞穴摸进去，眼睛盯住另一个洞口。看到黄鳝从洞中出来，他瞅准机会，伸直中指弯曲其他四指，对准黄鳝的前三分之一处，一手掐下去，黄鳝被掐住缠绕在手上。有时他干脆两手从两头的洞口合拢，就直接把黄鳝掐出来。一个中午，有时能逮到两三斤，我们把逮来的黄鳝，拿去送给村路边看桃园的老头，老头就让我们悄悄进桃园摘桃子吃。

黄鳝洞和蛇洞一开始我不会区分，只听他们说，黄鳝洞光滑，蛇洞粗糙，后来才知道，黄鳝洞一般整个洞穴都在水里，蛇洞洞口肯定不在水里。这样偶尔我也大着胆子，一个人到稻田埂边掏黄鳝，看到田埂边的洞，没有把握，我不轻易下手去掏。有时好不容易找到了一个洞，小心翼翼地下去，一伸手黄鳝从另一头洞口出来了，我赶紧去掐，可是没有经验一下子掐滑了，黄鳝溜了，只得瞅准机会再逮，有时黄鳝跑远了，还要卷起裤腿赤着脚下田，再瞅准机会逮，有时要掐几下才能逮到，有时还是让它跑了。

无忧无虑的初中，学校、社会、家庭没有给予我们充足的知识营养，但我们的老师是尽力的，我们是快乐的。

一九七二年经过考试，我们班大约有一半同学进了田林高中。高中也是两个班，我们算是第二届，也可算首届，我们前面的一届比我们早一个学期，他们当时是春季招生的，我们是秋季招生的。刚开始进学校，我被分在二班，同村的两个同学分在一班，我很想继续和他们在一个班，甚至有调班的想法。学校离田林镇区不过一里地，坐落在一个岗坡上，两栋连着的教室，我们在东头的教室，后面一栋就是教师宿舍，教师宿舍的后面是学生宿舍，西头是食堂。全区五个公社的学生都在这里上学，学校坐落在田林镇中心位置，离学校较近的学生走读，离得较远的学生都住在学校。我们从学校到家要走两个多小时，没有公路，没有自行车，更没有公共汽车，上学要走小路，全凭两条腿，遇到下雨天更是艰难。

后来从镇里修了一条到吴岗公社的土公路，虽然可以通车了，但对于我们来说，来回走路更难了，原因是刚刚铺好的砂石路，走起来更是矼（方言，硌的意思）脚。遇到下雨天我们只得光着脚，卷起裤腿，沿着公路两边的路肩，顺着泥土多一点的地方走。公路两边都是石子，脚还要抬得高一点，稍不注意一脚踩到大一点的石子上，或碰到石子，痛得龇牙咧嘴。无论是上学还是回家的路上，遇见公社的解放牌小货车、大队的丰收-35型拖拉机，我们总觊觎着驾驶员能发发善心，带上我们一截，可人家根本不理睬。有时我们看拖拉机开得慢一些，几个同学就大着胆子，趁驾驶员不注意，一路撵着拖拉机，偷偷地往上爬，好不容易爬上去了，被驾驶员看到又唬了下来。

我们离学校远的学生，都是每个星期六上完课回家，星期天下午回校。每次回校，母亲都要给我烧上一罐自家腌制的小菜，多放点油，有时偶尔还加几块肉。一个星期天的下午，我从家里到学校去，手里拎着一罐小菜，刚到公路边一会儿，看见大队的拖拉机开过来，就不顾一切地从后面的车厢爬了上去，忘记了手中拎着的菜罐子，刚上去还未站稳，就被驾驶员看到了，被唬了下来。可下来定神一看，手里拎着的菜罐子已经打烂，只剩下提罐子的网兜和碎罐片，小菜早已撒光，那一个星期的早上就只能喝白粥了。

和我同村的一个同学兄长很节俭，他每天早上二两稀饭，中午四到五两米饭，晚上三两米饭，同学们叫他“253”。那时我们的家庭条件都不是很好，我们生活都很节俭，每天中午、晚上要么三分钱白菜，要么五分钱萝卜，很少买一顿一毛钱的菜。同村的学兄偶尔用香油炒食盐来代替小菜，有一次他从家里带来一罐腌制的小鱼，放在寝室里自己的床头，不知被谁发现，一个晚上就被大家偷吃得一干二净。

晚上上晚自习回到寝室，肚子经常饿得咕咕叫，也只有忍着。那时也不是家里不给吃饱，就是在学校有些舍不得吃饱，每到星期六的下午，我们就急着想回家，一进家门放下书包，就径直到厨房，打开碗橱的门，看有没有剩菜或剩饭，不管三七二十一，也不管冷热，先吃个饱再说。晚上母亲回家做饭，我看到刚炒的菜和热腾腾的饭，经常吃得很饱很饱才放下碗筷，肚里撑不下了，到夜里胀得睡不着，打着饱嗝很难受。

高一开学不久，学校要勤工俭学，让我们去帮忙拆科技馆，并将拆下的砖瓦挑到学校。科技馆就在田林师范前边的一片岗地上，离田林师范不过二百米。从田林师范到学校有十几里路，我们全体学生都要挑砖，年龄大的一担能挑二十几块，我只能挑十四到十六块，每天挑两趟，大概用了一个多月的时间，科技馆就拆掉了。劳动的时候，中午学校给同学们加餐，白菜烧肉，那吃起来特别香。

高一下学期，学校为了扩建，需要筹集资金，又让我们到芦柴嘴沙站挑沙卖钱。那时公社在芦柴嘴专门成立了一个黄沙站，有一百多人吃住在芦柴嘴，专门挑沙，每天都有几个拖轮拖着长长的船队停泊在那里，等候装满沙子后运往外地。一个拖轮能拖十几只驳船，每只驳船能装一百多吨，一次就是一千多吨。由于驳船吃水深，不易靠岸，人们就从岸边架上木跳板一直搭上驳船，一边用来挑沙上船，一边用来下船。重重的一担沙子一百多斤，再加上一个人走在跳板上，晃晃悠悠，颤颤巍巍，胆小的根本不敢上船，偶尔有人稍不小心就掉下水的。等驳船吃水深度差不多，再装要搁浅的时候，人们就要搬走跳板，再将驳船挪到离岸较远的深水区。这时，人们再把沙子先挑到岸边一个装载量四五吨的小船上，装满后再划到驳船边，用两根绳子将小船固定在大船边上，然后人站在小船上，一锨一锨地把沙子往大驳船上装。小船与大船相差一般在一两米，没有相当的力气，很难将一锨锨沙子装上大船，因此装沙的都是些身体健壮的男子汉。同学中有几个身体健壮的，主动承担了此项工作。大家一开始上跳板很是害怕，特别是女同学，根本就不敢走上跳板，一般是在岸上为大家装沙子，只有几个胆大的女同学，也和男同学一样，一担一担地挑。中午十个人一个大脸盆，满满的一盆红烧肉，一转眼，就被同学们扫劫一空。有的同学耍起了滑，第一碗饭盛得浅浅的，多弄些菜，很快第一碗饭吃完，再舀第二碗饭时再增加些菜，这样菜可以多吃些。吃得慢些的，第一碗饭舀得多一些，自然菜也就少了一些，到第二碗饭时，菜都差不多被扫空了，饭也不多了。一个星期下来，同学们个个累得筋疲力尽，皮肤也被湖风吹黑了，有的胳膊、肩膀上都晒脱了皮。

大概因为我比较勤快，语文成绩还可以，喜欢写写画画，进校不久同学们就让我当生活委员，也就是帮助住校生打打饭，安排班级值日生打扫卫生，偶尔班级活动帮大家跑跑腿。这阶段听说学习成绩好的可以直接上大学，大家学习都很认真。之前上大学，都是由公社推荐的，必须贫下中农家庭出身，思想积极，根红苗壮，叫工农兵大学生。直接上大学当然对我们有很大的吸引力，所以大家学习都很努力。我每次作业都做得十分认真，化学老师对我的作业批语，开始时每次不是“整洁”就是“很好”，然后是“最好”，再后来是“最最好”，这一方面是因为我的作业确实认真，另一方面是因为我的字写得好。其实我对化学并不感兴趣，包括物理、英语、数学，成绩都很一般，但我的作业都做得很认真。那时还不知道怎样学习，上完课就是玩，从来没有在大脑里过一过，不够用心，仅仅靠在课堂上听一遍，有的还没有消化，我对数理化不感兴趣，仅仅完成作业。我对语文很感兴趣，觉得课堂学习不够解馋，老师的教学方法也不适应，兴趣提不上来。因此，除了课堂学习以外，我课外学习的自觉性很强，对于书籍几乎到了垂涎的程度。几个人一道逛街，我最想看的就是书店，看到那些书摆在那里，心里痒痒的，可就是口袋里没有钱买。

高中的几个老师的课上得都很好，特别是班主任老师，数学教得特别有趣，他解题能力特别强，但表达稍微逊色一些。他喜欢挑战自己，喜欢出一些难度大的题目给学生做，考试时出题的难度也很大，年级中成绩最好的学生也只能考七八十分，大多数同学只能考个五六十分。他说，你们在我这里考个六十分，就相当于在别的地方考了九十多分。每次考试，能够及格的同学很少。他很平易近人，有时会在黑板上解题时卡壳，他面带笑容开玩笑地说“搞着吧”。但同学们对他很尊重，不以为然，有时他是故意逗大家，以提醒同学们注意。

我对语文最感兴趣，遇到好的文章我就一页一页地抄，一字一句地揣摩，有的好文章，我还一句一句地背，当作范文学习，在写作时模仿，在模仿中寻找规律。那时是书荒，农村没有读过书的人家，是根本看不到书的。舅舅在书店工作，我在他家里看到他为别人买的书，十分眼馋，就是没有钱买。那时舅舅家负担重，四个孩子都相差不大，都很小，生活也比较拮据，舅舅又喜欢喝酒，经济上并不宽裕。一次我从他那里看到了《唐诗三百首》上下集，实在舍不得放手，就拿着带回了家，回到家就一遍一遍地看，很多不懂的诗句，硬是囫囵吞枣地背。

那时看到好的文章就十分欣赏，印象最深的是一篇《水》的散文，我觉得写得太好了，就仿照它的语气、结构、风格写了一篇《水的赞歌》，并把它抄在班级的黑板报上，很多同学觉得这篇文章写得好，也将这篇文章抄了下来。班级的黑板报由我和另一个同学负责，每月一期。那时梦很多，愿望很多，幼稚得很，充满着理想和好奇，看到什么都想学，什么都想尝试。看到电影上的英雄，想学；看到那些做好事的人，想学；看到好的文章，想学；看到解放军英姿飒爽，想学；看到领导干部侃侃而谈，想学。

也就是从那时起，我开始野心勃勃地想把自己的文章发表出去，开始琢磨好文章的写作方法，不断地模仿，不停地写，觉得写得不错的，就悄悄地试着对外投稿。终于有一天，南京的一家杂志编辑给我来了一封信，对我写的一篇文章给予了肯定，有意要发表，但要我按照他提的要求修改一下。我十分激动，将底稿拿出来，反复修改，再三琢磨，觉得比较满意了，满心欢喜地将稿子又寄了出去，焦急地等待着编辑的回音，可一直是泥牛入海，但那位编辑的信，我一直小心翼翼地保存着，直到离开学校。如果那时有个高人给我指点一下，稿子可能就会变成铅字，也许从那个时候起，我会慢慢地走上文学的道路。

高二的时候，原来传说的成绩好的可以上大学的消息没有了，学校的教学氛围淡了，老师放松了对学生的学习要求，学生们也失去了学习的动力。学校教学松了，一些学习好的同学也泄了气，大家都没有方向，对未来很迷茫。城市学生下放到农村，接受贫下中农再教育，农村的学生回乡务农，有几个同学没毕业就当兵走了。对农村孩子来说，当兵是令人羡慕的，很多人都想通过当兵跳出农门。

广阔天地大有作为。即将毕业，我异想天开，憧憬着美好的未来，产生了创作一个关于知识青年在农村接受贫下中农再教育的过程中苗壮成长的短剧的冲动。一个多月的时间，一本厚厚的笔记本快要写完了，班主任老师不知怎么知道了，甚至想要班级同学把它排演出来。

我们班有两个同学和我关系很好，一个是班里的团支部书记木然，一个是第三小组组长王乙，他俩都比我大。高二放暑假的时候，我们几个约着一道挨家去玩，我在他们两家都住过，两家的父母对我都很热情。木然家三间瓦房，两间厢屋，还有一个天井，父亲是一个篾匠，哥哥是一个大学生，令我很羡慕。王乙家在村东头，也是三间瓦房，父亲是一名小学校长，他在家老大。他们两家的条件都比较好。到我家的时候，我就带他们到湖边芦柴嘴的沙滩玩，他们没见过那么大的沙滩和柳树林，我们玩得很尽兴。

高一的时候，我就入了团，看到高二有的同学入了党，我很羡慕，就想努力在学校入党。第二学期时，我就悄悄地向校党支部提交了一份入党申请书。我觉得党员值得人们敬仰，刘胡兰、董存瑞、雷锋、焦裕禄等等，一个个都是人们学习的榜样，还有电影上的很多英雄，都深深地印在脑海中；觉得党员不仅是荣誉，更能够学到好多东西，还可以干很多伟大的事业。农村中的很多活动都有党员同志带头，他们很积极，很有威望，群众对他们也很尊敬，他们带头做好事，带头做宣传，很多事情只有党员才能参加。如果能够加入党组织，作为一名党员，可以更多地为人民服务，很多梦想也可以实现。当时我的想法就这么朴素，我也暗暗地严格要求自己，处处向党员学习，集体劳动不怕吃苦，干事主动积极，学习认真刻苦，还注意艰苦朴素。可积极要求进步，又怕别人知道，有些害羞，入党申请书不敢直接递给党支部书记，就悄悄地用一个信封装着，放到当时学校党支部书记、校长魏老师的办公室桌上。

我们班上有三个年龄最小的同学，我是其中之一。那时男女同学之间很少说话，更不敢单独走在一起，偶尔有哪个男同学和某个女同学说话，就会招来大家的议论。

应该说，家庭的环境对我学习文化来说，是先天营养不足的，使我在以后的工作中，时常感到自身知识的匮乏。尽管我可以用“如饥似渴”来形容自己的学习，但整个环境并不向好，知识文化在那个时代并不被重视。

回乡务农

中学学校的生活结束了，我回到了农村，接受贫下中农再教育，积极地献身到广阔天地，凭着一颗炽热的心，积极劳动，积极表现，不怕吃苦，不怕困难，充满着对梦想——大有作为的追求，然而梦想的道路坎坷，唯有艰难跋涉才能前行。

没有了上大学的希望，当兵对农村的孩子来说是最好的出路了。然当兵也是要有门路的，有门路的同学，早在毕业前就报名参军去了，那一年我们班走了五个。当兵是我非常向往的，每次看电影，荧幕上的军人的形象总能深深地打动我，一身的军装，雄赳赳气昂昂，令人羡慕。一人当兵，全家光荣。每个当兵人家门头上都挂有一个“光荣人家”的牌子。春节的时候，大队还要组织人敲锣打鼓到他家拜年。军帽、军鞋、军服是很漂亮的。当不了兵的，有一件军服或者一双军鞋也是很令人羡慕的。房前的堂哥前几年当了兵，回来时特地给我从部队带了一双军鞋，同村的另一个老兄给了我一件军褂，我自己买了一顶军帽，一身军人的服装，穿在身上就觉得精神得很。

高中毕业了，我就回到了农村，参加生产队劳动，刚开始觉得很新鲜，年轻气盛，干事不服输，瞄着大人干。但是，虽然整天和大人一样干活，到晚却拿不到和大人一样的工分，心里总是不服气。挑粪的时候，更不甘示弱，心想我跟大人一样一担一担地挑，总不会工分比他们少吧，可到晚上记工分的时候，队长给了大人十分工，给我还是八分工。我找到队长问：“我和大人干一样的活，没比大人少挑一点少挑一担，怎么大人十分工，我只有八分工?”队长的一句话把我气得没话说：“你刚参加劳动，只能八分工，你虽然和大人一样挑，你挑的姿势没有大人好看，也不能给你满分。”

回乡不久，全县组织民工清淤河道，工程分到各个生产队，劳动强度高。一般生产队都是分批安排劳力，轮换作业。我毕业回到家劳动时，第一批挑河工程的人正好已经到期，生产队正在组织第二批劳力去接替，一家一人，我被抽去参加第二批挑河。一般来说，第一批劳动强度要小一些，河水抽干后，主要是清理河床的淤泥，但河堤与河床的落差不大，坡度小，到后来随着工程的进展，淤泥基本清理结束，需要继续挖深河床时，坡会越来越长，劳动强度也会越来越大。

挑河是个艰苦的重体力活，我刚从学校毕业，身体又比较单薄，有时确实感到有些吃不消，干不下去了。到了寒冬腊月，我们五六个人带着铺盖，住在大队工程段一户沿河的人家，睡在人家灶房的草垛上，厚厚的草垛经常有老鼠窜来窜去，有时跑到你的脸上身上。为了赶进度，每天夜里两三点钟起床，匆匆吃过早饭，就要上工地，早饭一律是干饭加小菜。严冬的夜里格外寒冷，外面黑咕隆咚，要打着马灯走，劳动工具都丢在工地上。到了工地，大家就干了起来，工地上灯火通明。待到天放亮时，只见女人的头巾上是一层霜，男人的胡子眉毛都是白的，头上还冒着热气。

刚开始挖时，河床坡度不大，一担一百来斤感觉还好，可越往河底挖，坡度越大，劳动强度也越来越大，每一担泥挑上来，都气喘吁吁，满身是汗。河床泥烂，又粘又滑，有时一脚踩下去要陷得很深，两脚被淤泥吸得很紧，让你拔不上腿来，肩上一百多斤的担子已经触到了地面，让你顶不起来，绵缠得你浑身使不上劲，每向上挪动一步，都要费很大的劲。同生产队的一个女同志，个子不高，身体比较瘦弱，挑着满满的两粪箕泥，两只脚陷在泥里，粪箕已经贴地，几乎是一步一步地往上爬，大家都很同情，只能让她每担少挑些。特别是到了工程快要结束的几天，河床坡度已在四十度左右，加上遇到小雨天，几乎每担都是爬着上来。

一连几天，我们都是和衣而睡，每天的衣服都是汗透了捂干了，捂干了又汗透了，显然衣服已经有一股汗酸味了，但谁也顾不上这些。晚上回来，一吃过晚饭，很少还有人有什么劲头打牌调侃，一个个已经筋疲力尽了，脱下潮湿的沾满泥浆的鞋子，卷起裤腿洗完脚，就躺下来呼呼而睡。都湿透了沾满烂泥的鞋，始终不会干的，早上起来去穿鞋的时候，里面彻骨的凉。为防鞋子被烂泥吸住，每个人都用绳子把鞋绑在脚上，就是这样也还是经常有人的鞋子被泥吸住脱掉的。

夜里干活偶尔也有偷懒的，躲在哪儿歇一歇，大家还不注意，可到了白天，要好偷懒大家都能看到，有的只能借故解手，多磨蹭一会儿。中途锣声一响，大家什么也顾不上，赶紧放下担子就地休息，有的快挑到地方了也不愿意多走一步。中午吃过饭，休息的时间很短，大家一放下碗，就歪倒在灶房的草垛上，抓紧时间休息一会儿。

那几天的伙食还是可以的，除了早餐之外，每顿都有荤有素，十几个人一个大脸盆，盛着满满的白菜烧肉，大家围坐在一起，狼吞虎咽，到第二碗饭时，吃得慢一些的人，就很少有菜了。有些人第一碗饭盛的少一点，菜夹得多一点，三下五除二，再来第二碗。那种情况下，很少有人能坚持下来，除了最强壮的劳力。

生产队一般是十来天就要换人，我也实在支撑不住了，这时正好公社的工地上需要一个人做宣传，要在工地上做一个大幅标语牌——水利是农业的命脉。不知是谁推荐，公社把我抽到工地指挥部上班，开始做大标语牌。标语牌是由一块块很大的油毛毡做的，每一块有四平方米，用毛竹片做框子，两边用毛竹夹住作为柱子，上面用石灰写字，我写的是隶书，写好后就插在已经快要完工的大堤上，老远都能看见。标语牌搞好后，我就留在指挥部写写画画，直到工程结束。

实行家庭联产承包责任制前，公社、大队、生产队三级所有，队为基础。我们大队共有八个生产队，上下柳村分别是四个生产队，每个生产队有二十来户人家，我们家在第六生产队。

集体劳动很有趣，人多热闹。栽秧、割稻、薅草，摘棉花、锄草、打场，大多是全队劳力一起上，几十人在一起干活，有说有笑，相互逗乐，让人感受到一个大家庭的温暖。壮劳力主动做重一点的活，弱一点的劳力适当做轻一点的活，大家相互体谅关心，倘若有壮一点的劳力偷懒，就会有人说话，大家都比较自觉，其乐融融。生产队集体劳动只有考勤，没有考核，差不多的劳力干多干少一样的工分，这样的体制下当然会有偷懒的出工不出力。能挑一百斤的只挑八十斤，能半天干完的事，磨磨蹭蹭就要一天，社员劳动缺乏激情，劳动潜力没有发挥。但那时在我的思想中，干什么事都要靠自觉，有多大力出多大力，偷懒耍滑不应该，人没有这点精神，还有什么意思，就是这么单纯的想法。

栽秧、割稻、锄地、摘棉花的时候，劳力比较集中，大家一字排开，从田这头开始，大家边干活边聊天，张家山前李家山后，说说闹闹，不紧不慢，相互瞟着前后，动作慢的就快一点，动作快的有时就慢一点，偶尔有些体力壮的也会主动为落后的带一带。

集体劳动人多，出力不出力主要靠自觉，劳动效率低，经常打疲劳战。生产队一年到头很少有休息天，甚至连春节也只有几天的休息时间。进入“双抢”阶段，更是没日没夜，一个月的时间，每天都是夜里三四点钟就出去做早工，早上七八点钟回来吃早饭，早饭一吃完又要出工，中午也是常常十二点钟回来，吃过饭，休息一个小时，就又出工，晚上常常要到鸡上笼掌灯时分才进家，上工放工完全由队长随口而定。

生产队有六七十个劳力，年老体弱的，男子汉妇女，整劳力半劳力，生产队队长都要统筹安排好，还要搞好劳力组合，哪些事需要多少劳力，需要什么样的劳力，哪些劳力能够干，哪些劳力干不了，哪件事派谁比较合适，什么时间完成等，都要队长考虑好，要不就会窝工，赶不上季节。譬如，打水、挖沟、整田等农活，一般派男劳力比较合适；摘棉花、锄草、点油菜、抓灰等手头活，女劳力就比较合适。生产队队长每天晚上都要对第二天的劳动做一个安排。第二天一早，大家都还在睡梦中，生产队队长就要一家一家地喊工，干什么，带什么都要一一招呼到。

生产队劳动最辛苦的是“双抢”，那时都是种双季稻，七月初早稻就要收割，这边割下，有时就直接挑到场基上堆起来。刚割完稻子的田，有时还有水，一脚下去陷得很深，一担稻把子挑在肩上，你得深一脚浅一脚地走上田埂，一脚踩在脚印凼里，泥水一溅，汲上一裤筒。有时遇到天气好，割下的稻子暂时放在田里晒，等晒干了再往场基上挑。遇到天气突然变化，稻子刚刚晒得差不多了，就要赶紧抢在暴雨来临之前，将晒干的稻子挑到场基上堆起来，以防稻子淋湿发芽。刚刚割完稻子的田，要用牛赶紧翻耕过来，放好水，耙好整好，准备栽晚稻秧。

拔秧都是起早干活，夜里三四点钟队长就喊工，一直要拔到天亮。天一亮，就有一部分劳力将拔好的秧苗，挑到耙好整好的田里，有时还要栽上一趟再回家吃早饭。早饭一吃，生产队队长就又挨家喊着出工。为了赶时间，很多家庭夜里起来把稀饭烧好，回到家里，赶紧再热一热，再摊上几块小麦面粑粑，有的为了省事，干脆用小麦面做疙瘩。

割稻也不是轻巧活，不但要速度，还要力气，也要有技巧，稻茬留得深一点，一镰刀下去，能割五六棵稻，速度可以快一点，但稻茬留深了，影响下一茬插秧，因此生产队要求不能留深。不过总有一些人会占便宜，开头割得短一点，到了中间，就慢慢放长了，看到队长说话了，再割得短一点。稻茬留得长一点，速度快，可以省时间，这样就可以抽空直直腰，放松一下。但不管速度快慢，每一镰刀下去都要用力还要干净利落，否则就会割不断，连拉带拽，反而格外费力。特别是遇到倒伏的稻田，每一棵稻子都要用镰刀先挑起来，然后再抓起来，一次要挑几下，才能割上几棵，速度不但快不了，而且十分费力。干的稻田割稻倒还轻松一些，有时为了赶季节，又遇到干旱，稻田里的水根本就没有放干，一脚下去陷得很深，在这样的田里割稻就更累了，稻子是干的，稻根下是湿的，一刀下去，有时会连泥带水弄得你一身。刚开始割稻时，还需要先割上两棵稻子，最好是稍长一些的，将其摆成十字形，一手绕上一圈折成一字形，放在地上，农民叫“要子”（方言，绳子的意思），然后再将割下的稻子一把一把放在要子上，待要子差不多能够捆下时，将要子的两头一扭，别上劲，一个稻把子完成。打要子很有讲究，先割的稻子短了，要子就不长，捆不了多少稻子，就会耽误时间。但有时即使要子长短可以，可是割的稻子多了，要子捆时就容易散，又会影响速度，总之要子和割的稻子之间的比例要适当，否则会适得其反。

为了抢时间，生产队割稻很多时候是利用早工，常常外面还很黑，只有站定了，在星光下才能看清路，眼睛不好的，有时还要自己带着马灯，大家一路哈欠连连，摸索着到了稻田。体力好的还要带着稻架，以便放工回来时，顺便带上一担稻把子，或者到天亮时，他们就去挑稻把子。大家摸着黑割稻，一刀一刀割着，谁也不会十分出力，会偷懒的就会少割几棵跟着前面的走，也很少有人边割边聊。夜晚割稻大家最怕的是遇到蛇。一次生产队一个年轻的女同志一只手一刀下去，另一只手去抓稻把子，一下摸到一个软软的东西，吓得连声大叫，原来是一条足有两尺长的水蛇。到快要天亮时，队长常常扛着一把锹来到田头，看看大家割的进度。有社员抱怨说，他把我们喊起来，他自己又睡觉去了，现在天亮了就来了。

其实生产队队长也是很辛苦的，每个劳力体力不同，男女劳力要分工，有些农活适合男劳力，有些更适合女劳力；每天劳动的对象也不同，他都要合理安排，安排得好，劳动进度就快一些，安排得不好，就会窝工，赶不上大队或者公社要求的进度，也会耽误季节，影响收成。每个生产队都是独立核算，社员收入搞得好不好，关键是队长的安排，有的生产队队长有主张，还会利用一些劳力种植些经济作物或搞些副业补贴补贴。一般的只会跟着季节走，上面叫干啥就干啥，照葫芦画瓢，全村八个生产队有五六个是这样的，除了在冬季组织一些男劳力捕鱼以外，村里基本没有什么副业，群众也没有搞什么副业的。

栽秧虽不是体力活，但要速度和耐力，栽秧时总是要弯着腰的，一趟秧栽下来，腰弯得受不了。有的田块比较大，一趟秧栽下来，要两个小时，中间又不方便上埂，到了田边，你恨不得躺到田埂上。栽秧时两只手要配合好，一般左手拿秧，右手插秧。一把秧拿在左手时，中指要不停地将手中的秧捋开，大拇指要不停地把捋开的秧分开，每次只能三五株，过多过少都不行。右手要不停地从左手中取出分开的秧，按照规定的行距和株距一次一次插下去，有时会遇到秧田整理不好，耕犁浅，特别是遇到田拐角处或田中间，往往秧苗插下去没有融泥，你得重新插个地方。有时实在累了，你可以一只胳膊放在一只大腿上，弯着腰放松一下，可这样会影响速度。有些秧田蚂蟥多，两只腿在水田里站一会儿，就会爬上蚂蟥，有时几条，有时十几条，时间稍一长，不把它搞掉，它就会吸你的血。女同志大多都套上袜筒，蚂蟥就叮不到了，但也有不注意的让蚂蟥钻进去了，一吃一个饱。我对蚂蟥有些害怕，一看到它那皮软软的，一拉多长，吸在腿上很紧，身上就起鸡皮疙瘩，为了不让蚂蟥吸在腿上，要两只脚不停地动，以防蚂蟥吸上，这样脚下就会踩出很多泥窝，秧栽到泥窝就会漂起来，又急又怕，速度自然也就慢了，一个长趟下来筋疲力尽。

最初栽秧时，没有拉绳子，大家一道下田，一般由速度快的在前面领行，后面的就跟着栽，动作慢的可以少栽几棵跟着。后来，一律用绳子拉，每趟多大距离，都有尺寸，每趟栽几棵都有规定，每人一趟，都在自己的那一趟栽，这时你就偷不了懒，你必须跟着大家一趟接着一趟走，慢了就会被夹在中间，也叫“关在笼里”，就算别人不说你自己也觉得不好意思。但也有人会耍奸，行距没有办法，少了一行一看就知道，株距靠田边也不能拉开，容易让人看到，可到了田中间，距离田埂远了，就不容易看出。有人为了赶上前面的，就拉大了株距，人家株距四寸，他来个五寸，跟着往前走，再到了田这头，他又回到合理株距。队长往往走在田埂上检查行距，看不到远处的株距，有时看到了就说一声，其他人也只管自己栽自己的。

“双抢”是一年中最忙最累的季节，前前后后要一个多月的时间，每天都是起早带晚，劳动时间都在十几个小时，每个劳力也都累得筋疲力尽。烈日炎炎，很多男人成天光着膀子，肩上只披着一块洗澡巾，穿着大裤衩，皮肤晒得黝黑黝黑，胳膊、肩膀都晒脱了几层皮。

天气好的时候，抢收的稻把子就放在田里晒，待晒干了再挑到场基上堆起来，待秧栽插结束再脱粒。天气不好的时候，有时就直接挑上来，简单地堆起来，过个两三天就要抓紧把它摊开来，或者直接脱粒，否则的话，稻堆里面容易发热，稻子容易发芽。在田里晒干的稻把子，堆在那里要等秧全部栽插结束才开始脱粒，农民叫打场。最早打场用的是掼床，长方形的掼床有四条坚固的腿。床面长两米多，宽一米多，四周的框架很结实，中间有一根也是很结实的竖杠，横杠用的是一根根竹片分开的档。掼稻时，人一字排在掼床边，双手拿起稻把用力在掼床上掼，稻子就被掼下来了。不管是刚刚割下来的稻子，还是已经晒干的，都可以掼下来。

后来人们用的是连枷，天气好的时候，一大早生产队就让社员把稻堆摊开，再晒一晒，待到中午的时候，社员们人人手里拿着一把连枷，一字排开，整齐地打下，整齐地举起，一直往前打，打了一遍后，将稻把翻一下，接着再打。这样重复几次，稻把上的稻子差不多就能脱下来了。连枷由一根五六尺的长杆把，一个两尺来长、三寸来宽并排扎在一起的几根竹排组成。竹排由一个能够转动的铁制的环形圈固定，连在长杆把的一头。打连枷时，只要两只手举起长把，来回循环稍微用力，一次一次打下，稻子便会脱落下来。大概经过两三遍后，再将脱过的稻草用铁叉挑起，一堆一堆地捆起来，剩下的稻子再集中起来，后面就是晒稻了。

有了脱粒机后就好多了，无论是刚割的稻把子，还是晒干的都可以直接一把把均匀地放到脱粒机口，迅速将稻子干干净净地脱下来，不用费力，而且速度快、效率高。不过也有不会使用的，喂料不均匀，一次塞得过多，轰隆一声，机械转不动了，只好停机将塞进的再拽出来，重新启动电机。过去一个生产队的稻子脱粒完要用一个星期的时间，这下两三天就全部可以脱完。打稻时，经常是利用晚上时间，一整夜地干，分上半夜和下半夜两班，到十二点，早早准备好了饭菜，上下班的人都来饱餐一顿。

几个大太阳，稻子很快就晒干了。晒干的稻子夹杂着很多稻叶、籽粒不饱满的稻子和瘪壳稻，必须经过风扬才能将稻与稻草、籽粒不饱满的稻子和瘪壳稻分开。扬稻是一门技术活，看好风向，风大了不行，风小了也不行，最好是三四级的风，人站在风向的一侧。稻子堆在人的前面，侧面迎着风，用木锨一锨一锨地往上扬，籽粒饱满的就落在前面，可以做种子或者口粮，籽粒不饱满的稻子和瘪壳稻就扬到下风去了。

早稻一般都是作为社员的口粮，每家按人口多少分，大人小孩每人多少斤。早稻口粮基本分足，其他杂粮有时是按劳力工分多少分，有时是按人口多少分，有时数量不多的就分成一堆一堆的，采取抓阄的方式分。譬如，车干了一个塘，鱼儿不是很多，一般就分成堆，采取抓阄子。晚稻大多都是交公粮，公粮指标由公社下达到各个大队，各个大队再根据每个生产队田和人口多少，下达到每个生产队，先交的公社或大队有时还有奖励。早稻一般不打农药，晚稻病虫害多，要打农药。当时也没有低残留无毒副作用的农药，1605、1059、呋喃丹、六六六粉等高残留剧毒农药都用，原来田里很多的黄鳝、泥鳅因此很少幸免，常看到人家施过农药的田里飘着被毒死的鱼儿。

越是感到劳动很累，我对学习越不敢放松，就越想看书。村里的几个伙伴，也各有各的想法，刚开始回来，一道回乡的几个经常聚一聚，聊一聊，可时间一长，大家都各有志趣，交流就少了。也不知道将来干什么，只是蒙着头一天一天地过，但心中总有一些莫名的期盼，对自己当前的状况感到不服气，相信书中的知识，相信书中的道理，很理想化地期盼，也不愿和人交往。有人说我孤傲，我感到冤枉，我没有孤傲的资本，更没有孤傲的态度，只不过和人交往少了罢了。

母亲话不多，也讲不出大道理，只在我遇到不顺时给我说说，什么“吃得苦中苦，方得人上人”，“学个猪头疯，好过扬子江”，“荒年饿不死手艺人”，“人到弯腰处，不得不弯腰”，“出头的椽子先烂”，“枪打出头鸟”，“要成人自成人，管成人不是人”，“打死人犯法，绕死人不犯法”等这些朴素的话语。母亲虽然话不多，却给人印象很深，每每在工作中或者生活中受到委屈和不公平的待遇，她都用这样的话来调整我的心态。

父亲老实巴交，勤劳厚道，但常常受到别人不公平的对待，这更加激发了我自学和奋发图强的决心和毅力。为了不影响自己的学习，回避干扰，我在自家的阁楼上搭了一个房间，安心地看书学习，没有什么书看，就翻来旧报纸看，遇到好的句子、好的文章就抄下来。后来从书店买来一本钢笔正楷字帖，就开始练字。一张春节写春联留下的红纸的背面，我工工整整地抄完了一本楷书钢笔字帖。夏天蚊子很多，我就把两只脚伸进桶里，上面用一块毛巾盖住；冬天天冷，脚下放着火盆看书，或者在阳光下看，身子让太阳晒着，头和书在背光处，常常一不注意，眼睛耀得冒花。

那一年闹地震，很多人家都在屋外空地搭了地震棚，我家的地震棚就搭在房子东头的一块空地上，墙面是父亲用一根根树枝裹着稻草扎起来的，再糊上一层厚厚的泥巴，棚顶是用芦席和稻草盖的，安上一个简易门。小棚面积不过五六平方米，严严实实，里面摆放着一张床、一张桌子，还拉了电灯，甚是温馨。防震紧张时，全家人挤在里面，后来防震消息渐渐没了，小棚仍然保留了很长一段时间，正好成了我学习的场所。

我在学校就入了团，大队里经常需要写写画画的，什么抄写文件、编写简报、写宣传标语等就让我去。村部办公室在上柳村，这里原来是澡堂，外间很大，里面一间是办公室。因为我字写得不错，很多时候要刻钢板。一张蜡纸放在特制的钢板上，手里拿一支类似钢笔的钢芯笔，将要抄写的材料一一刻写在腊纸上，刻完的蜡纸放到油印机上，然后在滚筒上均匀地涂好油墨，再一张一张地推印出来。刻钢板虽简单，但也要一定的技巧，手中的钢芯笔一定要用力均匀，轻重恰好，用力重了，蜡纸容易划通，油墨渗出，形成一个黑点；用力轻了，油墨渗透不好，字迹不清。大队按天数给我记工分，然后将工分下到生产队。

我们大队算是很富裕的，有两台丰收-35型拖拉机，两台江淮-12型手扶拖拉机，一个农机厂，一个棉花原种场，集体经济红红火火。到农机厂工作，或者开个拖拉机都是很令人羡慕的。我刚开始在大队写写画画，后来参加了县里举办的手扶拖拉机手培训，回来一段时间后，大队让我开手扶拖拉机，但我很想开大型拖拉机，可大型拖拉机已由别人开了，那时大型拖拉机一开始主要跑运输，后来开始耕田。

手扶拖拉机主要是耕田，偶尔短途运输。在春种秋收季节，我主要是帮助大队各生产队耕田。耕田比较简单，只要把拖拉机的拖斗卸掉，挂上旋耕机就可以了。农忙时，旋耕任务很重，拖拉机只有我一个人会开，各个生产队都急着打田栽秧或栽油菜，我必须起早摸黑，每天都要劳动十几个小时。后来村里让我带了两个徒弟，时间不长，我就上学去了。

炎热的夏天，头顶着火辣辣的太阳，开旋耕机必须戴着草帽，穿着长袖衣服，防止皮肤晒伤。中午时分，拖拉机的座椅烫得你手都不敢摸，没有办法只好先用水冲一会儿，降降温，然后再坐上去，就算这样屁股也烫得够呛，一会儿裤子就汗湿了，几天下来，屁股上全是疹子。烈日下汗水不断地往下滴，衣服湿透了晒干了，晒干了又湿透了，每天衣服上都结一层雪白的汗碱，脸上身上到处是机油和泥浆。

全大队八个生产队，每到“双抢”季节，各生产队排着队等着要旋耕，连续一个多月的时间。每天天不亮就要下田，还要开着车灯旋耕，等到天亮时，差不多已经为生产队旋耕好了几块田。这时生产队社员开始将秧苗运到田边，大致均匀地撒在田里，有的是插上一段时间再回去吃饭，有的是撒好秧后就回去吃饭。这时生产队就有人叫我回去吃早饭，或者是这个生产队，或者是下一个生产队，如果早饭后旋耕的是另一个生产队，那么另一个生产队就会有人在田埂上等着我把旋耕机开上来，一直带到他们需要旋耕的田块。时间衔接得很紧，早饭一吃，就接着下一块田继续旋耕。夏天还好，虽然蚊虫多一点，但都穿着衣服，又都在活动，蚊虫很少咬到。初春和深秋季节旋耕水田的时候，天已经有些凉了，有时由于使用的柴油标号高，发动很困难，需要摇上好一会儿摇把才能把机器发动起来。有时到田里，露水很重，即使是旱地，裤腿、鞋子也一会儿就湿了。特别是早上，水很凉，没有办法，只好穿着厚厚的裤子，把裤腿卷起，可旋耕机一开，坐在旋耕机的后座上，几圈下来，裤腿就湿了，时间长了，手脚冻得发白，有时干脆下来跟着旋耕机跑。

耕田的时候，一天三餐都由生产队安排，一般都在队长家或者在卫生环境较好的社员家里。早上很多生产队都是下面打蛋，一般都是一碗面三个蛋。中午、晚上吃饭，一般都有生产队的人陪着，他们喝酒，我始终不喝。全村八个生产队，一千多亩耕地，除了耕牛犁耙一部分外，差不多都是我去旋耕的，可以说全村每一块田都有我留下的汗水和足迹。

收割机和插秧机是后来才开始使用的，那时全县很少有收割机，更没有插秧机。刚开始使用，收割机、插秧机都不好使，一方面，技术不是很好，另一方面，机械的质量也不过关，加上有些技术参数调整不好，机械时常出故障。收割机的动力是江淮-12型柴油机，只要把拖拉机的拖斗卸掉，装上收割机就行了，收割机性能虽然稳定一些，但也常常出问题，主要是收割机本身质量不过关，齿轮、刀片之间间隙不稳定，时常被稻草卡住。大多时候稻田干湿度不符合要求，有时田里还有水，泥稀下陷，橡胶轮胎时常打滑不能用，再加上操作也不是很熟练，大大影响了机械收割的质量。

插秧机的动力较小，是单缸-3马力风干型汽油机，发动时需要用力拉动绕在飞轮外面的拉绳，由于汽油机本身比较娇气，单缸动力又小，质量不稳定，每次启动都要拉动好几次，有时要拉上十几次，必要时还要调整点火时间。机械插秧对大田整治的要求要比人工栽插的高，大田整治不好就会影响插秧机栽插。3马力的汽油机本身动力较小，装上插秧机后，秧机拖板一遇到泥土疙瘩往往就会出现负载过重，导致发动机熄火。插秧机的机械质量更不过关，加上育秧技术不配套，跟不上插秧机对育秧的要求，秧苗带土或结根现象严重，秧苗摆放不整齐，秧爪经常抓不到秧苗，或者秧苗插得过深或过浅，大大影响了栽插质量。一开始对于插秧机遇到的问题，我简直就没有办法，但我还是坚持在实践中边干边思考，摸索研究解决问题的办法，直至后来，经过多次调试和配套有关设施，已基本能够达到栽插的要求，但少数田块整治不到位或者秧苗质量不好，还会出现飘秧或空穴，需要补插。为了解决插秧机栽插过程中出现的问题，我反复对照书本一遍又一遍地学习，直至全部弄懂插秧机的构造和插秧原理，再根据实践，思考解决问题的办法。为了保证秧爪栽插时的角度合理、深度适当，我甚至结合我在实践中得到的感性知识，开始研究秧爪插秧时最佳的运行轨迹，试图计算出轨道曲线和画出轨道图。

不断实践让我慢慢掌握了这两台机器的操作技术和一般性故障的排除方法，并对如何保证插秧机正常工作，提出了秧田整治、秧苗培育、秧龄时间、拔秧把秧、耕田水深、田块平整、泥土融浆等一系列的要求。在我离开村之前，这两台机器基本能正常使用。

冬天的时候，拖拉机很难发动，用0号柴油还好，如果用的是10号柴油，早上发动就很难，要摇上好多次，有时还要用火在发动机下烧，在水箱加满热水，将机体温度提高，才能启动发动机。启动发动机时，先要分离离合器，挂上空挡，将摇把嵌在柴油机变速箱外面的凹槽，摇动摇把带动飞轮旋转，由飞轮带动曲轴。手扶拖拉机没有方向盘，左右两边各有一个拉手，直接连接在左右前轮上，正常行驶弯度不大时，两只手稍微用力就可以把握前进方向，遇到大的弯道或者车载较重时，就要靠驾驶员拉动拉手控制左右方向。在正常路面上行驶，拉动左拉手方向向左，拉动右拉手方向向右，而在上坡或者下坡的时候，要根据速度采用合适的转向措施。

一次，在田林汽车站前，一辆客车正好迎面而来，为了避让，拖拉机只能靠边行驶。由于地面高低不平，又有些坡度和需要转弯，拖拉机装着满车的沙子，上坡时，我操作失误，拖拉机猛地向左一转，一下子把我从驾驶台上甩下，拖拉机正向着相反方向行驶，很快就要开下旁边的深沟了。情急之下，我握紧把手，迅速又跳上驾驶台，但又一次操作失误，拖拉机突然一个120度的摇摆，再一次把我甩下驾驶台。我就着把手的拉力，再次跳上驾驶台，吓得旁边的人目瞪口呆。人们在惊讶过后说："这人好像在玩杂技呢。"

拖拉机经常出现故障，一出现故障，我就想捣鼓捣鼓。县里有一个李师傅，修理拖拉机技术很高，大队拖拉机出现故障就请他来修，我有空就找机会跟着后面瞟学。心想开车不难，修车才是真正的技术，如果能够学会修车，就是一门好手艺。

村里老祠堂里有一台废旧的手扶拖拉机，长期停在那里，发动不起来，没事的时候，我就偷偷地跑到那里，看好说明书，先一步一步地拆，再一步一步地装，仔细研究它的原理和构造，学习掌握维修技巧，慢慢地我能在不要师傅的指导下，自己把一台手扶拖拉机拆下来，再装好。

那时县下面叫区，我们这个区有五个公社，五个公社大小拖拉机也没有几台。从公社到区里十几里地，没有公共汽车，公路也是简单的石子路，那时农村的自行车也很少，附近村庄到镇上办事买东西，都得靠步行。偶尔在路上遇见来回赶集的人，人家只要招呼，不管认识不认识，我只要方便就顺便带一下，人家感激不尽。我不抽烟，但出门运输或者耕田，人家总是给烟，不接又不好，接了我也不抽，就放在工具箱里，时间长了，有好抽烟的知道了，看到我车停在那里，就赶紧过来，打开工具箱，美滋滋地一支一支地捡。

大队有民兵营，生产队有民兵排，我在生产队里担任民兵排长，实际上民兵排就我一个人。每年公社都要组织一到两次军训，由各大队民兵营长带队，全公社的民兵排长集中起来，吃住在一起，每次十天左右。每次军训都集中住在条件较好的群众家里，地上铺上稻草，再放上每人自带的被子，十几个人并排打着地铺，每人还要交上十几斤米，几十块钱，算作伙食费，大队再补贴一点。各大队都派一个社员跟着给大家做饭，早中晚三餐都是干饭，早上只有小菜，中午、晚上一荤一素，用大脸盆盛好，开饭的时候大家都围在旁边，一会儿两脸盆菜就被一扫而光。军训严格按照部队要求，每天早晨听到号声起床，队列操练、跑步锻炼，早饭后集中一段时间政治学习，然后开始练习队列、拼刺刀、打靶瞄准、投掷手榴弹，一般到要结束时还要组织军事演习训练，实弹射击或投掷手榴弹。打靶用的都是三八大盖，打一枪拉一下枪栓，退出弹壳，再推动枪栓，打下一枪。一次三发子弹，打完计算成绩。投掷手榴弹既要有力气，又要有技巧和胆量。一次一个同志在投掷时，由于紧张，手榴弹的环已经拉开，可他不知道往外扔，情急之中，站在他旁边的指导员赶紧抢过他手中的手榴弹扔了出去，并及时将他按倒，才避免事故发生。

村里每晚都有人打更，民兵排长经常要值班，每人一杆三八大盖步枪，开会都要带上，值班更要带上，但没有子弹。那时大家的阶级斗争意识很强，一次值班，我们发现在往灵湖南方向一会儿一串红光，一会儿一串红光，大家以为是敌人在放信号弹，赶紧报告指挥部，指挥部也不知道到底是怎么回事，没有明确答复，只要求我们继续加强警戒，发现异常立即汇报。我们几个排长不敢怠慢，小心翼翼地顺着圩埂往目标方向赶，到了湖岸边，才知道那信号还在很远很远的地方。其实后来我们才知道，那是对岸人家在放烟火。

有一次晚上值班，正赶上村里清塘，塘里水已经快要干了，忽然有人提议，下去捞几条鱼来加加餐。一个值班排长家门口正好放着渔网，我们几个悄悄地将渔网拖下塘，三下五除二就弄来四五斤鱼，然后就在一个排长家开始准备。大家有人去菜地弄些大蒜、白菜、菠菜，有人开始剖鱼清洗，大约一个小时，一大脸盆的红烧鱼端上了桌子，大家吃了个痛快。

第二天，这个排长的母亲一早上菜地，发现菜地的菜被人糟蹋了，回来时边走边骂。一到家他儿子问清怎么回事，赶紧告诉他妈不要骂了，自家菜地的菜就是他们昨晚搞的。后来这事好像被生产队知道了，大家很害怕，好歹有个生产队队长的儿子在，拿的又是他家的渔网，此事也就过去了。这种事要是顶真的话，那也不是小事，轻则挨批，重则挨斗。

第二年春，我被抽到公社民兵指挥部办公室值班。说民兵指挥部办公室，实际上就是公社办公室；说值班，实际上就是在公社办公室看看电话，电话来了接接，有什么事记下来，有来人时接待一下，需要找人时喊一下。公社办公室就一部摇把电话，很多村都还没有电话，许多到村的通知只能记下来，等到干部回来后，再告诉他们，由他们把通知带下去。平时公社办公室有什么需要写写画画的帮帮忙，没有事时我就练练字，晚上还必须住在办公室隔壁的房间，有电话就要接。一日三餐就在公社食堂，饭票是自己从家里带来米过秤后按等量给你饭票，菜票自己拿钱买。我很多时候是从家里带菜，只是偶尔在食堂买点菜。

公社干部都住在大院里，早中晚炊事员只要敲响挂在食堂门口的一段铁轨，就是开饭时间。早上吃饭的人很多，干部们吃过早饭，一般都要戴着草帽下到村，中午基本没有干部回来吃饭，只有附近供销社、农行营业所的几个人经常在食堂吃饭，到下午四五点钟才有干部陆陆续续回来。县里经常来人检查，看公社干部有没有下去，遇到大院里有人，就要问是不是公社干部，如果是的话就会问为什么没有下去。干部们也很自觉，很多家在附近的家属又是农村的干部，农忙时想利用早晚的时间，帮助家人做一些家务，都很谨慎，有时帮助家人忙完了，连晚还得赶到公社，有时来迟了，食堂已经关门，电停了，热水也没有了，草草洗个脚就上床睡觉。

公社干部都分工到村，成天和村里的干部在一起，大多时候都在生产一线，如水利兴修、抗旱排涝、防汛抢险、“双抢”、各种生产大会战等，公社干部和村干部基本都要到一线指挥检查。公社干部平时也都围绕自己的岗位工作在各村转转，除早餐外，中晚餐基本都在村里吃。

公社食堂有一个本村的老兄当炊事员，兢兢业业干了十几年，成天围着一个烧饭的大围腰，他人很幽默，干事公平，对领导不卑不亢。早上，一般有稀饭和炒饭，干部下村大多数人吃干饭，家属和其他在公社食堂搭伙的吃稀饭的多。中午、晚上吃饭的人很少，一般就两道菜，一盆蔬菜，一盆荤菜。上面很少来人在食堂吃饭，干部们也很少在食堂集体吃喝或请客。偶尔在下午有个别干部在村里酒喝多了回来，一身酒气，一路晃晃悠悠，骂骂咧咧，大家见了躲着，形象很是狼狈，影响也不好。

下半年征兵开始了，带兵的姓乔，是个连级干部，就住在公社，一来二往他看中了我，有意要带我去。体检就在区医院，到我量血压时，我不自觉地有些紧张，医生量了一下说："你刚才干什么了？等会儿再量。"他这一说我心里更加紧张了。过了一会儿医生让我再量，我感觉心怦怦直跳。带兵的是部队军医，在我体检的时候，他一直跟着我，发现我血压有问题没有作声，等我出来时，他悄悄地将我带到另外一个医生办公室，自己给我量，结果血压还是高了。过了一段时间，他又重新给我量，最后他没有说话，我从他的脸上可以看出血压一定是过不了关的。

我很清楚地知道，这是很明显的心理因素，但我控制不住。生病时需要打针就紧张，医生一拿药棉擦打针的地方，我身上的肌肉就痉挛，我也不知道什么原因。有一段时间，鼻炎很严重，自我感觉有低烧，有时头晕，就在公社卫生院看医生，医生检查不出什么毛病，就让我吃一种药。我不知道那是激素类药，一连吃了不少，症状没有减轻，但身体明显胖了，后来才知道那是激素类药。外面人不知道我是因为血压高，体检不合格被刷，而认为我是家里没有人，被人挤掉了，实际上只有我自己心里清楚。当不了兵当然对我打击很大，那时在农村的出路就是当兵或者招工。这是一个很好的机会，而对于招工我根本就没有想法，肯定是轮不到我的。

在公社民兵指挥部值班一段时间，公社一个领导对我印象很好。他是一个老干部，人很正直，看我在公社办公室值班很认真，喜欢学习，也很勤快，字也写得不错，正好县里要办一所共产主义劳动大学，就推荐了我。这所大学明显受到当时正在到处放映的一部电影的影响，是由县委办的"社来社去"的学校。学生由地方政府推荐，不需要严格的选拔考试，入学时带临时户口。

上这个学校我并不感兴趣，真正有背景的人家孩子是不会上的，无奈我没有机会上正规大学，没有任何社会背景，有的上总比没有的强，可以临时迁走农村户口，这一点对我倒是有些诱惑。

学校在湖南岸的马河农场。出门没有东西放行李，正好去舅舅家看到他家的柴火房有一堆包装箱的木材，有可以做箱子的材料，就捡了一大捆捆好，背着坐火车赶回来。大姐夫是个木匠，请他打了一个箱子，没有请漆匠，就自己买来油漆涂了涂，也算是油漆了。到了学校，才知道这里原来是一个部队农场，住着一个连队，后来部队迁走，留下一排营房和马房，营房可能留着做教室，矮矮的马房就是我们的宿舍，没有床铺，在地上铺上一层稻草，各人铺开自己带来的被子，几十人并排睡着大通铺，一头放着一个尿桶，雨天出去不方便的时候，有的人就在尿桶里尿尿，骚味阵阵。

这里交通很不方便，坐船就在农场旁边的一个码头，到县城要三四个小时，坐汽车要先走二十几里山路才有汽车站，然后再坐三四个小时的车才能到。我们到学校时，学校里只有几个筹办学校的工作人员，我们一到那里就开始劳动，到远处的山上挑石头。

学校没有课本，更没有教师上课。星期天大家很寂寞，也很迷茫，不知道未来会怎么样。来这个学校前，我们中已经有少数人参加了一九七七年高考，结果没有出来，大家心里都没有数。这时就有人提议大家相互学习，取长补短，采取官教兵、兵教官、兵教兵的办法，自己学起来。就这样，我们很快就把大家组织起来学习文化课，有教数学的，有教语文的。有人知道我会开拖拉机，就让我给他们讲拖拉机原理。三个多月，学校没有真正给我们上过一堂课，倒是我们自己利用星期天和劳动休息时间组织了自学文化课。

在那里学习了一段时间，与其说是学习，不如说是劳动。后来春节一过，上面明确这所学校停办了，改为民师培训班，所有学生作为民师参加培训。

两次考试

我是在进入共产主义劳动大学前参加一九七七年高考的，考完试，我就到学校去了。对我来说，高考好像做梦一样，别人家知道高考消息后，就留在家里认真复习，弄来复习资料，或者请老师补课，而我却像往常一样，开着拖拉机赶着为各生产队旋耕。

1977年高考，我是在县城中学的一个考场考试，第一天考语文，我还没有进入考场，不知什么原因就开始紧张起来，心里嘭嘭地跳起来，很想静下心来，可就是控制不住。进入考场，我的思维一段时间近乎凝滞，头脑一片空白，以致拿到试卷不知如何思考，好长时间后才好了些，后来在做完了基础题部分后，作文仍然没有理出思路来。直到离考试结束只有半个小时，我才勉强写了八百来字。后面几门考试我吸取了第一次的教训，暗暗提醒自己要注意调整好自己的情绪，因此后面几门课的考试自我感觉还是不错的。那一年文科的数学我觉得很简单，但在做最后一题时，题都解出来了，作图时却把长轴画成了短轴，到离结束一分多钟左右我才发现，可再画图已经来不及了，我就在原来的图上做了修改。

在马河农场时，几个参加了高考的人在一起交流，我觉得自己考得还不错。就这样，听说高考预选通知下来了，我还小有信心。那几天，外面正下着大雪，在两个同学的陪同下，我一大早就冒雪从学校赶了二十几里的路到了汽车站，在那里等待着上午从县城开来的公共汽车。坐上汽车，我的心里还是七上八下的，到底能不能参加预选，心里总是嘀咕。到了县城一打听，参加预选的名单已贴在城关小学的墙上，我就径直向那里走去，果然学校的墙上贴着高考预选同学的名单。前面挤满了人，我挤进人群一看，眼睛一亮，我的名字排在第一。我高兴极了，也来不及再看其他人，一转身就挤开人群，急着往家赶。

当我走进家时，屋子里已经坐了好多人，他们已经接到了让我参加体检的通知，但没有办法通知到我，几个叔伯们正在商议如何去找我。这时我一进家，全屋子人都高兴了起来。有人说，这孩子就是有福气。

志愿是在高考前填写的，也不知道能够上哪个学校，心中对哲学专业感兴趣，那一年还要政审。体检是在两天后，地点在县人民医院。那天体检，前两科很顺利，到了量血压的时候，往那里一坐，我的心里控制不住又有些紧张起来，明显地感到心跳加快，扑通扑通地跳。医生量了一下，接着又量了一下，然后放下听筒说："不要紧张，你休息一会儿再来。"我出去转了一会儿，再到医生面前，刚一坐下，心里照样又紧张起来，我想控制但怎么也控制不住，还是明显感到心在扑通扑通地跳。医生没有办法，再过了一会儿，又让我去量，还是不行。

体检结束，在回家的汽车上，正好遇到了原来高中的老校长，他问了我的考试情况后，我估算了一下分数给他，他肯定地说，你的录取不成问题，这给了我很大的信心。从通知书开始下发的那一天，我就盼星星盼月亮地等着，我还没有意识到血压会影响我的录取，我甚至一次又一次地跑到区里，打听有没有我的录取消息，直至最后正式录取已经结束。后来又增加专科的招生，我又填报了专科志愿，还是一直杳无音讯。到最后，我几近崩溃，从信心十足到希望落空，最后无果。为此，我很幼稚地给省招办写了一封信，内容是解释说明我的血压平时并不高，是因为测血压时我紧张。

前期当兵、共产主义劳动大学的折腾，1977年高考体检和录取的结果给我的打击很大，让我对未来有些彷徨和迷茫，让我对1978年的考试犹豫不决。正在这个时候，湖滨的一个同学打来电话，他是1977年考试录取的，说他的学校旁边有一个农机专业学校，有我熟悉的专业，考这个学校比较好，我一听有些心动了。第一次高考给我打击很大，心想只要能够跳出农门，弄个商品粮户口就行了。一来考这个学校，我有些把握，二来我对农机专业比较熟悉，小时候一心一意就想到湖滨，于是我毫不犹豫地就改报中专了，而且第一个志愿就是那个专业学校。

中专考试没有复习，很顺利地就进入了预选，又到了体检的时候，我的心里似乎对量血压有些过敏了，那天在县医院附近的一所小学体检。到了量血压的时候，我想有意识地放松自己，可心里还是有些紧张，到了医生面前，就明显感到心跳加快。医生一连量了几回，没有作声，示意我别紧张，出去放松一下。这时我想，该采取措施了，听人说喝凉水可以降血压，就赶紧跑出来，正好看见学校旁边有一口井，有人家正在井台上提水。我不管三七二十一，跑过去搬起提水的桶，咕咚咕咚喝了一大肚，然后说了声谢谢，弄得提水的人傻了眼。我稍微休息了一会儿，把其他科目体检结束了，再回来量血压，医生还是摇了摇头。这时一道体检的都过了，大概只剩下我一人了，医生在一张纸上写着血压136/90，用一根大头针别在体检表上，让我带着体检表到主检科。我不知道最后医生给的什么结论，交完体检表就回到家里。大概是在体检后第三天，我正在参加民师考试，忽然接到县招生办通知，让我当天到县城复检身体。得到这个消息，我才知道又是血压高了。

人生总有贵人帮。说来也巧，那次招生办负责体检的正是我高中的魏校长，他在整理体检档案时，看到我是田林高中1974届毕业的，就问办公室的另一个老师："这个同学是1974届高中毕业的，我怎么不认识啊？"说来也巧，负责整理体检档案的办公室老师，恰巧就是我在共产主义劳动大学学习时的老师，她对我印象较深，她告诉魏校长："这个同学体检表上的名字改了，考学校时改的。"校长一下子就想起了我，因为我在高中时写的入党申请书就是交给他的，他赶紧就叫办公室通知我重新体检。

离开考场，我就照直来到二姐夫家。二姐夫是个赤脚医生，他给我量了量，不是很好。当天下午，我就和他一道往县城赶，为了让血压降下来稳住，从家里出发时，姐夫就给我打了一针利血平。赶到县医院时，魏校长已和一个医生等着我了。校长看到了我，就问我平时血压高不高，我姐夫说："还好啊，我在家给他量过的。"医生没有作声，校长让我坐下休息一会儿。我坐在那里感觉还好，可是我往医生面前一坐，又明显感到心跳加快，扑通扑通地跳，医生量了一次不行，再量一次，还是不行。魏校长安慰我不要紧张，再等一会儿。又过了一会儿，医生再量，还是不行，魏校长有些急了，他怕血压表有问题，就让医生给他自己量一量，结果医生说他的血压正常。他告诉医生我的血压是紧张引起的，让我明天再来。出门后，魏校长问我怎么回事，我说就是往那里一坐，不自觉地就紧张起来。我姐夫说，在路上量还是可以的，怎么一到医生面前就高了。魏校长问我吃了降压药没有。我姐夫说，来时给我打了一针利血平。魏校长说，不行，再吃降压药，哪怕多吃两粒，只要能到医院把血压降下来，不能因为血压被刷下来，明天再来一次。

当天晚上，我和姐夫没有回去，就在姐夫村里一个熟人家住下。第二天一早，姐夫又给我打了一针利血平，同时吃了两粒降压药。待我们再到医院量血压时，医生终于在体检表上写下复检血压130/70，就这样我总算过了体检关。后来，我在进田林师范学校体检复检时，也正好遇到我的同学姐夫负责体检，后来他的姐夫把原来的体检表拿给我看，只见我原来的体检表上主检科意见赫然写着"高血压，不予录取"几个字，接着后面又有几个字，"经复检合格"。至今那几个字还深深地印在我的脑海中。

年轻时的血压改变了我的人生，几乎改变着我每次面对机遇的信心，以致在以后的学习和工作中，让我形成了很大的心理压力，遇事紧张，害怕压力和竞争，不愿出头露面。什么原因不知道，以后几十年我也没有吃降压药，直至55岁那年才发现真正有了高血压，也许这就是命中注定。

两次考试两次改名，现在想来都属于偶然。

第一次改名，是在1978年。改名是因为同村一个兄嫂的一句话刺激了我，她在我高考没有录取后说，我的名字就是一辈子家里蹲的意思。那意思就是我是走不出去的，就在农村待一辈子了。当时我也是十分懊恼，当兵走不了，招工没门路，想开大拖拉机开不了，高考考不上，已经觉得很窝囊，自己就像被装在麻袋里一样，伸不开手脚。她的这句话给了我很大刺激，让我觉得要离开农村，必须突破这个束缚我的藩篱，而要突破这个环境，必须要有锐利的角，于是将名字的最后一个字改为“锐”。正是因为当时改了名，所以在招生办通知我体检时，村里人一时不知道是谁。

第二次是在参加全国成人高考报考时改名的。那是因为后来在工作实践中，不断地总结自己的工作和人生经历，也从社会对他人的评价中，慢慢觉得一个人首先得有思想，但这个思想太尖锐了不行，还得学会保护自己。佼佼者易污，巍巍者易折，一个人锋芒不可太露，必须懂得审时度势，学会辩证法，看问题必须一分为二，不可偏激，不可一叶障目不见泰山。任何时候都要懂得理性，坚守理性，学会用哲学的方法分析问题，研究问题，才能抓住问题的本质，人生需要理性，本着这样的理念，我打开字典，一一查找。就在那一年报考成人高校时，我在报名表上将“锐”改为“睿”，从那以后就一直用着。

师范读书

考中专，本以为到湖滨上学不成问题，结果录取的是田林师范；本想是离开农村，可还是在家门口。录取通知下来时，我很沮丧，考虑好长一段时间不想去，想明年再考，但父母和邻居一再劝说，说打个兔子别在腰里，你先上了，以后想上大学再考也行。就这样，我有些不甘心地走进了田林师范。

在田林师范，第一学年，我担任了班级团支部书记，慢慢地找回了一些自信，我努力地发挥自己的兴趣和优势，多看书多练笔。学校有一个图书馆，第一次见到那么多书，对我来说，就像盛夏饥渴遇到了清凉的井水，我除了课堂学习外，剩下的时间差不多都在图书馆。在那里我觉得我不懂的东西太多了，知道的太少了，难以胜任将来的工作。我在那里一看就是半天，也不知道累，我恨不得一下子把全部书都读完。从小学到中学除了课本外，家里没有一本藏书，但屋前五爹家有很多书，用一个网兜挂在屋梁上。听说，屋前五爹生前是个教私塾的，我很想看看里面是什么书，可是没有机会。偶尔看到他们家把一些残缺不全的书页拿来擦屁股，很是心痛。有时弄来支离破碎的几页或者残缺的一小本，那每一页黄黄的很薄很薄的纸上，一律是竖行的字，我很想读完一段完整的文字，但无奈有很多繁体字，加上文化程度低，很少能读懂什么意思。

父母的要求，就是小孩子要知道如何做农活，如何养成勤快节俭的习惯，如何懂礼貌讲规矩，如何做好人做好事。什么历史知识、文学知识、数学知识等，父辈们根本就没有人知道多少，当然也根本听不到有人给你讲这些方面的知识。那时，除了夏天偶尔在村东的场基纳凉时，三五个人围在一个稍知道三国、水浒故事的人旁边，听他讲周瑜打黄盖、孙悟空三打白骨精、花和尚倒拔杨柳，还有什么杨乃武与小白菜等，也是支离破碎的一段段，剩下的就是一些从大人那里听到的什么鬼狐神怪，让你听了连夜路都不敢走。第一次看到学校里那么多的书，我觉得自己的知识十分匮乏，本来的一些自信一下子又不知跑到哪里去了。

语文老师是一个代课老师，家就住在学校旁边，对我很好，经常和我讲一些课外的东西。他性格直率，脾气倔，个性很强，看问题有自己的见解。他人生坎坷，原来全家在东北，自己在一所大学教书，不知什么原因，后来回到家乡，一直没有安置好工作。他的房间书架上摆着很多书，可以让我随便看，偶尔还让我代他批改学生作业。他家庭负担较重，农忙时，还要回家做农活，有时干脆就把房间的钥匙给我，我可以在他那里安静地看书学习。他书架上的书，我几乎翻了一遍，他有空的时候，我们就海阔天空地聊。

校园后面有个大操场，每天早晨同寝室的同学都还在睡梦中，我就起床，悄悄地从上铺下来，轻轻地打开寝室的门，然后走到校园后面的操场，顺着操场的跑道跑上十圈左右。一开始操场上锻炼的人很少，常常只有我一个人，等我差不多跑完十圈左右，渐渐地锻炼的人开始多了，这时我已经晨练结束，很多时候都是我回来的时候，一些同学才开始出去。等我晨练回到寝室时，很多同学还在睡觉。从初中开始，我就养成了晨练的习惯。冬天，穿着单褂单裤顺着村子里的圩埂跑，大人们看了总提醒我别冻着。结冰的时候，我敲开冰拿着毛巾在塘边洗漱。平时只要闲着，我就喜欢活动活动。

校园围墙的外面就是农田，春天的早晨，走出校园，放眼满目的油菜花和绿油油的麦苗，层层叠叠，令人心旷神怡。一大早附近的田野小道上，已有一些喜欢早读的学生，拿着一本书边走边看，一边呼吸着新鲜的空气，一边汲取着书中的营养。在校两年时间，只要不是天气的问题，或者道路泥泞，我差不多早上都在校园附近的田埂上早读。校园后面的操场旁有几棵高高的乌桕树，秋天时叶子红红的，煞是好看，风儿一吹，洒落满地，金黄一片。几个扭曲裸露的树根已经被同学们踩磨得光滑，不知从什么时候开始，这儿成了英语班几个漂亮女生的读书领地。

学校离我家有三十里地，抄近路也要走三个多小时。每个星期天，我都要回家，偶尔同道的还有同班的一个同学。为了少走路，不绕路，我们就要翻过一座小山。山面积不大，也不高，山上稀稀拉拉有些不大的松树，这里很少有人过路。天色好时，我们有时会在山上休息一会儿，高兴时，会在山坡的草地上躺上一会儿。可有时天色阴暗，山上静悄悄的，一个人经过那一片树林时还真有些害怕，有时为了壮胆，我就故意大声哼哼，边走边唱。

夏天的时候，有时从学校出门天气还好，可走到半路天忽然变起脸来，接着就下起雨来，空旷的田野，田间的小道，躲没办法躲，藏没办法藏，只能光头往家赶。一个星期六下午，等到放学，已经快四点钟了，就急匆匆地往家赶，走了一个多小时，快到山下的时候，老天忽然下起瓢泼大雨来，夹杂着阵阵雷声和闪电，经过树林时，里面阴沉沉的，一种恐惧感油然而生。为了消除恐惧，我几乎是一路跑着经过树林的。跑到山下的时候，我几乎喘不过气来，直到看到迎面走来的一个老大爷，我才放松了下来。

一学期过去了，我的团支部工作做得不错，我和其他班级的两位同学，作为共青团学生代表，参加了县里的共青团代表大会。

因为我们是高中进来的，进学校一学期后，学制由三年调整为两年。我本来文科成绩还不错，对数学不是很感兴趣，到第三学期，我慢慢感到数学老师的课讲得很有味道，引起了我的兴趣，开始下意识地在数学上下了点功夫，课下也找些不同题型的数学题做做，学习掌握不同数学题的解答方法和技巧。

一个月下来，我感到在老师的启发下，我对数学学习方法的掌握水平有了明显的提高，后来的数学测验中，我的成绩一下子由中等跃入前列。数学成绩的变化，给了我很大的启发和鼓励。

过去对于很多道理，只是口念心熟，满足于学了听了看了知道了，很多并没有真正理解，或者说过去的学习缺乏一种悟性，只是停留在对于字面的理解上，而且缺乏一种专一钻研的精神，什么都想看，什么都想学，结果什么都是学个皮毛，什么也没有学好，所谓“业精于勤荒于嬉，行成于思毁于随”。一个偶尔的尝试，给了我启发，一个普通的智力正常的人，只要集中精力，专心致志，锲而不舍地钻研每一门课，都会有出人意料的收获，这一点我印象很深。

师范两年很快就过去了，马上就要走上社会，那时我已经24岁，父母从来没有过问我的个人问题，毕竟自己是农村普通家庭出身，又在田林这样一个农村环境的学校，也就没有什么太多的想法。往往一场电影中的情节，就能激起青春的荷尔蒙，使我对未来充满着憧憬，但现实就是现实，作为一个在农村学校读书又面向农村工作的我，更多的是要有自知之明。对漂亮女性的仰慕，那只不过是年轻人对于异性的自然本能。

在走进师范的时候，我的心里始终有一个结，既有一种怀才不遇的感觉，又对自己缺乏信心，一直处于一种矛盾的心理状态。因为我从小一直处于农村的艰苦劳动环境，所以对城市户口和城里工作的人很羡慕，我暗暗地给自己一个要求：离开农村，今后的对象也要找一个吃商品粮有工作的。同学中有几个女生，但我们基本没有什么接触，除了上课在一起外，极少有活动在一起，互相根本不了解，也没有什么印象。后来一次偶然的机会，男女同学有过一次交流，我们在最后离开时试探着约了一下。一个晚上，我和她在学校外的操场见了面，只是简单地见了面，接着就毕业了。

可是，在那个阶段，男女私下接触就是一个敏感的事。学校在分配时，我们一个被分到了离家很远的公社中学，一个分在乡政府所在村的小学。那时，正常情况下学生毕业分配都会分配到原籍的学校。接到通知，我很是愕然，根本就不想去，可是没有办法。她的父母当然也不愿意她去，想办法帮她调整。她赶紧过来，我们一道坐汽车，赶到县教育局，要求回到自己的家乡学校，我们不认识谁，也没有谁给我们答复，没有办法，我们只好拿着派遣证离开。

在那里，我们找到了她父亲过去的一个同事，并从他那里弄来了一辆自行车。下午我们骑着自行车来到学校。公社中学建在一个离乡政府很近的土坡上，中间一条公路隔开，这里环境还不错，学校还没有开学，校园里空荡荡的。接待我们的是校教导主任，他接过介绍信，看了看没有说什么，告诉我开学的时间，问我什么时候再来，好准备宿舍，我没有明确告诉他，简单交流了几句，我说还要去小学看一看，一转身我们就去了小学。

小学离中学很近，就在中学对面坡下的公路旁边，离公社也很近，学校里没有人，静悄悄的。由于学校地势较低，树荫浓密，前几天刚刚下过雨，地面还很潮湿，这个陌生的环境突然间给了我一种莫名的萧条凄凉的感觉。我突然间产生一个强烈的念头，我一定要离开这里。我们商量后就很果断地离开了那里。

再次来到中学时，我们借口有事需要用派遣证，从教导主任那里拿回了派遣证。

拿到派遣证，我忐忑不安。就在回去路上的一个下坡，自行车的链条突然掉了，我紧张地死死捏紧车闸，可车闸不怎么灵，我只能紧紧地握住车把，任凭它往下冲。好在一路没有车和人，我一直冲到坡底很远的地方，停下来时已是一身冷汗。

回到乡里，我们又找到了乡领导。在交流中，我才知道，他是我们老家人。他对我们想改派到家乡的学校表示很理解，就让我们在乡里的招待所先住下。第二天一早，我们就赶往县教育局，要求对我们进行重新分配，理由是这一批学生都是回家乡安排的。

就这样，在开学前教育局重新调整了我们的分配，我被分配到我老家的吴岗中学，她就在我们村的大柳小学。那时各个学校都缺人，调整还是比较容易的。

那时全公社有九个大队，大柳小学就在我们大队的上柳村。学校是一栋两层楼房，共有六个教室。小学前面原来是一座老祠堂，祠堂很大，全部用青砖垒砌，墙面粉上一层厚厚的石灰，很是结实，屋面一律是小瓦，每个屋角上都有精致的狮子麒麟，前后三进，一进有一个很大的庭院，左右两边各有两个厢房；二进是三间，中间一间很大，左右两间稍小，三进没有分间，进深很深，而且很高，整个空间显得很空旷。

门前两边的石座上，原来各放着一个一人多高的青石狮子。原先的老公社就在里面，“文革”后公社搬到村东面，祠堂里开始一直空着，里面放着大队的一些杂物，我们时常还到里面玩。后来狮子不知怎么被弄走了，前面两进也被拆了，只剩下最后面的一进房子，空空荡荡的。后来小学利用那里的部分空间，建了一个临时食堂。

紧挨着祠堂西边的是一块很大的开阔地，长满了杂树，还有一片竹林，有很多很多的坟墓，特别是阴雨天，里面显得格外阴森。记得有一年，公社还在那里举行了一次军事演练。几十个民兵伪装成敌人，藏在竹林中，一个民兵班就在学校这块高地上，借着一个围墙，架着机关枪，坚守这块“阵地”。当“敌人”发起进攻的时候，机关枪哒哒哒地扫向“敌人”，“敌人”有的藏进深沟，有的就地卧倒。等“敌人”再靠近时，几十颗手榴弹扔向“敌人”，“敌人”纷纷躲进掩体……大家在远处观看，感觉很紧张很刺激。

小学后面是公社卫生院，周围社员看病很方便，有什么小灾小病都在这里看，很少有人去城里看病。那时都是合作医疗，村里有医疗室，有赤脚医生，村里人有什么小灾小病去医疗室就行了，感冒消炎等常规的药都有，看病也不花钱，只要医生看了，开个处方，就可以拿药，方便得很。稍大一点的病，社员就去公社卫生院，这里条件不错，有五六个医生，四五个护士，有内科、外科、妇科等，有病房、药房、食堂和手术室，一般的病都能较准确地诊断和治疗。这些医生虽不是很专业，但都有着多年的临床经验，对农村人的生活环境和发病机理都很清楚，他们各科都能来一点，除非是什么大病非得去大城市不可，一般的病都能治。

一个叫老柳的医生是这里唯一的主治医师，也是这个医院里的台柱子。他是在南京上的医学院，由于他的老婆是一个地主的女儿，因而他被下放到老家。他喜欢看书，有时喜欢来一些文绉绉的东西，有些人听不懂其中之意，就认为他有些神经兮兮的。他医术很好，对世俗有些看不惯，有时有些小脾气，院领导一般不和他多话。我们是同村，他又是长辈，我喜欢和他聊天，有什么小病也喜欢到他的房间交流。

一次他在自己的房间练习毛笔字，顺手就抄写了陆游的《钗头凤》：东风恶，欢情薄，一怀愁绪，几年离索……不知怎么被人告到公社领导那里，公社领导是一个工农干部出身，对此不懂，一听此事，马上大发雷霆，立即叫人找他来谈话。那时“东风吹，战鼓擂”经常成为一些造反派的政治口号，也成为一些人写文章作报告的开头语，说“东风恶”那还得了。他被带进公社办公室问话，不知何事，一听领导为此事找他，他有些哭笑不得，硬是把那本书拿来，证明不是自己写的，就这样还是被认为借古喻今，折腾了他一天时间。后来有人找他看病，他才被放出来。

医院里还有一个中专毕业的医生，中专医校毕业很多年，在医术上有自己的一套，特别是对于什么疼痛、外科炎症的治疗，有自己独到的见解。譬如，什么地方出现了炎症，他不是在屁股打针，而是在炎症附近打针，脸上、脖子上、腰上、腿上都敢打，有的病人很害怕，有的医生不赞同，但他不怕，而且效果很好。他干事很讲究，善于学习和钻研，在医院慢慢有了名望，也有一些人喜欢找他看病。他似乎有些洁癖，一次去食堂吃饭，大概自己的热水瓶没有了热水，筷子没烫，正好来到食堂，他也没怎么考虑，就顺手将自己的筷子插进别人的热水瓶，刚好被后面来的人看到，他弄得很是尴尬。

小学的东边是一条一直向东的宽阔大道，直接通向公社，南边是村棉花原种场、浴室，北边一连紧挨着的是食品站、信用社、供销社等，早上还有一些附近的农民将少量的蔬菜和鱼虾拿来卖，相当于一个小的露水集市。

食品站、供销社那时很吃香，特别是食品站，吃香得很。老百姓养猪少，食品站就派人到村里收，这一阶段老百姓养猪不能自己杀，得卖给食品站，老百姓吃肉还得再到食品站买，周围几个村子都来这里买肉。每天食品站只杀一两头猪，很多时候买不到肉，人家有事需要买肉，要不就找人走后门先留着，要不就天不亮去食品站门口排队。几个杀猪的是“抬头看人，低头打肉”，看什么人卖什么肉，人熟就给你往好处割，人不熟，他就给你割肥泡肉、膪膪肉。

一次家里有事，让我去买肉，大概夜里两点多钟我就起来，赶到食品站门口，已经有人在排队了。食品站的灯刚亮，他们开始烧水，等水烧开了，几个杀猪的，从后面的猪栏里赶出一头猪来，几个人一上去，一下子就把猪按倒，猪嚎叫着。一个人跪在猪身上，两手紧紧抓住猪一边的前后两腿，十字拷紧，一个人拿来一根不大的环形绳子，套住猪的两腿，再一个人拿来一杆大秤，钩住环形绳圈，三下五除二，两个人抬起一根抬竿，一头几百斤的猪就稳稳地称上了。过秤以后，几个人把猪搬上杀猪架子，其他几个人抓住猪腿，一个屠夫拿起一把尖刀，对准猪的喉部下方，狠狠地一刀下去，猪血喷射而出。一头几百斤的大猪惨叫着挣扎了一会儿，很快就被软软地推下地。有人用尖刀在猪的一个脚拐处切开一个口子，再用一根铁棍顺着猪脚一直捅进去，几下捅过后，死了的猪被抬到一个盛满开水的大水缸，摇晃一会儿，有人用手拔了拔猪毛，觉得猪烫得差不多了，几个人开始刮毛，刮到差不多的时候，一些地方不好刮，就有人在刚才猪脚的切口处一口一口给死猪吹气，猪身慢慢地鼓起来，就好刮多了。一会儿一头猪的毛就全刮光了，接着就是将白花花的整头猪一分为二，内脏拿下，切下猪头和四肢，清洗内脏，整个过程需要一个多小时。我们在门口等他们完全搞好以后，已经快天亮了，身后已是拥挤的队伍。尽管你站在前面，后面几个人一拥，队伍乱了，力气大的上去了，等我买到肉时，已经是人家吃早饭的时候了。

这里生活很方便。学校有五六个老师，六个班五个年级，不到一百个学生。开始她住在一楼的一间，后来我们结婚了，搬到二楼东头的一间。两边是教室，在两边楼梯口边各有一小间，我们用来做厨房，里面放一张学生用的桌子作厨桌，一个煤炭炉，一个破旧木箱改制的碗橱，她从老家带来一个她爹爹用过的铁锅，就这样我们开始了工作以后新的生活。我刚到学校时，学校要求比较严，要求老师都要住校，我们比较近的老师就早出晚归，中午在学校食堂搭个伙，晚上回家吃饭。

那时，我们两家都有承包地，我家有四个人的承包地，父母妹妹弟弟，她家也有两个人的承包地，星期天我们还要回家帮着做些农活。每到放忙假，我们是两头忙，我家忙完了，就去她家忙，栽秧、割稻、摘棉花、挑粪、打稻谷，什么活都干。从我家到她家二十几里地，全是羊肠小道，要经过四五个村庄，走上两个多小时，偶尔走晚了，到了一个叫飞云寺的地方，要绕着寺院外围的小道走，周围是深深的池塘，寺院常年无人居住，竹林茂盛，特别是天色阴暗的时候，总给人几分萧瑟和阴森的感觉，路过的人都有点害怕。

中学任教

吴岗中学坐落在吴岗东边的高岗上，学校坐北朝南，前面住着一户人家，这家的后面是一块竹园，竹园旁有一个不大的池塘，紧挨着我们的办公室。学校有四栋教室、一栋教师宿舍，我和其他三个同事住在前面一栋中间的教室。这间教室被分隔成四个房间，三间住着教师，剩下一间作为公用走道。

妹妹正好在念初二，中午经常在我那里吃饭。她念书不肯用心，学习成绩一般，我刚到学校，对她的学习也没很在意。到了初三下学期她就不想念了，我要她坚持念完。她只读了初中，就没有再念了。弟弟是第二年进中学的，初一时中午在我那里吃饭，到了初二学习紧张了，他就住在我的办公室。我开始来回于两个学校之间，有时中午在食堂吃个饭，早晚两头跑。

初一初二还不是很紧张，到了初三老师和学生都很紧张，学校十分注重升学率，学校与学校之间、班级与班级之间都要排名次。初三都是由教学经验丰富、敬业敬岗的教师任课，年轻教师都在教初一初二。每个年级都是三个班，我们同年级的三个班的班主任都是初、高中的同学。他们虽是民办教师，但教学时间长，经验丰富，教学一点不逊色。班级之间相互比较，班主任之间暗暗较劲，大家对教学一点也不敢怠慢。

刚到学校第一年，我教初一语文兼班主任，还有初二历史、地理。历史、地理课，学校、教师、学生、家长都不够重视，包括音乐、体育课，学生们课堂上也不自觉，时常有些捣蛋的，老师能够维持好课堂秩序就很好了。上课时，老师开始简单说一说，然后让学生们自习做语文或数学作业，学生们也乐意，老师只要在教室转转就行了，有时老师把自己要批改的作业带着，边改边看着学生。有时看到学生语文、数学作业任务太重，干脆就让学生做作业，老师站个堂。大家都认为历史、地理是副课，我对历史、地理也不是很认真，每堂课之前看一看要上的内容，上课时简单复述一下，就让学生们自习，很少找来资料拓展一下同学们的知识面，有些历史和地理知识我自己也是一知半解，就干脆找来一个有趣的聊斋故事讲给学生们听。考试时都是开卷，学生们尽管抄。

一开始，我们几个青年教师实行小循环，从初一跟班到初二，然后重新开始，再从初二回到初一。我在吴岗中学教书前后五年，正好一个小循环后，我就接着跟班到了初三。

在真正的教学中，我才感觉到自己知识的匮乏，教然后知不足。你有一桶水，才能教人一碗水。我除了要弄懂课本的知识外，对相关的知识知道得实在太少。由于自己知识储备不足，在教学中时常有力不从心的感觉，本来有的课可以更洒脱更深入地教学，可是自己达不到那样的境界，还只是停留在对课文表面的理解上。特别是涉及古汉语和拼音，我的基础应该是相当差，本身课外书籍看得就少，又刚刚从校门出来，既缺乏深厚的文字基础和文学功底，又缺乏教学经验，加之本身教学任务较重，大多数时候就只能就书本教学。在教学中时常有这样的想法，对一些优秀的学生，总觉得他们“吃不饱”，因为我的知识储备和水平不够。

进校第三学期，我看到报纸上有一家逻辑与语言函授大学招生，主要教授逻辑学和汉语言专业知识，尽管没有学历，我还是坚持自费学习。一年的时间，我认真学习，按照要求完成作业，学到了很多东西。我把学到的东西融合在自己的教学中，有了些自豪的感觉，收获也很大。

后来省教育学院招收中文函授生，这是教育系统针对教师的正规函授教育，是一个有学历的教育，但是是大专。一开始我还是不想报，想着要报就报本科，可是当时没有其他学校，正好本校一个同事一道，我也就报了名，参加了考试，我们很快就入学了。

函授教育主要靠平时自觉学习，每学期都要集中学习一次，总计有十几门课，每门功课都要经过严格的考试，也会有同学稍一放松考试不及格的，补考一次再不及格就不行了。我们坚持了两年半，完成了学业的全部课程，只剩下最后一门写作课的考试。由于当时我已经离开了学校，转行到了乡政府搞农经工作，后考入了农经学院，函授最后一次考试时我已在上学了，也就没有参加。回来后我找到了有关老师，他们说我还有一门功课没有考试成绩，不能发毕业证。

吴岗中学离上柳村有三四里地，我是早出晚归，经常一道的有一个吴老师住在卫生院，一个同事住在本村。住在卫生院的吴老师年龄比我们大，教初三语文，他教学严谨，水平很高，又有资历，他的爱人是个妇产科医生，在医院上班。我们两家一前一后，打开窗子就能见到，我们时常端着饭碗聊天。同村的同事是民办教师，我们是初、高中同学。

我们每天早中晚来回几趟，如果遇到阴雨天，我们中午就在学校搭一顿中餐。虽然学校离上柳村只有三四里地，但都是些黄泥巴的羊肠小道，遇到雨雪天，道路非常滑，平时二十分钟的路，雨雪天至少要走四十分钟。秋冬季节穿着鞋子，稍不注意，鞋子被泥巴吸住，一挪脚鞋子掉了。有时一脚踩在脚印凼里，泥浆会溅满一身。夏天的时候，遇到汛期，窄窄的堤埂上还要用泥加高挡水，我们有时就干脆卷起裤腿，光着脚丫走，每移一步都要小心翼翼，既要防止脚下有硬物划破自己的脚，又要看清每一步挪到的位置，防止踩空踩滑，几个脚趾还必须使劲地抓着泥泞的路面，尽管这样回到家里裤腿上少不了还满是泥巴。

我的办公室是靠南的一间，面积不大，不到十平方米。房间里只有一张床、一张办公桌、一个凳子，办公桌紧挨着床。1984年春天的一个早晨，我打开门，突然发现我房间的地面中间有一个凸起的地方，仔细一看是一根竹笋就要挤出地面。我想，房间里的地面是黄土，僵硬僵硬的，竹笋能够钻出来是多么的不容易，又正好在我的床边，出于好奇我就随它长去。竹笋长得真快，第二天一早，它已冒出长长的一截，这已经让我有些兴奋了，很快我就感到它面临的问题了：房间天花板离地面只有两米来高，它如何面对？第三天的早晨，竹笋就顶到了天花板，面对天花板，我望着它，为它惋惜，它是突破不了天花板的，我也没有能力为它掀掉天花板，只能眼睁睁地看着它委屈地弯过头。终于有一天，它伸长的躯干上面的一截还是被折断，看着它笔直的躯干被折断。我的心里油然生出一阵悲凉，在这样的环境下，它只能委屈而生，为生存折断它生命的一截，但它依然很倔强地生长着，不减一丝的生命力量。它开始伸开它的翅膀，张扬着生命的光辉，开始从主干上伸出它的枝，慢慢地张开它嫩嫩的叶，不几天，它的全部枝叶都伸展开来，刹那间一株翠绿点缀其间，给我这个办公室添了无限的神奇和生机，也引来了很多老师和同学的关注，每到下课的时候，就有很多老师和同学前来观看。

我细心地呵护着。清晨，当我打开房间的时候，清香满屋，拉开电灯，嫩绿的竹叶上挂满了晶莹的水珠，轻轻一碰，撒下一把珍珠。课间批改作业的时候，一转头就会有郁郁葱葱的竹叶摩挲你的头发，你有时会得到更多的灵感；累了的时候，你可以和竹子对话，可以从竹子生长的环境中，感悟到很多人生的道理；躺在床上休息的时候，你可以抚摸着竹干，欣赏着它的风姿绰约，感受它顽强的生命力。

在这个小小的房间里，我可以和它一道呼吸，一道享受生命的快乐，几分惬意中，也常常想到人生经历中的许许多多，不免有几分酸涩和思考。当你不能改变环境时，你就得适应环境，然而适应环境也要像这竹子一样，保持不变的特质，虽环境折断了它的一截，但其中通外直之品质依然如故，“不随妖艳争春色，独守孤贞待岁寒”。

从进学校第二年起，我的慢性咽炎越来越厉害，看了很多医生都没有效果，经常在课堂上出现持续性的咳嗽，严重时已经影响教学，课堂上有时咽痒，要忍受好长时间，才能发声讲话。

我的高中老师来到学校看他的爱人，他的爱人就住在学校，我们很熟悉，他的女儿就在我带的班级，老师曾因慢性咽炎而改行，现在是教育局人事部门负责人。我在去他家看望他时，顺便把我的咽炎情况向老师说了一下，老师很是理解，就让我给学校写个报告，校长也很开明，很快就同意了。这样这个报告就递到了区里，不久又报到了县教育局。

到了第二年开学的时候，我就听说教育局已经同意我改行，但还需要经过人事部门研究才能确定往哪里调，调到哪个单位。一切没有明确，也没有接到调令，学校的课程当然照样安排。这学期，是我们三个平行班年轻班主任跟班的一个小循环后，第二个循环跟班到初三的第一学期，我虽然知道教育局同意我改行，但人事部门什么时候研究，调令什么时候到都还是未知数，所以一切都得按照正常的教学程序走。

到了初三，教学的压力更大了，我一点也不敢怠慢，一点风也不敢透，生怕影响学生的学习。开学一个多月后，我听说我调动的事搞好了，调到吴岗乡政府工作，担任农调员，等批文到了我就要到乡政府上班。就在得到准确消息前两个星期，我有意将课程做了调整，将法国作家都德的《最后一课》，调到我离开学校时给同学们上的最后一课，也算是我离开教学岗位的最后一课。那天，当我上完《最后一课》时，我告诉同学们，我就要离开这三尺讲台，离开他们，我的眼眶湿润了，带着几分无奈，带着对同学们的深深感情。我含着泪深深地给同学们鞠了一躬，从此告别了我的教学生涯。

说真的，我喜欢教学，喜欢面对我的学生，喜欢他们活泼可爱，天真烂漫，喜欢看到他们渴望新知识的双眼，喜欢看到他们听懂新知识时兴奋的笑脸。在这里，成功或失败不需要他人的评定，从学生获得新知识的兴奋中，就可以感受到对我教学的鼓励和肯定。他们在课堂上的表情，是检验我教学水平的晴雨表，这让我更加自觉地在实践中不断地尝试和探索传道授业之规律。一个调皮的学生，我让他当了班长，不但改掉了他的坏习惯，而且学习成绩也大大提高。我在思考，这样的学生如何教育，使之成才？填鸭式的教学和开放式的教学优缺点在哪里？减少重复教学，如何让学生触类旁通，自觉地将过去学习的知识和现在的新知识联系起来，自觉地将生活的知识和课堂的知识结合起来，发散学生思维，拓宽学生思路，开阔学生视野，从生活中汲取知识，从知识中学会生活？我在探索什么状态下学生思维活跃，激发学生思维创新的钥匙在哪里？优秀教师的教学为什么能够吸引学生，激发学生学习兴趣的教育心理机制是什么？这些都在我的脑子里盘旋。

带着不舍，我离开了吴岗中学，离开了我的学生，离开了那个长着竹子的房间，来到吴岗乡政府上班。在我离开学校后，那个房间一直空着。

一次，我到分工的村工作经过学校时，想起那个房间里的竹子，想去看看。学校正是放假的时候，没有了书声琅琅，冷冷清清，教室前的那片竹林仍然郁郁葱葱，高高的竹林挡住了那间房间的光线，房间里显得有些暗淡。我站在窗外，隔着窗户朝里望去，房间里的竹叶已经枯黄，折断的枯黄的躯干萧索在房间的中间，昔日的风光已经不在。面对此景，我有一种说不出的感觉。

人生何尝不像这根室竹，它生长在那个环境，改变不了那个环境，就只能适应那个环境，以求得生存。而要生存，它又必须具有生命的韧性和旺盛的生长力，不怕牺牲，不畏艰难险阻，不屈不挠，才能彰显生命的价值。

走进乡政府

到乡里工作不久，我们就搬到乡政府院子里住。乡政府院子是个四合院，我们住在南面一间，墙体裂出的口子，可以塞下碎砖头，地面也裂开了嘴。乡广播站在我们的左侧，一间是工作室，一间是广播室。广播员是一个姓陈的大姐姐，人很随和，是个热心人，她的爱人是乡里的小汽车驾驶员。小汽车实际上就是小货车，那时乡里领导到县里开会经常坐那车，所以大家称之为小汽车。我们两家处得很好，有事没事总喜欢串串门。

我的工作在乡政府，但业务上属于区农研室领导。从教师改行搞农调，差别很大。教师工作很有规律，时间观念很强，也需要很严谨的教学秩序，马虎不得；农调员在乡里就是一般干事，自身业务不多，主要还是以乡政府工作为主，农调工作都是自己抽空安排。农调员下基层主要是农经调查。

室主任工作十分认真，对手下的人要求很严，他要求每个人每月都要完成一到两篇基层调查的稿子，对报来的材料，他总是一一阅审，发现好的材料，就利用农研室的《调查研究》专刊，发送给市几大班子负责人，时常被有关部门的资料专刊转载。他鼓励大家多练笔，全市农调工作也做得有声有色。他喜欢下乡调查，对农村、农民、农业很有感情，敢于仗义执言，在全省也很有名气。

去农调室时间还不长，农调室在汉中乡搞一个社会经济调查，我被抽调过去。一个多月的时间，我们跑遍了汉中所有的村。白天，我们走村入户，调查、座谈；晚上，我们整理调查材料，核对有关数字。那次调查主要围绕农村经济展开，集体企业、民营企业、种养大户等是我们调查的重点对象。全乡集体经济比较弱，乡政府除了有一个锚链厂外，其他锚链企业都是民营企业，所有的村都没有一个像样的企业，有两三个村稻米加工还保留在集体手中，其他村什么也没有，集体经济差不多是一张白纸。

汉中乡锚链产业发展很快，在全市乃至全省都很有影响，号称“锚链第一乡”。这些锚链企业大的规模在几千万元，小的也有七八百万元。这些企业很神通，老板虽然文化程度不高，但他们长期在外，走遍江河湖海，掌握着各地锚链市场需求信息，他们有高档的加工机械，可以按照合同不同要求加工不同规格的，除了自己直接加工产品外，还利用市场信息，购回船家不用的旧锚链，经过除锈刷漆，再卖给需要的船家。大棚蔬菜在这里刚刚开始，靠近汉中附近的村有些零零星星的，其他规模养殖种植都还不成气候。

从调查中我们了解到，农村集体经济经过几年的消耗，几乎接近于零，极少村还有一些零星集体资产，但村会计那里的账面数字还是一切如初，实际早已不复存在，有的村实际已经在负债运转。我们每年的集体经济统计报表数字来源于何处？这些数字有多少可信度？这些数字报到上面对于高层的决策到底会产生什么影响呢？我一边参加调查一边思考这些问题。

在这个乡的社会调查中，我发现了一种现象，这个乡加入基督教的人很多。为了弄清原因，我找到那些加入基督教的人员，和他们谈心，了解他们加入基督教的原因，以及基督教会给他们传播的内容。他们中绝大多数是中老年人和体弱的人，女同志居多，有的是长期经受慢性病的折磨、身心比较痛苦的人，有的是家庭一直不是很顺和、家庭关系疙疙瘩瘩的人，有的是精神上经受挫折的人，有的是一向乐善好施的人，他们中大多文化程度不高。一开始受几个人带动影响，口口相传，慢慢地越来越多，影响越来越大，一些人一开始时是带着好奇心试探着参加活动，渐渐就被感染了。他们表示加入基督教最朴素的想法，就是希望耶稣能给他们带来幸福安康，消除灾难，减少痛苦。

木乔村一位七十多岁的老人告诉我，他患有慢性肩周炎，经常肩胛酸痛，遇到雨天更厉害，听同村的一个老人说，信基督教好，可以帮他治病，减轻痛苦又不要花钱，他就抱着试试看的态度，去了一趟。教主对他很关爱，告诉他："你加入基督教是好事，可你要做到不打人，不骂人，与人为善，要做好事。"他说："我有时肩胛疼痛得很，耶稣能不能帮我治治病？"教主告诉他："你要相信耶稣，耶稣就会帮助你减轻痛苦。"他又问："我家离这里还有一段路，遇到雨雪天来这里做礼拜很不方便怎么办？"教主告诉他："遇到天气不好行走不便的时候，你在家里做礼拜也可以。"他一听，这是叫人做好嘛，不要花钱能治病，又没有什么压力，于是就参加了。每个星期他都跟着大家去做礼拜，有时刮风下雨，他就在家里做礼拜。问他做礼拜的内容，他说主要是叫人从善积德等。我说："那你的病治好了？"他说："教主告诉我，只要我心中有主，主就会时时在我身边，我只要想到主，轻轻地呼唤主，主就会帮我。"

这个调查引发了我对一个问题的思考，就是农村基层党员的教育和农民的教育问题，过去每当中央有什么重大会议，基层干部都要组织党员及农民学习，虽然对上面精神理解不是十分精准，但主要精神还是清楚的。而后来一段时间，对中央重大会议精神的学习，一般能够到乡政府一级就不错了，村一级党员群众很少有人去组织去要求，基层也没有其他学习方式，大家对于中央的精神只是从广播、电视上知道些，农村党员和农民的教育显然没有得到重视，有些时候在农村要召开一个党员会、村民会都很难。基层组织如何适应市场经济的发展要求，学会帮助党员、帮助农民在市场经济中发展致富，学会去关心那些弱势群体，从他们最基本的需要出发，帮助他们解决实际问题，融思想教育于服务之中？这块阵地我们不去做工作，别人就会去做工作。

快到年底的时候，我接到农调室的一个百户农民人均收入调查统计任务。在学校我们也有统计学这门课，我就按照统计要求，在全乡九个村，按照好、中、差各选一个村，再在每个村抽选收入好、中、差农户三十三户，然后挨家挨户地一项项调查统计，从制表统计到汇总计算，花了半个多月的时间才完成。

我兴冲冲地将调查统计报表拿到乡里主要负责人那里，他一看我统计汇总的数字，就一脸不高兴，问我："你的数字怎么来的，我们乡的人均收入就这么多？你也不看看我们去年的数字？"我说："这个数字是我根据统计调查计算来的。"他说："你先去看看去年的数字和年初我们的工作报告再说。"领导明显不同意我的报表数字，我只好去找乡政府秘书，从他那里找到了年初乡政府的工作报告，同时也向他请教了一些问题。乡政府秘书是一个五十来岁的老同志，也是由一名教师改行来的，不过他已在乡里工作了五六年，对乡里情况很了解。我认真地对他说，我的数字是真实的，是按照统计要求认真计算得来的，应该是准确的。他笑着对我说："你知道什么叫统计吗？在基层统计就是估计。"我有些不解，问怎么估计。他有些不耐烦地告诉我："那就由你自己想办法了。"

按照乡政府年初报告的数字，我的所有调查数字就要全部作废，报表就要全部重新来做，上面要求在即，这边领导不签字，报表报不上去。没有办法，我想既然是这样，干脆我就来个数字倒推，按照报告要求的指标数字，确定对应的样本指标，再一一反推。但是这样做看上去思路是对的，实际操作却很费劲，要不是指标确定不合理，要不就是样本选择显然不科学，需要不断地调整指标和样本的数字，才能达到两者之间的基本协调，最后总算完成了调查统计报表的任务。我如释重负，拿着报表诚惶诚恐地让领导审签，领导看也没看就签字了，我的心里始终很别扭。

一个看似科学的调查统计就这样完成了，我们的报表是市里统计报表的基础啊，这个基础数字是这样来的，那它有多大的科学性呢？看到经管站的同志们，拿着我们报送上来的报表，十分认真地一一统计汇总着，我想即使他们十分认真，得来的数字又能说明什么呢？这个基础一开始就是一个乌龙账，在他们完成这个报表后，再经过省一级统计，再到上面，这个报表到底有多大的误差，只有天知道。那么用这个信息来作为决策的依据，岂不差之毫厘谬以千里吗？

乡里的干部虽然每个人岗位不同，但都实行包村制，一般除了主要负责人不包村外，其他同志不管你是搞民政、武装、生产，还是搞教育、财贸、组织、宣传、计生的，你都要包一到两个村，大村或者困难村一个，小一点村两个。包村就是包这个村的方方面面的工作，不管是不是你的岗位工作，你都必须要抓。

村里的工作千头万绪，大到政策落实，小到鸡毛蒜皮，每天你得面对各家各户，什么邻里纠纷、打架斗殴、婆媳之争、红白喜事、张家砌灶、李家杀猪等，什么事都有，什么事都可能发生。很多事根本就不是你分工职责范围内的，但你也得负责。很多时候你还得先主动协调，维持稳定，协调不了再请具体分工的同志来共同研究解决，有同志称之为“下去一把抓，回来再分家”。

村上的工作一滴水一个泡。每项工作还都是硬任务，财贸任务、计划生育、水利兴修等，都有时间要求，村干部长期在基层，对很多工作已经形成了习惯。能力强、威信高的村干部，工作主动积极，什么时候干什么事，自己安排得井井有条，乡里每布置一项工作，都能积极响应，马上行动，按时完成，对村里出现的问题也能很快解决，基本不需要分工干部烦神。

一个乡十几个村，好的也就那么两三个村干部能够做到；大多数村干部接到任务，要等到乡里分工干部到了，大家在一起开个会，讨论如何安排，然后他们才开始行动，中间分工干部还要下去压一压催一催，也差不多都能够完成；差的村每次任务下来，你不去他们不动，你去了还要帮助他们开个会，讲上一大堆道理，帮他们安排好时间，工作中稍微遇到一些难事，还要你到场，要你帮助协调和处理，有时他们干脆就把你推到一线，他们却躲在你后面看着，每次全乡的任务都完成了，他们村总留有一些工作的尾巴。

我被分工在一个叫余田的行政村，这是一个有两个自然村的行政村，大的村叫余田村，小的村叫成村。村书记姓余，是一个退伍军人，个子不高，很有精神，上任时间不久，人不错，但对基层工作不是很熟悉，又不是很想干。村主任五十来岁，也姓余，瘦瘦小小的，是由原来的村会计提任的，对村里情况熟，人缘很好，工作还可以。会计是新配的，腿有点残疾，年龄近四十岁，初中毕业。整个班子算不上强，也不算很弱。

这个村的工作基础不错，大村基本是一个姓，姓余，小村姓成。计划生育、财贸任务每年都能够完成，在全乡十来个村工作中算中游略下一点。

在乡里工作，白天基本没有时间看书学习，每天都要下去，不管有事没事，事多还是事少，下去就是工作。那时上面对在乡镇工作的干部都有要求，也经常有县里的人来乡政府检查干部是不是下去了，发现机关干部没有下去的会批评或通报。从乡政府到这个村，要走五六里地，村主任家就在村东边，又在我进村的必经之路上，所以大多数时候，我是先到村主任家，村里其他同志家里没有什么事时，都会赶过来。大家在一起看看还有什么事，然后就各干各的事。我刚到基层没有什么经验，很多时候我都会和村主任一道，实际工作都是他们做，村主任工作积极性还可以，在群众中有基础，协调处理具体事务有经验。

那时候，计划生育是基层最难的事，有时为了一个结扎对象，几个村干部苦口婆心地做思想工作，真正是跑断了腿，磨破了嘴，有时还要通过动员结扎对象的亲戚朋友帮助做工作，穷尽了方法，好不容易当面说好了，一转身又变了。有一次，一个有两个女儿的结扎对象，经过我们几天耐心细致的谈心，思想工作差不多做通了，可等到她去整理洗漱用品准备进站结扎时，那家的婆婆突然间大闹大叫，和村干部拼死拼活，等我们把她的婆婆安顿好了，结扎对象又不见了，做了几天的工作白费了。

有时为了等到结扎对象，村干部就只好蹲守在结扎对象家周围，一发现结扎对象回来就做工作。有的结扎对象一得到要搞计划生育的消息，就悄悄地躲起来，等村干部上她家门时，她早已不见踪影。村干部只好到处去找，她亲戚朋友家也不配合，有时最后等你找到结扎对象时，她孩子已经生了，然后就让你罚款吧。然而罚款又哪是那么容易的事？有些家庭为了生个儿子，一连生几个女孩，几经处罚，钱没了，屋里也空了，任你怎么办。只有些旧家电，或者牲畜、粮食、棉花什么的，能搬的你搬吧，能卖的你卖吧，反正横竖已经生了。

再就是财贸任务了，全村几百户人家的财贸任务，真正自觉上缴的很少，大多都要村干部一家一户去收，好说话的人家你去一次就缴了，不好说话的得让你跑上三四趟，遇到有些户本身对村干部工作有些不满意的，不但闹情绪不给，还好好地奚落你一番，有时闹得村干部很尴尬，有的甚至遭到谩骂和人身攻击。村干部只得忍辱负重，满腹苦衷无处诉，自嘲说“村里的狗让我们跑熟了，村里的人让我们跑生了”。

清理尾欠，不但需要大量精力，还要增加成本，许多老百姓没有现金，拿实物来抵交，稻子、棉花、生猪等。村干部一大早扛着大秤，带着板车或者拖拉机挨家挨户收，根据每家尾欠多少，折算成农产品实物收，然后再将收购来的实物卖给粮站、棉花站或者食品站等。从收到卖，这本身就有一个折头，还要加上人力运送的成本，无疑给村里雪上加霜。

尽管这样，每年除了特殊家庭不能完成任务的可以免减，每个村都有那么十几个难缠户，就是不能足额完成，总有些尾欠不清，但要求是必须在规定时间内全额完成，完不成就要“开小会”（单独召开的落后村干部会），还要扣发分工干部的奖励。没有办法，乡分工干部和村干部为了完成任务，就得采取垫支的办法来填补尾欠的窟窿，赶在要求的期限内完成，这样财贸任务虽然对上完成了，但对下并没有完成，这叫“上清下不清”。垫支的钱都是村干部或者分工干部出面，先从亲戚朋友那里借来的“包子钱”。“包子钱”需付利息，一般为三分息，有的更高。对上完成了任务，村干部还要继续完成没有完成的清欠，而剩下的都是些“硬骨头”，村干部也最怕这最后的清欠，那是最难的，也是最容易发生矛盾的，往往拢共就是那么几千块钱，弄得他们焦头烂额。

邻村的一个村干部在清理尾欠时，遇到一个“瘌痢头”，他家年年有尾欠，几年下来已经有一千多元了。村干部去他家，他就要赖，手里拿着钱对着村干部说：“你看我这手里有钱唉，就是不给你，你有什么办法？”村干部被气得脸色铁青，也没有办法。每年的尾欠最后也能收一点，但总有一些尾欠无法完成，年复一年，尾欠像滚雪球一样越滚越大，加上借来的“包子钱”，这样村里的债务，就像雨天背稻草越背越重。

也有个别村干部头脑灵活，胆子大，私心重，就开始利用“包子钱”，打起小算盘，他们通过向亲戚朋友借钱，然后以私人名义再高息借给村，从中牟利。

我分工的这个村基础工作还可以，一般情况我都是早上过来，和村干部碰个面，然后就和村干部一道做当天要做的工作，每天如此。财贸任务、计划生育、水利兴修、抗旱排涝等，都是突击性的，时间要求明确，这些事分工干部必须和村干部都在一线。

村主任老余家就在村东边的村口，一进村就是，家庭卫生不错，他的爱人把家里料理得干干净净，对他的工作也很支持，性格率直，待人热情礼貌，也能做一手好菜，我们一般中午就在他家吃饭。书记和主任都不喜欢喝酒，除非村里来人，所以我们中午吃饭很简单，两三个蔬菜，再配上一两个荤菜。村主任性格随和，为人厚道不小气，他的爱人说他总是“胳膊肘往外拐”——老掏。大家觉得这个外号不错，也就慢慢不叫他主任了，直接叫他“老掏”。渐渐地，“老掏”在全乡出了名，年轻的干部知道“老掏”，却不知道他的真名。他家门口有一口大塘，夏天图个凉快，我们有时干脆就在门外的凉床上摆上几个菜吃饭，有时也有老百姓端着饭碗过来，我们一道边吃边聊。中午吃过饭，稍微休息一会儿，村里没有什么事的时候我就回去。

在农村，有时面对老百姓遇到的困难，我们也很难帮助解决，看到他们辛辛苦苦的样子，听着他们的诉说和无奈，我常常感到有压力。这个村子一户人家，夫妻两人一儿一女，虽然夫妻俩身体差一点，但生活还可以，可前两年，女儿生了一场大病，用去了家里的全部积蓄，女儿病好了，可儿子又不幸出了车祸致残，丧失了劳动能力，村里能做的工作很有限，面对生活夫妻俩常常以泪洗面。我常和大家说，我们当干部的对待这些老百姓，不能避之不见，不闻不问，要对他们真好，要想方设法为他们解决困难，这是我们的责任，对村里几个困难户我们要经常过去看看，看看他们有什么困难和需要，力所能及地帮助解决。可有时看到极个别人胡搅蛮缠，道理讲了一遍又一遍，他就是听不进去，确又有如鲁迅先生说的，对他们有“哀其不幸，怒其不争”之感。一个三女户，家境本身就不是很好，还想要生个男孩，屋里的家具都被计生办罚款搬走了，三间房子空荡荡的，让人看了实在有些不忍心。村干部三番五次做工作就是做不通，一个村要是有这么一两户就足够让人头疼的。

村干部工作难度大，面临的是一个个具体问题的解决，每一个具体问题，既有它的普遍性，又有它的特殊性，而正是这一个个特殊性，使得村干部面临着一个个窘境，而窘境往往不是村干部自身工作造成的。从生产队到家庭联产承包责任制，村干部面临着农村组织结构涣散、集体经济衰退、农业基础设施破败、社会管理缺失、行政手段退出、服务功能尚未建立等一系列问题，这些问题只有靠村干部一个个去探索，去尝试，去修补，去建立，然而他们没有一个明确的方向和目标，没有一个可以帮助他们提升素质，适应新工作要求的教育和培训的地方。计划经济体制机制刚刚被打破，中国特色社会主义市场经济体制机制处于探索建设的初期，两种经济体制机制正处在胶着状态，一切只能摸着石头过河。

乡里有几个和我差不多大的同事，一个是共青团书记，一个是财政所干事，他们都先于我到公社，大家关系很好。刚到乡政府上班，我还住在村小学，一个星期天，我家买了几个猪蹄放在锅里炖，我和爱人都外出有事去了。两个同事下午回来，正好经过，没事上楼来看看，闻到一股香味，寻香而去，发现我们厨房里正在炖猪蹄，来了劲。厨房的门和窗都关着，可是有一块窗玻璃碎了，他们哪管那么多，手伸进窗内，拔开插销，打开窗子，两人从窗子跳进去，揭开锅盖，拿来碗筷，一人一块，吃完后再将锅里加些水，又从窗子跳出去，插好插销，大摇大摆地扬长而去。我们回家时，谁也没有在意，直至第二天，他们忍不住乐，问我，昨天的猪蹄炖得不错，少了没有？我这才知道他们昨天的恶作剧。

到乡里第二年，也就是1985年，农业部农村经济管理学院（后文简称“农经学院”）招考，面向的就是农调系统在职干部。之前两年已有人报考，但都没有考取，主任觉得没面子。今年又要招生，主任思量再三，决定让我去参加考试。我一开始很犹豫，因为我的中文函授专科只差一科考试就要毕业了，可主任坚持要我去，他说：“这是农调系统干部教育的全国重点院校，你现在不是教师。”接到招生简章，我有些害怕，因为它考的是理科，我担心考不上辜负了主任的期望，想打退堂鼓，可主任要求我不但要考，而且一定要考取。没有办法，想请假几天复习复习，可是工作在乡里，领导本来就反对我学习，更何况要请假复习呢？他说农调室让我考试，他不知道，不阴不阳，显然不行。没有办法，我只能抽空翻翻书，最终还是幸运地被录取了。

本来在乡里，我是党组织培养对象，已经将近一年了，按理说，在到学校时，组织也应该将我的培养情况介绍过去。可是，由于农调室没有和乡书记沟通好，书记有些不快，最后连我到学校上学转关系时，也是几经周折。

农经学院学习

农经学院在炮兵学院和石油学院的旁边，条件很好，有两栋教学楼、一栋办公楼、三栋学生宿舍楼，教职工宿舍在院南门外一百米。学生宿舍条件很好，一般三个学生住一个房间，房间很宽敞，冬天有暖气，每人一个柜子、一张桌子、一张床。刚开学的时候，我和两个同学住一起，其中一个是一个县的经管站的干部，另一个是一个镇的副镇长。后来因为一次玩笑话，一个同学耿耿于怀，我们搞得不痛快，我就搬到了对面另一个房间。原因很简单，我和那位同学床头对床头，中间隔着一张桌子，一次，他不小心将茶水弄到了我的床头被子上，我开玩笑地说："你是不是对我有意见啊？"他马上红脸了，说："我对你没有意见，你怎么说有意见。"我看他那个样子，马上解释说，这是一个玩笑的说法而已，可我再怎么解释，他也听不进去，就是解不开这个疙瘩，总是耿耿于怀，一直到支部研究我入党申请时，他就是不同意，系里的书记做工作也不行，一直到毕业。他真是我在人生中遇到的一头犟驴，一根筋。

因为是成人高校，大家都是带薪学习的，房间人少，条件比较好，有的同学干脆从街上买来电炉开起了小灶。同寝室的一个老钱，是学院年龄最大的学生，已经36岁了；还有一个老郑、一个老叶。不知老钱从哪里也弄来了一个电炉和一个小钢精锅，于是我们也开起了小灶。

星期天早晨，我们睡个懒觉，然后到学院对面的小集市上买来羊肉、香菜、大蒜等，回来后由老钱加工，中午再从食堂买来两三个菜，偶尔一瓶二锅头，四个人尽个兴，大多数时间我们将买来的菜一锅煮。

第二学期的一个星期天，老钱家里有事，好长时间没来，系里同学都到承德游玩去了，之前我们去过了，寝室里只剩下我和老郑两人。晚上，我们从商店买来一瓶沧州大曲，在食堂切了一份驴肉，买了一份回锅肉，两人说好，一人一半，谁也不给谁代酒，到最后老郝说实在不行了，还是倒了半两多给我，结果我们两个都喝多了。我们跑到校外的操场跑步散酒气，折腾了一两个小时，回来后还是兴奋，就在寝室的走廊里哇哇叫。实际上我们酒量都不大，平时都不怎么喝酒，通常是一瓶酒一次喝不完放在那里，下次接着喝。

农经学院是农业部的一个部属院校，学院有一批学术水平很高的教师。到校不久，我很快就感觉到了这里的学术氛围很浓，学院经常组织开展学术演讲，邀请国内知名“三农”问题的专家和学者来校做讲座。随着每次讲座的开展，我的思路渐渐打开，很多在农村工作中遇到的疑问，在这些专家和学者演讲的引导下，开始在自己的头脑中形成了新的观点，一次次的灵感冲动，我都把它记录下来，渐渐有了积累，慢慢地有很多散在的观点，逐渐地联系起来，形成了一个个比较系统完整的清晰思路。我开始思考是不是写点什么，既然到这个年龄，背井离乡来到这里，就应该静下心来做点学问，而且这里有这么好的条件，随时可以向老师和有关专家请教，于是我下决心一心扎在思考研究上。

除了上午上课外，下午我基本上都在图书馆。图书馆里的有关“三农”问题的资料实在太多了。面对那么多的书刊，我一方面采取快速阅览的形式，通读一些农经基本理论书籍，掌握一些基本原理，另一方面重点关注最新农经理论研究成果。我买来一大堆卡片，遇到有什么好的观点、原理就记下来。开始我只是拼命地积累知识和资料，经过一年多的积累，我积累的卡片装满一个抽屉，我开始对农村问题的研究情况有了兴趣，大约知道一些农经理论研究的热点和难点，结合自己在农村的所见所闻所思，开始围绕专题来整理资料，理头绪，立观点，定专题，再思考，再研究，形成文。

我在农村长大，对农村情况熟悉，经历过生产队、大队、公社的劳动和工作，特别是实行家庭联产承包责任制后，我目睹了家庭联产承包责任制带来的一系列巨变。几乎是一夜之间，一个生产队的集体就解体了。昨天还是集体，第二天就是一家一户；昨天大家还在一个田里集体劳动，第二天就是一家一户各自在田头；昨天是集体的犁耙水车和仓库，第二天也分到了户，连耕牛也是三家一伙五家一头地分。

家庭联产承包责任制彻底打破了生产队的组织机构、体制机制、管理手段，生产队队长再也不要派工喊工、分配集体劳动所得了。农民们开始围绕自家承包的土地谋划土地经营，种什么怎么种，都由农民自己定，劳力的安排也是各家根据情况来组合。刚开始时，特别是在“双抢”时节，农时较紧，农户之间开始自愿组合，谁家稻子先割，谁家秧苗什么时候栽插，根据各家情况，相互商定，相互帮忙，今天你家，明天他家，不计报酬，吃个饭就行。忙完农时，农民的空余时间就多了，一些农民开始利用空余时间寻找其他收入。

由集体经济蓄积在农业内部的劳动生产力得到了充分释放，农民劳动的积极性和创造性得到了充分发挥，农业生产力的结构开始发生根本性的变化。与此同时，原来围绕“三农”的一些电灌站的沟渠淤塞，电力设施开始老化，道路毁坏，农业基础设施破败，基层农技站网破人散，农民盲目施药，农业生态遭到严重破坏等。一些地方的集体经济实体也被分解或承包给个人，集体经济开始空壳化，发展动力显然不足。“三农”的发展正面临一个全新的体制机制的创新问题。一些地方甚至出现了人力耕田、水车车水等农业生产力倒退现象，我们村里的拖拉机、收割机和插秧机也都处于长期闲置的状态。

打破一种旧的体制需要勇气和远见，也需要成本。人们往往就是缺乏这种勇气和远见，而不愿打破坛坛罐罐，宁可抱残守缺。实行家庭联产承包责任制，正是对原有体制的改变，对原有生产力结构的重组，从而获得了新生的生产力发展。

我开始怀疑，这种体制是不是一种破坏性的发展，它应该是一个暂时的生产力的释放，这种体制应该是短暂的。然而，事实是这种体制带来的是农业生产效率和效益的极大提高，焕发着极大的生命力，原先的生产力结构性消解，不仅没有影响生产力的发展，还极大地推动着农村社会经济的变革和发展，我开始对我最初的判断感到迷茫，“一大二公”的优越性、计划经济制度的优越性在哪里？

生产力的解放，使得农村出现了富余劳动力，一些有技术、有特长的农民，开始了致富之路的探索。一部分地方能人开始“三就地”，即就地取材、就地加工、就地销售，兴办一些小型乡镇企业，出现了所谓“三小”，即小作坊、小加工、小买卖，为农民农村生产、生活所需。农村的乡镇企业得到了蓬勃的发展，开始出现“村村点火，处处冒烟”的繁荣而忙乱的现象。如某镇方圆十里地的地方，就有近十家窑厂，而且生意红火，供不应求，一部分劳力进入了乡镇企业。

然而，红红火火的乡镇企业的背后，是自然资源和社会资源的重组，更是一种掠夺式发展和进步，它给了农村经济社会发展的活力，焕发了人们对于市场经济的认识，引导人们从小农经济的圈子中走出来，从传统农业开始走向市场农业，这可能就是它诞生的历史使命。

随着进城条件的放宽，年轻的农民不甘寂寞于农村，开始到城市寻找就业的门路，特别是从学校毕业的初高中生，受传统思想的影响，也不甘于在农村，他们一离开学校就走上了外出就业之路。

家庭联产承包责任制划分的承包田，开始出现了许多新问题：家庭人口的变化、田地的变化、集体公益事业发展所需要的土地等，开始打破原来划分的土地，面对“三十年不变”的政策，很多地方都采取了“生不添，死不减”的最简单的土地承包政策；由于土地的收入远远少于外出务工的收入，加之土地流转不开，一直被农民视为命根子的土地，开始出现大面积的抛荒，大量劳动力开始离开承包的土地。

土地的大面积抛荒，影响了农村财贸任务的完成，很多农户举家外出，常年不归，土地找不到承包户主，落实在土地上的财贸任务以及农业税就无法完成，影响了当地的财政收入。而来自上级机关的行政领导体制和思路并没有改变，他们仍然按照原来计划经济体制的思路要求基层，从而使得基层干部处于一种“老鼠钻风箱——两头受气”的局面。

财政收入的不到位，乡、村两级缺乏有效的手段和资金的投入，许多农业、农村项目无法实施，基层干部处于一种“巧妇难为无米之炊”的尴尬境地。他们只能发发牢骚，默默地忍受着。一些乡村开始举债完成任务。

农村劳动力转移，打破了农村社会经济结构，农村出现了“三八六零”部队、农村劳动力的老龄化。一系列农村问题的存在，在我离开农村后还久久留在我的脑海中。

丰富的农经方面的资料、高端的专家和学者的讲座，更激发了我积淀在头脑中对问题的思考和研究的热情。系里的吴书记对我很好，看到我对农经问题研究很专注，又是学习委员，就鼓励我组织学生开展论坛。在老师的支持下，我在系里组织主持了几次论坛，同时邀请学院老师参加，虽然大家的理论功底比较薄，但我们都是从农村来的，来自农经一线，有着丰富的实践感知，我们结合理论，把现实的问题提出来，进行比较分析，很多实践中遇到的问题，让老师们很感兴趣，老师们又给予肯定和鼓励，我研究的积极性更高了。

我们学的是经济专业，主要学习经济管理有关方面的基础知识，主要专业课有资源经济、村镇规划、生态经济、经营管理、数理统计、计算机哲学、政治经济学等。那时的资源经济专业刚刚开设，专业知识还不精深，深入的学习只有靠自己努力。

应该说，我的学习研究思路的打开，得益于我的哲学老师文玉其。他的哲学课讲得深入浅出，入脑入心，常常能够触发我思想灵感的火花，让我产生许多联想。他把深奥的哲学道理和当前经济社会生活的种种现象紧密地联系起来，敢于挑战一些经济社会中既敏感又专业的理论，让你提起精神，开动脑筋，引发你的思考，然又三言两语，峰回路转，柳暗花明，于高山之间陡见峡谷，于峡谷之中豁然开朗，让你的思维跌宕起伏。他的课总给我一种满载而归的收获感。

我的书上、本子上记满了密密麻麻的文字，那是随着他讲课的节奏产生的灵感记录。

在他的启发下，我的思维开始发散，学会了辩证思考，产生了很多想法。有时就他上课时引发我的思想火花，下课时我向他请教，他非常高兴，给予我鼓励和引导。

横看成岭侧成峰，远近高低各不同。哲学教会了我们辩证思维，教会了我们分析问题和看问题的客观性，打开了我们看问题的思路。

在听他讲生产力与生产关系专题时，我突发灵感，把生产力和生产关系这个哲学问题与物理学上的场和弹性系数问题联系起来，提出了“生产力的场”（生产力的要素构成一个场，在什么样的状态下，这个场的场强最大?）和“生产关系的弹性系数”（生产关系要适应生产力的发展，这个适应总有一个中间值，处于适应和比较适应时，应是正向拉力，处于不适应时，应是负向拉力，两个拉力总有一个限度，这个限度就叫弹性系数）的概念，他非常感兴趣，给予了很高的评价，鼓励我进一步思考。我尝试了很长时间，完成了相当一部分论述，后来在有关杂志上看到了类似的提法。

有广阔的视野，才有宽广的思路。学知识、看问题、做事业，仰视不行，平视也不行，必须做到俯视，才能超越自我，站在别人的肩膀上。

如果说我之前的学习是一种学习的话，那么那只是一个书橱式的学习，囫囵吞枣，根本就没有找到很好的学习和思维方法。从那以后，我才好像对学习开了窍，学会了学习，学会了思考，学会了研究问题，这是我在大学的最大收获，后来我在给进入大学的我的学生们说，所谓大学，就是大大地学。

丰富的实践，给了我深入思考问题的丰富原料和汲取知识的营养元素；开阔的视野，给了我驾驭宏观知识的能力；哲学的思维，开发了我思考问题的能力。实践中，很多很粗糙、很简单、很不经意的一个案例，经过头脑的加工总结和理论的升华创新，就会形成很好的理论文章。就像大山之中，蕴藏着很多宝石，只要我们有敏锐的眼睛，就会发现宝石，经过加工打磨，就是一块价值不菲的美玉和光彩照人的饰品。我这个半路出家的人，学会了走捷径，学会从群众的实践中获取原料，经过加工提炼，形成观点，再拿到实践中去检验这个观点的科学性，这个实践就是回忆我在基层接触的事实以及与同学们的交流。

说来也巧，学院里有一本《理论研究》刊物，文老师的爱人正是《理论研究》的编辑，姓时。在和文老师交流时，时老师也常常加入，她注意到我喜欢思考，经常提出一些新的观点，就鼓励我写一些东西，文老师也在旁边鼓励我。于是我开始学习论文的写作，当我完成第一篇论文的初稿时，我诚惶诚恐地拿给时老师看，时老师看完，虽然觉得不怎么样，但她对我没有放弃，对文中的观点她给予了肯定，精心地帮助指导我修改。她教我如何选好一篇论文的题目，她说，一个很好的选题等于完成了论文的一半任务，还要查看有关论文选题方面研究的成果和前沿动态，这样才能事半功倍，文章的论证要有理有据，积极借鉴有关成果，减少工作量。

在时老师的指导下，我增强了信心，开始考虑农村劳动力的转移和土地规模经营问题，将收集到的有关农村土地规模经营问题的理论、观点集中起来，结合我对农村情况的了解进行综合分析，一个星期后，一篇《农村土地经营规模效益分析》的文稿完成了。我再次小心翼翼地拿给时老师看，她看后给予了充分肯定，同时提出了修改意见。我高兴极了，拿回来精心加工了一番，得到了时老师的认可，很快论文就发表在院刊上。

虽说之前我也在院刊上发一些东西，但那都是“小儿科”，在院刊上发表论文，是我没有想到的。一生二，二生三。在第一篇论文写作过程中，我感到这中间出现了很多的思想火花，有的东西我就暂时存储在大脑的记忆中，不到一个星期，我的第二篇论文很快就成型了，而且得到了老师的认可。我感觉那些长期积累的资料和长期积淀在头脑中的许多观点，在头脑中不时地碰撞，偶尔就会触发灵感，给我一种写作的冲动。

实际上，从实行家庭联产承包责任制一开始，我就注意到农村劳动力的转移趋势，可能对未来农村以及城镇化产生巨大影响，并注意收集国外工业化过程中的农村劳动力转移问题，根据我国农村劳动力的转移趋势，开展了一系列的问题研究。一开始，我认为实行家庭联产承包制是一种破坏性的生产力进步。我国劳动力转移是无序的，由于无序可能带来盲目流动，从而破坏了原来的生产力结构，导致农村生产力水平下降，不利于生产力的长远发展。如何在当时的政策下，有一个比较科学的、有序的劳动力转移之路，我一直在思考，设想一个科学有序的劳动力转移方法，哪怕是在理论上。

无知可能无畏。线性代数的学习，触发了我的灵感，我试图通过刚刚学到的线性代数知识，规划出我国农村不同文化素质的劳动力在农村一二三产业的优化配置，解决农村生产力长足发展和劳动力转移的效益最大化问题。我把这个设想提出后，又拿出一个初步的线性方程。由于各种文化程度的劳动力生产率存在差异，这个差异系数无法找到参考值，我翻阅了大量的资料，最终只能根据有关资料，倒推出一个模糊值。对于这个值我很怀疑，但我总想试试，就把这个方案拿给我们的计算机老师，请教她。计算机老师是一个十分敬业的女性，博士，三十六七岁，看到我的设想，她没有拒绝，而是表示有很大兴趣，愿意帮助我。她先后用了一个多月的时间，一次次在计算机上演算，反复完善线性方程的设计，调整数字和约束条件，尽量使这个线性方程的约束条件、参数指标具有科学性，并找来一些参考资料和我一道研究，最终，由于有些参数和系数具有不确定性，这个设想没有成功，但它给了我思考问题的动力和兴趣。老师的敬业精神和孜孜不倦的严谨的学术态度，让我很感动。

当你在专心思考一个问题时，你会有很多思想副产品，面对这些思想的副产品，你越深入就越觉得自己无知。而这些副产品一旦经过精心加工，就会生产出一件很好的产品，给你意想不到的收获。一个方面专业知识的思维发散，联想其他知识，你会发现很多别人没有发现的新东西。知识的成长就像一棵大树，主干粗壮，就会枝丫繁茂，这是不是可以叫“知识树现象”呢？

我的性格似乎很适合学院的生活。每天早晨，我坚持到校园后面的空旷地跑步半个小时左右，然后做做操。这里空气比较干燥，每遇到大风，就会扬起沙尘，即使窗户关得很严，一场风沙过后屋里也是一层沙尘。

我很少逛街。上午上课，下午学院有讲座我一定要听，没有讲座的时候，我就到图书馆看书搜集资料。一开始看到什么好的观点就记录，后来我开始根据自己思考研究的专题，一段时间集中一个专题，一个专题一个专题地搜集记录。我常常忘记了食堂吃晚饭的时间，回到宿舍，有时食堂已经关门了，就随便搞点什么吃的。

晚上，我就带着白天搜集的资料来到教室，整理、思考和分析，并随时把整理过程中零碎的想法记录下来。教室里非常安静，只有我一个人，很适合集中精力思考问题。

每当一个灵感产生并把它记录下来时，就有一种收获的快感。到了第四学期，同班的一个女同学每天下午也来教室学习了，她可是系里学习最认真的一个同学，当时进学校时，她孩子才一周多，真是不容易。一开始，我还没有注意，只管自己写东西。一次，她问我一个问题，我才注意到教室里只有我们两个人，我突然感到有些别扭，甚至觉得她的到来影响到了我。一次，在我离开教室时，我忽然冒了这样一句：“你怎么也到教室来了？”话一说出口，我就觉得有些不妥，甚至有些虚伪。她回了一句：“我为什么不能来？”此后，她下午再也没有来教室了，为此，我一直感到很内疚。

第一篇论文的发表，使我茅塞顿开，激发了我创作的激情，研究问题的思路不断开阔，引发了我对于农村问题的一系列思考。在学院期间，我很快先后完成并发表了《关于农村劳动力转移对于农村生产力的影响分析》《我国农村劳动力转移三阶段》《试论我国乡镇企业链动式发展战略》《小区经济的几个相关因素》《土地的规模化经营》《农村劳动力知识结构与规模化经营》《土地规模化经营效益分析》等多篇论文。这些论文都是从实际问题研究入手，提出我自己的观点，很多观点都没有随着时间的推移而过时。

在校期间，我只去过两次北京。一次是在学校放暑假的时候，我爱人从家乡来到学校。那是我们第一次去北京，不知道该游玩哪些地方。我们径直来到天安门广场，排队瞻仰了毛主席遗容。见他老人家那么安详地睡在那里，我的身体突然一阵抽搐，热血直往上涌。顿时，我的两只眼眶湿润了，泪水涌了出来。我极力地控制着自己，但喉咙还是有些哽咽，这就是我们多少次呼喊的心中的伟大领袖。参观了人民英雄纪念碑，登上了天安门城楼，我们在天安门广场请一个摄影师，给我们拍了一张合影留念。

下午，我们参观了故宫。故宫门前人山人海，里面也是人流如潮，我们随着人流从午门进去，踏过金水桥，经太和门，穿过太和殿、中和殿、保和殿，参观了乾清宫、坤宁宫、御花园，顺便看了看两边的景仁宫、承乾宫、储秀宫、翊坤宫、永寿宫以及慈宁宫的一些中华瑰宝，为之震撼，为之激动。

第二天，我们随着一家旅行社的一日游，游玩了八达岭长城。从长城脚下到登上长城，是需要一定体力的，看到那一块块硕大的古砖沿着山脊垒砌的万里长城，不免想起当年的秦始皇有着多大的气派和胸怀，想到那浩瀚的工程下凝聚着多少中华民族的智慧和劳动人民的血汗，对古人的崇敬之情油然而生。看到一些游客登上长城，激动之情难以言表，随手就在长城古砖上刻下纪念的文字，我忽然间萌发了一个奇想，让每个愿意登上长城的人，希望留下纪念的人，从长城脚下背上一块古砖，刻上自己的名字，带到长城加固处，既可以给游客一个纪念，又可以利用这个活动节约修建长城的成本。回来后，我还特地将这一奇想写信给有关部门，并得到了回复。

第三天，我们又从北京乘车到北戴河。那天，我们是下午三点多钟到的北戴河，到了那里，我们先找了一家私人旅社住了下来，每间

120元，很精致，也很干净。随后我们问店主人附近有什么好看的地方，店主人告诉我们，附近不远处有一个海鲜美食市场，既可以看到各种各样的海产品，长见识，又可以尝尝海产品的美味。

这是一个很大的海鲜美食市场，各种海鲜琳琅满目，美食小店鳞次栉比，很多海鲜我从来没有见过，更不知道叫什么名字。转了一圈，我们随便找了一家美食小店坐下，也不知道吃什么好，最后买了两只新鲜的螃蟹，一只就有七八两，现场加工，现场煮熟，就着佐料，那味道真叫鲜。结果我们只吃了一只，剩下一只就带回旅社，由于天热，我问店主人这东西放到明天能不能吃，店主人说，放在凉快的地方是可以的。

第二天一早，我们离开旅社，带着头天剩下的螃蟹去海边看日出。那是我第一次到海边，格外兴奋好奇，虽从小在湖边长大，但海洋还是格外有魅力。我好奇地和其他游客一样，卷起裤腿，提着鞋，赤着脚走在海边的沙滩上。正赶上退潮，海边露出很多礁石，很多人弯着腰在礁石上找东西，我也情不自禁地走上一块高大的礁石，小心地站在那里，眺望着茫茫的大海，无边无垠，天水相接，水天一色，湛蓝湛蓝的海水上空，几只海鸥自由地飞翔，时而俯冲下来，一跃又冲上天空。我不由感慨，大海之大，大海之美，大海之神秘。无风时，它那么简单，那么单纯，那么甜美，静静的如一处子。当暴风雨来临时，它像一只脱缰的野马、疯狂的狮子，卷起巨浪咆哮着，奔涌着，大有摧枯拉朽之势，雷霆万钧之力。它深蕴着海底的万物，五颜六色，千姿百态，美不胜收，让你眼花缭乱，大海，你究竟还有多少秘密不为人知？

岸边礁石沙子清晰可见，潮水退过，很多人顺着礁石的缝隙，极力在寻找什么，退潮时留在礁石间的一汪汪海水和礁石间的缝隙，偶尔有小鱼或小蟹藏在里面。在一个礁石的缝隙里，我发现了几条小鱼，出于好奇，我小心翼翼地将它们装进一个饮料小瓶子，放上些海草，后来一直带到学校。

快到中午的时候，我们来到沙滩坐下来，才想起昨日剩下的那只螃蟹，津津有味地吃起来。

中午的太阳热辣辣的，海边已经有很多人在游泳，我来到一块沙滩，早就想下去游一游。

海滩坡度很小，看到那些人在很近的海滩玩耍，凭着我在家乡池塘里练就的那点水性，我甚至有一种自豪感，一鼓作气游了很远才停下来，海水才到脖子，但离岸边已经很远了。忽然间，我的头脑里冒出一个可怕的念头，海里有鲨鱼，望着无边无际的大海，望着海岸边游泳的人们，我害怕了起来，赶紧掉头往回游，越想往回游，头脑中的念头就越强，甚至有些紧张，越紧张手脚也就越有一种使不上劲的感觉，生怕后面真的有鲨鱼，直到游到离岸较近的地方，觉得比较安全了，才松了口气。

没有导游的介绍，只听一些游人在那指指点点，高高的围墙、浓密的树荫挡住了视线，有些神秘感，我也不在意，随便转了一会儿，也没有什么印象，只不过是“到此一游”罢了。到了中午吃饭的时候，我们就在海边一家餐馆坐下，看到酒店的柜台上有肉罐头，心想昨晚和今早都吃了螃蟹，凉性是不是大了，于是拿了一听肉罐头，味道确实不错，我又喝了一瓶啤酒。

第二天晚上，我们回到学校，开始感觉肚子不对劲了，老是感到作坠，一夜跑了五六趟，过了两天不见好转，就近到校医疗室看了一下，开了点药，吃了两天，还是不见效果。我有些不放心，赶紧到市里一家医院做检查。医生说没有问题，也说不出什么原因，就这样一直拖拖拉拉搞了近一个月才好，后来才想到是不是那次吃螃蟹吃的。

第二次去北京，是和几个同学一道，我们坐的是学院的大巴，一早从学院出发，下午三点回。我们一道五个同学，上午去植物园。丰富多样的植物物种，让我们眼界大开，很多我们连名字都没有听说过。植物园里环境很好，满目都是草坪覆盖，空气格外清新，让我想到我们儿时家乡的草地，很想在那里好好休息一会儿，甚至想翻个筋斗打个滚。热带温室是植物园的亮点，也是我们赏玩的重点，室内的热带、亚热带植物，品种很多，形态各异，室内喷淋的水珠时不时地还会飞溅到你的头上、身上，各种植物在这个温室里仍然是生机勃勃。偌大的植物园，我们转了一个多小时就出来了，真是走马观花。

离开植物园，有一个同学提议到雍和宫看一看，我不知道雍和宫在哪里，更不知道雍和宫是什么，反正跟着走。坐上公交车，我们来到雍和宫。这是北京一家藏传佛教寺院，建于清康熙三十三年（公元1694年）。原来是清朝第三代皇帝雍正即位前的府邸，后改为行宫，乾隆九年（公元1744年）改为藏传佛教寺院。雍和宫建筑宏伟、文物丰富、佛像众多，其中紫檀木雕刻的500罗汉山、金丝楠木雕刻的佛龛和18米的檀香木大佛，给我留下了很深的印象，不由感叹佛教的博大精深。

离开雍和宫，已是下午一点多，几个同学就在路边随便进了一家饭店，大家点了几个菜，要了几瓶啤酒。一个同学出于好奇，点了一盆“青龙过海”。大家都不知道是什么东西，可一上桌大家傻了眼，原来所谓“青龙过海”，只不过是几根空心菜剪去叶子，加上几片蛋花的一盆清汤。不过那空心菜剪去叶子，却也酷似“青龙”。吃完饭到结账的时候，大家尴尬了，一共268元，可大家兜里的钱全凑起来还差60多元，钱不够大家走不掉，只好在那里挨着。到上车的地方还有一段路，回校的班车时间快到了，大家急得没有办法，有的同学跟店主说：“干脆我把学生证压在这里，下周再来。”可店主不干。正当大家一筹莫展的时候，同班的其他几个同学正好打从这里经过，这才为我们解了围。

学院每个星期天都有大巴车去天津，早去晚回。两年时间，我只去了一趟，也就逛了一下和平路的步行街。虽只有半天时间，但给我的印象是，这是一条很长很长的步行街，后来才知道，这是全国最长的步行街。这里老店林立，风韵独具，文化底蕴深厚，集观光、购物、餐饮、文化、娱乐于一体，徜徉其间虽让你眼花缭乱，但繁华而不显得浮躁，高贵而不带奢侈。劝业场也转了一下，没有什么太多的印象。听说天津的狗不理包子好吃，就和一个同学找了一家店，也不知道是不是正宗的，感觉那里的人特别多，座位挨着座位，拥挤不堪，排了好一会儿队，我们才一人要了一份，味道确实不错，但我感觉那环境让你品不出什么好心情。

那时，工资水平低，虽然有了工作，但每个月只有40元的工资，家里老底子薄，所以手头还是很拮据的，不敢乱花一分钱，也没有什么钱可以乱花，一切都是从零开始。结婚时什么东西也没有，床和一张梳妆台还是上辈留下的，修理了一下，刷些桐油，一个衣柜是新添的，一对简陋的沙发是请农村木匠包做的，这些都还留在老家的房子里。我们只带了学生时的那个木箱，连衣柜都没带，床是学校里的简易架子床，桌子是学校的学生课桌，一个炭炉一口锅，一个碗橱是用一个货物包装箱改造的。一台黑白熊猫17英寸电视机，放假时还要带到老家，在堂屋里放，和邻居们共享。刚从农村出来，有个工作就十分知足了，没有什么奢望。大概长期在农村，没有什么消费习惯，除了工作以外，也不知道还需要什么，对外出游玩也没有什么兴趣。

在校两年时间，我没有下过一次饭店。有一次和一个同学上街，看到涮羊肉馆，很想进去尝尝，但兜里钱不多，我们约好下次再吃，但到离开学校时我们也没有去过。

我的几篇论文发表后，老师们对我有了更深的印象。一次，系里书记找到我，问我愿不愿意留校。我有些犹豫，这里虽然适合搞研究，但在这里工作远离家乡，父母年岁已高，弟弟还在高中念书，家庭照应不到。这里的生活环境也不是很好，离城区还有十几里地，经常刮风沙，好像肝炎发病率较高，每到秋季时，学校都提醒大家戴手套、口罩预防疾病。

快要毕业的时候，大家相互留下了通信地址，我本想找黑水的那位同学聊一聊，可是没有机会，甚至在车站，我听说他爱人来了，我想是不是有机会见一见面，最终还是留下了遗憾。

在校两年，文老师的哲学课激发了我潜在的思考力，他不仅仅给了我知识，更给了我思考的钥匙，他教会了我学习思考和分析研究的方法。时老师虽没有给我上过课，但准确地说，她是我学习和论文写作的指导老师，教会了我论文如何选题，如何论证，如何写作。应该说，他们夫妻二人是我人生中遇到的贵人。那些来校的专家和学者们的讲座，更是拓宽了我的视野，丰富了我的知识，提升了我分析问题的能力，激发了我创作的动力，让我在后来的工作中能够发现问题，在很多场合能够有自己独到的见解。可以说，那两年，我真正地懂得了怎样学习，找到了学习研究、分析问题的方法，有一种开窍的感觉，这为我以后的学习、工作、生活提供了一把钥匙。

再回乡政府

两年的时间很快就过去了。1985年毕业后，我又回到了吴岗乡政府，继续干农调员工作，一切如故。

乡里正在防汛，我被分工在月牙圩，那年水并不是很大，但前几天下了场大雨，内涝很严重。这一连几天，又是五六级的东南风，而月牙圩堤是一个裸埂，堤前没有挡浪的柳树和障碍，东南风推着大浪正对着圩堤猛撞，连续几天的大风已经把圩堤打得千疮百孔。村里紧急组织了村民拿来蛇皮袋，装上泥沙，扎紧袋口，堵塞缺口。拖拉机、拖船也运来石头，直接抛在堤边，以石护岸，有的会水的农民就下水将滑落的石头摆好，以挡住大浪对圩堤的冲击。看到他们下水，我也毫不犹豫地跳了下去，村干部连忙叫着要我上岸，生怕有什么危险。我毫不理会，一个猛子下去，从水中抱起一块大石头，慢慢地往堤边上靠，一个大浪过来，我一个踉跄，石头放下了，人也被大浪冲倒，卷得远远的，大家为我捏了一把汗。有的村民并不知道我是湖边上长大的，看到我穿着的印着经管学院字样的汗衫，说这个大学生干部真了不起，我心想这算什么，天热正好洗个澡。

中午就在一个村干部家吃饭，十几个人围着一张方桌，桌上一个大脸盆盛满一盆白菜烧肉，每个人都是大汗淋漓。就在吃饭的时候，突然间停了电，电风扇用不了，很多同志夹了菜，跑到外面的大树荫下，一边吃着饭，一边不时地揩着汗。天实在太热，我只简单吃了一小碗，就吃不下去了。一个村干部关心地说，饭要吃饱。

由于受到涝灾，许多栽下去的秧苗被淹死了，乡里要求动员村民赶快到外地弄来秧苗，将受灾的稻田补栽上，接着几天就是组织村民对受涝的田块补栽秧苗。我们通过联系，弄来了一部分秧苗，可群众对补栽秧苗积极性不高，原因是天气太热，农产品价格太低，生产资料成本又高，加上季节已经稍迟。但上面还是号召要消灭“白水田”（没有栽秧的田），秧苗搞来了，群众不积极，我就和村干部一家一户做工作，有的虽然去了，但还是比较消极，秧苗栽得稀稀拉拉的，我们只好睁只眼闭只眼。有的困难家庭实在栽插不过来的，又在路边的，我们就动员一些村民帮助他们，这样总算把“白水田”消灭了。

灾情过后，单位要求针对这次灾情写一份调查报告，我用了几天时间，到每个村去调查，经过和村干部交流核实，好不容易写好了一份全乡的灾情调查报告。

回来后，我还住在乡政府，一间房子，中间拉起一根铁丝，挂上一张小蓝花布做的布帘隔开，里面就是一张床，一个方凳上放着一个木箱，一张办公桌，外面就是一口水缸，一个方桌放些油盐酱醋，算是厨房了，一个炭炉只能放在屋外的走廊上，雨天还得搬回家。房子早就要修了，中间地面高高鼓起，开了一个好大的裂缝，南面的墙缝比原来大多了，有的地方已经能看到外面了，没有办法就塞了很多砖块，并糊了泥巴。窗子已经扭曲变形，无法打开，干脆就用报纸糊着封起来，贴上一幅画。这一栋房子有十间，西头两间是乡广播站，东头一家住着两间，我们就住在西头靠广播站的一间，剩下的都空着。刚回来，一看到房子，不免有些心凉，但对自己工作究竟如何安排还不知道，也就没有顾得上房子的事。听说他们也找过领导，可领导从来没来看过，只说要修，但就是没有修，我想还是听天由命吧，总算老天有眼，没有出现问题。

由于毕业回来是下半年，乡里干部分工已经定了，就暂时没有具体到哪个村，但工作还是每天一早要下村，有时跟着其他乡干部下去，有时领导交代一些任务，自己一个人下去。暂时没有具体任务，单就农调室布置的工作还是很轻松的，但乡里事情很杂，一下村就是半天，中午吃过饭，也是一点多钟，再这里看看那里转转，到下午四五点钟，一天也就过去了。

村里的工作千头万绪，到了村里要先找到村书记或者村主任，有些村干部工作主动性很强，自己安排得井井有条，只要乡里布置一下就行了；可有的村干部工作就没有那么主动了，非得要乡干部去推一推，才向前走一走，工作思路不清，在群众中威信不够高，工作积极性也不高，有些工作还得乡干部帮着。

快到年底，财贸任务已经到了扫尾阶段，全乡十几个村的财贸任务已经完成，只剩下三四个村了，我和乡里的另一个同志包了一个村，帮助搞财贸任务。周田村因为财贸任务重，历年尾欠多，主要负责人撂挑子，财贸任务缺口很大。所谓“包”，就是在规定的时间内，我们要保证这个村财贸任务全部完成，一切问题都由包村干部解决。完不成任务，乡干部会被批评。为了完成任务，有的乡干部在最后时间，只好自己找人拿钱先垫上。

我们到村后，了解了村财贸任务的完成情况，感觉压力很大，全村只完成任务的百分之六十不到，这么重的任务要在月底完成，实在很难。接到这个任务到完成任务的时间只有十来天，没有办法，我们两个人分成两组，将全村分成两个片，一户一户清欠。

一段时间以来，我明显感觉到农村正在发生深刻的变化，这种变化，不是来自村干部的外力推动，而是来自老百姓的内在要求。可以说，正是老百姓的这种内在要求，倒逼着基层干部适应市场经济下的行政行为。我在学院学习到的，专家讲座听到的，有关杂志读到的，对于这里的人来说，知晓得较少。对于老百姓来说，他们对市场的依附性和对市场信息的需求欲望越来越强，农民的思想正在随着家庭联产承包责任制的实行发生深刻的变化，农民在生产方面的自主性和对接市场的自觉性高了。

我每天照样下去，有时有明确的事，就提前和村干部约一约，没有具体的事，也要下去转一转。乡干部一个人包一个村，很多公益事业想做，如道路改造、深挖当家塘、整治村里的脏乱差、科技普及培训、困难家庭的帮扶等，但发动群众有一定的难度。

处在经济转型期的部分村干部，在计划经济体制和市场经济体制转型的夹缝中，缺乏市场经济的知识和市场的理念，大多思想和工作方法还停留在计划经济体制时的状态。面对市场经济下出现的一些新规则，村干部自身认识还没有转变过来，让他们围绕市场为老百姓服务，确实让他们感到很为难。

中午，我一般都在村干部家吃个饭。饭菜很简单，人少时，就在村干部家饭桌上加上个把菜就行了，人多时，炒上几个蔬菜，再弄个荤菜，弄上两瓶酒，几块钱的一瓶酒，五六个素菜、一两个荤菜就算比较奢侈了。有的村主任喜欢喝几杯，来人对光（方言，谈得来的意思）时，就要喝个痛快。一顿两三瓶不少，四五瓶也不多。酒桌上张家山前李家山后，啰啰唆唆，有的非要喝个八九成醉，出门时满脸酒气，歪歪倒倒，在群众中留下了不好的印象。偶尔遇到关系不错条件好一点的老百姓，他们会主动邀请我去吃饭。我不喜欢一些干部喝酒扯皮劝酒，大多数场合只是应付应付，有时实在不耐烦，就干脆借故离开饭桌。但有时遇到为难的事，需要村干部加把劲，自己也硬着头皮喝几杯。在基层，酒有时候还真是一种润滑剂，有些工作本来不好说，酒桌上三杯老酒下肚，话就说开了，几个来回情绪高涨了，一个激将，问题也就解决了。

这种思想工作虽然有些简单庸俗，但简单中包含着友谊和信任，往往工作中的矛盾或者误会，也会随着这简单而消除。

傍晚回来，看完电视，坐在办公桌前，想一想一天来的工作和感受，觉得头脑空空，简单重复具体琐碎的东西，把理论甩得老远，到底是用时间还是用效率来考量一天的工作效益，学院学到的知识和在实践中的思考，也只能停留在脑子里，根本用不上，也用不着整理，我有些茫然，怎样才能发掘这些思想？

基层的工作，再次让我了解了实际工作的复杂性和艰巨性。基层看起来并不需要什么理论，只要把上面交代的任务完成就是好样的，似乎不需要理解，关键在于执行，然而实际并非如此，理解的执行和不理解的执行，看起来都在执行，可会有两个不同的结果。理解的执行，是一种正向的、积极的、长远的；不理解的执行，是负向的、消极的、短视的。宏观决策的科学性和可操作性之间的距离，关键在于执行时对于政策理解的程度。宏观有全局性，微观有特殊性。执行中有辩证法，有灵活性，很多事情说起来容易做起来难，执行中的偏差会差之毫厘失之千里，每一个难点都不能马虎，每一个具体工作都需要实实在在落实。基层压力大，具体问题多，然而来自上面的问题是全局的，不可能是具体的，这就需要基层创新和守法，能做到又谈何容易。每一个马虎的叠加，每一个具体问题的回避，都会形成一种矛盾的趋势，因此需要每一个基层的同志集中心思，集中智慧，聚精会神抓工作。每一个单位每一个领导都要树立战略思想，把长远问题和眼前问题结合起来统筹决策。

调到农调室

回到乡里工作了三四个月时间，已近年底，农调室需要人手，要我过去。原来的室主任已经调到省里了，新调来的主任大概了解我能写，想调我，可从乡里调到城里正式调动很难，只能采取借调的办法。借调后，我分在研究科，主要是写材料。刚开始，我住在宾馆，离办公室不远，除了晚上睡觉在宾馆外，我其他时间都在办公室。我的房间对面住着市检察院负责人，开始我们不熟，一段时间后，他知道了我的情况，想让我到检察院工作，我一时不好答复。我学的不是法律专业，但农调室能不能把我调过来，还真是个问号。

调动工作难，从农村调到城里更难。农调室要把我从乡里调到市里是很不容易的，尽管农调室有编制，又确实需要人，但就是不行。一晃近一年过去了，农调室几次找到人事部门但都石沉大海。第二年，区办公室要从农调室调一个同志过去，这下主任有了办法，以我的调动作为条件，这样我很顺利地调了上来。

农调室只有一辆小面包车，是室里唯一的交通工具。一有空，主任就带着我下乡搞调研，一个专题接着一个专题。一年的时间，我们跑遍了所有乡镇和村，有些乡和村还跑了很多遍。主任工作很严谨认真，人也很正直，星期天很少休息。他经常带着我深入村和户，边看边问，经常在老百姓家里召集村干部和一些群众参加座谈会，讨论一些问题。调查中有些领导对情况不熟悉，想打哈哈过关，他常常一针见血指出，有时让对方很尴尬。

农调室只有十几个人，工作环境很好，几个领导对我都很好。我努力工作着，不分上班下班，白天调研，晚上整理材料，没有休息天，一份材料接着一份材料地写。

共田乡是一个扶贫乡，这里是山区，交通闭塞，住户零散，“三十六洼，洼洼有人家”，土地贫瘠，人均不足三分田，农民生活困难，每年到冬春季节，全乡都要靠吃救济粮。前几年这里种植苎麻，市场效益不错，农民有了些收入，也扩大了种植面积，可是去年苎麻滞销，卖不上价，农民生活格外困难。市里从外地引来榨菜种植和加工技术进行扶贫，但由于这里的土壤不适合种植榨菜，两年下来，投入了800多万，开发了不小的山地，建了不少腌制榨菜的池子，可榨菜没有收多少。一天，一个农民放牛时，不小心让牛掉进了榨菜池里，媒体报道了此事，市里领导要我们搞一个调研。我听了介绍，了解了原因，很感慨，就写了一篇论文《决策要慎重，扶贫要扶志》，并发到了当时的县报上。

主任对文字要求很高，一字一句都不放过。很快我对这一块工作熟悉了，写起来也就得心应手了。后来我写的稿子，科长不改了，主任也是过目后签个字，就交由打字员去录入。打字员小可是个很漂亮的女孩，打字速度很快，拿到稿子对我说，这又是你的稿子，意思是我写多了。我笑着说，我如果会打字就不会麻烦你了。这些稿子都是报送上级部门和市领导的，有的领导批示后转发到基层，有的被有关部门转载。

那时，我一个人在城里，家属还没有调来，城里也没有熟人和朋友，平时上班下班两点一线，星期天就成天泡在办公室思考、琢磨，写写东西。不久，室里调来了一个副主任，是个老同志，他当过镇党委书记，对基层情况十分了解。他为人随和，没有架子，对我很好，常常给我介绍一些基层的情况，讲五六十年代他在基层的工作经历，谈他对当前农村问题的一些看法。工作中遇到一些问题，我也常常请教他，他总是耐心地给我解答，高兴时他就约我到他家吃饭。

由于持续的劳累和长期的伏案工作，我的颈椎明显感觉很不舒服，经常头晕，右胳膊酸麻，我一直没有意识到我的颈椎病已经很严重了，坚持忍着。

1987年5月，《工作研究》杂志在黄山召开优秀通讯员会议，我应邀参加，会后有一个安排——游览黄山。黄山我是第一次去，当然想去爬一爬，但常常出现的阵发性眩晕和胳膊酸麻，又使我有些犹豫，可大家都去，我也只好勉强去了。

那天天气不好，我在山下就买了件雨衣。上山不一会儿，就下起了雨，细雨蒙蒙，山路崎岖陡峭，必须十分小心，同行的告诉我，观景不走路，走路不观景。细雨加浓雾，能见度不足十米，就是眼前的景物也是一片朦胧。

置身云海之中，我只顾着脚下的道路，跟着前面的人往前走，生怕出现意外，加上颈椎不舒服，感觉头有些发晕，也就没有心思看风景了。一切都在云雾缭绕之中，偶尔能看到云雾中露出一点山的轮廓，一转眼又被飘来的云雾遮住。颈椎本来就不舒服，戴着雨衣的雨帽格外难受，我就干脆把雨衣的帽子摘下，任凭雨水淋湿，心想淋湿一点问题不大，就是不能在山上晕倒。

到了鲫鱼背，天空好像放晴了，只有淡淡的雨雾，老天好像有意给我颜色看，本来我就头晕胆小，这下看到窄窄的鲫鱼背，两边用铁链拦着，周围就是万丈深渊，吓得腿都挪不动，害怕极了，但又没有熟人，只好在一旁歇下来，慢慢地养一养神，看着游人们一个个小心翼翼走过，还有一些胆小的干脆蜷着身子，半步半步地挪。稍微歇息了一会，我暗暗地告诉自己，不要怕，不要向下看，看那些人都过去了，自己也能过得去。就这样硬着头皮，壮着胆，猫着腰，蹲下身子，紧紧地跟着前面的一个人，眯起眼睛，不敢看周围，更不敢看脚下，直盯着前面人的衣服，半步半步地往前挨，心里生怕一阵眩晕支持不住。

没有上天柱峰，还在山脚下，就听说有人被雷电击中，一个被打死，一个头部受伤。没过多久，果然见到两个轿夫抬着一个人下山，有人说就是那个被雷电击中的人。

到了山顶，云雾蒙蒙，游人如织，只能模模糊糊看到近处山峦的轮廓，看不到周围的山峰。内衣早已被汗水湿透，因为没戴雨帽，顺着脖子淋下的雨水，将肩胛以上的衣服差不多都淋湿了。雨衣裹着汗气出不来，实在难受，山上天气又比较冷，雨衣根本就不敢脱。

“不识庐山真面目，只缘身在此山中。”一路在雨雾中走过，唯一的印象就是雨雾云海。

当天晚上回来，已经十分疲劳，我就感到颈椎病严重了。第二天一早起床时，颈脖僵直，稍微扭头就感到疼痛厉害。回到家，颈椎越来越痛，右胳膊也开始疼痛，我仍然坚持着。到医院看了几次，医生就说是颈椎病，没有什么好办法，就开了药，可是吃了几天根本没有什么效果，而且越来越严重，颈部已经肿得厉害，疼痛难忍。

没有办法，住进了医院，医生也没有什么好的方法，只是透析吃药，但一个星期下来病情越来越严重，只有透析时才稍显轻松。那段时间我坐不是，站也不是，坐的时间稍长，疼痛症状就加剧，站的时间长了，人又感到疲劳。睡，只能用一种姿势，换个姿势就痛得睡不着，一个姿势睡长了，起床时，整个身体僵直，颈椎硬邦邦的，头也动弹不得，一动就痛，那种感觉让我无法忍受，真有一种生不如死的感觉。医生说，死不了，就是难受。但那种疼痛的折磨，简直让我精神崩溃，想去死。住院三个星期以后，颈部的水肿才慢慢减轻，症状稍微好一些，但坐下来时间一长，症状还是严重，坐不了半个小时就要站起来。慢慢地我发现，牵引时症状可以缓解些，但医生对牵引很谨慎，每次力度都不够。回到家里我就自制了一个颈椎牵引套，加大牵引力度，屋子里没有牵引架子，就利用卫生间上面的弯管固定，人坐在板凳上，自己调节高度和拉力。医生劝告不可用力太大，可我不管这些，凭着自己的感觉用力，有时甚至将整个人吊起。一次，在药店看到甘肃一家公司生产的场效应治疗仪，买来试试，效果不错。这种场效应治疗仪，只要在睡觉时将场效应带折叠成三层，放在颈椎上，一会儿症状就轻多了，能保证你较好地睡上一会儿，养养精神。渐渐地，我感觉颈椎水肿消失后，只要用牵引套拉颈椎，疼痛很快就会消失，用药作用好像不明显，后来我就坚持牵引。自此以后，我有了一些经验，只要感到颈椎稍有些不对劲，我就赶紧用牵引器拉一拉，工作中注意不久坐，一个小时左右就起来活动活动，防止再次发作。之后，我明显感觉到颈椎病影响大脑和上肢供血，拉开时明显感觉到手热，颈椎病严重时常常感到瞌睡，影响了大脑的清晰度和思维的敏捷度，甚至影响了我的记忆力。

人，只有在生病时，才会知道健康最重要。人只有健康，生活质量才会高，幸福指数才会高。

说实话，颈椎病的疼痛，几乎让我放弃了学习的进取心、事业的上进心，严重地挫伤了我对生活的态度和工作的激情，使我不得不在很长一段时间放弃写作，放慢了工作的节奏，也减少了对工作的热情。

在农调室一年多的时间，我除了写材料外，其他时间基本都跟着主任深入乡村调查研究，经常和村干部一起开会讨论问题，有时就在老百姓家里面对面座谈，对村干部的酸甜苦辣，老百姓的喜怒哀乐，有了深入的了解。这中间我写了一篇相关论文在一家报纸内参发出，当时的领导要我再写一篇姐妹篇，进一步报道当时农村基层情况，于是我将相关内容结合在学校学到的知识，表达在有关的调研报告中，呈送领导。对农村情况了解多，结合党在农村的政策贯彻落实情况，我有了很多自己的观点和思考，并把这些观点都融入我写的报告中。

我们是个农业地区，当时在写作的人群中，能够比较懂得市场经济理论的领导干部不多，我的很多观点很有新意，很容易被人们所接受。1988年，省里召开社科研讨会，我被邀请参加大会，并作交流发言。

这中间，我在农调室主任的带领下，和几个同事一道，在金湖乡住了一个多月，开展了基层组织建设的调研试点工作。

一个多月的时间，我们和村干部吃住在一起，一道进村入户，开座谈会，做群众思想工作，摸乡情，察民情，理思路，拿方案，进行乡村基层组织建设试点工作的前期调研，积极为上级决策提供意见和建议。从调查的情况看，村级班子普遍面临知识老化、年龄老化的问题，大多数班子后继无人。而基层解决村级班子后继无人的问题，主要是从退伍军人、企业能人、初高中生中积极培养，但个别真正有能力的不一定愿意干，怎么办？集体经济空壳化趋势越来越明显，村级经济发展缺乏动力，很多村行政运行处于负债状态，农村基础设施老化，投入不足，影响了农民的生产、生活，也影响了党群干群关系。这一阶段，如何实现政策的全面落实？市场经济的市场在哪里？农民如何才能走进市场？农民急切需要社会化服务，社会化服务的组织在哪里？这些问题，对我们来说是一种考验，我从中也找出了思考研究的方向。

从实践中提出问题，上升到理论层面来思考，再回到实践中去分析，经过这样一个来回，再从理论上来分析比较，形成的观点才具有科学性和针对性。这也就是毛泽东同志提出的实践—认识—再实践—再认识。

金湖乡地处裕溪河下游，半山半圩，靠山的村开山炸石，以卖石子为主要经济来源；靠圩的村主要以农业为主要经济来源，容易受到涝灾影响。乡政府临水靠山，一条简单的街道并不长，临街只有几家商铺，稀稀拉拉的，早晨只有一会儿集市，老百姓称之为“露水集”，卖的大多是附近老百姓自家种养的蔬菜和家禽，也有附近渔民从河里捞的鱼虾。离乡政府不远的谷河堤坝上，有一个七层宝塔，据说这个宝塔是镇风水的，不过宝塔的一侧已经被雷击，损了一块。

乡政府食堂临河而建，坐在食堂大厅就可以看到河中装满石子的来往船只，在轰隆隆的马达声中，不紧不慢地驶过，一直驶向谷河口到达长江。办公室的秘书老丁是个很实在的人，每次只要我们不下村，他都跟食堂师傅招呼好，安排几个菜。食堂师傅姓王，五十来岁，很会做菜，特别是他烧的鱼，无论是红烧还是炖汤都很好。有时我们临时从城里回来，就直接打招呼，让他给我们做鱼汤或者做红烧鱼。问他烧的鱼味道为什么这么好，他说，这叫河水煮河鱼。每次只要做鱼汤，老王一定会铲出大块大块锅巴，鱼汤就着锅巴，可口极了。

农调室是一个智囊部门，县里很多文件报告起草，都要我们参加。我觉得这个部门虽然清苦，但很有意义，你只要有思想，往往就能够得到领导的重视，并在实际工作中得到应用，能够实现自己的智慧价值。

创新才有为，有为才有威。

在那里一年时间，我得到了领导的重视和同志们的关怀，很快就入了党。

那段时间，我和基层干部接触最多，对基层了解最多。很多基层书记、乡长、大队书记、主任都成了我很好的朋友，无论是在调研中还是在饭后闲叙中，他们都能敞开心扉，有什么说什么。他们中不乏有思想、有才干的人。处在改革一线的他们，对改革的每个过程、每个环节的得与失，都看得很清楚，体会得很深刻，有着很多的收获和欢乐。从计划体制走向市场体制，从行政指挥到带领致富，从家庭承包走向富裕，他们在实践中靠自己的感悟和胆略，摸着石头过河。观念的碰撞、体制的摩擦、理论的阐释、产业结构的调整、计划体制和市场机制的对接，每一项工作都面临创新。几十年计划体制的习惯一下子要放弃，放开了手脚搞市场，对他们来说需要时间。于是集体经济一块块放弃，农业、农村、农民在自由的重组中，获得生产力的大发展。在始料不及中，他们又感受到市场经济的躁动，有些犹豫，有些亢奋，追随着发展的滚滚浪潮，围绕着致富的目标，大胆地探索着前行，走在理论的前头。

还在学院时，我就有一个想法：和一个同学编一本适合基层干部用的市场经营管理知识手册，因为我感觉到当时的部分基层干部缺乏市场的思维和理念，他们急切需要市场经济的知识和理念，来适应农村的新情况。可回来以后，我感觉不管怎样首先要搞好工作，工作搞不好，写得再多也没有用，要想把自己的观点用于实践，就得结合工作来思考，把思考得来的东西用于自己的工作中，这样才有价值。加上我的颈椎病一直没好，坐下来时间稍长，就容易反复，所以一直没有落实。有时不注意触碰到神经，颈椎立马就疼痛。身体是革命的本钱，无论多少事，我都告诉自己不能劳累过度，否则会适得其反，欲速则不达，必须悠着点，注意工作节奏和效率。在办公室做颈椎牵引不方便，我就在家牵引。伏案工作一个小时左右就得站起来做做颈椎操。后来买了一个充气式颈椎牵引套，稍微不舒服就拉上十多分钟。颈椎的折磨使得我很多想法不能及时地整理记录下来，这给我留下了很多遗憾。

县办一年多

大概写了些东西，有了些影响，县办要将我调过去。虽是同级部门，但农调室主任有些犹豫了，从工作上来说，他当然舍不得放。僵持了一段时间，我最终还是被调了过去。

县办相比之前工作任务要多得多，特别是材料一个接着一个，加班是很正常的事，星期天还要值班。过去搞材料都是自己调研自己写，很多时候都是自己体会感悟的东西，写起来酣畅淋漓。可这里的材料大多是为领导服务的，很多时候是先听领导意见，然后根据领导意见去写，写好了再给领导看，领导满意了材料才算通过，领导不满意，你觉得再好也得重新写，所以经常一个材料要反反复复写好几遍。

会议材料，大家都要上，集中讨论一下材料如何写，拟好提纲后向领导汇报，领导同意了，大家每人分一块，最后由一个人统稿。一般会议都要准备几分材料，领导讲话、会议材料、会议议程、主持人主持词、会场安排等，任何一个细节都要考虑好，特别是有领导参加并讲话的会议，大家就格外忙。之前，我虽然写过很多东西，但从来没有写过领导的讲话稿子，也没有搞过会议材料，所以尽管我有时有了提纲，但写东西的口气和表述常常还是不合要求，有时时间很紧，领导一看不行，就干脆自己动手，对此，我感到压力很大。

农调室工作主要是调研，县办不一样了，各个部门对办公室工作重视多了，办公室的指令下去各部门反映及时，都很重视，办公室同志下去受到的礼遇也好多了。那时我肠胃一直不好，稍不注意就容易拉肚子，所以每到大家在一起吃饭的时候，我总觉得是个负担，在外面吃饭还好，大家不怎么劝酒，可办公室同事在一起，那就不一样了，领导劝，同事劝，他们不断地拿话题塞你，有时让你很难拒绝，几次喝得多了，后来大家才慢慢不那么劝我酒了。

大约在办公室工作三个月后，办公室领导找我谈话，让我负责一个科的工作，同事们的眼里有些异样目光，因为我刚过来时间不长，就主持工作，他们有的已在办公室干了三四年了。主任正直正派，平时不苟言笑，严肃认真，对自己要求十分严格，在机关有口皆碑，大家都很敬畏他。

1989年，办公室要帮扶一个贫困村，要求干部吃住在下面，我被抽调到木乔乡的王桥村蹲点。

这是一个靠着山边的村庄，自然条件恶劣，全村有五个自然村，只有一个自然村通了一条机耕路，三百来户人家散落在高高低低的山沟里。村集体没有一点收入，全村人均耕地不足四分，全部都在山坷垃里，农民种点棉花、苎麻、玉米全靠老天爷，只有王村村前有一片地，面积不足八十亩，每年还能种些水稻。全村三百来户人家，很少看到电视，有近三十户人家住在四面透风、低矮阴暗的土墙草屋里。太阳好时，有的农民就窝在向阳的墙根下晒太阳，他们不敢出门，也不知道怎么出门。偶尔有农民到山上翻翻石头，在石头缝里找些蜈蚣，挖点药材卖。有一户人家三口人，住在一间四面透风的破屋里，家里除了一些简单的农具外，几乎没有什么家具，一家三口挤在一张床上，父母身体不好，一个十八岁的女儿，因为没有一件可以穿得出去的衣服几乎不出门。

村书记姓李，是个老党员，一直在村里当村干部。他的家庭在这个村显然算是好一些的，三间瓦房，屋里屋外整理得干干净净。他有一个儿子被乡里电办临时聘用，一个女儿初中毕业在家。有时工作晚了回不到乡里，我就住在他家，书记的老伴儿很勤快，很会料理家务，她自制的早餐小菜，既可口又下饭，听说是用山上挖的野菜做的。

经过一个星期的调研座谈，我和村干部商议，提出一个帮扶意见，积极开发利用这个村的千亩山场资源，因地制宜，发展经果林木。先邀请农业局的技术员，实地察看山场，根据技术员对当地土壤、气候等自然条件的分析，我们拿出了一个开发千亩山场的三年规划意见，划定三块经果林地，分别种植柿子、石榴、桑葚。果苗请市有关部门给予支持。这个方案很快得到群众的拥护，有了思路、技术、资金，剩下的就是动员群众。

那几天，我和村干部走村串户，和老百姓讲道理，谈规划，说远景，召开党员会、群众座谈会。全部工作安排好以后，召开村民大会，动员全村村民上山打凼。开会的那天，上午天气还好，下午却下起了小雨，我以为，可能会影响会议召开，可到了开会时间，全体村民都到了，我看到村民们一个个打着伞，穿着雨衣胶鞋，有的还系着木屐蓑衣赶来开会，我感动极了，几乎要流出泪来。

会议是在一个群众的家开，由于天阴，加上房屋又矮，屋里光线很暗，只好点上煤油灯。村支书简单介绍了一下情况，下面就是我动员了，我从党的扶贫政策讲到发展市场经济，从这个扶贫规划讲到发展前景，老百姓听得非常认真。会议开得很顺利，群众热情很高，很快队长就把任务交代清楚了。开完会，我看到他们冒着雨，踏着泥泞的小道，一步一步地往回赶，我的心里一阵激动，这里的农民真是太淳朴了，他们让贫困苦怕了，他们对于这次帮扶寄予了很大希望。望着他们远去的背影，我甚至掉下眼泪，我们的百姓真是太好了，我们为官一任不能为百姓谋几件事，实在对不起他们，我一定要把这件事做好。

这时天色已晚，外面下着不大不小的雨雪，一位和我一道来的乡干部诡秘地说：“我先走了，看来你今晚要留在这个村了。”我说，可以啊。村支书老李急了：“这个村条件太差，不好住宿，还是回去吧。”我说，没关系。已快下午六点钟了，我们就在这家简单地吃了碗面条，雨雪还没有停下的意思，村支书老李说：“看来是人不留天留，路滑天黑你今晚就不走了。”我说：“行。你给我找个住处吧。”他很为难地说：“倒是有地方可以住，就是条件太差。”我说：“怎么都行，我还曾在离这不远的地方挑过河，睡过人家的草垛呢。”他看我坚持的样子，没有再说什么。

这是一个刚盖的新屋，三间简易砖瓦房，里面两间还没有隔开，也没有粉刷，空空荡荡的。地上堆着一大堆砖头、水泥和盖房用的木料，建筑用的木架子倒落在地，昏黄的马灯下，四周墙角模模糊糊。屋中央有一张床，床体是用土坯堆砌的，木棍担的，一床老旧的棉絮铺在上面，我想那大概是看房子的人睡的，依稀的马灯下可以看得出床单脏兮兮的，蚊帐上的灰已经使得蚊帐发黑，床上人睡过的地方留下了深深的印迹，我的心一阵透凉，真的想拔腿回去。老李似乎看出我的心理，连忙说实在对不起，条件太差，告诉我把灯挂在床头，不要熄灭。老李离开后，我真的害怕起来，外面下着雨雪，死一样寂静，屋里虽有马灯点着，但马灯罩并不是很亮，屋四周还是黑魆魆的，我手一摸那床被，湿厚湿厚的有些粘手，显然被子已经很长时间没有洗了，那湿厚湿厚的是老年人身上的老油，我哪里还能睡得下去，只好在屋里打转转，到了半夜，又冷又瞌睡，实在没有办法就和衣靠在床上打盹，希望早早天亮。

第二天一大早，我就打开门，外面银装素裹，村庄的房屋上已是一层厚厚的积雪，雪后的村庄显得格外寂静，我这才看清，这座房子孤零零地坐落在村东的一块高岗上。我不知道如何离开这里，道路已被大雪覆盖，从白天走过的路来看，这里距离村支书家还有四五里地，离乡政府还有十几里地，村民们都还没有起床。不管三七二十一，我捧起地上的雪在脸上擦，以消除一夜的疲劳，然后回到屋里，运动运动。村支书大概知道我昨晚的感受，一大早就赶过来了，一进门连声说“对不起”。

山区的老百姓实在淳朴，会议刚开过第三天，雨雪一停，就有老百姓踩着雨雪，带着铁锹、铁镐、铁钎等上山。随着天气晴好，全村的老百姓都上山了，有些群众还带着干粮。山上的树凼很难挖，有的必须用铁镐刨，有的还要用铁钎撬。那些天我一直在村里，有时上山，有时到老百姓家里拉家常，老百姓看到我上山，很主动地和我搭讪，看到他们特别能吃苦的样子，我实在很感动。二十多天的艰苦奋斗，老百姓硬是在山上打下了两千多个树凼。随后，我们在林业部门的支持下，调来了树苗，很快就栽上了。为了保证树苗不被偷走，村里还在山口处盖了一个护林棚。

扶贫要扶智，扶贫是需要真功夫的，急功近利是不行的。

办公室工作很多，人员调整也很频繁。不久，我又被调整跟随负责人。

跟随负责人很辛苦，没有自由支配的时间，工作必须严谨细致。那年正是大旱，旱情十分严重。我们每天都要下乡，每次他都是直接到旱情严重的点上去，看完后，再到乡里听取汇报，往往有的乡里领导对点上旱情不是很了解，说的情况和他看到的不一样，负责人就说："你还是先到点上看了再说吧。"他的这种认真求实的工作作风使得一些基层干部工作不敢马虎。

领导对文字很讲究，一般场合的讲话，他都是自己动笔写，会后，他再让我帮他整理，一年不到的时间，我为他整理了两个厚厚的本子。重要会议和场合的讲话稿，他常常和我一道研究讲话提纲，然后让我写。一次，他在一个现场的即席讲话给了我灵感，我就由此展开，写了一篇文章，很快就发表了。他很高兴，晚上非要请我到他家吃饭。

他平易近人，往来的人也多，他经常在家里请客，常常要我去陪。他和一位已经退下来的老同志关系特别好，经常在一起交流。

后来，省里有关部门要编一本书，每个县至少都要有一篇论文，于是任务就落在了我身上。论文题目、写作要求都由办公室统一安排。接受这个任务后，我就集中精力收集材料，拿出初稿，然后让领导看，领导对经济工作很熟悉，但没有时间来整体思考，常常是在工作中忽然有了触动或感悟，一回到办公室就找到我，提出他的看法，指出哪些地方应该怎么改；有时是晚饭吃过后，他一个电话要我到办公室，我们又开始推敲，常常要搞到深夜十一二点钟，反反复复，不厌其烦；有时听到广播上一句话或看到报纸上一个好句子，触发他的思想，他也想把它融化在自己的文章里，他就是这么一遍又一遍地修改，不厌其烦，精益求精。他的这种精益求精的精神，大家都很佩服。

在市委办公室的五年

论文写完不久，市委办公室有意要调我过去。县里的领导都很开明，说是到上级机关，发展前途大。不久，我就被调到市委办公室。到了市委办公室，我被安排在调研科，还是干老本行。我想，到了上级机关，在能力水平上必须也要上一个台阶，才能适应上级机关的要求。这里的同志学历都比我高，都是大学本科毕业，工作时间比我长，我只是一个专科生，只有干好工作，才是最大的资本。

那时，调研科没有电脑，我们的材料主要来自报纸杂志以及下面各单位报送，这些材料经过我们加工筛选后，提供给负责人参考。办公室的报纸杂志很多，每天都被我们翻个遍，也被剪得残缺不全，大家都很努力。科长是个工作很认真的人，文字功底也不错，喜欢写写东西，但他的思维很特别，思考问题的角度常常和大家不一样，有时可以给你耳目一新的认识，有时让你有哭笑不得的感觉。分管的领导文字功底扎实，平易近人也很随和，经常带领我们搞材料，可我喜欢有自己的东西，我们常常对不上思路。我有时问他，为什么每次都要那么全面？他告诉我，作为领导的讲话稿要有全局的观念，这让我印象很深。我们经常聚在一起，谈工作，谈友情，大家工作很愉快。

《滨湖》是市委的一个内刊，开始是不定期，后来是每月一期，一开始我只是辅助编辑工作，后来改为一月一期后，就完全由我负责。每月从组稿编辑到校对印刷，都是我一个人负责，分管领导最后把关。有空我还要下去调研写写稿子，好长一段时间，我是一人一个办公室，这也为我思考学习提供了很好的环境。其实编辑一期杂志的工作量并不大，大约半个月的工作日就差不多了。但办公室事情多而杂，有时要下去搞专题调研，有时要跟随领导下乡，还有日常性工作，真正想写些东西，只能利用晚上或者星期天。那时，我还是住在原来的地方，离办公室很近，后来分到了房子，离办公室更近了，我几乎所有业余时间都在办公室里，差不多是“两点一线”。

办公室要求每位同志要“三会”，会简单英语对话，会用电脑，会驾驶，周末有时还组织大家学跳舞。电脑是必须要学的，打字一定要学会；英语没有环境，肯定学不了，再说我的英语功底很差，也就没有兴趣了；驾驶虽有要求，但实际上办公室并没有空闲车辆。

虽说办公室是在领导身边工作，但实际上只有跟随领导的秘书和办公室的主要负责人经常和领导接触，其他同志很少与领导直接交流。由于各部门都希望自己的工作得到领导重视，部门有什么重要的事都希望领导到场，领导们忙得像个陀螺，常常是一个上午就有两三个会，这个会还没有结束，就急急匆匆赶往另一个会场。

每个部门工作都希望领导重视，有的部门为了能够强调本部门的功能和地位，总是希望办公室在起草文稿时，给本部门多说几句。特别是一些全局性会议，平时领导很少关注的部门，总希望能在领导的讲话中被提到那么几句。有些职能部门为了强化部门的意图，积极地加强与办公室同志沟通，希望把他们的观点融到领导的讲话中。部门会议一般都由部门为领导拿一个初稿，交由秘书把关后再给领导，这时秘书这一关就很重要了。

偶尔跟随主要领导下去，感觉十分风光，和原来在农调室下去，感觉差别是很大的。几乎每到一处，行程早就安排好了，从迎到送，从吃到住，从线路到考察点，从发言到材料，点上的东西总给我有一种经过包装的感觉。

跟随领导是需要综合素质的，既要把握领导的工作意图，服务好领导的工作，又要把领导交办的事协调好，处理好。一切要以活动为中心，眼睛要亮，脑瓜要灵，手脚要勤，嘴巴要紧，举止要稳，总之标准很高。我那时肠胃不太好，饮食稍不注意就拉肚子，很多场合根本不敢去，有时跟随领导去了，但心里压力很大，生怕出现什么不适，在办公室搞文字工作，反而落得自在。

这几年我一直租住在一家私人住宅里，后来弟弟高考落榜继续复读，也跟我住在一起。

调到市委办公室第二年，单位新盖了一批房子，有些同志有旧房子可以调换。不知道办公室怎么安排，我有些心急，找到领导想争取。领导大概已经被分房之事弄得很烦，这时就更烦躁起来，火气很大，说：“你还要争？”我站起身，手不自觉地放在桌子上，说：“我想争取，不是争。”一字之差。我压根儿也没有发火的情绪，更没有拍桌子的动作，大概是起身时手不自觉地放到了桌子上，这种误解让我感觉不公，我觉得受了委屈，据理力争。在我内心他一直是我尊敬的老领导，回来后，我总感觉有些对不住领导，就给领导写了份书面的自我批评，以示安慰内心。后来那次分房中，我也如愿分得了一套两室一厅的新房子。

争论，你越要说明你是对的，你也就越在说明别人是错的，你越想要得到别人的尊重，你也就越不尊重别人，越争论只会越陷入僵局。对于工作中的对与错，内心一定要强大，要有勇气去承认，去面对，只有你真正放下了面子，无论对错，你才能发自内心地觉得宽慰。

两年过去了，办公室要提我当副科，我感到有些不解，原来在单位已经是副科了啊。那时我认为能调到上级机关已经是不错了，副科不副科那是组织的事，我只要把工作干好就可以了。

两年多的时间，《滨湖》渐渐成熟了，得到了领导的重视，领导的一些重要讲话和要求也在《滨湖》上发表，县里领导和市直单位领导都很重视。

我感觉《滨湖》版式已经不适应形势发展的需要，来的稿不但有经验建议，还有很多有看头的通讯杂谈等，建议改名为《滨湖工作》，由不定期改为每月一期，作为机关内部的正式刊物。我的建议很快得到了领导的认可。

这一改工作量大大增加了，从策划到选题、从采写到组稿、从编辑排版到校对印刷等所有的工作，还是由我一人完成。封面设计、刊名题字几次征求领导题字，领导态度都很暧昧，我又不好确定谁题，按照改版计划，时间已经来不及了，我请示分管领导，干脆我自己动手，初生牛犊不怕虎，就用隶书书写了刊名。时间不长，从研究室调来了一个同志，每人一期，这样轻松多了，可以有更多时间思考问题，也可以下去搞点调研，写写自己的东西。

有些问题，越简单越好，越淡化越好，把简单的问题复杂化，是我们自己敏感，是我们自己给自己找来的麻烦。

刊物像样了，来稿和要求发稿的单位和个人也就多了，供选择的稿子也多了。

在办公室一晃就是四年时间。1995年，中央提出加强农村基层组织建设，要求各级领导干部都要抓一个示范点。我被确定为具体抓点人，负责市委一把手的点上具体工作。开始我有些犹豫，书记的点也可能不是一般人能够抓好的，办公室也许是从这个角度考虑的。再说，我对农村情况熟悉，也有很多自己的研究成果，这也许是个机遇，于是我信心十足地接受了领导安排的工作，欣然地卷起铺盖下去了。

书记的点在天力县土文乡月可村，距离县城头十里地。记得下去的时候是三月份，办公室特地为我买了一辆自行车、一双胶靴、一把手电筒，还有被子、蚊帐、床单等日用品，送我下去的是办公室的一位副主任和一位科长。上午，乡政府热情地接待了我们，乡书记简要地给我们介绍了一下全乡的概况以及月可村的情况。考虑到在村里吃住不方便，书记就在乡里给我安排了一个房间，其实乡干部们大都是回家住的，有的还住在县城。

中午，我们在乡政府食堂吃了饭。下午乡里正好有一个会，书记要我到会上，顺便介绍给大家，于是我也坐到了台上。那一刹那，面对全乡的干部，我感觉到了，在这里我在他们心目中是一个领导——

上级机关干部，代表的是上级机关干部的形象，我忽然感到有些激动，也有些紧张。

第二天，书记老强就带着我到月可村，他和我同龄，身材壮实，人很热情，也很实在，性格也好，他也曾在办公室待过，大家一见如故，谈起来很投机。村班子成员都到了，在村书记老方家等着。大家坐下来后，老强首先将村班子的几个同志介绍给我，向他们简单说了一下后，就由我来说。我主要说一说这次抓点的重大意义、指导思想、目的要求，然后作一个表态。讲话中我特别强调了这是书记的点，意在鼓励大家要有信心和责任感，我深知，点上的工作搞得好不好，点上的工作能不能落实到位，关键在他们，我必须相信和依靠他们，取得他们的信任。接着是村班子成员的表态发言。

作为书记的点，我当时心中还是有所考虑的，毕竟我前些年就在农村，这几年也一直在关注、研究农村工作，后面又有办公室支撑，只要自己有思想，再加上这些天时地利人和的条件，我想会有收获的，但现在还不是我说话的时候，我对这里的情况一无所知，我必须全面摸清情况后才能发言。我也想借此机会，实践我的很多想法，让实践证明我的能力。

月可村有一千二百多人，耕地面积一千三百多亩，全村有五个自然村，百分之八十属于丘岗地，特别易旱，全村种植的近一千亩棉花和水稻，完全靠一坐老旧电灌站提水，青壮年大多外出打工，没有集体企业，属于全乡落后的村。村班子三个人，书记五十多岁，初小文化，喜欢喝酒，之前当过村主任，后外出做木材生意，刚刚回来不久；村主任之前是村会计，也是五十多岁，初中文化；会计是退伍回来的高中毕业生，三十几岁。我理解，书记的点，就要站在书记的高度来抓，来谋划月可村的发展思路，这不仅仅是一个点，更是农村基层组织建设的一个典型，点的示范不但要开花，而且要能结果，这才是抓点的真正含义。

虽是一个村，但要抓好也是一项系统工程。经过一段时间的调查研究，结合月可村的现实状况，我提出了村基层组织建设和经济社会发展的整体思路。

一是转变观念。在全村广泛开展十星级文明户评选，将农村经济社会的方方面面划分为十个星级，如勤劳致富、计划生育、财贸任务、公益劳动、邻里关系、遵纪守法、尊老爱幼、家庭卫生等，以星级文明户的评选来带动群众思想观念的转变，引导群众广泛参与，把单纯的思想政治工作建立在具体的实施载体之中，引导群众思想观念的转变。

二是明确发展思路。改变过去单纯种植水稻、棉花的习惯，实施科学种植，扩大经济作物的种植面积，利用村边的闲岗地种植经果林，利用低洼地开发水产养殖，将村里的稻米加工厂整治后重新发包。

三是创办一个村级集体企业。利用本村经贸人才和地理位置优势，借助帮扶的机遇，创办一个经贸公司。

四是加强基础设施建设。改变村庄乱建现象，按照统一规划、分步实施、分户设计、单户核算的原则，搞好村庄规划，建设一个中心村。修建一条村级公路，逐步延伸到各自然村，将村电灌站改造升级，将村党员活动室建成党员学习、村务工作、村民办事、村务公开的重要阵地。

五是加强班子建设。考虑到两个主要负责人的年龄有点大了，有意在外出归村的青年中选拔培养年轻同志，规范党支部活动和村务工作程序等。

这个思路理出后，交由乡和村干部讨论认定，很快得到他们的支持，同时报办公室和书记，也得到了明确肯定。

关于修建村级公路，当时我还是有想法的，认为从当时村经济发展来看，这个村经济不发达，也没有什么需要运输的，修那条路暂时作用不是很大，可书记说："我过去在一个村，帮助他们投资一百多万元，办了一个拖拉机站搞运输，可工作队走后不到两年，拖拉机站不但没有管好，连拖拉机都全部被卖掉了，还是修一条路好，那是实实在在的。"

思路有了，还要确定从哪里抓起，空讲肯定不行，必须务实。务实不等于不要务虚。思想工作必须要做，大道理必须要讲，要让广大农民充分认识并积极参与和支持点上的工作，不能我一个人唱独角戏。怎么把务实和务虚结合起来，我想必须设计一个载体，将思想教育工作和经济建设目标结合在一起，这样一来有一个抓手，通过抓载体活动来实施，有虚有实。我在认真研究农村问题和借鉴外地经验的基础上，提出了在全村开展十星级文明户评选活动，把遵纪守法、勤劳致富、计划生育、财贸任务、家庭卫生、尊老爱幼、邻里关系等涉及千家万户具体的事纳入十星级评比活动中，每个方面代表一个星级，从十个方面抓起，每个星级有每个星级的标准，星级代表着一个家庭的文明程度，以此来全面启动村组织建设和经济社会发展的点上工作。

为了使这项活动能够得到每个家庭的支持，我们特别精心准备了一场全体村民大会。那天开会是在村里的一块空地上，全村所有群众都到了。会议由乡党委书记老强主持，我做动员报告。我的动员报告是我在前两天自己动手起草的，我在想，这个讲话很重要，要让老百姓积极参与，就要能打动老百姓的心，把话说到老百姓的心坎去，我尽量用他们的语言，尽量从他们身边的事说开去，用他们身边的事引出大道理，让他们既能听得懂，又能回去做。我把每个星级的要求一一说明确，每个星级代表一级荣誉，星级越多说明家庭文明程度越高，家庭名誉好了，娶媳妇、嫁女儿也容易多了，老祖宗坟上也有光了。就是这些简简单单的道理，实实在在地感动了他们，一个多小时的会议，下面鸦雀无声，他们听得入脑入心。我的讲话结束时，大家热烈的掌声持续不断，我从他们的表情和掌声中感受到他们对这次的抓点工作寄予了很大的希望。后来乡里用简报的形式将我的讲话稿呈送给书记，书记看后，给予了高度的评价：动真情，说实话，思路清，是一份难得的农村思想政治工作的好教材，批示给组织部要求有关部门参考学习。许多村民说，召开这样规模的村民大会，从家庭联产承包责任制以后，从来没有过。

从计划经济到家庭联产承包责任制，从集体活动到一家一户单独活动，老百姓对集体的概念渐渐淡化，集体意识也渐渐远去，在这需要集体力量的时候，群众也会怀念集体，给予期待。

我们把十星级分别定性量化，每一颗星都具体化，代表一个方面，让群众听得懂，看得见，比得着。遵纪守法：不打人骂人，不小偷小摸，不做亏心的事，不做违法的事，遵守公共秩序，诚实守信。勤劳致富：会安排茬口，承包田庄稼长得好，生产劳动勤快，不偷懒，会致富，会持家过日子。邻里关系：隔壁邻里之间关系怎么样，平时生产、生活时能不能相互帮助，大家有事能不能相互关照，乐于助人等。计划生育：是否有违反计划生育政策的现象，是否多生超生。财贸任务：每年是否足额交清应该承担的各项财贸任务等。总之，通过具体化，群众能够感觉到我们所做的事就是他们自己身边的事。同时我们广泛宣传，将这些内容通过村广播、村民小组会进一步宣传，真正使之家喻户晓。为了进一步推进工作，我们先在村里选择各方面条件较好的几个家庭做示范，有些村民家暗暗对照星级要求，自觉地开展户与户之间的星级对比。

村民老何家在村中是一户比较典型的示范户，一个儿子在外做电器生意，生意做得不错，女儿很孝顺，嫁在邻村，爱人很会料理家务，三间两层楼房一个小院，打理得干干净净，邻里关系也很好。老可很有头脑，干什么事都有板有眼，在村里老百姓心中很有威望，很有人缘，村中张家李家有个什么事，往往都请他做个中，公益事业他也处处带头。我们就选择老何家做示范，请他讲如何勤劳致富，治家理财，如何教育子女，如何与人为善，搞好邻里关系等。

村民们平时在一起总是张家长李家短的，有了星级文明的评比活动，大家的话题变了，谁家可以得什么星，谁家哪方面还不行。他们把家庭日常生活和星级标准对照起来。一时间，星级文明户成了村民的热门话题。老何从他教育儿子说起，教他如何尊重别人，见到长辈要主动喊，客人来家要让座泡茶，抽烟的要主动递上一支烟，吃饭时，还要主动为大人盛饭，别人家的东西再好也不能拿，生活要知艰苦，心地要善良，做人要正派，不和人打架，不能骂人。家务事夫妻间要多谈心多交流，要多听广播，了解外面的事情，田里栽什么种什么要听听广播怎么说，小孩子衣服破了要补，身上衣服要洗干净，家里的卫生要经常打扫等。这些看来是鸡毛蒜皮的小事，可对于老百姓来说就是每天面对的事。这种用身边的人教育身边的人的方法，实在是一个很好的方法，也实实在在为老百姓所乐。

大道理寓于具体事实之中，大道理不是讲出来的。理论的升华源于实践，教育引导农民不是从大道理说起，而是从一个个实实在在的事实引发开来，小中见大，见微知著，可以事半功倍。农民不是不听话，农民不是听不懂，而是新时期我们的思想政治工作者不会做，没有人去做。

村书记老万文化不高，但头脑灵活，爱抽烟，嗜好酒，一天不喝酒就不带劲。作为试点村的一把手，他确实不是很适合，但村里一时还找不出一个合适的人选来。点上工作推动起来不尽如人意，他一边鼓励，一边批评，想办法推进工作。

我住在乡政府，早晨吃过早饭，就骑着自行车到村，督查落实研究的有关事项。如果下午没有什么事就赶回来，中午在食堂简单吃个饭，有事就在村里吃饭，有时在老万家，有时在老何家，偶尔也在群众家。老何家卫生条件好，房子宽敞，人也很有思想。在老何家吃饭每次记一下，回头一把结算。虽然上面要求，吃饭要交钱，但在下面很难实施，没有标准，没有明确的规定，每吃一次饭给一次，给多少，我很为难，就跟村里说，半年结一下，我按标准交给村里，再由村里给供餐的人家。

在村里吃饭，我最不习惯的是老万有些嗜酒，端起酒杯，不喝个痛快是很难停下的，我只能要求他下午有事时，中午不喝酒或者少喝酒，一开始他也不作声，可时间一长，大家熟了，他根本不在意我了，不管有事没事，他是一定要喝的，我让他少喝，他也不说话，照样喝他的，不喝个七八成不会结束。有时事情较多，我坚决不让他喝，他虽克制了，但工作时明显不对劲，行动怠慢，脾气暴躁，态度也不好。毕竟我是蹲点的，工作主要靠他们，后来我也就不再说了，待他喝得差不多的时候就提醒他一下。

村里吃饭很简单，捞上一条斤把重的家鱼，打上两块豆腐，偶尔宰一只鸡，加上几个素菜。

乡政府离县城大约只有十里地，乡干部住在乡里的并不多，只有办公室主任小马一家长期住在乡里。小马和他爱人是农校毕业的同学，他爱人是乡团委书记，他们有一个孩子，很聪明，也很调皮。小马人很精干，头脑很灵活，工作不错。他们夫妻两个工作认真，但生活不大讲究，家庭卫生搞得不好。有一天早上，我无意间走进他们的房间，只见房间内东西乱七八糟，地下也没有打扫，几双鞋子东一只西一只，我开玩笑说："你们叫人家抓精神文明建设，看来你们首先要抓好自己的家庭文明建设。"

食堂就在旁边，中午食堂一般有不少人吃饭，有时县里来人也在食堂，到了晚上吃饭的人就很少。食堂师傅姓贾，五十来岁，菜做得很好，乡里来人只要提前给他打个招呼，准备一下，一桌丰盛可口的菜肴不成问题。食堂用的是大铁锅，老师傅很会烧饭，总能烧出大块大块的锅巴来，再加上他自制的腌菜水，臭中有香，很诱人。

刚到的时候，我晚上经常在食堂吃饭，后来很多时候，书记老强只要有饭局，就约我一道。老强为人很忠诚，很厚道，也很仗义，县直各乡镇人缘关系都很好，大家喜欢和他打交道。他食量也很大，一顿饭能有我三倍的量。他对美食也比较有研究，怎样配料怎样有营养他都能说出一套，只要是他做东，菜都是他点，有时他还自己下厨房，亲自指导厨师。他酒量大，一顿七八两不成问题，他特别喜欢吃辣，喝酒再加上吃辣，常常是满头大汗，夏天他时常在肩上搭着一条毛巾。

记得有一次从南通考察回来的路上，我们在一家自助火锅酒店吃饭，每人24元，那家自助餐菜肴很丰富，有羊肉、鱼片、湖虾、泥鳅等十几样之多，啤酒一人一瓶。我根据自己的口味和食量先取了一盘，老强已是一盘堆得高高的，我一看基本是羊肉和鱼片，只有几片青菜。啤酒我不喝，就拿过来给他，我以茶代酒，一会儿他的一盘菜就吃完了，接着他又来第二盘，又是羊肉、鱼肉、蘑菇等。他一连要了四下，我估摸他那一顿光羊肉吃了足有二斤多，连站在旁边的服务员也感到惊讶。出门时，我开玩笑地说，开饭店要是天天遇到像他这样的大肚汉，早就关门了。

老强还有一手绝活，他做的红烧狗肉远近闻名，每年刚进入冬天的时候，他会专门从农村买来一两条狗，宰杀好后腌制起来，待到雪花飘飘的时候，他就会邀上几个好朋友，拿出几瓶好酒，自己下厨。他烧的狗肉味道很好，吃过的人都赞不绝口，据说他有特制的秘方，有人建议他开一个狗肉店，一定很火。

乡里的事又多又杂，作为一把手格外忙，他工作干劲大，不分早晚，经常忙到夜里十一点钟，他还邀我陪他吃夜宵。他喜欢吃辣，嗜好川菜，我肠胃不好，不喜欢吃辣。他就劝我，辣可以刺激肠胃，增加肠胃蠕动，有利于肠胃健康。听他说的似乎有些道理，我开始慢慢尝试，慢慢地我对川菜也感兴趣了，肠胃也好多了。

到了7月中旬，忽然间一连下了三四天的滂沱大雨，全县沿江、圩区全面进入防汛，乡里两条水系都达到超警戒水位，我就自觉加入防汛中。防汛对我来说并不陌生，我从小在水边长大，在老家又经历过几次防汛，而且我们是面对大湖的防汛，显然要复杂得多，而面对内河这样的防汛，我认为压力小多了。

那年老家发大水，连续几天的大雨，圩内已是白茫茫一片，湖水已超过埂头，为了保护家园不被淹没，全村男女老少都上阵，人们用盆作为运输工具，将稻田的田埂挖来加高圩埂，从水中挖起连根的稻子用来挡浪，埂头加了一米多高的子埂，起风的时候，大浪卷起的湖水就直往圩里面灌，圩埂已被大浪冲击得百孔千疮，到处有缺口，到处有渗漏，人们在险要处堆起一个个土键，有的还用木桩、毛竹打下一个个土溇，把砍下来的树枝用草捆起来，用草袋压住挡在埂前。遇到危急的地方，一时没有草袋，干脆人上去，用整个身子压住草做的滚笼，大浪一冲，有时连人带滚笼被冲下埂头，人们爬起来又抱起滚笼再一次冲上埂头，压在大浪冲破的圩埂缺口处。那时我还小，看到大人们那么奋力，也积极赶上圩埂给大人们打草绳，运稻草。

乡亲们夜以继日地奋力战斗在圩堤上，随时准备应对可能出现的险情。由于很长时间在水里，许多人手丫脚丫都烂了。长期受水的浸泡，泥土已经非常松软，走在埂坡上面就像走在皮囊上。为防湖水浸泡时间过长，圩堤坍塌，人们就在下面切开一个口子，让渗流的水自然流出。

那样惊心动魄的场面我都经历了，对于这样的内圩防汛我当然是很好的参谋了，所以老强很喜欢叫我和他们一道查巡埂情，后来乡长老杨也喜欢邀我一道查埂。这里是内圩，无风无浪，而且来水都是客水，很快就会退掉，但这次下游水位暂时偏高，河水被顶托，暂时退不了，这样时间一长，有的地方就有些渗漏，泥土开始松软，所以巡埂的关键是要看埂堤下渗漏的情况，如果是浑水就要密切注意。

二十几天的时间，越是风大雨急，越是更深雨停，我们越不敢麻痹大意，常常是夜里两三点钟，他们邀我一道，穿着雨靴打着雨伞，深一脚浅一脚地走到河边，然后坐上一条小船顺着河道一路检查，看到那些可能会出现险情的地方，就上岸检查检查，看看值班的是否在岗。夏天的圩堤上，灯一亮，什么虫子都来了，你站在那里，虫子会在你眼前乱飞，有的直往你脸上砸，你一呼吸小虫子直往你鼻孔里钻，值班的为了防止蚊叮虫咬，只好穿着厚厚的衣服，里面汗湿，外面淋湿。看到他们那么疲劳的样子，我为他们那种精神所感动。尽管防汛不是我的任务，但在灾害面前，我想就不应该分分内分外了。

为了防止突然发生灾情，上面早有要求，各地要备足泥土、蛇皮袋、毛竹、钢丝、木桩等应急物资，保证发生险情时急用。我们在巡埂时，显然感觉防汛救灾物资按要求准备不够，实际上从当时的水位和埂情以及天气预报情况来看，不会有什么情况的，但事情都是这样，宁可做过，不可错过，不怕一万，就怕万一，这么做总是没有责任的。

二十几天的防汛任务下来，我的胳膊上已经脱了一层皮，但我并没有感到累。乡里其他干部也是各人分工一块，吃住在前线，政府每天也只留有一名值班的同志，大家都全力以赴战斗在抗洪防汛第一线。

防汛任务刚一结束，点上工作就要全面开展，为了开拓大家思路，结合学习张家港精神文明建设，我和老强商定，组织乡村部分干部到张家港看一看。

那时全国都在学习张家港，张家港已是应接不暇，我们通过办公室和对方联系，很快就得到很好的安排。出发那天，大家情绪很高，很多干部一大早就来到乡政府，五点钟我们就出发了，乡政府租了一辆五十座的大巴。很多干部都是第一次出远门，大家坐在车上，明显有些兴奋。

中午十点多，我们就赶到了张家港，很快在对方向导的安排下，我们直接进入了一个会议室，观看了一个张家港精神文明创建情况纪录片。吃过中饭，就由一个向导带着我们考察。

住宿是对方为我们安排的。十一月的张家港，天气已经有些凉了。经过一天的颠簸大家有些累了，有的一早就睡了。第二天一早起床，就听走廊上有人叽叽咕咕，赶过去一问才知道，原来是乡人大常委会主任和一个村书记住一间，由于不知道打开宾馆服务员整理好的被子，就在盖被上熬了一夜，冻得睡不着，只得在房间来回打转转。早上天一亮，就嚷着埋怨宾馆连个被子都没有。宾馆服务员听到了，赶快过来问怎么回事，随后走进他们住的房间，一看被子还是整整齐齐的，服务员笑了，赶紧帮他们打开被子。

有些乡村干部长期在基层一线，对外面了解得太少，他们自己都还没有见过市场，如何让他们去引导农民走进市场，看来推进乡村干部的思想大解放、观念大变革，我们任重道远。

在那里我得到了一个意外的收获。在向导带着我们到张家港保税区时，我发现保税区的房子都是轻钢结构，这忽然给我一个触动，因为在我们老家盖房子都是砖瓦结构，大规模的建设使得许多窑厂面临黄土资源匮乏、耕地被占的问题，轻钢结构替代了砖瓦结构应该是建材发展的方向。有了这个想法，我赶紧打电话给老家的一个窑厂负责人木文，正巧他也准备来张家港考察，我和他约了时间，第二天，我们一道去看保税区的厂房，英雄所见略同。实际上早在几年前，我们就在一起讨论窑厂的发展前景：三到五年的市场周期，企业就必须有新的产品。真是踏破铁鞋无觅处，得来全不费工夫，偶然的发现让他很兴奋。但这个项目在哪里？生产厂家在哪里？

陌生的张家港，没有熟人，我们四处打听。在一个转弯处，我们看到一个电话亭用的也是轻钢结构材料，忽然我们在这个电话亭的右下方发现，上面明显有着生产厂家的地址和电话号码。我们高兴极了，赶忙记下来，按照上面提供的电话号码，我们很快和对方取得了联系。考虑到对方对考察不一定接待，我们就以考察的先遣人员的名义，说我们有一个项目可能有与他们合作的机会，在保税区看到了他们的产品，想顺便来看一下。

约定好时间，按照对方提供的路线我们在下午三点多钟找到了厂家，对方的一个姓广的老总接待了我们。对方简单地给我们介绍了他们的企业和产品，然后带着我们转了一圈。看来这是一家加工型企业，除了几台设备外，生产并不复杂，主要是设备，有了设备，有了用户，就这么简单。我们大致了解了一下以后，更多关注的是设备生产厂家，不知是对方对我们有戒心，还是当前处于停产状态，整个设备盖得严严实实的，我们看不到生产加工的过程，只能看到生产的产品，问对方产品加工设备，对方有意回避话题，我们也不好再问。离开时我们互相留了联系电话，过了一段时间，对方几次电话联系，表示愿意与我们合作，共同开发市场。

我和木文的相识，是工作的缘分，是家乡的情结，也是对事业发展理念的共识。窑厂发展初期，他凭着胆识和执着使之逐步发展起来。由于大学两年经营管理知识的学习和理论研究，我对于企业经营管理方面似乎有一种特殊的感悟，加上家乡的情结和兄弟的感情，使我对家乡企业发展有着一种割不断的情怀，每每我们有空时就在一起交流思想。欣赏他智慧的表达和慷慨激昂的高谈的同时，我也在认真地思考，不带有任何的附加，有时给他鼓劲，有时指出他的不足，我们在交流中相互提高、相互学习，有时我们也争得面红耳赤。

记得有一次，我们两人各执己见，互不相让，他认为我讲他，给他一种居高临下的感觉，我认为他做大了听不进别人的意见，一气之下，我拉开车门，愤然跳下，他也毫不留情地将车开走了。到第二天早晨，大家都清醒了，他打来电话，做了自我批评，我也做了自我检讨，一切都很自然。他就是这么个人，非常有思想，重感情，讲义气，他能给每一个第一次接近他的人留下很深的印象。他能让处于抑郁中的人提振精神，他的讲话大胆豪气，有感染力和号召力，他的身上永远充满着一股劲，一股仗义侠劲，让每一个接近他的人感到真诚真实和鼓舞。也许正是由于这种精神，他周围集结了一大批人才。他是靠实践感悟企业管理和人生真谛的。他是一个草根企业负责人，在一个偏远的乡村，硬是凭着自己的智慧、才能、魄力和一颗为了家乡崛起的勃勃雄心，创造了一个奇迹——一家有着广阔前景的上市企业。也许当初搞企业时，我有时对他的管理和经营还有点发言权，后来他凭着智慧和感悟，对于企业经营管理的理解和操控，使我仰慕和惊叹。他没有受过正规的科班教育，完全是靠着自己在实践中的灵感探索和创新，慢慢地成长为一名成功的企业家，我在他的身上和他的管理经营中学到了很多。

真知来源于实践，实践推动真知。一种人是善于把实践的知识上升到理论，提出新观点，站在理论的高度下不来；一种人是善于把实践的知识消化吸收，加工改造，形成自己的经验，指导自己的实践，推进实践前行，不断地创造更好的未来，再推动真知前行。

点上工作有段时间了，书记要到点上去看看，也来推动全区面上的工作。根据点上的工作安排，涉及水利、交通、农业、外贸、银行等部门，由办公室通知有关负责人参加，县委书记以及有关部门人员也陪同。上午9点左右，书记带着各部门负责人直接赶到点上。考察组一行十几个人下车步行，顺着一条通往村部的大路，沿路考察了三个农户，这三个农户分别属于比较富裕的、一般的、家庭比较困难的，接着考察了月可村的沿河地形、村小学、村电灌站，最后到村部。书记对农村情况很了解，边考察边向村书记和我了解一些具体情况。考察结束后，在乡政府会议室召开了会议，乡党委书记老强首先汇报了全乡的情况，然后我汇报抓点情况，以及点上工作安排和需要解决的问题，接着有关部门表态发言，最后书记讲话。书记对点上工作思路和我抓点的方法给予了肯定，同时对到会的部门也都提出了抓点的新要求。他要求点上工作不是花瓶，绝不能搞形式主义，而是实实在在的典型，各地都能够学到做到，点上工作要坚持做到实事求是，标本兼治，创新发展，既要有短期的考虑，又要有长远的发展，要抓住当前农村基层组织的突出问题，重点抓班子建设、党员队伍建设、村级经济发展思路，不能急功近利，点上工作不但能在点上开花，更要能在面上推开。

一年时间很快就过去了，这一年我大多时间在点上，也配合老强抓一些点面结合的事，和乡里的同志接触多了，大家都认识我。有空的时候，大家也愿意和我交流。结合点上的工作，我利用学到的知识和了解的基层情况，认真思考基层工作的思路和方法，思考农村经济社会发展的有关问题，凭着自己对理论、政策的把握，把点上工作和农村面上的发展结合起来考虑，形成对农村问题的一系列思想创新，溢发了我对自己从政能力的自信。

一年的点上工作，我认真总结，在向办公室汇报的同时，我考虑我的有些观点是经得住推敲的，有一定的高度和示范性。于是，我大胆地与书记秘书联系，说明要当面汇报，书记很高兴地接待了我，对我的很多观点和工作方法给予了充分的肯定。

机遇和能力同等重要，缺一不可，很多有能力的人，因为没有机遇，得不到合适的任用，才能无处发挥，他们在一个不适合的岗位上消耗所长，平平庸庸，但并不代表他们没有能力。而有了机遇，如果不具备一定的能力，即使获得了暂时的机会，也终究会被淘汰的，当然这个淘汰不一定是出局。

组织部部长带队到点上检查。我把点上的工作思路和经验提炼出来，从理论和实践的结合上，谈了点上工作，既有实践又有一定的理论高度，特别是我结合党的基层组织建设工作特点，提出的“党组织建设一线工作法”，紧密地结合了基层党组织建设的有关问题，有新意，有经验，很快得到他们的认可。所谓“一线工作法”，就是把党的组织建设有关工作放到一线去实施，把党员干部的培养放到一线，把党员干部的思想建设、作风建设、廉政建设放在经济发展的一线工作中实践。这个观点很快被分管组织工作的书记认可，后来形成文字发表在有关刊物上。

抓点的工作给了我和书记接触的机会，也为我表达我的思想提供了一个平台，以前尽管也在办公室，但没有机会。书记从我的抓点工作中了解了我，对我有了很好的印象，部长在检查点上工作时，也对我的工作能力有了进一步的了解，老强和乡里的同志对我又很推崇，几重叠加，在第二年全省基层组织建设领导小组的总结表彰大会上，我获得了优秀队员的称号。

第三年上半年，书记再次到点上调研，点上工作已有成效，我的抓点工作也快要结束了，看得出来，书记对这个点上的工作是很满意的，对我的能力也是肯定的。

这些年农村经济发展了，农民收入增加了，农村新房子多了，可是普遍是杂乱无章的，没有规划，没有章程，农民想在哪儿建，就在哪儿建，垃圾到处都是，新房子乱村子。从城市建设的发展规划中，我得到启发。我一直在思考，如何改变农村这种现象。忽然有一天，我从城市的房屋拆迁安置中得到启发，产生了一个想法，即在农村推进农民住宅市场化开发，来规范新农村建设。为了实现这个想法，我做了一系列的调查研究，最终拿出一个比较实际的方案，并开始在这个点上实施示范，这个思路也很快得到了县、乡建设规划部门的支持。我们请有关部门帮助全乡拿出一个总体规划，在此基础上，再拿出月可村新农村建设规划方案，提交村民们讨论，然后由村里按照规划组织实施，很快得到村民响应。这个规划的思路是，全村新建农民住宅，统一规划，统一布局，依户设计，独立核算，配套设施。抓好中心村，减少自然村，迁走散居户。这项工作在我离开这个村时，已经按计划开始推进。

回来后我将这个思路进一步完善，参阅有关资料，写成了一篇论文，很快就在国家城镇建设权威杂志发表，并得到了有关媒体的高度重视。随之连续不断地收到了许许多多方面的来信来函，邀约我参加相关活动的研讨。我对此心里明白，这个思路是一个战略的和战术的考虑，实施起来需要一定的时间长度，个别急功近利的领导可能不会考虑。我没有实施的权威，再加上点上的示范效应还需要一段时间才能显现，随着抓点工作的到期，很多工作还得靠基层干部去落实。我很快就要离开月可村了，一个新的抓点工作又要开始了。

抓点带面，示范引导，不失为一种好的工作方法，但关键是要持之以恒。点上的干部素质不提高，点上工作就很难抓好，正确的路线方针政策确定之后，干部就是决定性的因素。

几年的实践告诉我们，一个领导干部如果真正能从群众中来到群众中去，真正地了解基层，服务人民，坚持实事求是，有一个科学的思路和一个负责任的从政的指导思想，那他就能真正造福于人民，受到人民欢迎。农村的工作虽然辛苦，但只要有思路就有办法，只要思想观念能与时俱进、坚持为人民从政的动机、始终站在人民的立场上，我们的决策就少有失误，执政中的个人价值就能得到很好的实现（执政的价值是一个班子的，但我们有些人忽视了一个班子，而强调了个人），人民就拥护；反之，为了自己的政绩、形象，为了追求个人权力收益最大化，目空一切，凌驾于组织之上，刚愎自用，心中没有群众，执政必然偏离宗旨，最终为人民所反对。

短暂的县政府工作

1997年下半年，县里的换届工作也要开始。这是干部调整的时期，也是干部思想最活跃的时期。我在点上的工作已接近尾声。之前，办公室的几个同志都被提拔走了。有些风声说我要到县里任职，可我自己什么也不知道，个人的事也不好打听。直到有一天，一位消息灵通人士告诉我，说我要到江县任职，我才感到好像真的有戏。两天后，就有人告诉我到江县任副县长。我一开始有些诧异，要到县里任职，我应该去天力才是比较合适的，怎么到江县呢？当晚，组织领导找我谈话，明确告诉我到江县。我当时一头雾水，感觉有些突然，说激动也不激动，说不激动倒也感到有些喜悦，应该感谢组织的关怀与培养。

晚上回到家里，我坐在床上，回想那些在县里工作的负责人，我忽然感到，这一转身我就由一个科长变成一个县里的负责人了。我今天是一个科长，明天到县里就是一个副县长了，人还是一个人，知识还是那些知识，能力还是那个能力，我还是我啊，这个区别在哪里？我在问自己。好像干了这么长时间，应该要提一提了，这是顺理成章的，也是应该的，如果再不提拔，自己就觉得委屈了。副处级虽然对市直机关干部来说不算什么，但对于在县里的同志来说，副处级干部那可以说是竞争激烈，百里挑一，有些很有能力的干部兢兢业业任劳任怨干了一辈子，也不到副处级，乡镇干部就更不用说了。想到这里，我感到压力很大，在我接触的基层干部中，不乏很优秀的干部，我能够胜任吗？既然组织已定，我就要赶快调整自己。

到县里报道的时候，有办公室两位副主任和组织部的一个同志送行，因为副县长要经过人大选举，虽然组织上安排是副县长，但当时还要经过县人大常委会选举任命，才能称得上是真正的副县长。坐在车上我和两位副主任说，这下去还要选举，如果选掉了就好了，说实话我当时对下去任副县长还是有想法的，觉得自己这个年龄到县里已经大了，自己的肠胃也不大好，难以承受繁忙的公务应酬，倒是真心希望在市直机关算了。

刚下去的时候，因为人大常委会没开，我的职务还不明确，基层干部又不熟悉，刚下去调研了解情况，总有些尴尬，加上马上县里又要换届，一些干部思想情绪也不很稳定。对于我的到来，他们中有些同志多少还是有些想法的，我从他们的脸色和语言中仿佛能够感觉到。但我内心很坦然，虽然人大常委会还没有开，但应该没有问题，只不过是需要履行程序罢了。而在处理实际工作中，我已意识到他们更多的是在观察我，考验我，所以我在每个场合的讲话和表态，都非常注意把握分寸。

然而从科长到副县长，我的感觉明显又是一个层面了，无论是开会，还是接触的人群、工作的环境和待遇、人们对你的态度，工作能力和工作的要求，以及面对的问题等，你必须有一个很大的提高，有一个很大的转变才能适应。坐在台上的机会多了，讲话的场合多了，人家给你的汇报多了，遇事决策拍板多了，协调处理具体事情多了。过去许多事，常常可以坐在办公室琢磨，在文字上推敲来推敲去，现在需要的是具体问题具体解决，有的还需要到现场；过去经常为人家写稿子，现在往往是人家给我写好稿子，但我坚持一般讲话不用稿子，重要讲话立个提纲，对不够熟悉的部门和工作，尽量少讲话，多思考，多研究，每到不熟悉的部门和工作，先找有关资料看一下，认真听取汇报，不懂就问，有怀疑就问，少说多讨论；过去是服务人家，现在是有人为我服务，我有些不适应；过去许多时候，我是一个旁观者，最多是一个参谋者，现在往往是一个决策者；过去大多时候接触的是办公室的同事，现在接触的大多是省市领导或者县里部门的领导；过去开会很多时候是听领导讲话，现在有时人家听我讲话……

一个多月的时间，我走马灯似的跑遍了全县的所有乡镇和分管的单位，经常不断地参加各种会议，整天忙得像个陀螺，原来养成的早晨跑步、晚上看书写东西的习惯被打破了。常常晚上回来的时候，已经过了八九点钟，加上我不大能喝酒，但每次又被一些场合、人情逼住了，只得陪着少喝一点。对我来说，喝酒就是负担，酒一喝就感到特别累，走进房间洗个澡，差不多已经十点多了，再思考一下第二天的工作，就要休息了。

很快，人大常委会投票顺利通过，正式任命我为副县长。副县长就是万金油，每天都有很多的事需要协调检查落实，具体的工作都由有关部门去操作，但有些重要工作又必须站到一线，直接指挥。

快到年底的时候，省里在朝阳召开生猪定点屠宰会，分管的副县长要参加，并且大会要发言，对这项工作我根本就没有接触过，县里的情况不清楚，部门给我准备了一份材料，可拿到手一看，那是什么材料？我沉住气，我毕竟是从农村出来的，在去之前的晚上，我抽了一点时间思考了一下，心中大致有了底。同去的是该部门的一把手，资格较老，年龄比我稍大。他态度上不阴不阳，工作上不卑不亢，既然是老同志，我首先要尊重理解他，一路上，我有意和他多交流，在交流中不断请教他，并实时地阐发我的思想和观点，努力地寻找我们彼此的平衡点和默契点。

报到的时候，要交会议交流材料，我说，不要交了。第二天，大会首先是交流发言，我想谈经验不够资格，表个态流于俗套，于是跳出圈子，站在一个旁观者的角度来谈点问题。在听了前面的同志发言，结合自己的思考，我简单理了一个提纲，结合生猪定点屠宰中存在的几个问题，提出解决问题的思路和想法，显然我的观点让同行们有些诧异，可能是大家“不识庐山真面目，只缘身在此山中”吧。

从朝阳回来的时候是下午三点多钟，车快到湖滨的时候，突然抛锚了，驾驶员修了好长时间，没有效果，只好打电话从县里调来一辆车子，来接的车子直到晚上九点多钟才到，没有办法，我们只好就近在一家酒店住下。

第二天吃完早饭，上午回到县里。

一家日本公司在三江镇投资了一个种猪场，开业那天，镇里邀我到场剪彩，考虑到是我分工的工作，当然要去了。这家企业就在马路边，是一个魏姓的商人引进的项目，投资1300多万元，主要是引进优良的夏洛克和长白山种猪，培育优质肉猪和猪苗。投产仪式就在场内举行，就要开始了，我忽然觉得肚子不舒服，赶紧找厕所，好在厕所就在旁边，这边解手刚完，那边正在找我出席仪式。一个简短的仪式很快结束，企业要求领导参观一下猪场，由于我后面还有其他事，简单转了一圈，我就急匆匆地往另一个地方赶。

几乎是天天有会。县消费者协会要召开大会，我要到场讲话，我觉得维护消费者利益是件大事，作为消费者协会要切实发挥为消费者维权的责任；供销社搞农资产品下乡仪式，这是一项惠农活动，我也是要去的；政协一个会要我参加，我又是刚到政府上任，也是必须要去的。

有时一天几个会，这边刚讲完，又要赶到下场，我感觉很多会，到与不到一个样，好像是一个习惯，县里有一个领导来了，单位感到领导重视，实际上很多工作都是下面在做，如果领导对下面的情况不清楚，那只能说些官话、套话、空话。对于这一点，我很不习惯，我的思维习惯是通过调研后，发现存在的问题，针对问题提出自己的意见，而这随便往哪里一站，就唔里哇啦发指示，我心中没底，我想我讲起来也是干瘪瘪的，自己讲的没劲，别人听起来也会没劲的。

有时候，讲话容易，可解决问题就不那么容易了。一天，一位煤球厂职工到县政府告状，说公安干警为了自己亲戚的利益，不顾事实，执法不公，让自己的亲戚霸占了他的经营场地，还动手殴打了他。我一开始觉得很简单，只要事实清楚，这位干警显然是不对的。我把情况和两个单位领导说了一下，请他们协调一下，各自解决各单位的问题，经营场地是那位职工的，就应该给人家，抢夺他人经营场地显然是不对的。可是不知道这样简单的事，结果如此扯皮，当着我的面涉事双方单位都表示没有意见，会帮助做好工作。可是过了几天，那位职工又来了，说：“你们政府不是为民做主吗，有权就可以为非作歹吗？是不是人家有钱有人，就不敢作声了。”我当即打电话给涉事单位负责人问一下情况，对方支支吾吾，说已忘记，没把这事当事。我当时就来气，但又不好发作，这事对我们来说是小事，可对于老百姓来说，就是大事。这点小事都落实不了，惹得老百姓对我们政府责怪和不信任，我对他们的工作作风产生了怀疑，干脆把他们两个单位领导找来，当面协调，打人的干警要检讨，场地要归还。可是又过了两天，那位职工又来到政府大骂，说政府包庇有权有势的人，他咽不下去这口气，如果政府不主持公道，他就死在政府门前。那天也正有一大批供销社职工上访，影响很大，我还在乡下调研，办公室通知说县长要我回来接访。我赶到政府，只见政府门口聚集着一大群人，有关领导正在做工作，那个职工一个人坐在门口旁，见我回来上前就抓住我的衣袖，苦苦哀求“县长你要为民做主啊”。我让他到办公室，随即我再次给那位职工的单位领导打电话，请他们将人领回去，并打电话给那位干警的单位领导，要他必须处理好，场地必须归还那位职工，那位职工这才离开。

县长办公会一般安排在星期天，一开就是满满半天，甚至一个整天。一般刚开始的时候，大家很认真听汇报，对有关工作讨论较多，可时间长了，常常借口抽烟解手，站在外面放松一下，不涉及自己分管的事也就很少听进去了，特别是到了中午十二点多或者晚上六点多钟，很多人已是心不在焉，一个议题常常是一带而过。有时实在太迟，会后大家就聚在一起吃个饭。

酒桌上我最反感那些一而再再而三地劝你喝酒的人，总有那些让你喝酒的歪理邪说，有的甚至拿工作态度、人格表现来要挟你，让你哭笑不得，我觉得好像不是在喝酒，而是在作弄他人，我有时真想发火，但每次话到了嘴边还是咽了回去。

任职不到两个月，县里要进行换届选举，我也算是上一届的副县长，自然要参加这一届的选举。对此我毫无思想准备，对很多情况不清楚，只管干自己的事。这时有人说，这次换届竞争很激烈，有的同志暗暗地在下面打招呼，有的忙着请客拉票，有的是自己不出面，由别人帮着拉票。我心想，我对这里情况什么也不清楚，听组织的。一个多月来，我刚刚转了一圈，人和名很多都对不上号，人家认识我，可我不认识人家，也没有必要烦那个神。市直机关下来的还有一个同志和我一道参加选举，他在下面已经干了一年多了，我想他应该没有问题。

两会按预定的程序进行，大会投票那天，我们坐在主席台上，先投票，我给自己也画上一票，投票结束后接着计票，我们坐在主席台等候投票结果，大约半个小时过去，大会秘书长向书记耳语几句，书记脸色难看地走向后台。一会儿，秘书长过来，要我和他一道下去，我开始愣了一下，一刹那，我感觉选举出了问题，接着另一个从市直机关下来的那位同志也被叫了下来。书记说："你们先到办公室去等一下，会议还有一会儿。"这时，我心里已经明白，我们落选了，书记让我们回避一下，免得难看。说实在的，当时我心里仍然很平和，我认为，落选对我来说，没有什么不好看的，关键是大家还不认识我，可我不知道另一个同志当时的心情。大约过了二十分钟，那位同志有些着急地说："现在选举结果该出来了吧，我们该回去了吧？"我不等办公室主任说话，就单刀直入地接过话告诉他，我俩都落选了。我这一说，他猛然间好像一下子明白了过来，眼泪立即夺眶而出。对于他来说，确实打击太大了，后来我才知道，他前一天回去看望病危的父亲，父亲在病危中知道他次日就要选举了，一再嘱咐他赶快回去，话语中饱含着期待，当天晚上他就赶回县里，而就在他走后不久，他的父亲去世了。我想这样的结果，当然对他打击太大了，再说他已经在这里干了一年多了。

会议开到晚上八点多钟，两位一把手忙完了其他事，急急忙忙赶过来陪我们吃安慰饭。处于一种复杂心情，我是主动要求喝酒，两个一把手怕我喝多，总是提醒我不要喝多。由于那位同志心情不好，很少喝酒，为了缓和气氛，我还是坚持要喝，直到感觉不能再喝了。领导考虑我们落选以后心情不好，就提醒我们是否晚上回去，我说，我现在叫无官一身轻，明天正好好好睡上一觉再回。到了房间，胃里受不了，我赶紧到卫生间抠吐了，吐完后，我用冷水洗了洗脸，坐在椅子上，仰着头，理了理头绪，想想这两个月来，我倒真觉得累了，离开倒是一个解脱。

落选回去对我来说是一个解脱，可对另一位同志来说，就不够公平，打击是很大的，毕竟他付出很多，应该说这个同志还是有水平、有能力的。但有些人觉得他有些书生气，一说“书生气”，就与老百姓有些距离了，这一点在基层是非常致命的，不能和老百姓打成一片，密切联系群众不够。

那一年不少地方选举都出现了类似的情况。

第二天早上，我们吃过早饭，书记亲自为我们送行，短暂的副县长任职就此结束了，在车上，我开玩笑说，我可以上吉尼斯纪录，我可能是世界上任职最短的副县长。回到家后，暂时没有安置，一些朋友很关心，打来电话安慰我，一开始倒无所谓，可这一安慰，倒使我有一种酸酸涩涩的感觉。虽在这个岗位时间很短，但我感受到了这一层面的工作任务和性质。父母也不知道怎么回事，怕我心情不好，也不问怎么回事，还是和往常一样，我隐隐感到他们心里的纠结。一家人倒没有什么更多的话语，我的内心是很平静的，倒是在考虑回来后，到哪个部门比较合适。

在农综局的四年

过了近一个月的时间，我突然得到消息，说让我回到县里，任城关镇镇长（副县级）。我想，镇长的工作应该比县长更具体更忙，于是我硬着头皮，找到领导要求回机关，后来被安排在市农综局。

当时的农综局是个冷门，只有一正一副两个主任，十来个人，在区委大楼一楼办公。主要工作是农村集体经济管理、农业生产指导、农广校三大块，最重要的就是农村财务管理。实际上实行家庭联产承包责任制以后，农村集体财务很多已经有名无实，每年的农村集体经济财务报表实际已经没有什么参考价值了，但每年都要做。从县里到市里一直到省里。从这里也可以看出，农村实际情况的变化，已经大大超过了原有的管理体制和思路，这种情况不是只在一个部门表现出来，其后果是行政资源的浪费和决策的失误。

农业进入市场经济，农民急需的是农业生产的信息、农业生产技术，原来乡镇农技站面对的是集体，可现在面对的是千家万户。现行的农业局、农技站、畜牧局、水利局、科技局等农业部门，仍然是计划经济体制下的行政架构和管理思路，基层的农技部门已经网破人散。农综局的生产科更是形同虚设，毫无实际意义，只有一个人，既不能指导生产，也没有具体任务，偶尔省里召开什么生产性会议参加一下，回来也就不了了之，而同时农业局也会有人参加。农广校倒是一个实实在在可以创收的部门，事业编制，几个人，每年招收一些农村会计进行函授，收取一定的费用，可以创造一些效益，也是机关的一份自留地，不好处理的开支可以从这里支出，至于函授的效果，也只有参加的人知道。

我来到这里以后，分管生产科，刚开始，我感觉这里太清闲，我就思考我在这个岗位能够干些什么，农村需要什么。实行家庭联产承包责任制的这些日子，我总是在想，原来集体生产已经变为一家一户生产，我们的工作还是按照过去计划经济的思路来管理，显然需要转变。从企业的生产经营，我想到了农民一家一户的生产，从企业的生产成本、产品质量、市场销路，想到了一家一户的生产不就是一个企业吗？企业生产首先需要市场信息，农村信息闭塞哪来信息，基层农技科普已经网破人散，老百姓生产技术只能靠原来掌握的，很多家庭生产都是“傻子过年看隔壁”，人家什么时候种，他就什么时候种，人家种什么，他就种什么，今年种什么来钱，明年就种什么，结果常常跟在市场后面跑，劳民伤财，农民生产感到很盲目。农民需要的是农业科技信息和农产品市场信息。那时虽然市场信息丰富，可到不了老百姓的身边。

最早BP机的诞生给了我的灵感，掌握了它的原理后，我开始思考利用BP机为农民提供信息。带着美好的理想，我找到了当时的市联通公司，大家都有这个认识，BP机刚刚起步推广，联通公司也需要扩大市场，我们很快就达成协议，联手利用BP机来为农民提供生产、科技、产品的服务，结合当地的农时、农事及时为农民提供有关信息。联通公司选调了熟悉当地农时、农事的同志，每天从报纸等有关资料上选择一些与当地老百姓需求有关的信息，整理摘编成若干条，发送给BP机用户。我们还在部分乡镇免费为农民开通农业生产技术、农产品供求、农产品价格、农业农村相关政策等信息服务。几个月的时间，发展到近四千用户，后来我还专门写了一篇《农业呼唤信息化思考》的论文。

学而不思则殆。到了农综局，与“三农”接触更多了。在学校学习思考的“三农”问题，一直在我的脑海中，现在自己就在从事这方面的工作，这给了我更深的思考。我在思考，政府在“三农”发展中的角色是什么？如何指导？这些问题总是在我的头脑中。大概我这个人总是喜欢思考些问题，面对问题，结合在校听专家和学者的讲座获得的知识，再结合外地“三农”发展的经验和我们当地的一些实践，豁然间我的头脑中闪现了一个“农业企业化”的概念，这一家一户不就是一个个小型企业吗？按照这个思路去想，面对“三农”遇到的很多问题，也就有了一个比较明晰的方向，于是我大胆地提出了“农业企业化”的概念。把农业当作企业来看，那就要生产者按照企业的思路来管理农业，要有经营家庭承包地的理念，政府指导农业的观念就要转变，这两点在当时来说都没有被基层干部和一些领导干部所认识，为此，我又专门写了一篇《农业企业化开发的思考》，寄出后不久就在《农村经济研究》杂志发表。

我觉得农业本身就是产业，用农业企业化的概念，更能够提醒人们，农业要按照企业生产的理念来经营，这不但对农民来说是一个观念的转变，同时对我们基层干部来说，也是一个工作思路和指导思想的转变。实行家庭联产承包责任制后，一家一户就是一个农业企业，每家每户都要进行生产成本核算，还有生产管理，面对市场，种什么？养什么？加工什么？多余劳力干什么？我们政府做什么？等等这些都是当时农民、农村、农业面临的急需要解决的问题。提出农业企业化经营就是要唤起人们的市场意识，提醒基层政府面对的是什么，应该怎么做。

滚滚的市场经济大潮来势汹涌，许多农民甚至部分基层干部面对市场经济大潮，始料不及，没有思想准备，常常感到困惑，他们不知道如何生产，如何指导。一家一户规模太小，市场信息不对称，市场竞争力不强，急切需要一些规模较大的企业作为龙头来带动。而与此同时，也有一些头脑灵活、敢闯敢试的农民，或者集体经济时的农业企业率先进入市场，已经建成了一定规模的农业企业，生产出很多有特色的农产品，他们具有很强的市场开拓能力和很大的发展空间。在这个基础上，我提出了在全市开展农业产业化龙头企业、名牌农产品、特色农产品的评选活动，以此来推动全市农业产业化上水平，引导农业农民走向市场，这个意见很快得到市领导的肯定。

这项工作，我们是在全省率先开展的，什么是农业产业化龙头企业？什么是名牌农产品？什么是特色农产品？其标准是什么？没有资料，没有专家，没有人手，怎么办？既然领导同意，我就大胆地边干边摸索，俗话说“乡里喜事乡里玩”，没有标准，我就根据当地农业企业产品现状，以当时在全市有影响的几家重点企业、重点产品作为参照，拟出个一二三四，然后借鉴有关部门关于农产品标准制定的有关内容，组织市内有关专家讨论，拟出一个全市农业产业化龙头企业、名牌农产品、特色农产品评选初步方案，再邀请省里有关专家提出意见，很快这个申报标准和申报程序以及评选办法形成，经市政府负责人批准通过。尽管当时的标准、程序、评选办法都很简单，不完善，很粗糙，但真正开启了全市农业产业化发展的新思路。为节约经费，我自己动手设计了“名牌农产品”“特色农产品”的标识。

这项活动一展开，很快就得到了全市农业企业的热烈欢迎，尽管当时政府没有资金支持，尽管当时的考虑很简单，标准都是凭感觉很粗糙，有些铁匠无样边打边相，但一些市场意识强的企业还是主动找到市县有关部门，参与的积极性很高，并主动把他们的产品送过来，到开评的那一天，全市经过县级初选过的参评企业和农产品已有80多家180个产品。

这件事告诉我，政府部门要站在服务对象的角度，针对企业在市场经济发展中遇到的问题，从政府方面为他们着想。实际上作为我来说，并没有做什么工作，只不过是给企业提供了一个展示的平台和机会，给了企业应有的荣誉，说句不好听的话，就是发了一个牌子，但一个小小的牌子给了企业一个形象宣传、品牌打造、市场开拓的机会，对企业进一步发展起到了很大的作用。这项工作不仅大大提高了农综局在机关的形象，很快也受到了省里有关部门的重视。

有位要有为，有为才有威。

市场经济初期，农村经济发展处在一种摸索阶段，无论是企业还是农民，都需要我们的政府根据当时的情况，及时调整自己管理发展经济的思路和行政行为，积极地、创造性地开展工作，但有些部门并没有适应这种形势需要，处于被动应付的状态，跟在问题的后面作为。

农综局没有什么权力，也没有其他经费来源，每干一件事，都要向财政要经费，市领导也很同情，每次报告都能视情况拨发一定的经费。

你对下面支持得多，平时联系得多，上下关系好，你就能有所作为；反之，平时考虑自己得多，对下面关心得少，下面也不愿意和你交流，你也干不出大事来。这里面实际上有一个机关领导的水平和能力的问题，即怎样利用岗位的平台，积极地针对基层需要，充分发挥机关的职能作用，帮助基层解决问题，精心谋划些大事来，让基层切实感受实实在在的服务。

市一级很多时候是上传下达，不需要接触具体问题。无论是改革还是发展，问题首先在基层显现，决策的科学性及政策的完善和修正也需要到基层一线去了解，一切真知来源于实践。基层面对很多实际问题，需要我们在政策和指导思想上不断调整和完善，只有保持和基层的紧密联系，从群众中来，到群众中去，经常到基层走一走，才能够了解真实的情况，才能发现到底是政策的失误还是执行的偏差。有些决策正因为缺少这一点，往往在执行中差之毫厘失之千里，本是执行理解中的偏差造成失败，结果却成了决策的失误。

农业产业化工作抓起来后，事就很多，到第二年底省里也开展了这项工作，企业也看到了那个牌子给他们带来的效益，积极主动地邀请我们到企业参观，有的还主动请求我们带着他们的产品到省里展示申报。当然企业在感谢你的同时，往往会把对你工作的感谢庸俗化，带些农产品让你品尝一下。当然，品尝一下未尝不可，但一下子带那么多，我就感到有些异样。对此，我问自己如果我把他们对我的“感谢”当作应当的，那么我在这个岗位是干什么的？既然这个岗位就是干这些事的，那是职责，你是责无旁贷的，那就不需要人家“感谢”。如果自己认为这是我为他们做了那么多事，他们应该感谢，那就变味了。那些把自己当“救世主”的人，显然是把部门权力个人化了，把岗位职责私利化了。对这些人，我毫不客气地抨击，那不是你给人家办的，那是你的工作职责，是你必须要办的。因为你在那个岗位，你应该而且必须要把人家的事办好，不存在你“帮人家”的问题，更不存在要人家感谢你的问题，办好了理所当然，办不好是你的能力和水平问题，办不好人家可以追究你的责任。如果你把企业或者人家找你办事，当作你在“帮人家办事”，那就大错特错了，那就可能产生权利交易化的问题，有了这种思想就很危险，就会在接受别人的感谢时觉得理所当然。在和一些企业的老板交流时，我也坚持这个观点，他们苦笑着脸赞同我的观点，和他们把话说白了，大家在一起沟通就很自在，相处也就简单轻松了。

在学校，我曾集中一段时间思考市场经济在农村的问题，那时我们处在有计划的市场经济中，市场经济很多概念对基层同志来说可能很陌生，围绕市场的企业经营管理知识，对某些基层同志来说，甚至是空白，我在图书馆翻阅了很多资料，感觉基层同志太需要了，基层干部关于市场经济的知识和经营管理的知识匮乏，需要有一个基本的概念，才能适应以经济建设为中心的发展需要。

对于企业经营管理知识的学习和一些思考，使我在和一些企业老板交流中有许多认知的共振。说实话，那时许多企业的发展起家，是在市场发育不规范的情况下，掘到的第一桶金，有的带有很大的投机性，随着市场经济的机制不断完善，一些企业已经意识到素质提高、规范管理的重要性及市场经营能力的不足。我的那一点知识对他们来说，就已经是“一桶水”了。把他们作为我学习研究农业产业化工作的对象，让我信心十足，我在实践工作中学习研究，在学习研究中指导工作，那一段时间我觉得工作很充实。

农综局是一个综合部门，需要结合全市的情况来考虑问题，我又是曾经在办公室工作过的，对这一点我的角色变化不大，所以我把我在学校学到的知识和全市的情况结合起来考虑，就站得比较高，容易得到领导的认可。学校许多知名专家和学者的讲座打开了我的思路，启迪了我思考问题的方法，也让我在“三农”问题的研究上有了一个比较明确的方向。

在农综局工作期间，我还参加了全国著名经济学家举办的经济论坛，聆听了一批全国著名经济学家对中国农业、农村经济形势及发展的问题的宏论，受到很大的启发。虽然时间很短，但对我来说如火添油，目睹了农村的一切变革，加上广博深入的理论判断，给了我这个从农村走出来的人更多的思考和开拓。有了这些知识的储备，处于农村改革一线中的我，对农村经济形势的思考就有了一定的理论基础和宏观视野，这在当时的农业地区来说，也正是很多领导干部们所缺少、所需要的。那时像我们这个层次的领导干部中还极少有我这样受过专门教育和培训的。

机关会议很多，农综局作为一个综合部门陪会的就很多。很多会都是我去，这样恰好给了我更多的发言机会。那一阶段我的思维又异常活跃，初生牛犊不怕虎。每次发言，我都经过认真思考，抓住热点甚至敏感话题，放开胆量，实话实说，没有顾忌，带着自己学习掌握的理论知识，用市场经济的理念和视角来分析问题，常常有一个很好的效果，很多时候会得到领导的赞同。

1998年，省里开展村级示范工程，开展农村组织建设的综合试点示范。各地也相继专门成立了相应的临时机构，我被抽调到百村示范工程办公室主持全面工作。办公室从有关单位抽调六七个人，集中办公。所谓百村示范就是各县选择一百个左右的村，由市县领导牵头，一人负责一个村的社会经济发展，也叫“一人牵一头羊”。类似这样的活动几乎隔两年就要搞一次，大同小异，名称不同而已，效果怎么样搞不清。办公室主要是协调领导各方面的关系，负责会议的组织安排，检查落实领导的有关指示精神，发现典型，总结经验，编发简报等。这项工作主要是开头忙，结束忙。会议的组织安排、动员总结材料的撰写、领导之间的活动衔接，以及有关会议的事务，每个细节都很重要，不能有丝毫的马虎和失误。中间主要是检查点上工作开展情况。

启动大会一开，就要考虑宣传如何开展，舆论宣传不但要跟上，还要安排好。负责人都要根据工作要求及时安排自己到点时间，一般情况下，没有特殊事情，主要负责人都要第一个到点上调研，对点上工作提出几点意见，表示对这项工作的重视，接着其他领导也会相继到点上调研。领导到点上指导工作，一般都带着领导分管的部门和可能涉及的部门领导，以便在实施中遇到有关问题能够及时解决。这些部门都是领导指定的，县里对应的领导和部门都要随到，下去之前，有领导秘书或办公室通知有关部门和有关人员参加，乡镇主要领导都十分重视。

点上工作的开展运作，虽然说是某个负责人负责，但实际操作还是看点上人员的操作能力和负责人的重视程度。一方面单位对派到点上的人员有的不是十分重视，把这当作分外之事，并不是像动员大会的要求那样，抽调精兵强将。同时有些部门业务性较强，对农村情况也不是很熟悉，很难找出一个适合的人，派下去的同志不熟悉农村，有的不够用心的抓不到点子上，点上工作“蜻蜓点水”。另一方面，乡镇对这种形式已经习惯了，几乎每年都有，叫法不一样，内容差不多，没有什么新道道，他们也是能应付就应付，也不会下多大功夫来配合。

点上工作关键是班子人选，落后的地方往往很难找出一个理想人选，很多时候是“矮子当中选将军”，没有办法“拉郎配”。在市场经济下，部分优秀人才不是选择为人民服务，而是干自己的事业去了。

办公室人员都是从各单位抽调来的，有的单位事情较多，虽然要求工作与原单位脱钩，但有些时候还是需要他回去的，对他们来说精力就不可能集中。有的单位原来事情就不多的，来的同志感觉环境不错，工作也很尽力。这在管理上就有一定的难度，只能采取模糊管理法，这样管理起来矛盾较少，也给其他同志更多的活动空间，大家相处融洽。实际上，这个办公室也不需要那么多人，只要有两三个精干的就行了，这次抽来的正好有两三个小伙子，工作不但敬业，而且能力水平都可以，人也不错，我就依靠他们把这项工作开展得有声有色，分管领导也放手让我干。

那时，全区有五个县，每到年底都要组织市领导和有关综合部门负责人到每个县巡回检查，一连几天，市里几大班子主要负责人和各县委书记、县长都参加，阵容很大。各县对此巡回检查也是精心准备的，总希望能够展示出亮点来。在每个县一般是先用一天左右的时间看点，然后再用半天时间坐下来讨论，参加考察的同志都要说一说。开始我有些压力，参加检查的都是市领导，其他单位都是主要负责人。这是一个很好的机遇，我觉得要实事求是，根据自己所看所感发言，要说到点子上，既要有高度，又要有针对性；既要有新观点，又要有可操作性。因此，在考察时，我集中注意力，边看边思考。有些人吃过饭，三五一聚就打起扑克来，我把这时间更多地用于思考，结果每到一个县，我的发言都受到了领导们的充分肯定。

丰县依据传统产业，发展小区经济，按照这个思路，我提出要解决好传统产业与产品创新、小区规模与产业规模、小区与市场等关系，要把小区做大，防止小区成为“小老树”，必须突破小区概念，以更广阔的视野规划小区未来发展，走出小区圈子；山县已经形成的路边经济，我建议要解决好连点成线、连点成面的特色产业发展规划，防止“撒胡椒面”，形不成产业格局；木县大棚蔬菜经济发展已有一定历史，我根据当前菜农面临的问题，提出要着力解决好大棚产加销一条龙的产业链，最重要的是加快蔬菜的市场信息化建设，加大生态科技投入，防止市场大起大落；天力开展凤还巢工程，积极引进外出人才回乡创业，我提出要做好产业发展规划和布局，防止乱引乱建；广户县相对落后，市场经济发展较慢，发展的思路没有打开，思想保守，观念陈旧，视野不开，我提出要在干部群众中开展市场经济大规模培训，在干部中开展“洗脑子”工程，防止越拉越后。我对几个县的考察发言，只不过是一针见血，说得很直白，说了真话。其他领导说得也很好，但话语中有些世故，磨去了棱角，听起来也就不够吸引人了。

每次发言都按照座位顺序，我一般都在中间，可到了广户，按常规应该是坐在我前面的一个部门领导发言，可他到了自己家乡，看到家乡与前几个县发展相比确有差距，就有意推托拉后，我正好坐在他旁边，主持会议领导问我准备好没有，我虽没有思想准备，但在路上我已经有了底，也就没有谦虚。我从这次点上考察印象到这个县发展不快的历史原因分析，提出该县的发展思路：“洗脑子”工程到发展工程。我的发言一结束，主要负责人给予了充分的肯定，并接着我的发言对该县提出了明确的要求。

我想，那一次考察是我充分展示自己知识积淀的一次机会，也是我给市领导们印象最深的一次。

来农综局前，这里班子只有一正一副两个主任，干部使用很难。为了调动大家的积极性，我提议，加大干部提任力度，把一个同志的虚位换成实位，腾出一个职位让给年轻人，这样稍一动作，马上就看出了机关的活力，调整的同志没有情绪了，年轻的同志也看到了希望，工作也明显有了起色。有的单位，副职就是副职，遇到开明的领导你还能够发挥作用，遇到不够开明的，你就是“配子”，虽然大事你都知道，但决策拍板是一把手的事，有不同意见可以，但说多了就有矛盾。当时我们农综局的主任是很开明的，他是既放手又放权，大智若愚，我分管的事只要我有想法，给他汇报他都会支持。

有为才有威。工作中不同的岗位就是不同的舞台，舞台大小不是由你决定的，但舞台的表现主要在你自己，你设计什么旋律，跳什么舞，能跳什么舞，只有你自己知道，怨天尤人那是不明智的。没有不会舞者而获得舞王的。有些人本身就先天不足，既不懂旋律，更不会跳舞，也不用心，看着人家吃肉心里痒，却死要面子牢骚满腹，列出一大堆理由，自认为内因强大而强调外因，结果渐次渐远，渐远渐弃，最终废了自己的内功，怨天尤人。偶尔失败，不去总结经验，重新寻找机会，而是自暴自弃，把一次失败当成包袱，成为自身成长的障碍。我们承认岗位有重要不重要之分，舞台有大小之分，但不等于不重要的岗位、小的舞台就没有出局的机会。机会总是光顾那些有准备和孜孜追求的人。

年底巡回检查，市几个班子负责人和几个县委书记坐一辆中巴车，我和几个县长及有关部门负责人坐在后面的中巴车上。一路上，大家说说笑笑，下车就看点，上车就讨论。中午安排休息，晚上安排住宿。第一年的接待安排是两个人一个房间，可拿到房卡，有人提出自己打呼噜，会干扰别人，要一个人住，有的人干脆就提出自己要一个人住，弄得接待的同志很尴尬。早餐、中餐、晚餐都很丰盛，其实大家吃不了多少，同时又是集体活动，大家都不喝酒。

巡回检查，对每个县的压力都很大，尤其是县委政府两位主要负责人。什么“看新不看旧，看高不看低，看大不看小”，每一次都要县里拿出新的亮点。其实发展是需要一个过程的，一棵小树不可能一年就长成参天大树，鸡蛋也不会一夜就孵化成小鸡，这个道理大家都懂，但有的人装不懂，心里清楚，嘴里不说。考察中许多都是私营企业，我在想这些私营企业的发展是受多方面因素影响的。我们组织这么大规模的考察，一要考察政府业绩，二要考察私营企业发展情况。前者，我们应该考察政府服务经济的能力和水平，听取企业的发展还需要政府在哪些方面提供更多更好的服务。后者，包括私营企业的发展速度、投资决策、生产效益等。研究解决问题，是需要有关部门深入企业就有关问题开展调研，根据企业发展要求，按照政策法规，提供服务和支持的，这样才能为企业发展创造一个良好的环境。

“一年一看，浑身是汗。”一些基层干部形象地说。县委县政府对考察点的选择十分重视，精心准备。考察点单位按照领导要求，精心安排好现场，包括场地环境、迎候地点及人员、车辆的引导、现场展板展示等等。

最后参加的一次年终考察，是在2002年1月，我和前几次考察一样，和各县县长坐在一个中巴车上，考察到第二天时，有人告诉我，今晚要召开常委会，可能有人事方面的议题。组织工作都是很严谨严肃的，再说我们车上还有一个市领导，大家也不便议论。路上考察时，一如以前，大家开始了讨论。

第三天中午，我们还在县里考察，我突然接到组织部电话通知，说中午吃过饭到书记的房间去一下，对方也没有说什么，找我干什么我一无所知。但从当时的情况判断，有可能是岗位调整，我猜测，根据当时有关部门缺额情况，可能是到研究室任职，因为农综局面临撤并。中午一吃过饭，我估摸着领导已经回到房间，就前去敲门。他正在看电视，开开门也没有让我坐下，就直截了当地告诉我，让我到报社。我感到很惊讶，重复了一遍“到报社”？他说：“报社是很重要的单位，是党委和政府的喉舌，你要好好工作。”我有些茫然，之前我对报社一无所知，只知道报社是一个事业单位。事业单位和机关还是有区别的，也就顺便问了一下：“报社老总？”领导说“不兼”，我心里犹豫了一下，想说没有说，因为以前都是在宣传部挂个副部长，保留公务员身份。简短的谈话就这样结束。

离开了书记的房间，我的心里总是有些怪怪的感觉，不知是高兴还是担心，报社情况我是一无所知啊，虽然有时给他们写写稿子，但对报社内部情况一头雾水，心中没有底。现在组织上已定，虽然没有思想准备，但我只有扎扎实实、兢兢业业地去做，没有干不好的事。接着两天照样参加考察，我心想既然组织已经定了，就要做好去的准备，如何开展工作，我在心里琢磨着。

多年的实践以及耳濡目染，我反复回忆着我在工作中曾经遇到的许多一把手在位时和离位时，来自背后的各方面的议论，哪些是褒奖，哪些是批评。回忆着那些一把手在处理问题时的智慧和不足，所引起的台上和台下不同的反应。我特地找来一本书——《一把手谈怎样当好一把手》，认真地学习思考，并在网上查阅有关领导谈领导科学和领导艺术的经验，从中汲取领导经验，把握一把手的职责和如何正确行使权力等问题。应该说通过系列学习，我对怎样当好一把手，心里有了一个比较清晰的思路。我不知道一把手的权力到底有多大，但我知道一把手的责任有多大。

我想，到报社当一把手，首先要让大家接受我，这是一个藏龙卧虎的地方，人才荟萃。你不但要自信，还要有智慧，让大家接受你，愿意和你交流，把你当作真正能够给他们带来幸福的领导，只有这样你才能够融入进去，了解大家的思想动态，把握大家的脉搏，调动大家的积极性，激发大家的智慧，和大家并肩奋斗。你不是一个人，你是和一群有知识、有思想、有智慧、有能力的人在一起工作。俗话说“一个好汉三个帮”“三个臭皮匠，胜过一个诸葛亮”，有了大家的支持，工作就好干了。

从政的经历，让我看到了很多，思考了很多，也知道了很多。之前我不知道报社总编辑这个岗位的重要性，更没有想到报社干一把手，我只是一直按照我的理念努力地工作着，实践着。走上这样的岗位，我必须给自己一个明确的目标，至少做一个走后不被人指着脊梁骨骂的人，对组织负责，对单位负责，对自己负责。

报社十年

报社十年是我人生中最愉快的十年，也是最小心的十年。

愉快，在于我能够把我从有关政治理论书本学到的，在社会流传的谚语中、父母传教的古言古训中、有关会议领导讲话中学到的，跟随领导看到的，群众日常生活议论的，以及自己不断实践、不断思考领悟到的很多东西结合起来，发挥自己的能力，动员大家共谋事业，付诸实践，并在实践中检验它的得失成败。

愉快，我觉得我不是一个人在工作，而是一个团队，在我的身后是一个人才的群体，你可以调动大家的积极性，集中大家的智慧，工作顺利时，大家共同分享，工作失意时，也有人为你分忧。每一个成果都会给你带来喜悦和激动，而一次失败，也会让你从中汲取很多教训和智慧。

小心，在这样一个位置和体制环境下，如果把握不好，控制不住自己，你就容易失去原来的自己，丢掉一个在农村长大的农民儿子的根，在市场经济运行中，被某些不规则的市场环境所迷惑，在权力、金钱、美色面前被打败，被俘虏。你手中的权力一旦失去缰绳，你就会失去理智，让自己疯狂，不自觉地走上犯罪的道路。每一个决策，都关系着报社的未来发展和全体职工的利益，或是科学的，有利于推进发展的；或是错误的、有害的，造成浪费或很大损失，你都要问问是否可行，是否科学，是否会造成什么后果。他常常问自己的良心，你要对事业负责，你要对历史负责，你要对这个集体负责。

小心，你的背后有报社上百双敏锐的眼睛盯着，你的前面是广大的读者和观众，作为这个“舞台”上的一个主要演员，不管你愿意还是不愿意，你都得接受来自这些群体和社会的监督，你的“表演”必须经得起“观众”的评论和推敲，虚伪和侥幸是十分危险的。

那天是组织部和宣传部的同志送我到报社的，我有些诚惶诚恐，没有多说话，我不知道应该说些什么，面对那么多的知识分子，很多同志过去都有交往，大家彼此熟悉，虽不十分了解，但也略知一二，现在成了同事。我坐在台上，他们坐在下面，俨然有一种上下级关系，我感觉好像有些陌生，甚至有些别扭。面对他们，我在想，对我的到来，他们在想什么？是观望还是怀疑？是高兴还是暗地排斥？我暗暗地告诫自己，我不能让他们失望，必须让实践和时间来证明自己。

怀着七分自信、三分担忧，2002年元月，我走进了报社。

对报社的运行情况，我来之前是两眼一抹黑，我提醒自己，必须摸清家底，掌握全面情况，相信大家，依靠大家，充分调动大家的积极性，千万不能搞一言堂。到这个位置，一来我没有后台资本，没有任何关系可以依靠；二来我还没有驾驭全局的实践，还没有得到大家的信任。我始终告诫自己，一把手不只是一个班子的领头人，你应该是一个集体的领头人，你是舵手，工作必须依靠大家，一手遮天没有一个有好下场，这一点必须时刻牢记。围绕报社面临的问题和报社的下一步发展，从前任领导、班子成员、老同志，到中层干部、一线同志，我都一一拜访，虚心请教。半个多月的时间，我只听不说，边听边思考，同时对整个报社的采编印程序、广告经营管理程序、财务收支程序、外部环境等一一了解。

积极的民主集中制，不仅可以减少决策的失误，更多的是可以调动整个班子的积极性。一把手是班长，更是班子的一员，要善于利用班长这个中心位置，集思广益，把大家的智慧激发起来，形成向心的合力。“一言堂”只会把自己孤立。

从了解的情况看，这个报社是原县级办的，后整体上划到市。也就几年时间，除班子主要负责人有两次调整外，基本是原班人马没有动，先是有一名副部长兼任总编辑，到我算是第三任了。报社基础设施条件差，办公房是20世纪70年代建造的，600平方米不到，已经老旧，加上设计的缺陷，可用面积很少，到现在债务还没有还清。办公室没有空调，夏天简直无法办公，记者们写稿子，只能冒着酷热，任凭汗水顺着胳膊往下淋，有些同志干脆躲在家里空调房写稿。我的办公室也只有一台台式空调，制热不制冷，开起来比鼓风机还响，两边的窗户老化，开关不严，冬天想打开空调取暖，可噪声太大受不了，夏天它又不管用，每到中午十点钟后，房间里像个蒸笼，站在那里汗水就直往下淋，坐在那里一起身，椅子上一汪水。整个报社只有照排中心一台电脑，作为稿件录入之用，记者稿子完全手写，编辑排版完全靠手划，没有印刷厂，每天的稿件编好、版面划好后，交由省城一家兄弟报社印刷厂制版印刷，印好后再由印刷厂邮车送过来。报社有员工40多人，只有几个是后来招聘的，其他同志全是县级报社过来的事业编制，财政定补每年30万元，广告收入每年约200万元，发行收入约130万元，职工月平均收入1200元左右。三个老总共用一部桑塔纳2000轿车。就这样的环境在当时市级机关职工收入也还不错了，小日子能过，福利稍好，大家还有些小富即安的思想。但放到在全省市报来比，已是倒数一二了。

面对这样的条件，我是没有预料到的。我想，从县级报到市报，大家这段时间更多的可能是考虑如何办好报纸，报业的发展更多地落在我们这一茬领导的肩上。既然来了就没有退路，好在前两任老总经过几年的时间，已经为报社的发展打好了基础。

对于报社的发展，第一要务还是办好报纸，只有办好报纸，才能谈得上发展，至于基础设施，现在还没有能力去建设，只要大家心往一处想，劲往一处使，有了积累，不愁发展不好，办报就是靠报纸吃饭，报纸办不好，谈何发展呢？皮之不存，毛将焉附？但办报并不是那么简单，报纸办的质量如何，要满足两个标准，一个是领导标准，一个是读者标准，对于党报来说，尤其是地方领导的标准，领导标准就是领导满意，尤其是一把手满意，领导满意就会有一个好的办报环境，有了好的环境，报业发展的机会就会更多些，发展的空间就会更大些。如果领导不满意，轻则挨批评，稍不注意就会被炒鱿鱼。但办报光靠领导满意不行，还得要有读者，如果读者不满意，报纸也不可能有很大的发展空间，而往往这一点更难，所谓众口难调。

刚到报社办报，我还是门外汉，必须依靠大家，边干边学，积累经验，我一边请教采编的同志和分管同志，不懂就问，一边积极思考，业务无止境。

眼下最为实际的问题就是要改善大家的办公条件，尽管报社的条件有限，但改善办公条件还是有能力的。经过论证，我们首先将车库的地方充分利用，增加一到两层，面积可以增加近百平方米，再采取隔段式集体办公，这样一调整，办公的空间大了，在当时也已经足够了。同时将每个办公室安装上空调，将内部空间重新粉刷一下，完全有了一种新的感觉。简单的改善也就缓解了暂时的困难，考虑到未来的发展也就没有过度投入，以积攒资金为建设新大楼创造条件，也为掌握办报规律、理清发展思路、科学决策赢得了更多时间。

在办报方面，两个副总已有一定的经验，版面的设计和采编内容安排已有一个不成文的模式，关键就是内容不能出现差错，有的领导对报道不是很讲究，只要秘书或者办公室看过的稿子，词到意到就没有问题；有的领导很在意，有些稿子不但经过有关人员审过，自己还要看过才放心。这样一来，我们的排版时间就没有了保证，领导的稿子不能定，整个版面就无法排版，所有人只能干等。常常是所有的稿子都上版了，领导还在有事，稿子没有经过领导看，还不能确定，版面稿件无法签发，编辑就无法排版，印刷厂就无法做版，更无法开机印刷。等到领导看完稿子再传到我们手里，常常已是深夜。有时甚至会临时改变发稿计划，所有版面的设计就得要重新调整。有时为了等上面的重要稿件，熬到夜里两三点钟也是常事。尽管很辛苦，但大家已经习惯了，同志们也是精神饱满。

工作就怕领导之间有矛盾，常常让你左也不是右也不是。办报没有两个一把手支持是很难的。一天早晨，政府主要负责人的秘书打来电话，让我到负责人办公室去一下，也不说怎么回事，我诚惶诚恐地赶过去，一见面那位负责人就没头没脸地给我一顿训，批评我们最近报道跟不上市里工作要求，对他们的工作重视不够，宣传不突出，一些热点问题报道不准，我感到问题有些严重，更感到有些丈二和尚摸不着头脑，只得认真听着，极力回想着这些天我们错在哪里。看到我一脸无知的样子，他干脆直说：“你们的版面是怎么安排的，为什么我的报道总在这个位置，什么意思？”我这才意识到原来他在批评我们在报道他的工作时，版面位置安排不对。我回想了一下最近的版面安排，也没觉得有什么不对的，一脸无奈地说：“没有什么意思，报纸的版面安排有一定的规矩，一般都是根据活动的重要性考虑确定版面位置的。”他更加恼火，问为什么。我只能说，我们是参照人民日报和省报安排的，报眼也是十分重要的位置。我这时才想起曾有人跟我说，最近一段时间两个负责人之间意见很大，对两个负责人活动的报道较多，都在同一个版面，他可能想多了。想到这里我有些哭笑不得，原来领导是为了这个找我来的。我想我今天必须把话说清楚，如果今天不解释清楚，他不光对我个人有误会，更会给我的单位工作造成麻烦，我也不管他高兴还是不高兴，还是耐心地将我们版面安排的意见和基本原则讲给他听，慢慢地他开始理解了，火气变小了。

这件事让我感到，有时候就得把问题说出来，领导不清楚，自己不解释，再有个别小人添油加醋，就很可能造成更大的误会。当我从领导办公室出来的时候，一位曾在我家乡工作过的领导，在外间已等候多时，他一见我出来，就甩出一句话：“我还以为是谁呢，原来是你，竟然和领导左讲左怼，右讲右怼。”我赶紧纠正他的话，说我在向领导解释。

我以为，接受领导的批评，不管是对还是错，你得首先兜下来，勇敢地接受，认真地听取，表示你诚恳的态度，这是对领导的尊重。但在你坦诚自己的错误的时候，也要勇敢地把自己的主张说出来，是主张不是狡辩，也许能够得到领导的理解，提高领导的正确判断。再从与领导的对话交流中，根据领导要求，决定自己是坚持还是放弃，这样可以保持与领导之间有一个投机的话语空间。如果一听到领导批评，就急着解释，往往越解释领导越不高兴，甚至把事情弄僵。承认错误的前提，诚恳态度是关键。你承认了自己的错误，保证了领导的权威，就给了他面子，在这样的情况下，你再委婉地表达你的意见，一般不会引起领导不快，这是应对领导批评的一个技巧。但唯唯诺诺是最容易坏事的，很多时候许多事，领导对具体情况并不十分清楚，你不说，那只能一错再错，你讲清楚了，他明白了，就帮助了他正确判断，即使他当面不认账，但他背下也会反思的。当然对那些独断偏执的领导，你最好什么也不说，免得碰一鼻子灰。

有了一个良好的外部环境之后，就是如何解决报业发展不快不足的问题，这个问题大家都很关注。大家可以从报社的决策中看出我到底是来这里镀金的，还是和大家一道干事业的。显然在报社的发展上，大家意见还是有分歧的。因为报社的发展欠账太多。大楼要盖、办公设备要添置、印刷厂要上、媒体要扩张、报纸要扩版、经营规模要扩大、队伍老化等一系列问题摆在面前，但饭要一口一口地吃，事要一件一件地去做，还得有个轻重缓急，统筹优化。

带着这么多的问题，我决定先调查后决策，分两个层面展开，一是到兄弟报社走访，二是到发达地区报社考察，拓宽视野，借鉴经验，从当前发展和长远发展两个层面来决策。

带着这样的思考，本着拜师学艺的态度，我抽出一段时间先后分别带着有关人员外出考察，认真地听取人家报业发展的介绍，也结合本报的一些现实问题，积极地和他们讨论，以开发思路。

不出去不知道，一出去吓一跳。就本省来说，我们已经大大地落在省内市报的后面，几个原来相差不大的报社也已蓄势待发，他们虽然规模不大，但他们基础条件比我们好，队伍整齐，发展思路已经明确。可对我来说，现在面临的是要理清科学的发展思路，拿出一系列的具体措施，一步一个脚印扎扎实实地往前干。

从考察情况看，几个报社都是刚办几年，矛盾少，没有负担，虽然规模不大，但发展空间很大，职工收入在当地也是比上不足比下有余，大家也都乐在其中。由于报社之间过去来往就较多，相互经常交流，同去的同志更有宾至如归的感觉，大家一见如故，无话不谈，也都希望能够从相互的交流中得到更多的信息。一圈下来，我觉得我们共同面临的问题主要有两个：一个是办报难，舆论监督乏力，大家都想办一张晚报，增强舆论监督的分量，提高报纸的市场占有量，以赢得更大的广告市场空间，但都没有晚报刊号，不易搞活，不利于舆论监督；另一个是广告经营市场拓展压力大，能够办报的人多，比较专业的广告经营人才都十分缺乏，广告市场竞争力不强。考察中对他们一些好的经验，我边听边思考，这些经验拿到我们那里可行吗，哪些还需要进一步完善，哪些暂时还不行，心中基本有底了。

省内考察一般一天可以考察两家报社。早上从家里出发，远一点的我们就早一点出发，近一点的就稍微迟一点，差不多十点多一点到，这样留下一个多小时的时间交流，也就差不多了。尽管考察时间很短，但收获是实在的，知识分子好像不大讲究客套，不大喜欢搞形式主义的东西，大家一见如故，坐下来就谈，交流很充分，谈得很轻松。

虽然本省的几家报社都转了一圈，但结合自己学习掌握的有关经营管理知识和理念，我总感觉大家基本都在一个理念层面，只不过规模不同，而从网上查阅有关外地报社的发展情况，总觉得我们的发展缺了些什么，总有些解不开的问题。

砍柴不怕磨刀工。第二年5月，我又率领大家赴外省市报考察，面对外省报社的发展，我们确实感到汗颜。无论哪一家报社，报社的经营规模都是我们的十倍甚至十几倍，它们的年经营收入都在一个亿左右，独立高耸的报业大楼、先进的办公设备、优越的办公环境、优厚的工资收入、科学的经营管理制度等深深地感动着我。我感到两地的差距太大了，但他们对我们没有丝毫的鄙视，有时我们临时在路上调整线路和时间，对方也不厌其烦，调整接待安排，总是那么热情周到，着实让我们感受到了“天下报社是一家”的氛围。但我们心理上总有些自卑的感觉，因为怕人家笑话，在介绍我们自己的情况时，我们常常有意回避经营收入这个问题，也从不问我们报社的经营情况。

在车上，一个同事给我说了一个笑话，一次本省的一家报社到外地办事，顺便到一家报社去看看，路上，大家感觉虽然都是同行，但和他们的差距可能很大，怕人家瞧不起，为防止说漏了嘴，就商量统一口径，如果人家问我们经营收入，就在原来的规模上翻三番，好像这样可以增加底气。可是到了人家报社一看就傻了眼，近一万平方米的报业大厦和现代化的办公条件，老总马上说，不能再说了，我们之间差得太多了。

从外省几家报社的介绍中，我感觉他们的发展理念已经明显超越了办报阶段，走上了市场化经营报业产业的道路。其内部人事制度、工资分配制度、绩效考核制度、经营管理制度等，以及他们的发展举措和思路，完全引入了市场化的机制，有的管理考核制度对我们来说，还是一个陌生的课题，如：记者的基础工资加稿费、编辑的基本工资加编辑版面、广告的业务提成等，他们完全打破了吃“大锅饭”，充分体现了多劳多得，大量社会招聘人员已经成为报社的中坚。在媒体发展方面，他们已经形成了“小报养大报”的格局，他们调侃地说这叫“儿子养老子”，有几家报社已经在酝酿筹建报业集团。

听说我们是外省来的，乐加报社特地介绍了一个我们家乡的小伙子。小伙子说，当时毕业时很想在家乡找一家报社工作，可是没有招聘的信息，后来就到这里来应聘，已经在这里干了三年了，这里经济发展快，在这里工作很快乐，收入也不错，自己已经在这里找了对象，这些年每年都有一些家乡的学生应聘到这里工作。看他介绍时很高兴的样子，我的心里总有一种隐隐的说不出的感觉。

每一次考察前，我都要到网上找有关报社的资料，或者在头脑中提出几个问题，有一个基本的思考，然后有针对性地提出几个问题，以在交流时得到更多的学习提高的机会。

考察前的准备是决定考察能否取得真经的关键，你只有在考察前有比较深入的思考，在考察中，才容易和对方产生思想碰撞的火花，在对方介绍时，你才能把握到关键的环节，你才能容易产生新的想法，激发你创造性的思考，从而站到别人的肩膀上。

在考察每一家报社后的路上，我总要抽出时间思考，他们的哪些东西我们可以借鉴，哪些东西还可以完善，哪些东西目前还不符合我们的实际。回来后我们把外地报业发展的情况介绍给大家，也把自己的思考分析给大家，让全体员工都来学习思考。我想，一旦把大家的积极性调动起来，思想得到解放，就没有干不成的事，我的分析可能起到一个抛砖引玉的作用。对于这一点我时时提醒自己，任何时候你只是一个人，你不比别人聪明，是机遇给了你这个岗位，你得学会善于利用这个岗位，挖掘和发挥集体的智慧。

班子几个同志相处得很好，大家为共同事业一心一意。这里的空间很大，要干的事很多，而且富有创新性和挑战性，只要有思想有点子，就会有成就。事业冲淡了我对岗位调整和升迁的欲望。一个事业接着一个事业干，也就没有那种为了升迁而投机的苦恼，扎扎实实，平平淡淡，充充实实，一年一年也就过去了。

对于班子分工，我是坚决按照集体领导、民主决策、分工负责，在管理上严格按照一级对一级负责。我总在想，集体领导就是集体领导，不是一个人说了算，而是集体的智慧，一个人的能力总是有限的。作为这个班子的带头人，我的作用就是怎样实现集体领导，怎样才能把大家的智慧和积极性调动到报社发展的事业上，如果能够实现这一目标，大家的智慧和积极性都充分发挥了，我就算是一个合格的一把手，也可以有更多的精力来思考和谋划报社未来的发展，因此我把对班子成员和中层骨干的思想共识、智慧创新，作为我抓工作的重点，而把具体工作按照分工负责的原则，都由分工负责同志去具体抓，我只是在大的方向上进行把握。

我把更多的时间用来和大家谈心交流，掌握报社工作中存在的问题，听听他们的意见和建议，及时在工作中吸纳他们好的意见和建议，完善决策的科学性和正确性，从谈心交心中了解干部职工的思想动态，及时有针对性地通过会议，和大家沟通思想，阐明观点，让大家知道报社的每一个决策的意图和为什么这样做，帮助大家释疑解惑。我这个人问题思维严重，到哪里头脑里总是喜欢找问题、挑毛病。我以为，很多单位出问题就是因为领导对单位存在的问题不清楚，职工中很多思想疙瘩没有及时解开，问题不能及时解决，慢慢积压而成的。解决矛盾的最好方法，就是及时发现及时解决。

加强和市负责人的联系，听听他们对新闻宣传报道的意见，是把握舆论导向和新闻策划的最有效方法。在听取他们的意见时，我不是一味附和，而是结合新闻宣传和报社的实际，实时阐述自己的观点和思路，在接受意见中求得理解和共识，以得到帮助和支持。加强和市直有关部门的联系，协调好各方面的关系，创造一个好的环境，既是报社发展的需要，也是报纸新闻宣传报道的需要。创造一个良好的环境氛围，可以焕发每个同志的工作热情，使每个同志都能快乐地生活，快乐地工作。

报社是一个特殊的行业，像机关，更像企业，既要把握好导向，又要抓好经营。报纸发行有计划征订，报价由自己定，广告经营自己搞，一部分工资按事业单位核发，一部分工资按绩效考核发，有些"四不像"的味道，所以各地的考核管理制度差距很大，大家都在边干边完善。在整个省来看，大家都还处在事业编制上，每个报社每年财政还要补贴一点。他山之石，可以攻玉。经过一段时间的学习讨论，大家的思想开始活跃了，思路拓宽了，先进报社的发展和经营管理的理念慢慢在大家头脑中达成共识。

表面上很平静，但实际上大家都在观察我到底有多大能耐，到底来这里是过渡的，还是和大家同甘共苦的。听说，当时在讨论来报社人选时，就有些领导担心报社那么复杂，我能不能干得了，提出异议。刚来时也有一些朋友提醒我报社复杂，但我并没有考虑这些。既然来了，就没有必要考虑那么多了，一心一意谋发展，光明磊落干事业，自己不复杂还会有多复杂。我暗暗下定决心，心思要正，办事要公，不把别人当孬子，你把别人当孬子，自己就是孬子。

事实上领导一个单位确实不轻松。从那些在基层一步一步干上来的领导的切身体会，结合我在办公室和领导身边的耳濡目染，以及人们在下面对一些领导的议论，我对自己有一个明确的要求，绝不做一个当面人家捧，背后让人骂的领导，绝不做为了形象和政绩而昧着良知的领导，坚守心中的底线，坚持实事求是，坚持民主集中制，坚持科学决策，科学发展，不以出卖事业而谋取自己的名利，不以出卖良心而博取领导的欢心，开动脑筋创新创业，一步一个脚印，牢记宗旨不忘本，谦虚谨慎做好人。

本着这样的指导思想，我把报社每个同志当作我的兄弟姐妹，不搞亲一个疏一个，坚持每半年和每个同志认真交一次心，真心请教他们，和他们一道讨论报社发展管理中的问题。一开始有些同志还有些顾虑，我就利用闲暇时间和他们多交流，研究新闻业务，拉拉家常，不断地加深他们对我的印象，让我们之间能够畅所欲言。上下信息畅通了，工作中有些问题也就能及时发现，职工思想就能够及时了解，有些工作中的小问题，在平时的交流中也就化解了。

树欲静而风不止。个别同志喜欢谈一些似是而非的东西，一开始我不大在意，后来，我感觉如果不提醒自己，容易偏听则暗，同时不提醒大家树立健康的心理，相互信任，相互支持，就容易产生是是非非，就容易把一个单位搞乱。如果一个单位总有是是非非，下面暗流涌动，那么这个单位一定搞不好。于是我就在大会上，坦言我的想法，鼓励大家开诚布公，树立阳光心态，善于包容。报社是大家的，每个同志都要维护这个集体，这个集体才有生机，希望大家都在工作上用心用力，多看别人的优点，多学习别人的长处，善于拿自己的短处来比别人的长处，知不足才有进步，不说不利于团结的话，不做不利于团结的事。单位风气正了，工作环境好了，好环境有益于事业发展，更有益于每个人的身心健康，只有这样才能带好一个集体一步一步往前走。

人人都有个性，搞文字的同志个性可以说更突出。在他们中，每个个性又携带着他特有的才气，硬性地抑制其个性，有可能消磨掉他的才性，只有因势利导，扬其长避其短，才能各展所长。有的同志喜欢喝酒，借着酒意文思如泉涌，如李白斗酒诗百篇；有的同志每到夜深人静之时，思维非常活跃，很多好文章写在深夜的床榻边；有的衣饰不拘小节，可写起文章来，文字却是清新俊秀；有的自由散漫已成习惯，可文风却大气磅礴，汪洋恣肆。对于这样一个群体，我的感觉是放下架子，先交朋友，敞开心扉，沟通心灵，成为他们中的一员。为此，我要求自己，必须不断学习新知识，虚心向他们中的优秀人才学习，不懂就问，不断提升自己。我开始结合业务写一些东西，如消息、通讯、散文、评论甚至诗歌等，有时还送到他们面前，请他们评点，虚心听取他们的意见。

谈心过程中我也是知无不言，一针见血。我认为，同志间、朋友间、领导与部下间，就应该要有这样的境界。好好先生看起来是个好人，但缺乏真诚，缺乏对别人的关怀，看到别人的缺点不指出来，等于是在纵容他的缺点，最后只能害了别人。那些心直口快的人，只要不是别有用心的挑剔，能够一针见血指出你的缺点，那是千金难买的，而即使是别有用心，也是从一个方面敲了你的警钟，反倒提醒了你应该要注意和防范的，岂不是好事？个别同志有些嗜酒的小毛病，我就开诚布公地给他指出，虽然看起来没什么大不了，但也正是这个“没什么大不了”，会麻醉你的意志和矜持，也会闹出大事来。小毛病谁都有，小毛病往往也是个性使然，关键是要把握一个度，超越了这个度就是错误，小毛病就是大毛病。

对一个单位、一个集体来说，十个指头不可能一样长，允许人人有个性，但人人又都要克服个性的膨胀，保持在一个合理的区间，否则一个单位就乱了套。克服缺点就要从克服自身的小毛病做起，把握这个合理的区间。我觉得我也有些毛病，对于重大问题，往往有些犹豫不决，对有些同志恨铁不成钢，有些急躁。但我注意到了，我在积极地克服，尽量不使小毛病变成大毛病。真诚和直率是沟通心灵的良方。我们在嬉笑逗乐中谈心，在无心有心中交流，这种交流润物无声。

我觉得每个人的人格是平等的，领导者是别人认为的，自己非得把自己当作一个领导者，从而高人一等，动辄教训他人，那就大错特错了。别人认为你是领导是对你的一种尊敬，你得会珍惜别人对你的这份尊敬，更好地呵护它。而把别人的尊敬当作是地位之差，水平之差，能力之差，应该如此，那就大错特错了。你始终是一个普普通通的人，只有保持对部下如朋友般的真诚之心，才能赢得群众，这样才坦荡不累。领导者不能戴着有色眼镜看人。

我对柔性管理和对权力有自己的理解。对于一个单位的管理，一要靠制度，二要靠公平，三要靠人格魅力。制度是否健全完善，是考验我们领导管理是否有死角的关键，领导者未必要事必躬亲，但在管理上不留死角，要有及时发现问题的能力，对发现的问题要及时研究，发现一个解决一个，并从制度上进行防范，实现以制度管人管事，这是单位管理规范化的基础。回避问题拖延解决，只会使简单的问题复杂化。公平公正是衡量一个单位和领导能否树立单位正气的前提，不公则不平，不平则不稳，阳光下操作，制度前对照，不搞小玩意，不耍小聪明，才能得到大家的信任。人格魅力是一个单位领导的科学和艺术水平的体现。一把手威信不是你的职务，不是成天板着面孔，更不是你拿着手中的权力，而是你的一言一行，你驾驭全局的能力，你科学的决策能力，你引领事业发展的能力。

在我的印象中，一个将军一道令的现象十分普遍。很多单位主要领导一旦调整下来，下一任领导不知是为了显示自己的能力还是什么目的，一上阵马上就会标新立异另搞一套，虽不说否认前任，但下面的人看得清清楚楚，他要搞自己的一套，这就是基层经常出现的“重复建设”“胡子工程”“面子工程”的现象。这样看起来好像显示了自己的能力和水平，但大家更多地看到了你内心的世界，结果很多领导不但自身形象没有树立起来，反而被老百姓骂他瞎折腾，甚至留下了一大堆后遗症，制造了很多矛盾，这是当前为官的一个比较普遍的现象。这一点，我在过去的工作中听到了太多的议论，我想我不能走这样的路，今天我否认了别人，明天别人就会否认我今天，每个人都另搞一套，哪还来什么规划和长远发展呢？这样必然造成工作和事业的损失。一任接着一任干，在实践中完善，在发展中提高，坚决不搞“一朝君子一朝臣，一道将军一道令”，不另开炉子另起灶。只有随着报社的发展发现问题，再不断推出新制度、新举措才是明智之举。

作为一个农民的儿子，我已走到了一个父辈们感到荣耀的位置了，在同学和朋友看来也是比较成功的，我不求做多大的官，只想把这份工作干好。这么多年的实践告诉我，任何时候都要踏踏实实地干事业，不患得患失，任劳任怨。顺利时不骄傲，失意时不气馁，一如既往地往前看。任何时候都要牢记宗旨，守住底线，阳光总会有的，面包也会有的，任何牢骚和松懈，都是对自己的不负责任，怨天尤人无济于事，生活中很多同志功亏一篑的重要原因，就是坚守不住，得势时忘乎所以，失意时一蹶不振。

一个单位的一把手，是一个单位权力最高的位置，一句话一个主意就会很快得到响应，甚至有的时候就是你拍板，就是你一句话，就能改变现实。任何时候到最后，你都要做决策，你没有谦虚，没有退让，没有讨价还价的余地。有时决策让你胆战心惊，让你觉得高处不胜寒。但权利更是魔鬼，有时会让人疯狂。很多人本质是很好的，在没有担任重要岗位的领导时，各方面都很好，说话做事都很谦虚谨慎，各方面关系都能处理好，没有架子，没有脾气，身体力行，任劳任怨。可一旦担任领导，乌纱帽一戴“嘴歪了”，慢慢地势子正了，架子大了，脾气暴了，连说话走路也变了，头脑发热了。职务使他忘乎所以，权力使他为所欲为，结果慢慢地滑向了自己挖掘的泥坑，越陷越深。现实的很多教训时时提醒我，提拔了不等于能力水平提高了，大作为不可乱作为，做官不要忘了做人，所有对你的表扬，不管是领导还是朋友，你应该把他看作是对你的当面奉承，你必须知道你还有很多不足，你还有很多缺点，你不是最好的。今天在这个岗位，就要把这个岗位做好，明天到那个岗位，就要把那个岗位做好，而好的标准是不一样的。人民、事业、集体、个人，在这四个方面，最忌讳的是个人，不要以为自己聪明，你的所作所为大家看得很清楚，千万不要做掩耳盗铃的蠢事。不要想着官做得越大越好，部门越肥越好，最重要的是你要提高你的能力，随时准备着应对复杂局面，只有这样你才能够经受考验，坦然地面对所有，面对未来。

记得小时候母亲经常跟我说，“吃得苦中苦，方为人上人”，我不知道什么叫“人上人”，小时候在村里见到大队书记都很敬慕，见到公社干部更有一种敬畏感，更不用说见到县长、书记了。但现实打破了神秘感，不知不觉我就工作在那些领导的身边，而今自己也到了处级岗位，我感觉好像没有什么差别。我们生在新时代，长在红旗下，经历了红色的熏陶，可以说是读着红宝书长大的，对于很多经历的东西和传统的东西，还是记忆犹新，耿耿于怀。

我是一个农民的儿子，身上还有着泥土味。难怪城里的两个老表说我还是“老土”。我想别人是一步一步走过来的，我是半步半步走过来的，每个半步都很艰难，每个半步都深深地印在脑海里，但我的每个半步踩得踏实坦然，走得轻松快乐。我虽然是半步半步走，付出的比别人多，但我又是很幸运的，很多人也很有能力，但他们甚至连迈开半步的机会都没有，我能到今天我已经很知足了。我只是害怕我在这个位置，我做错了什么，给事业和人民，给和我一道工作战斗的同事战友带来什么损失。我见过一些领导，台上说话，台下人骂。但我绝不做被别人指着脊梁骨骂的人，我必须认识到哪些该做，哪些不该做。虽然有些认识还有些局限性，但我要时时提醒自己，牢记在心。

对报社发展中存在的问题，我和班子同志一道，一个个慢慢梳理，理出头绪，分清轻重主次。决策需要大家的智慧。但刚开始，我发现了一个现象，我们在讨论问题时，大家都很谦虚，很少有人提出新的意见，不提意见不代表没意见，尽管作为一把手考虑问题的时间可能多一些，但也不能说没有判断的疏忽和失误。三个臭皮匠顶个诸葛亮，我一个人考虑问题毕竟有限，必须调动大家参与决策的主动性和自觉性。我开始改变了决策的方法，很多时候我先把问题提出来，然后让大家讨论，让大家了解问题的来龙去脉，然后要求大家各抒己见，提出解决问题的办法，每个人畅所欲言，这些方法集中起来，就很清楚地看到了解决问题的交集，这是大家的智慧。

实际工作中，决策者和实践者往往是有认识差距的，所谓“横看成岭侧成峰，远近高低各不同”。决策者要考虑更宏观、更全面、更系统、更公正，是一个站在全局的高度思考决策的。实践者可能更多地从自身的角度或者从某个侧面考虑，注重细节，注重局部，而容易忽视全局，但实践者处在一线，有许多具体可能发生的问题，切切实实地摆在他们面前，而且很多时候可能就是某个方面会影响到整个决策的科学性和他的切身利益，尽管有时有些片面，但也有精华，积极地吸收他们的意见和建议，尽可能地使我们的决策更完善、更科学，这样即使我们的决策和管理的触角暂时不能覆盖全面，但他们提供的信息为我们的决策提供了思考和注意的空间，这可以让我们在决策的关键点，留下一定的放量尺度，为以后的问题弥补提供了机会。一个制度一旦形成，可能是激励大家的发动机，弄得不好也可能是制造麻烦的拖拉机。

作为一个领导应该怎样运用好自己的视角处理问题。看问题要仰视，领导者只有深入基层，深入一线，才能发现问题，才能对问题理解更深刻，发现的问题越多，问题的根源就越明显，解决问题的思路就越宽；解决问题要侧视，领导者要善于从不同侧面看问题，在复杂的问题中，理出问题各个方面的利益和利害关系，找到问题的主线，抓住主要矛盾，牵住牛鼻子，其他问题也就迎刃而解了；决策问题要俯视，领导者要站得比别人高，看得比别人远，善于站在全局的高度，环顾四周，统筹全局，权衡各种利害关系，从长远、从全局考虑决策，才能运筹帷幄，决胜千里；领导者对待群众要平视，不要自以为是，不要盛气凌人，把自己当作一个普普通通的人，群众是真正的英雄，一切问题的解决都需要人民群众的支持，要看到群众中蕴藏着的智慧和能量，群众中也有藏龙卧虎；领导者讲话时要环视，要注意观察台下听众的表情变化，看他们是静心宁神，还是心不在焉，大话空话使人瞌睡，废话套话浪费人时间，只有真话实话，才会让人感动。

有的单位表面上看起来平平静静，一把手权威很大，说一不二，大家都对他毕恭毕敬，但最后出大问题的都是这样的单位。在和同志们谈心中，我慢慢地了解到大家的思想状态，在报社大家更多地关注业务水平和能力的提高，关注奖金待遇，关注报社事业的前景，关注公平公正。对于如何加快报社发展，用他们的话说，那是你们领导的事，而即使他们能够很用心，但往往站的高度和角度不同，会有很大差异，但尽管这样，我总认为报社发展关乎每个人的利益，必须调动大家参与报社发展和管理的自觉性和主动性，发挥大家的聪明才智，集思广益，才能保持报社健康持续地发展。我必须打开大家的智慧大门，借助大家的智慧，共同做好我们的事业，建设好我们的大家庭。我开始用“共同的事业”来凝聚大家的共识，用“我们的大家庭”来营造和谐的氛围，使每个同志都对报社感到真诚亲切，每个同志都能在报社找到自信。

我始终认为决策的正确性和科学性，是检验一个领导干部德能勤绩廉的试金石，很多决策体现着领导的思维方向和用力点，决定着利益的分配。决策首先需要的就是领导者磊落光明不能有私心和杂念，这是保持决策正确性和科学性的前提，一个坦荡的领导者是不会把决策放在袖筒里的，而一个充满权欲和私欲的领导者是不会把权力放在阳光下操作的。

决策对任何一个单位和地方经济和社会发展都是至关重要的，许多地方和单位正是由于重大决策失误，给单位和人民造成了巨大的损失，尽管很多没有追究领导责任，但我想埋在领导心中的那份内疚是沉重的，留在群众中的骂名是千古的。因此每一项决策都必须慎之又慎，特别是一些重大决策。我们在拿方案时，常常是反反复复，甚至举棋不定，到最后总要考虑几套方案让大家讨论。为引导大家，我们首先拿出两三套方案请大家比较讨论，经过几个方案的比较分析，每个方案的优缺点就出来了，所有方案的优缺点的交集也就非常明显，最后我们采取优点、缺点割补的方法，最终形成一个方案，这个方案可以说是几个方案的综合，这也保证了决策的最低风险。

在报社发展上，当时需要决策的是：第一，扩版周刊，其中扩版有三个方案，一是扩到周三，每期十六版，二是扩到周五，每期十六版，三是扩版到每天。第二，上马印刷设备，也有三套方案，一是暂时不上，二是上一台小型印刷机，三是上一台中型印刷机。受资金和人手两个硬件的约束，只能先干一件事，而且即使选择任何一件事，也还有一个优选的问题。如先扩版周刊，那么就有三个方案，经过测算，周刊扩为周三成本为250万元，扩为周五成本为300万元，扩为每天约为450万元，按当时的广告市场潜力分析来看，在不影响大报广告收入的前提下，三个扩版广告收入当年应分别在30万～50万元、40万～80万元、60万～100万元，最高不超过100万元，加上周刊发行的收入，总计收入分别在90万～110万元、100万～150万元、120万～180万元。我们把市场培育的因子带来的未来增长空间设在30万～50万元，两者相比，显然这个投入的风险就在于科学决策。同时大报和小报之间的广告市场的重分和竞争，以及本地广告市场空间潜力，现有采编人员和广告人员的增加和调整等，这些都要考虑进去。按这个测算，扩版到周三投入产出比大，收益率高，而且风险较小，具有一定的科学性，一方面减少盲目投资的风险，另一方面又可为下一步办印刷厂留有余地。如果扩版到周五或每天，就会出现盲目过度投资，结果一定是肉包子打狗——白搭，并且会造成严重的债务危机。

那么，从当时报纸的印刷量来看，如果先上印刷设备，那么扩版就暂缓，而且从当时报纸的发行量和印刷投入的效能来看，先上印刷设备显然会出现大马拉小车的现象。大报只有三万份，周刊也不到五千份，一台小型印刷机一天工作不到两个小时，显然是大马拉小车。皮之不存，毛将焉附？没有报纸的支撑，显然先上印刷设备也是不合理的。最后经过分析，大家觉得有道理，还是先扩版到周三，把周刊市场培育起来，扩大发行量，同时加快培养晨刊采编经营人员，积极摸索周刊的广告市场，第二年再扩版，同时可以上马一台小型印刷机。这样有三到五年时间，从一个市级报来说，传统的报纸媒体市场空间已经差不多了，下一步媒体的发展可能面临结构的调整。说实话，我那时已经感觉到传统媒体面临新媒体的挑战，发达地区的媒体发展经验已经给了我思考，和移动、电信、联通之间的合作让我看到了媒体与高科技通讯之间的合作潜力以及媒体面临的问题。

管理需要从制度抓起。制度是一个单位的职工步调一致的行为准则，既然是针对大家的，那就由大家来制定，每个人在讨论制度的过程中，既是制度的制定者，又是制度的执行者。参与制度的制定过程，也是每一个员工制度学习的过程，所以最后形成的制度，大家遵守的自觉性就高了。每个人在工作中都知道自己应该做什么，不应该做什么，自己很清楚，出现了什么问题，自己对照制度对号入座，该怎样处理，他心服口服，这个制度执行起来就很容易了。这当中即使个别同志对某项制度有不同意见，但绝大多数同志不支持，这样个别意见就被否定。实际上任何一项制度都是针对那些不自觉的人的，对于自觉的人来说，制度本身就是他们的自觉行动，而对于不自觉的人来说，这制度才是约束。有了制度，就有章可循，管理也就轻松多了。

任何一个事物都不可能十分完美，任何一个制度也不会十分完美。制度的制定要有科学性，要考虑它的执行难度和执行偏差，保持一定的执行率，否则制度在执行过程中就会时常制造矛盾。对任何一个单位来说，有些制度就必须是刚性的，能量化的尽量量化，有些制度就不能是刚性的，必须要有弹性，这样在管理中就会给执行者一个合理的调整空间，不致形成僵局。如报社的绩效考核，就需要刚性，就要按每篇文章的类型、质量和字数，分为几个等级，每个等级多少分，每分多少钱，每月每人的基本工作分是多少，每人的职称职务必须完成多少基本分，每少一分扣多少钱，每多一分奖励多少钱，非常明确。还有就是财务制度，为了加强财务制度管理，我经常请教有关财务行家给我讲解财务的制度和规范，如在税务问题上，应做好如何合理避税而不能偷税漏税，在提高职工收入上，应增加劳动性收入而不提高福利性收入。刚性就要准确不含糊，没有“擦边球”可打。一般来说只要刚性制度制定科学，就比较好执行，产生的矛盾就少。有些制度需要有弹性，如报社的上下班制度，对于记者来说，你就不能严格按照上下班时间来执行，由于记者的特殊职业性质，采访写稿机动性很强，写作时还需要灵感，每个人创作的灵感来源又不同，如果坚持刚性的上下班时间，就很难执行，就会抑制记者的积极性和主动性，反而挫伤了他们的自觉性，这就给制度执行增添了麻烦。随着制度的进一步完善，管理也就规范了，大家的自觉性更高了，报社的风气明显好转。

有了制度不等于就守株待兔，作为一个单位一把手要把单位每个人的进步作为工作目标，不使每个同志掉队。维护团结和谐的局面，不是糊稀泥，你好我好大家好。好制度还要好方法，要积极引导职工自觉遵守制度，特别是有一些职工，要让他们自觉遵守制度，也是需要一番功夫的，如果他们在制度遵守方面有进步，那么就是对全体职工的一个示范。如果他们还是我行我素，对制度的执行还是有影响的。我认为应从尊重他们的个性出发，不伤害他们的面子和自尊，释前嫌，向前看，有些疙瘩自然就会解开。个别同志喜欢喝酒但稍不注意酒后容易误事，在报社影响也不好，我就有意识地让他参加一些场合，一开始鼓励他喝酒，有时主动和他炸个蠱子，但到差不多的时候就提醒他少喝，这样既尊重了他的个性，给了他很大的面子，也提醒了他注意酒量，为他的健康发展创造了条件。

我觉得，做好报社工作，首先要掌握本单位干部职工的思想动态，要学会做人的思想政治工作。调动报社每个职工的积极性，首先要了解每个干部职工。根据不同情况实施不同的思想工作方法。优秀的同志，要保护和发扬他们的积极性，他们是你事业的中坚，要尊重他们的才能，发挥他们的创造性，和他们多交流，多听取他们对于事业的建议和意见，听取意见关键要有胸怀，能听得进反对意见。优秀人才往往个性也比较突出，有些同志直来直往，不会绕弯子，对你的问题一针见血，有时确实呛得你半天喘不过气来，让你难以承受，但他们并无恶意，你了解了他们的个性后，你就能接受他们直言不讳的批评，坦然面对，有则改之，无则加勉，你也可以从他们的批评中得到警醒；老同志都很自觉，政治素质和业务素质都很高，他们工作兢兢业业，任劳任怨，能看到问题，经常听取他们的意见，对于提高自己修炼自己都很有好处，但老同志一般不愿意多事。

舆论监督是一个很难做的事，有个老同志就是不怕难，始终坚持做。对于落后的同志，要关心他们的成长，给予细致入微的关心和帮助，不把他们当作包袱，不对他们另眼相看，多发现他们的优点和进步，哪怕一点点优点和进步也要给予鼓励，以增强他们进步的动力和信心，激发他们的工作热情，挖掘他们的智力潜能；对于个别调皮捣蛋的同志，不回避，要多接触多交流，打通心灵的障碍，以诚相待，发现他们的思想苗头，要一针见血地直捣他思想深处的小九九，敢于坦言自己的观点，矫正他们看问题的角度和方法，甚至在嬉笑怒骂中化解矛盾，变对立为统一。这些同志一般讲义气，有智慧，关键是要善于发挥他们的长处，并在使用中及时克服其缺点，把握和防止缺点、错误的放大，及时地予以更正。

树欲静而风不止。一天中午，我正在办公室看材料，一开始，只隐隐约约听到二楼有些声音，也没有在意，一会儿，声音越来越大，好像就在副总办公室，我开开门，只见门口一个部门主任正抱住一个喝酒的同志往外拉，我一看就知道是怎么回事。我来到副总办公室，只见他脸色发青，状态很不好，他本来身体就不好，我赶紧叫来其他同志，把他送去医院，随后了解有关情况，感觉事态还是比较严重的，那位喝酒的同志为发稿已经和一个编辑发生争执，在办公室闹腾了很长时间，摔坏了他桌上的东西，这件事造成了很坏的影响。

当天下午，派出所同志来了。经过调查，派出所确认这是一起发生在机关的治安事件——酗酒闹事，本来公安的同志对他就有成见。当天下午，他就被叫到派出所。我有一种观点“犟牛能干活”，领导干部就是出点子用人，如果一个人本质没有什么问题，性格上有什么缺点，关键看我们怎么用，怎样发挥其长处，克服其短处，这也是对我们领导能力的考验。一直以来没有一个有效的机会让他能够幡然醒悟，这一次也许是一个机会，让他吃一堑长一智，从中醒悟过来，也是一件好事，如果就这样算了，对报社全体职工来说不能有一个交代，而且会影响到大家，对他个人也是不负责任的，对公安的同志也不好说，怎么办？我考虑再三，觉得这事一定要处理好。如果按派出所的意见处理，可能把事件推向另一边。如果让他能够从这件事中得到教训，那坏事也可以变成好事。在这个关键时刻，我决定赶紧和派出所沟通。对派出所的调查和处理意见，那位同志当场认识到问题的严重性，表示得到了深刻的教训，接受派出所的处理意见。我在听取了派出所意见后，站在报社的角度谈了自己的看法，首先表示我对于报社职工的教育管理不够，表示歉意。但从保护一个同志考虑，本着“惩前毖后、治病救人”的思想，既然没有什么恶劣影响，那就属于单位内部矛盾，还是请他们将这件事交由报社党组来处理。经过协商，派出所同志也很支持，觉得这样更妥帖。

按照报社有关制度规定，那位同志作了检讨，他的检讨在报社产生了很大的反响，这对报社其他同志的震动很大，对报社的管理产生了积极的效应，甚至可以说报社空气为之一清。经过一段时间的痛定思痛，该同志从此以后像完全变了一个人，真正是“浪子回头金不换”。后来，他还成了报社经营方面的骨干。

善待他人，就是善待自己。一个决策可以改变一个人的一生命运，或者把他引向成功，或者把他推向反面。作为一个领导应该要有宽仁之心，善于化干戈为玉帛，把每一个人团结到自己的周围，而落井下石不仅会害人，往往也会搬起石头砸自己的脚。

报社工作是个苦差事，报纸每天面对的是那么多的读者，不能有丝毫的差错，只要不是出差在外，每天报纸的头版我是必须要看的，晚上总要等到整个版面排版结束，大样出来看上一遍才能放心回家。尽管其他同志非常敬业，但还是怕出问题，白纸黑字一旦出了问题，就很难挽回，所以每一个报社老总都深有体会。大样一般要在晚上十一点以后才能出来，为了提高报道的时效性，大家总是希望发稿时间迟一点，尽量使最新新闻能够在第二天一早见报。

版面的安排是重要的一环，特别是一版，什么样的稿子放在什么位置，都很有要求和讲究，重要的稿件老总必须审签，头版版面安排也是必须要把关的，甚至有负责人直接指示的。对遇有重大事件，不仅要把握好报道的内容，还要把握好时间、角度、力度，有些稿子即使经过有关部门或负责人审阅后，老总最后还是要把关的。

在报社工作，深夜一两点钟下班回家是家常便饭，特别是“两会”期间，天天如此。“两会”之前，就要提前将整个报道拿一个系列方案，从内容到版面，从采访时间到采访对象，从会场会议到社会各界反映，每个领导的活动报道的文字多少、标题图片大小，每篇稿件的版面位置安排，每次报道的记者安排，甚至广告内容和大会的协调性，都不能有丝毫的差错。“两会”期间，从记者、编辑、广告到校对、印刷、发行，所有员工都更加绷紧神经，提足精神，小心翼翼，如履薄冰，生怕出现问题。那几天应该说大家是高度紧张高度疲劳，但尽管很累很疲劳，还必须要做到“常在湖边走，就是不湿鞋”。作为老总，我虽然没有很多具体的事，但也不敢怠慢，没事也得陪着大家熬夜，还要始终保持头脑清醒，应对临时可能出现的情况，实在累了，就趴在办公室的桌子上打个盹。回到家里，经常是夜里忽然惊醒，怀疑哪个版面或者哪篇稿子有问题，赶快爬起来，打开电脑再看一看。之前没有电脑，就打个电话给值班的同志或者印刷的同志核一下，一个星期下来大家个个精疲力竭，像经了霜的秋茄。

办报难！每个读者对报纸的要求不一样，作为舆论阵地，必须坚持正确的舆论导向，必须坚持正面宣传为主，及时报道当地党政领导重要活动。一个市四大班子再加上一些部门的全局性活动会议，每天已经是应接不暇，从书记到市长，从人大到政协，每个领导人活动都要安排记者，每个会议都要记者参加，一个记者一天跑两三个会议是经常的，一个报社采编人员也就那么多，成天疲于应付，哪有时间去一线采访。而且对于记者来说，也不愿成天泡在会议里，但又是必须的。对办报人来说，需要知道更多鲜活的东西，贴近生活、贴近实际、贴近群众，为群众所喜闻乐见。对于读者来说，也需要更多身边的新闻，但问题是一张报纸每天只有四个版面，领导活动、各种会议、工作成绩性报道，再加上新华社重要稿件和一些国际重要新闻，每天还必须要有一个版以上的广告，真正能够让编辑安排的版面已经十分有限了，能够给予适合读者胃口的稿子当然是比较少，虽然我们知道有一些版面可以搞得活一点，以满足读者的需求。巧妇难为无米之炊，扩版吧，广告上不来就要增加成本，只能在广告很集中的时候增加版面。

地方负面新闻，读者感兴趣，可在地方报纸很难上版面。读者有意见了，报纸缺乏时效性和公信力，办报的夹在中间难受。媒体监督难。个别领导怕影响政绩或地方形象，舆论监督形不成气候。有些问题老百姓非常愤恨，媒体也感觉该曝一曝光为好，可一旦曝了光，有些部门不高兴了，找到分管领导告状，分管领导不高兴了，问你什么意思。很多时候实际就是想以舆论监督来推动问题的解决，顺应民心。作为老总，一方面要鼓励记者去采访，鼓励记者舆论监督，这是记者的职业敏感性的要求；另一方面又要控制发稿，不能发的稿子坚决不发。第二天一些小报刊照样将这一消息报道出来，这时有的同志一大早就拿着别的媒体发出的稿子来到你的办公室，质问你："别的媒体不是照样报道了吗？你不是让我们要加强舆论监督吗？别的媒体可以发，为什么我们不可以发？"我只能心平气和地给他们解释说，新闻和宣传的纪律要求不同，新闻讲究时效、成因，宣传讲究时机、观点。从新闻的角度来说，可以及时报道，应该给予鼓励；从宣传的角度来说，更应该讲政治，服从大局。这里讲政治就是社会稳定，这里讲大局就是从全市经济社会发展出发。一个新闻工作者，甚至对漏报的重要新闻还要追究责任；但我们必须坚守宣传纪律，我们都要换个角度看问题，换个位置来考虑，这样可能看得更全面，更客观，否则，即使能够发出来，结果会适得其反。党报也不能游离于地方党委之外。舆论监督可以有不同方式，有些稿子我们可以换一个形式，通过发送内参给有关负责人，同样可以促进问题的解决，总之，媒体要学会帮忙不添乱，有些稿子发出来就会影响大局，甚至引起群体事件。媒体应该始终牢记自己的社会责任，决不可为一己之快而添乱。

现实中，有的记者为了提高稿件的采用率，喜欢搞一些负面的、片面的东西，有的媒体为了抢人眼球，喜欢搞一些爆炸性的东西，有的甚至拿着稿子到处要挟当事人。有的人害怕曝光，有的是心虚，有的本着多一事不如少一事的态度，干脆花钱买安。我总要求大家，媒体要讲社会责任，要讲事实，不能为吐一时之快，而不顾报道后造成的后果。

舆论监督是促进问题的解决，而绝不能借机牟利，媒体一旦染上铜臭，那就是社会的灾难。

对于地方媒体来说，报道本地负面新闻是十分谨慎的，有时尽管第一时间知道，却只能尽量滞后些，或者干脆待到事实清楚时再报道，实际上等到当地媒体发出这个消息，已经没有多少新闻价值了，这在一定程度上影响了地方媒体的权威性。我有时在想，怕不是办法，而应该主动应对，第一时间报出，第一时间给出真相，第一时间做好引导。当然互联网发展起来了，给舆论的掌控提出了新的课题。

任何一个媒体都是一个工具，都是一块舆论阵地，作为媒体人，要守好阵地，有担当，有责任感。

舆论的监督需要技巧和方法，舆论监督应该是建设性的，为有利于问题的解决提供方法和建议，有利于社会进步和社会公平，而不是设套牟利，甚至是破坏性的、报复性的，任何形式的舆论监督，只要能够为社会提高正能量就是有效的。害怕舆论监督或者堵截舆论监督，实际上是缺乏自信的一种愚蠢的行为。

因为版面有限，更多读者需要的信息没有版面安排，扩版就成了当务之急。可按照大报的版面，又不适合读者胃口，于是大家积极借鉴外地的做法，另出一张小报。大报按照大报的思路办，小报按照小报的思路办，这样就有更多版面来满足读者要求，关注民生民意。

一切真知灼见来源于实践，本本主义、教条主义是经济社会发展中的绊脚石，与时俱进说起来容易做起来难，谁先领会谁先收益。

从内容看，大报虽然领导活动多，会议多，工作性报道多，官方文章多，但对于基层工作的同志来说，大报就是他们学习和了解全市工作的信息来源，在互联网还没有普及开来的时候尤其是这样，优秀的基层领导干部都会充分学习和利用党报。尽管有人说“谁写谁看，写谁谁看”，但作为办报人却不能有丝毫的马虎和差错，这是办报人的职责。有些领导非常开明，对有些工作自觉没有报道的必要，即使有的稿子已经写好，也不要求报道；有的领导却很在意，只要有活动都得要有文字，甚至还要有图片；有的领导对文字很讲究，记者根据当时的讲话记录整理的文字，他非要自己或者秘书改写后再发，结果发出来的稿子和他原来说话的内容差之千里。我甚至在想，既然当时没有想好，就不要讲，既然讲了，发出来的稿子就应该是当时讲话的内容，为什么发出来的竟然和现场讲的完全不一样？这不是在欺骗读者吗？这算是怎么回事？

个别领导不管什么活动都要报道，图的就是报上有文字，电视上有图像，广播上有声音。一些单位和一些喜欢抬轿子的人，明明知道那个领导水平一般，却给他戴高帽子，个别领导也就飘飘然。实际上很多会议内容，真正应该知道的人在现场已经知道了，完全没有报道的必要。这一类报道往往会占用很大的版面，可是要压住这类报道，是要承担很大压力的。我们一直想在这方面做一个改革的尝试，得到了主要领导的支持。

除了重大活动需要及时报道外，还要经常策划一些重点报道，这类报道一般先拿出一个方案，然后组织实施，通常要借助下面的宣传力量。各县对此十分重视，积极配合，这也是他们工作的重要部分。实际上，地方媒体和各县宣传部门的关系都很不错，媒体发行需要各县支持，各县的工作也需要媒体宣传，两者相互支持，相得益彰。

随着新媒体的发展，人们对于新媒体的关注越来越多，传统媒体明显开始受到影响，舆论的关注点往往不是从传统媒体出来，而是从新媒体出现而引发的，传统媒体的舆论引导力明显下降。如何提高传统媒体的舆论引导力，增加可读性，我在思考；如何适应新时期宣传思想工作需要，提高宣传思想工作的有效性和针对性，我在思考；作为拥于传统媒体和新媒体两个宣传载体的单位，如何实现两种媒体的相得益彰，同步效应，我在思考；新闻报道和宣传需要的关系如何处理，传统媒体和新媒体的关系如何处理，我在思考。一天，我看到一本刊物上一个同志对于新闻和宣传的一个观点引起了我的兴趣："新闻重事实，宣传重观点；新闻重时效，宣传重节奏；新闻重原因，宣传重引导。"我似乎从中看到了什么，于是开始了一段时间的读者调研，开始和一些同志谈心，了解他们对于大报的新闻报道的意见建议。从调查中了解到，他们认为大报的权威性最强，公信力最高，关键是文章不好看，内容不好看。读者要的是接地气的新闻，而不是领导的讲话和死板的说教。怎样能够让会议精神和领导讲话传达下去，让读者领会，我在想，让新闻故事来实现"润物细无声"，是不是效果更好，因此要找准新闻和宣传的切入点。有了这个感悟，我想让传统媒体和新媒体各发优势，并将这两者紧密地结合起来。我开始有了一个明晰的思路，提出了一个大胆的观点，加强新闻主题的统筹策划，用新闻报道实现主题宣传，用宣传的思维来做新闻报道，打通传统媒体与新媒体的关系，实现新媒体和传统媒体的报网互动，报报（纸报与手机报）互动。我们将这个观点具体化，由总编办开始组织实施。新闻策划围绕主题宣传来选题，选题围绕市工作中心和阶段性工作重心，策划重在挖掘新闻背后的故事和新闻价值的深度，突出舆论引导和舆论氛围营造。一个主题分成若干个子题，一个主题接着一个主题做，步步推进。每个主题的宣传做足做好，传统媒体和新媒体同步发声，各展其长。新闻策划的主题选定一般会提前考虑，比如每月月底考虑下月重点主题选题和策划，若遇突发事件，则及时跟进，这叫一波接着一波起，一浪接着一浪高。实践证明，这种改革受到了读者的欢迎，增强了报纸的可读性和媒体的影响力，收到了很好的新闻宣传效果。

在工作中离不开朋友人情，离开朋友和人情，仅有工作关系，工作往往不一定能铺得开。朋友和人情关系中包含着信任和友谊，这种信任和友谊可以超越任何物质和权力。正确处理这种关系，是推动工作的一个有效方法，也是每个成功者的智慧和胆略。

考虑到职工的辛苦，报社每年五一或国庆都要组织职工外出旅游，年度考核获得优秀等级的职工可单独组织，以示奖励。考虑到大家要出报，时间安排很紧，只有三四天，每次他们出发前，我都要到场为他们送行。我倒不是担心活动的经费问题，而是担心大家在外面的安全。有时我甚至想，哪怕给他们多发些奖金，少出一次门或者由他们自己出门，以减少可能出现的安全问题。每次出门直至他们安全到家，我心里的一块石头才着地。实际上我很想和大家一道，几十人在一起，大家放下工作，放飞心情，谈天说地，游山玩水，看景拍照，嬉笑逗乐，一路潇洒一路歌。

在每年报纸发行前，报社会组织一次外出考察活动。前几次考察都是由一名副总和一名工作人员负责大家全程的服务工作。每个县安排一人，由各县自己定，时间一般在一周左右，费用由报社承担。2008年那次去海南，本来我是要去的，但主要领导有其他工作安排，没有给我请假的机会，就由一名副总随队服务。一个礼拜的行程，大家收获很大。

2008年10月，我们安排考察洛阳、三门峡、云台山、平遥、乔家大院、黄河河口瀑布，总计十人。

那次活动由省一家旅行社承办，对方租用了一辆中巴车，一行十个人，再带上行李，正好一车不空不挤。组织大家出去一趟很不容易，大多数都是部门负责人，给他们带队实在是一件不容易的事。他们在单位都是领导，身边可能都有人围绕着服务，拍板惯了，各有个性，他们个个都有处方权。虽然我负责组织，但主要还是搞服务的。第一天下来，有的同志就开始自作主张了。一开始小的变动我就随着他们，大家在一起只要高兴就行了。可是，有时他们在线路安排上意见不统一，甚至相互争论起来，张三说要这么走，李四说要那么走，让驾驶员左右为难。他们中有的同志当领导时间长了，又是性情中人，习惯自己说了算，可是遇到两个人都有这个习惯，也就杠住了。有的同志去过的地方就不想再去，可有的同志没有去过，当然想去看一下；有的地方有些同志感兴趣，想多点时间多看一会儿，有的同志不感兴趣，不想多看就急着想走。就这样，一路上大家争争吵吵。大家都是领导，任由他们说来说去，可后来有的同志干脆就直接指挥驾驶员，如何如何走，驾驶员十分为难。中途下车到景点时，我就悄悄地告诉驾驶员，他们说他们的，你开你的，你还是按照原来的计划安心地开车，需要调整时，报社随车来的同志会告诉你。驾驶员知道我的想法以后，心里有了底。考虑到驾驶员一路辛苦，随车的办事员特地给驾驶员开了小灶。驾驶员四十左右，技术很娴熟，服务态度也很好，在车上始终保持沉默。

由于大家的争论，我们还是把时间提前了，原定的计划是第三天下午到达乔家大院的。

人山人海的乔家大院，比之当年来更加热闹非凡，与其说是在看院，倒不如说是在看人，我们随着人流从一个院子走进另一个院子。电影电视中经常出现的一些场景，由于人太多，我们只是走马观花转了一圈。

来到平遥，已是下午五点多钟。作为历史文化名城，给人一种厚重的文化之感，偌大的古城，实际上我们只看了它的冰山一角——南大街。旅游业的欣荣发展，显然给这条古老大街增添了浓浓的商业气息，沿街的门面各种真假古董琳琅满目。就在回来的时候，一个用白银半包的瓷碗，一个碗内有八仙图案的小瓷碗，引起了我的兴趣。出于好奇，我问了一下价，一个银浆半包的瓷碗和两个小瓷碗，一共要五百元，讨价还价后，一百二十元成交，我想这只是作为一个纪念吧。来到车上，同志们笑话我说，你这是在淘宝啊！

旅行社原来安排的是一家民宿酒店，虽很整洁，但房间不大，布置简单，只有简单的洗漱盆、一个衣架、一张炕。我倒觉得有几分新鲜感，干干净净的，还可体会一下睡炕的感觉。可有的人一看那环境就嚷着受不了了。

看到他们那样，我心里实在有些不好受，我觉得条件是很不错的，再说即使不好不也就住一个晚上吗？办事员告诉我，实在没有，现在只有一家稍好的酒店有三间客房，如果需要可以协调一下。这时我有些情绪了，也不好对着谁说，就站在那里对着大家，带着几分火气大声说，不要再折腾了，今晚就住这里，谁不愿住下，那就到别处住，反正我就住在这里，语气中带有不容置疑的意思。

最后，随行的同志非要让我去另一家酒店住，我坚决不去。这一次的安排，吃饭原先定的都是吃团饭，我们已在原来标准的基础上加了几个菜，我觉得已经很不错了，可个别同志确实有些过分，不但这也不好那也不如意，而且自作主张，带着大家到外面找好的酒店。我实在忍不住了，冲着他们火冒冒地说，没把你们安排好，我很抱歉，可我觉得这个条件已经挺好的了，希望大家克服一下困难。话说到这里，我也不怕得罪他们了，接着说，我能住这里，你们不能住吗？

但从这件事中，我看到了一些基层干部的基本素质和平时对自己的要求，他们中个别人确实把自己看得太重了，在地方"位高权重"，呼来喝去，高高于人民群众之上，颠倒了公仆的位置，甚至早已忘了自己是一名公仆了。

这时，我忽然间想到另一个问题，对于报纸的发行，那应该是他们分内的工作，怎么还要安排他们这个活动？这种安排本身就是不对的。

2010年，那次我们自带一辆中型面包车，早上从城里出发，下午三点钟左右到长沙，晚上看了一场大型演出，那场演出集中展示了湘西文化的特点，其中"赶尸"的一段，让人充分感受到了湘西这个地方的神秘。

第二天上午，我们来到橘子洲。站在橘子洲头，望着远处的岳麓山，看着眼前的湘江水，只见来来往往的船只，自然想起了毛主席的诗词《沁园春·长沙》，独立寒秋，湘江北去，橘子洲头……一种莫名的感觉油然而生，伟人自有伟人处，我似乎感受到了毛泽东当年的那种宽广胸怀和宏伟气度。

离开橘子洲，我们驱车赶往凤凰古城。说来惭愧，对于凤凰古城与沈从文在来之前我并不了解。我不知道沈从文写过什么凤凰古城，也不知道沈从文笔下的凤凰古城是个什么样子，在车上听导游介绍时才知道。对于一个报社老总，又有过从事语文教学的我来说，说起来让人觉得可笑，我对于文学和历史的知识，确实知之甚少。《水浒》《西游记》《三国演义》等名著，也只读过或者听过很少章节，唐诗宋词明清小说，也很少有机会读过。一本《唐宋诗词选》，还是在工作的时候才认真一阅。对于像《战争与和平》《巴黎圣母院》《童年》《在人间》《我的大学》《呼啸山庄》《大卫·科波菲尔》《红与黑》《飘》《悲惨世界》《安娜·卡列尼娜》《约翰·克里斯托夫》等这样的世界文学名著，我几乎从没有听说过，更没有机会读过。初中的时候，有一次在舅舅家里看到一本《小城春秋》，真是如饥似渴，一连两天没有出门一口气将它看完，那好像是第一次感觉到过了一次书瘾。还有就是高中毕业后，一次从一个同学那里借来一本《钢铁是怎样炼成的》，也是一口气将它看完。先天不足的家庭环境，使我在需要知识营养的时候缺乏，需要良好教育的时候荒芜，失去了很多知识的富集，这是我一生中最大的遗憾和不足。在知识这个短板的限制下，在这知识爆炸的时代，我一直是诚惶诚恐地前行着，常常感到信心不足。

看完橘子洲，天公不作美，下起了雨，就在雨中，大家游览了一下岳麓山和岳麓书院，已是快十一点钟了，下午要往凤凰古城赶。我们就在岳麓山下的一家饭馆就餐，随行的同志感到安排的菜不够想增加几个菜。这时，我看到一家饭馆门口的招牌上赫然写着“黄鸭叫”，当时就有些好奇，不知道是什么，于是随口给点菜的同志说，点一个叫“黄鸭叫”的。到上菜的时候大家才知道，所谓“黄鸭叫”，并不是什么鸭子，而是我们平时叫的“昂牙鱼”。

从长沙到凤凰古城有五六个小时的车程，导游就给我们介绍湘西的历史文化和风土人情，一开始大家兴致还高，渐渐地，大家昏昏欲睡，导游也关起了话筒，只有司机睁大眼睛开着车。越在人静的时候我越有些担心，反而不敢沉睡，时不时地故意大声咳嗽来提醒司机，或者和司机聊一会儿，生怕他开车时瞌睡。经过几个小时的行驶，到凤凰古城已经是下午五点多钟。一进古城，就见古城街头中间砌着一块石墙，上面是“凤凰城”三个字，落款是朱镕基。街道狭长，街面不宽，十分整洁，古色古香的店面中间，偶尔有装饰时尚新潮的商家，显得突兀。往里面走，街上人渐渐地多了，显得有些拥挤，时不时在人流中还可看到或者高鼻梁蓝眼睛，或者黑皮肤背着旅行包的老外。显然，这里是一个旅游胜地。一路颠簸，大家已很疲劳，可是还是有人提出，下去先看看，晚餐可以迟一点，把今天这个时间结余下来，明天可以早一点到张家界好好看看。按照日程安排，凤凰古城是明天上午，可导游也拗不过大家，我们还是下了车，看了看熊稀龄的故居、杨家祠堂、东门古城楼。

晚餐特意安排在一家具有典型民族特色的酒家，大厅的台上正在按照苗家习俗安排一场开席表演，台下几十桌分成几排，差不多已经坐满，服务员把我们带到靠前方左侧的一张空桌边。大厅里已经是人声鼎沸，来自不同地方的语音，已经把这里搞得热闹非凡。紫褐色的稍显矮一些的四方餐桌和长条板凳，粗重的瓷碗，典型民族特色的菜肴，还有服务员满身的苗家服饰，让你一下子就感受到了少数民族那种浓郁厚重的民俗，台上载歌载舞，台下喝酒逗乐，使你很快地就融入那种氛围之中。

吃过晚饭，我们住进了一家规模不大，但十分干净紧凑的酒店。进了房间，我把行李一放，一头就倒在床上，伸展四肢，长长地舒了一口气，静静地养了一回神。这才按约定的时间走出房间，和大家一道去逛凤凰古城的夜景。

夜晚的古城确实妩媚动人，不宽的街面上人流熙熙攘攘，时不时可见一对情侣手牵手走过，具有苗族壮族特色的各种小吃夜市零次栉比，各种商品琳琅满目，商家的叫卖声，和远处传来的雄劲的音乐声此起彼伏，旅游把个古城折腾得沸沸扬扬。沿着沱江两岸宽宽的台阶散步，隐约可见江水清澈见底，跨过一道浅浅的挡水坝，浅水处灯光下的江底砂石清晰可见，两岸的霓虹灯和吊脚楼上挂起的红灯笼映照在沱江，光怪陆离，把古城装扮得美丽无比。在这美妙中你似乎感到这里有按捺不住的阵阵躁动，夜晚的灯光和雄劲的音乐把凤凰古城折腾得有些癫狂，也撩拨着一些人不安分的想象。两岸人流如织，有些狭窄的走道处，人们擦肩接踵，显得很拥挤，人们都是慕名而来。

第二天一早，我们告别了凤凰古城，前往张家界。路上，导游给我们介绍了流传甚广的“赶尸”“蛊惑”，既让你感到湘西的神秘，又让你听起来有些害怕。眼望两边的重峦叠嶂，连绵不断，老山深林茫茫无边，听着导游的介绍，你似乎觉得那里还有很多未知之谜。

张家界真的是太美了。那天下着小雨，空气中弥漫着水雾，走在林中的路上，路边溪水潺潺，山林茂密，层石叠加的山体直耸云端。一座座山体笔直耸立，须仰视才见山顶，走在下面有一种压抑之感，仿佛走在林海之中，自觉十分的渺小。空气十分清新，走到一坐木桥边，一边是高耸的山林，一边是较为开阔的林地，很多游人不免在此流连忘返，留下一段美好的记忆。几个少数民族的美女，身穿民族服装，头戴民族头饰，打扮得花枝招展，正在那里招揽生意，见到有游客过来，就主动上前搭讪，嘻嘻哈哈拉着搂着你，陪你拍照。我正在愣着的时候，就有三四个美女上来，拉着要拍照，着实让你反抗不得，咔嚓一声，一张照片下来，大家一阵哄笑，又有一个同志被逮着，又是咔嚓一声，一张照片下来，每人十元，让你哭笑不得。

登上缆车，沿途观看临空独尊的陡峭山崖，更有一番壮观景象，一层层岩石堆叠，一柱柱孤峰高耸，那是山体自然形成，还是河流冲刷而成？你真正感受到了大自然的鬼斧神工。有人说，那高耸的山脊，是河床千百年来大自然冲刷风化而成，我倒怀疑，那冲刷的碎石泥沙又到了哪里？这里原来到底是海洋还是山川？几千万年甚至多少亿年前到底是个什么样子，谁能说得清楚，自然界的任何一个偶然的变化，都会引起自然界的连锁反应，何必又要去较真呢。

天门洞是世界海拔最高的天然溶洞，登上天门洞可以说对每个来这里的人来说都是一次对身体的挑战。我不记得从山脚下到洞口有多高，但我看到很多人仰望山洞，绝大多数止于山下，望山而叹。出于一种神奇的力量，我觉得应该不成问题，但远远望去的天门洞，还是让我有些胆怯，稍微犹豫了一下，我邀约了三个同志一道往上爬。我觉得爬山下山也好，要掌握些技巧，可能要省力一些。上山时要猫着腰，压低重心，不能一步一步慢慢走，那倒反而费劲，不如一鼓作气，加快速度小跑着，小跑一会儿，可以稍休息一会儿，接着再跑，这样可能比一步一个台阶要省力。一会儿工夫，我已远远地把他们甩在后面。到山顶大约还有不到四分之一的距离时，我感觉心脏几乎要跳出来，头好像有些晕了，感觉有些站不住的样子，我担心是不是速度太快了，血压突然升高，颈椎又供血不足，我清楚地告诉自己，要调整好自己的速度，首先要坚持稳稳地站住，千万不能晕倒，否则会出事的。我坚持站在那里，一只脚搭在上一级台阶，一只腿直立在下一个台阶上，这样便于支撑身体，再微微眯起双眼，做了几个深呼吸，守住丹田，然后慢慢地睁开眼睛，深深地呼了一口气，这才改变了当时的不适状况。稍事调整了一会儿，我又继续爬了上去。登上天门洞口，再转身俯视山下，一种自豪感油然而生。

人生何不似登山。有些人自然而来，自然而去，没有理想，没有追求，蹲在山下，享受自在，享受清闲，一辈子与世无争，结果看到的是“天有一个井大”；有些人苦苦奋斗，不懈不舍，穷尽智慧，不屑别人的享受，把辛劳当幸福，直直登上事业的顶峰，可以体悟到“一览众山小”的境界；有些人奋斗了一半，惧于困难，惧于付出，害怕牺牲，半途而废，只能有“只缘身在此山中”的感慨；有些人不能审时度势，好高骛远，不顾实际，不量力而行，明明体力不支，却硬要固执己见，最终被碰得头破血流，才会有“不见棺材不落泪”的痛诉。

那次考察正赶在各县“两会”之前，也是人事变动的敏感时期，我们刚到黄龙，忽然有一个县的同志接到负责人电话，问他是否方便回去。他一听好像很激动，我们还在路上，他就急匆匆打电话，询问当天晚上可有回去的航班。我从他们的讲话中隐约感到，领导打电话给他说明原来的情况可能有变化，但事关他切身利益，大家也不好劝。汽车刚到黄龙，导游就联系好了车，他拿上行李就急匆匆下了车，硬是连晚从黄龙赶往成都，再从成都连夜赶回家，可怜一片痴心情。到家的第二天下午，我打电话问他怎么样，果然不出所料。

那次去黄龙有些失望，由于好长时间没有下雨，山上没有什么水，那些一凼一凼的坑都干枯了，也就看不到一凼一凼的五彩。失去了水，黄龙就失去了生命和灵性。我们是下午三点钟到的黄龙，大概只待了一个小时，我们就赶往心之向往的九寨沟。

下得山来，这里离九寨沟已经不远了。我们在一家不大的旅社住了下来，这是一家刚开办不久的旅社，设施还不够齐全。这里气温显然低多了，已经感到有些凉意了。晚上我们早早睡下，大家经过一天的路途已经很疲劳了。

第二天一早，我们兴致勃勃地赶往九寨沟。导游提醒大家山上温度比山下要低得多，并且今天还有小雨，希望大家多穿些衣服。可能大家刚从屋里出来，还没有感到温差那么大，有些同志带了毛衣也没穿，我没有带衣服。到了景点门口，明显感到有些凉了，天空中又漂着毛毛细雨，我就在门口买了一件雨衣，我想这既可以挡雨又可以御寒。我本身肠胃就不好，每次出差我都格外小心，轻怕出了问题，尽管一开始还不感觉很冷，我还是赶紧扣紧雨衣的衣扣。越到山上感觉越冷，虽然穿着雨衣，但还是冻得直哆嗦，因此尽管老天已不再下雨，我还是始终穿着雨衣随着游玩的人流一路向前。

神奇的九寨，真的很神奇，完全是自然生态，这是一个斑斓的世界，由山水树林石，还有天空中的云和雾，构成的自然风光，色彩斑斓，千姿百态，令人叫绝，一路佳景不断。这里有绵延的山峦，丰润的树林，碧翠的湖海，清澈的泉水，奇妙的浅滩，有人说“九寨是中华水景之王”，我说这里一切都由水而生，是这里的水给了九寨生命，是这里的水给了九寨灵魂，是这里的水给了九寨多彩。到了山顶，这里已是白雪皑皑，银装素裹，玉树琼枝，五彩池就在眼前，池水虽不多，但从水中折射出的色彩却令人眼花缭乱，我们顺着池边转了一圈。这里的温度更低了，冻得我腰都直不起来，虽然有看不够的佳境，但也无心赏析，不敢多待一会儿。一道来的老万更是冻得受不了，看得出他已经冻得够呛。那时我们都想跑着回去，恨不得马上上车，可又怕让人奚笑，只好急急地走在游玩的人流中。游玩的队伍中也有衣服穿的不多的，他们个个缩着身体，一路匆匆。正常需要两个多小时的时间，我们只用了一个小时多一点，真正算得上是走马观花。

回来后，晚上还要观看一个演出，这是提前预订的。早在路上，导游就积极推荐，说这场演出如何精彩，是宣传和表现地方文化的精品，尤其是搞宣传的，不应该错过机会。一张票380元，如果由导游提前预订团体票，一张280元于是每人定了一张。可是到吃晚饭的时候，老万说来不了，也不去看了，说是已经冻坏了。我赶紧过去了解情况，生病了就麻烦了，到了他的房间，他已经钻进被窝。他告诉我，他实在冻得受不了，手脚都冻僵了，浑身哆嗦，身上冰冷的，他一回来就打开热水器，冲了好长时间澡，才慢慢让身体恢复过来，这会儿刚洗完澡钻进被褥，晚饭不吃了，演出不看了。听他这么一说，我心里稍微定了下来，但看他那样子，我还是不放心，告诉他如果有什么不适，就赶紧打电话给我们，这边我和导游招呼了一下，以防止有什么意外。到我们看完演出回来的时候，我还是不放心，一回来就去看他。好在他身体素质很好，没有出现什么问题，我才放了心。

天生一个仙人洞，无限风光在险峰。世之奇伟鬼怪常在于险远。我在想，是不是最美好的往往是最难得到的，人们往往感觉到最美好的，往往也是最容易留有遗憾的。追求美好是人之向往，而正是这一个个遗憾构成了人之追求美好的动力。

地方报记者和基层关系更接近，一方面基层宣传需要记者同志，另一方面记者也需要更多的新闻材料。大家工作上相互支持。有的同志走得也很近。县里的重头报道特别是领导要求见报的，一般都由记者来完成，一些骨干记者很吃香，经常被人家邀请去。

编辑头痛的是，一些单位希望宣传某项工作，却又拿不出像样的稿子。编辑迫于面子，将一些不合质量要求的稿子拿来填充版面。若一个版面上有那么一两篇，你再好的媒体也被拉低了档次。这样的稿子多了，报纸就没有生气，当然没有人看了。

其实办一张小报并不轻松。压力甚至比办大报更大。既然是小报，就要按照晚报的思路来办，就要有很多报道范围要突破，报道内容要深入，这就要求更多地关注民生和民意，就要敢于曝光一些负面的东西，这是读者的需要。但对于地方来说，总不希望曝光本地的负面的东西，希望多唱赞歌。任何一个负面报道，一旦曝光来自各方面的压力都很大，一方面当事单位或个人会通过各种关系来找你，有的甚至带有威胁，哪怕有一丝丝的瑕疵，对方就会抓住不放。另一方面，一些领导也不高兴，特别是分管领导就更有意见，甚至直接打电话给你，问为什么要报道。在这样的环境下，小报的报道空间就有限，有些能报道的也不能报道，有些能及时报道的也不能及时报道，舆论监督乏力，而同时我们的小报本身就有先天不足。作为媒体人，没有一张小报来增加本地新闻，实在是有愧于这个岗位，而且读者也有强烈的要求，但有了这张小报并不好办。尽管有些为难，大家还是不愿放弃，坚持在夹缝中求生存。对我来说，在这种情况下就要有担当，我给大家讲，办好小报一定要把好政治关，千万不能在这方面出问题，只有政治上不出问题，小报才有可能生存。因此在选择小报的负责同志时，我更加谨慎，副总中一个更有活力，一个更严谨，最后我还是选择了后者，我想必须是政治业务双保险。

这样说了并不能减轻大家的压力，特别是报道地方负面的东西，只要记者一得到消息，赶去采访，就很快有人通过各个渠道，说情打招呼，或直接与记者联系，或通过关系找到其他人说情，或直接找到我。大多数时候，如果不是什么特别敏感的报道，我总是站在一个读者的角度来说服对方，先报一个消息，让大家知道，接着尽快报道事实真相。我明确地告诉对方，采取不报、瞒报的态度，只会增加读者对事件的猜疑，但往往并不能得到对方的理解。有的我干脆就回避，等稿子发出了借口忘记了，到第二天其他媒体也有了报道，他们也就没有什么说了。

随着信息科技的发展，网站和手机等新媒体的出现，报纸已经很少有人看了。网站和手机刚发展的时候，微博、微信客户端还没有出现，但条件稍好的机关一般都有了电脑，人们一上班打开电脑，什么事都知道了，尤其是年轻人。看得出报纸的读者群规模开始明显大幅度下降，手机的信息技术大大加快信息的获取和发布，快餐式、碎片化的信息获取已经成为一种趋势，年轻人中很少有人会耐下心来看报纸，很多人看也是一目十行，一张报纸三五分钟就看完了。大的标题，一眼扫过就结束了，遇到有兴趣的内容可能停留看一看。作为办报人，我自己也是很少看的。每天上午十点钟左右桌上送来一大沓各类报纸杂志，我也是有空就随意翻一翻，大多报纸根本不看，很少有时间一篇一篇地看，几天下来桌上就堆了一大堆，还没有打开就挪到旁边堆起来。作为一个办报人，有时看着这一堆堆没有看过的报纸，心里总不是个滋味，这个浪费该多大啊，我们为什么不思考不研究它的实际效果呢？为了报社的利益，还在要求扩大发行，要求财政给予支持。我想谁都知道报纸的浪费很大，但谁都不愿意说，谁都不愿意去改变，因为这是一个敏感的话题。但我有一个预感，随着科学技术的进一步发展，这种情况好景不长，我给同志们也是这么说的，希望他们要有危机感，要看到随着科学技术的新发展，媒体会出现新的业态，我们对此要有思想准备，每个人都要跟上社会的发展，努力学习新知识，掌握新技能，只有与时俱进，不断创新，不断适应新变化，才能保证持续性发展，才能不被淘汰。我们知道，传统媒体的发展处在一个十字路口，要么继续沿袭过去的观念，慢慢享用政策的实惠，直到享用到不能养活自己时才惺惺离开，这种温水煮青蛙的现实我们已经见得很多了；要么现在就要警醒自己，自觉跟上时代发展的脚步，依托科学技术，创新发展理念，把握时机，走向媒体发展的新高地。

一个星期天，我去看望一个在天力县工作的老朋友。那天他带我到了一个乡镇。与乡镇领导谈完工作之后，我们来到旁边的会议室，眼前的一幕让我有些脸红，一大堆报纸整齐地堆在那里，足足有半人多高。我顺手拿来一叠翻开一看，都是近几天的报纸，从中央报到地方报、行业报，我的心里一阵透凉，像吃了一个糖葫芦卡在喉咙里。那位乡镇负责人倒毫不客气地说，你看每天我们有那么多报纸，哪有工夫看，再说现在还有多少人看报纸？我一时无语。我在想，我们每天那么多人，那么认真地选择稿件，审阅稿件，编排版面，校对稿件，生怕出现一点点差错，还要印刷发行，结果是这样一个结局。我实在感到有些惭愧，留在我心里的那个疙瘩让我耿耿于怀。如果我们能把休闲的时间拿来看看报纸，那会是怎样的效果呢？

回来后，我用近两个星期的时间，有意识地到县乡和有关部门调查走访，了解报纸在下面的阅读情况，听听方方面面的意见。处于改革一线的各级部门和干部群众，面临许许多多改革的实际问题，这就要求具体问题具体解决，不是一句话两句话就能够解决问题的，不但需要有很好的协调能力和智慧，还需要有脚踏实地的精神和担当。一方面，每天报纸有那么多领导讲话，那么多会议精神，都是放之四海而皆准的真理，每一个讲话每一个会议都重要，但每一问题的落实又岂是朝夕之功。另一方面，我们有的报纸报道领导活动的多，反映基层社情民意的少，工作性总结多，报道基层实践经验的少，很多记者深入实践得少，调查思考得少，大多又都是阅历不深的新手，在调查报道中很少有很好的见地和广阔的视野，这就导致报纸很难受到基层同志的欢迎。调查中经常听人说报纸没人看，有的地方反映报纸是隔几天才能送一趟，有时一个星期才能看到报纸。有不少地方一叠报纸怎样送来怎样放的，还是怎样堆在那里，偶尔有人将一些小报抽下来看看。

调查中，我总在思考一个问题，记得小时候，很少有书报看，见到一张报纸，大家抢着看，有时要看几遍，连中缝都要看个遍，现在不一样了，科技的发展给报纸提出了新的挑战。

有些事情就是这样，当事者习惯于过去的思维惯性中，竭尽全力维护着政策的福利，虽看到问题所在，却不会轻易主动去想办法，甚至把发展的希望寄托在延续的政策红利上，直至涅槃重生。

既然报纸看得不多，对于订报纸大家当然意见很大，每年报纸征订时，各地虽然有一个指导性计划，但都要报社同志下去落实。每年到十一月份，报社就开始下去征订，那个时候也正是各种报纸征订的时候，基层征订的压力很大，有的部门为了避免征订大战，甚至提前到九月份就开始征订。每到订报的时候，也是每个老总都有分工，大家日夜兼程，一个县一个县地跑，一个乡镇一个乡镇地跑，一个月的时间就要完成任务，拉后了，征订就更难。有的地方好办，现场开票，现场付账。可有的地方就不那么轻松了，一听说订报纸，有的人干脆就不见你；你赶了好长的路到了那里，有的人磨磨蹭蹭，让你等上好长时间，一见面冷冷地给你几句话，让你走也不是留也不是，为了完成任务，你只好硬着头皮慢慢和他论道；有的觉得我们大老远来了，就给个面子，订个十几份，还得留下一个尾巴；有的就是不买账，也不得罪你，让办公室的同志来应付你，就是不见面，办公室的同志说多少份定不下来。有时候搞到了吃饭的时间，你要走他又不让走，为了把任务完成，你只得硬着头皮在那里吃饭，总希望可以完成任务。

印象最深的一次，是我们到广户县的天山镇征订。到了镇政府，办公室的同志向镇领导报告，好长时间镇里没有一个负责人出来接待我们，足足等了一个小时之后，一个镇领导才脸色阴沉地走出来，一见他的脸色，我就有些不高兴。那位镇领导竟然说："你们是哪里来订报的?"态度很不好，随行的一个同志告诉他说，这是我们老总，对方的口气好像稍微缓和了些，但仍然心不在焉："报纸不是走向市场吗?"随行的同志说："我们是党报啊。"对方仍然语气不快："人家愿订就订，你们只是卖报的。"这时我来火了："你是什么人？什么叫党报想订就订，想不订就不订。"站在旁边的办公室的同志赶忙走过来说，是我们镇党委书记。我一听，更来火了，镇党委书记竟然说出这样的话。我说："我还以为你是市委书记呢？官不大架子倒还不小嘛！一个乡镇党委书记对党报是这样的态度，竟然说党报要搞市场化，想订就订，我看你这个书记不配当。"对方一看我这么一说，迷糊的头脑忽然间有了些清醒。我接着说："一个党委书记对党报如此态度，可看出你的党性观念。”对方看我说话语气，觉得恐怕得罪不起，连说了三个“对不起”，接着赶忙解释说，刚才为了什么事有些窝火，请领导原谅，然后赶忙岔开话题，向我们苦诉他们在基层的辛苦，计划生育、财贸任务、冬修抗旱、民事纠纷，忙得不可开交，实在太累了，没有多少时间学习看报。又说每到这个时候，上面有多少个人来订报，谁都得罪不起，一个乡镇就那么几十号人，要订那么多报纸，谁看？哪有那么多经费！他的话中带有几分委屈的样子。为了缓和气氛，不致闹僵，也为了完成任务，我也换了语气说：“你们累，我理解，我在基层也待过，报纸再多，党报是必须要订的，也是必须要看的，这是当好一个基层干部必须要读的，至于其他报纸订不订，那是你自己的事。你们经费紧张，那我今天就不在你这里吃饭了，把这钱省下来也还可多订几份报纸。”对方赶快调整过来，一副殷勤的样子，那饭还是要吃的。考虑已到中午，同时也为了缓和一下气氛，我也就没再推辞。

虽然在那里吃了饭，但心里总是有一股说不出的滋味。报社是一个事业单位，对下面没有直接的上下级关系，是不是在这个问题上，对方认为报纸发行是你报社自己的事，对他们没有直接的任务，所以一开始给你一个冷面孔。订不订是用户的事，市场化的报纸，用户满意就会自觉主动地订，办得不好，用户当然不愿意订了，但党报有其特殊的地位和要求。许多人认为，党报应该像市场上小报一样，要有娱乐性、可读性，甚至是他们茶余饭后的消遣，而并没有把它当作宣传的工具，当作党员干部学习交流的平台和引领社会舆论的阵地，这种认识是导致他们对于征订党报有抵触情绪的根本原因。

在报社工作，不能不说副总编辑老木同志，他比我大几岁，在我们班子里年龄最长。他是一个真正的布尔什维克，一心扑在工作上，兢兢业业，任劳任怨，正直无私，工作极其认真负责，为人真诚，头脑清醒，思维活跃，分析能力很强，业务水平和人品都是一流的，报社同志都很尊重他。听报社同志说，他是从死亡线上走回来的。前年，他去医院检查时，医生诊断，最长只剩五六个月的时间了。听到这个消息，报社同志都吓呆了，他已经病到了这个程度，还一直在坚持上班。我到报社时，组织上也给我介绍过他。那时，他大病刚愈，在家休息，我去他家看他。他的房子是七几年集资盖的，已经很老了，楼道的墙壁斑驳，光线灰暗。他住在四楼，一室两厅，布置很简朴，没有什么高档家具。老木坐在客厅的大桌旁，面色发黑，精神不足，声音不高，语速也很慢。看我们进来，老木招呼我坐下，第一次见面，我只是看望看望他，不想多打搅他，让他多休息。他却说，我马上就会好的，很快就能上班。我说，希望你安心调养身体，多多保重，早日康复，不能再拖着病体上班了，要珍惜自己，善待自己。他对我说，之前他是太不注意自己的身体了，经常熬夜加班，不注意休息，又喝酒抽烟，年轻时身体棒扛得住，随着年龄增长，吃不消了，他现在已经意识到保重身体的重要了，酒是坚决不喝了，烟也不抽了。我说，你身体透支太多了，到时候就会给你算总账了，应该吸取教训，注意保养了。我们准备再招聘一批年轻人来，抓紧培养，慢慢地大家的担子就可以轻松一些。他十分赞同，连连点头。

老木的爱人老炎，是报社职工，主要负责档案和实物管理。老炎是个上海人，非常优秀的一个上海女人，做事十分认真细心，工作非常负责，她来报社后，报社的档案管理工作年年被评为优秀，作为机关档案管理的样板。老木生病期间，工作之外，她全身心地照顾老木。她服务精细，照料科学，她找来有关治病保健的书，积极配合医生治疗，对照老木病情，在食物上想尽一切办法。听说吃老鳖对身体恢复有利，她就每天给他煮一只，只要见到市场上有，她就买，也不计较价格。为了弄到野生老鳖，她给农村来的人打招呼，有鳖就送来。后来老木说自己吃鳖都吃怕了，有时见到炖好的老鳖就想吐。他们真正是相濡以沫、互敬互爱的一对模范夫妻。生病以后，老木意识到了保重身体的重要性，自己也开始注意保健了。他经常用意念引导自己康复，常常在人静或睡觉的时候，用手抚摸自己的肝部，暗示自己的肝脏健康，他对自己的康复充满了信心。也正是她爱人的精心照料，他自己的精神抚慰，再加上医生的对症下药，老木的身体奇迹般地恢复得很好，令给他治病的医生也感到惊讶。

不到一年的时间，老木提出要上班。刚开始我不大同意，劝他以身体健康为重。他说，可以边干边休息。可他一上班，工作就依然十分认真，搞了一段时间，我看他明显很累了，劝他休息，他还是要坚持，实在坚持不了，就在家休息一两天。

酒是完全不喝了，可烟却又开始抽了，可能是习惯，工作起来不抽烟来不了灵感，他慢慢地烟瘾又大了，有时他和其他同志在自己房间边研究工作边抽烟，弄得满屋子烟雾缭绕。班子几个同志也抽烟，常常开会时办公室也被烟雾笼罩。有一段时间，只要开会，我有时索性也陪他们抽上一两支，这样一段时间下来，我一个人坐在办公室时，不自然地也会拿起一支烟来。开始我不太注意，慢慢地，好像有一个习惯使然，坐在办公室里手里不拿一支烟不习惯，夹支香烟在手指间似有一种惬意的感觉，特别是在思考问题时。我开始意识到是不是有些上瘾了，我赶紧克制自己，就此收兵。这是我在抽烟时有过的短暂的上瘾体会。烟这东西真怪，开始只是一种尝试，慢慢有一种习惯，再后来就有一种莫名的心理需求，渐渐地也就上瘾了，难怪有很多人在不知不觉中就这样上了瘾。

老木同志很有才华，很有思想，也很有个性。之前经常写些文学类作品，也发表过小说，后来注重写写时评，他的思维敏锐，观点犀利，文字简练，经常有作品在全国报刊以及网上发表，有时将一些作品拿来与我欣赏。在他的带动下，报社有几个同志也开始写时评，而且水平都不错，在全国小有名气，一段时间报社写时评的风气很旺，但考虑到我们的精力主要还是办报，如果大家都把精力用在写时评上，可能影响自己的报纸。而且这些时评一般都发往省外媒体，很多时评都是针对外地某事阐发的议论，而针对地方的一些现象需要配发的言论，他们往往又难以把握分寸。我开始对这种现象关注，引导大家不要“耕了别人田，荒了自己的地”，要集中精力办好自己的报纸，毕竟写时评是要花时间的，如果多花一点时间来考虑我们的报纸，能针对我们当地每天发生的新闻故事有感而发，针砭时弊，不是更好吗？我鼓励大家写时评，但要有个度。为了不使大家有情绪，我开始带头写时评，而且就在自己报纸上发，这些时评一般都是根据市里中心工作或者当地一些重要事件有感而发，这样来引导大家，评论应该有的放矢，不要隔靴搔痒，多关注本市社会经济发展动态，有感而发，针砭时弊。

在班子里，我们大家都能够开诚布公，有话就说，有想法就表达，大家都心地坦荡，在一起很开心。老木同志对事情看得很透，一心钻在业务上。我们经常在一起讨论一些有关话题，他总能一语破的。他对自己要求很严，对人也很真诚，我们在一起有很多的共识，他有时提醒我，既然从政就要研究从政之道，不能由着性子来。我有时对一些事情看不惯，容易发脾气，他总是善意提醒。老木不信佛，但和佛有缘，他和东山老李相处很好，他们大约是在过去工作时熟悉的，后来老李搬到了山上，卖些玉器和佛产品贴补生活。老李信佛，生活很清淡。一次，老木约我去老李那里吃个斋饭，感受一下佛缘，用豆制品制作的鱼、鸡、排骨等斋菜很别致，吃起来别有一番风味。看来他们两个是深交多年，无话不谈。老木就是那样性格，脾气来了毫不留情，但他能克制自己，隐忍不快，他能够把握火候，怎样有利，怎样有弊，他对很多事看得很清楚，我对他很佩服。他对很多问题有自己的主见，但他会根据不同情况决定说或不说，在形成决定后，他是非常自觉遵守的，对维护班子团结和报社集体利益方面，他是敢于和善于担当的。

报社是一个事业体制的单位，但实际运行上又基本上是企业思路。因此，相比其他单位更难管理。按事业体制管理，报社就没有活力，因为报社绝大部分收入是靠经营，经营就得按市场思路，但事业体制的约束使你运行乏力。举个简单的例子，按照机关事业管理制度，报社每项开支虽然经过严格的程序审批，但到财政那里，一个业务员就可以否定你。一天晚上，激光照排机一个零件突然发生故障，必须连夜进行更换，才能保证出报，当班副总编辑向我汇报后，立即与京南一设备厂家联系，让他们连夜送货。就是这个五千多元的零件款报销，财务人员已经解释很清楚，我们也按照财务报销手续的程序批了，可到了财政报销时，有关人员就是认为不符合财务制度，理由是此项设备既不在预算内，也没有经过招标，无法报账，要报销必须变通。他们说你是事业单位，一切必须按照事业单位的财务管理制度办，可到了税务部门，税务部门说，你是有经营收入的，应该要按照企业标准来缴税。两家说的都有理，两家都有权制约你，两家都是从制约你的角度来考虑，对于如何支持报社发展，那都不是他们的事。

报社的发展需要方方面面的支持，与社会方方面面都有联系。有些事按照正常程序应该不存在问题，可在极少数办事部门那里照样难办，他们拿来条条框框，一条一条给你对照，有的文件显然是多少年前的，明显不适应当前的情况，可他们照样拿来名正言顺地搪塞你，让你哭笑不得。他们往往不是主要领导，而是那些具体办事的人员。他们中的个别人，成事不足败事有余，他们神通广大，善于经营权术，经常给你出题目，然后再帮你解题目。他们就是利用这“一出一解”，整关系，捞油水，吃拿卡要，吃香得很。他们中有的能量大得很，有的业务很精，权力超过了分管领导。他们对下面情况很清楚，对政策在执行中遇到的问题也十分清楚，怎样弄虚作假，怎样以权谋私，怎样变通政策，办法有的是。我有时在想，报社办事都会遇到刁难，普通老百姓还能办成事吗？对这些人，我嗤之以鼻。

报社虽没有什么权，但作为宣传工具，一些部门愿意和报社搞好关系，再加上广告经营需要和市场对接，应酬也就多了，这一点对我来说压力很大。各个分管老总也都有自己的业务交往，我这样想，只要自己没有私心，很多工作就能放手。放手让部下干，就要同时放权，放手不放权，谁也不会真正放手干。对于权力，我总有一种敬畏感，特别是权力承担的责任，权力在市场经济下容易滋生腐败。我觉得权力越大责任就越大，权力必须要有约束，没有约束的权力一旦脱了缰绳，对权力者来说，那是走向深渊的象征，是十分危险的。我看到和听到一些权倾一时的一把手，表面上风光无限，很多最后都是搬起石头砸自己的脚。

报社的同志社会交往多，朋友多，这也是职业要求，但人来多了，总有些夹杂着个人的感情，私人的交往，但有时又很难很好地区别，这样招待的压力就大了。作为一把手，更是面临着这个问题，如果放松了对自己的严格要求，仿而效之，那招待的窟窿就会越来越大，这让我很头疼。很多时候，一些朋友、同学还就是冲着你是一把手来的，怠慢了人家会不理解，热情了又有些压力。

在认真分析了全年招待费用后，我开始思考，吃多了不但是浪费，而且会影响身体。一个单位一年那么高的招待费实在让我感到我没有管理好，应该有一个规范的制度。我在分析了报社的招待费用后，认为报社除了广告经营以外，真正与其他单位的业务往来并不是很多，且广告方面费用又是独立的，我想这些接待安排，有的可能是人情招待，包括我自己在内。有时是下面的同志送来一篇稿子留住了，有时是熟人到其他单位路过这里留下了，有时是很简单的工作交流留下了，有时人家就是冲着报社来蹭饭的，既谈不上业务也谈不上协调，但不管怎么说，来的同志平时和大家都很熟悉，关系都不错。加上我们的同志好客，主人一客气，客人就留下来了。我觉得这是个问题，不能这样下去，要让大家意识到，不能把工作关系和个人感情庸俗化，吃吃喝喝慷单位之慨。

报社是一个大家庭，大家都要树立勤俭持家的思想。为了加强对不合理招待的监督，我们采取了招待内部公开制度，每月将上个月的来人接待安排上墙公布，欢迎大家监督，一张表格上墙，大家一目了然。某天哪里来人，什么人，什么事，谁接待，哪些人参加，费用多少，一个月来了多少人，来人多少次，每个人心中有数了。这样对那些外单位来人是一个暗示，哪些招待是合理的，哪些招待是不甚合理的，要经得起职工的监督，对大家来说也是一个解脱，既不动脾气又不伤和气，收到了很好的效果。同时，我们还在报社内部成立了有员工代表参加的理财小组，每季度对报社的所有开支进行一次清理审核，这样让报社员工参与了报社的管理，大大提高了报社管理工作的透明度。

吃饭虽是小事，但处理不好就容易产生矛盾。我经常提醒大家，该招待的一点也不要怠慢，可招待可不招待的就不要打肿脸充胖子，撑着面子留人，不可招待的更不要慷公家之慨。但有时也十分为难，亲戚来了还好办，就在家里吃了，可有的地方领导或部门负责人来了，说白了就是来吃个饭，你明显知道这个接待不符合要求，但你又不好推辞。在客人看来，你是一把手，你有处方权安排，好像这是天经地义的。作为一把手，接触面广，事情多，来人多也是正常现象，有业务往来的来人接待没有问题，没有业务交往的接待就有些勉强。有时我干脆说到我家里吃吧，一听说到我家里吃，客人们就不自在，有的马上借口说还有别的事，也就没有再来了。他们可能认为你这么做，就是在下逐客令。此处不留爷，自有留爷处，好的，我不来了，当然下次更不会再来了。说实话，让客人在家里吃其实就是在下逐客令，所以这也怠慢了一些朋友。

领导是一门科学，就是用科学的方法，让大家认你信你跟你；管理是一门艺术，就是用艺术的方法，让大家愉快地工作着，并为实现既定的目标不断创新，努力奋斗着。

我经常提醒自己，你虽是一把手，但你没有无限的权力，你是一个集体的领头人，要知道在你身边还有近百双眼睛在看着你，你的一言一行都在大家的监督之下，不可忘乎所以，更不可抱有侥幸心理，若要人不知，除非己莫为。只有这样，自己才能把握好尺度，泰山崩于前而面不改色。对这一点我感受很深，随着领导职位的上升，权力大了，你的一个决策的偏斜，就会涉及利益问题，别人都看得清清楚楚，只不过是不在其位。掩耳盗铃对自己是一种不负责任的愚蠢行为，你的一言一行应该在阳光下操作。人是需要自律和他律的，光靠自律是不行的，要有他律意识，你才能把握好自己，你才能无愧于组织，始终保持头脑清醒。那些以权谋私、以官谋利的人，没有一个当初不是风光无限的，没有一个不认为自己的所作所为是天衣无缝的，可结果呢？尽管有些人总有侥幸心理，但还是心有余悸的。

随着报业的发展，人才越来越重要，但要考虑一次性招聘太多，会留下后遗症，必须合理考虑人才的梯度结构。招人是一个很敏感的事，尽管是聘用制，这一关把不好就会闹成一锅粥。越是敏感的事，就越能显示权力，越是敏感的事，就越能看出你对自己的把握。公平公正是个天平。当然没有真情的领导，也未必是好领导，无情未必真豪杰。但有一条，不管是谁都必须经过笔试关，在面试时只要适合做媒体工作，在同等条件下优先考虑，这一点我给大家说得很明白。不管是谁，这是一个基本的东西，这样在面试中大家心里就有了一个标准。班子的同志再加上几个部室的同志，大家坐在一起，一个一个地比较，一个一个地议。

我对投票这东西不感兴趣，这并不是什么科学的东西，而是一个游戏，在不公开的情况下，投票往往更带有个人的东西，而只有在公开的情况下，大家畅所欲言，才真实，才能发现每个人是站在个人的利益上，还是站在报社这个大集体的利益上说话的。把权力交给大家，把报社的需要交给大家，即使有个别领导或者特殊关系的，大家也是理解的，如果大家都觉得过得去，也就没有什么矛盾。这种形式比那种看起来搞得神秘兮兮的所谓规则要光明得多，要公正得多。笔试是以实践题为主，考察应聘者的实际水平，笔试过程是十分严格的，我们一般都是委托别的媒体权威人士出卷改卷，我们只对出卷人提出要求，注重实际，能体现应聘者的能力。至于试卷怎么出，出什么题都由出题人自己定，出好后封好，考试那天，由办公室指定两人拿回，试卷在考场当场打开，考完后密封好，再送到出题人手中，由他改卷，改好的卷子由办公室同志拿回，当着班子同志及人事同志的面，当场打开卷面，当场统计排序，一切都在阳光下操作。

对于这件事我是这么想的，一要相信大家，二要阳光，三不要玩小九九，一切都好办。我给大家说，我们每个人都可能有领导、朋友、同学等，你可以说出来，在会上大家比较看看，本着对事业负责的精神，同等条件下可以照顾。大家都知道并参与招聘的过程，心里也就清楚了。我给大家说，报社是一块干事业的地方，人才竞争压力很大，素质能力跟不上，进来了也会自知无趣，我们要以对事业负责、对未来负责、对孩子负责的态度，把好人情关和质量关，否则进来的人因为素质跟不上自己压力也大，进来了也会感到难堪而退出。把好入口关，这是对孩子的保护，否则一旦进来了又跟不上，再辞退出去，就是对孩子的二次伤害。我们今天把好入口关，虽然看似得罪了人，不被人理解，实际是为了后来少得罪人。我想，有了一个同等条件下照顾的原则，有了一个公开通透的阳光平台，大家十分清楚，也回避了很多矛盾，把敏感的东西放在袖筒里玩，容易引起人们的怀疑，实际是给自己找麻烦，对大家不相信，把自己的权力看得很重，只相信自己，看似聪明，实则糊涂。

一次网站要招一个人，报名考试的一共十三人，有两个很重要的领导分别给我说了一个人，我感到压力很大，但按照规定必须通过笔试，如果笔试过不了关，那就很困难了。如果能够入围，可以考虑。在打开笔试试卷时，按照比例，我们一般取前三到五名参加面试，可是笔试前五名里并不见两个领导提的那两个人，那只有两个领导都得罪了。等我们全部打开笔试成绩时，那两个小孩笔试成绩恰是最后两名，并列第十二名，没有办法只有向领导一一报告。实际上，我何尝不想满足两个领导的要求呢，我想哪怕满足其中之一呢，但是既然公开就必须要公平。如果为了趋迎领导做一些小动作，就会失信于应聘的同志，失信于社会，说不定还会自己给自己制造麻烦。当然这件事是不是得罪了领导，我不得而知。就这样，我们坚持隔两年招一批，近十年时间新招聘了五十多名职工，解决了报社发展所需的人才问题，这些人才后来都成为报社的中坚力量。

权力使用时的风光，所带来的虚荣和快感，总是像鸦片一样在诱惑着你，一旦染上就会有瘾，总会在诱使着你的权力天平偏斜，稍不控制就会被诱惑被俘虏。这时除了自制力以外，就需要有一个外力来给予你压力和强制，才可能让你抵制诱惑，产生抵抗的免疫力。那些在单位天马行空的人，往往就是在缺乏这两种压力下一步步走上不归路的。自制力无法控制，他力又无法形成，他自然就为所欲为了。

一个单位财务上必须规范规矩，不允许出现违规违纪的做法，这既是对财务的要求，也是对一把手的权力约束。一把手不想歪点子，别人也不敢搞歪点子，不敢钻空子。到报社十年时间，财务一直都由副总编辑分管，我的主要精力是把握导向和谋求报社发展。到报社大概快三年的时候，社会上一个女同志拿来一张条子，让我给她批。她说我们六七年前在建造大楼时，欠他们公司的账，至今没有付清。我有些诧然，前一年她已经来过一次，当时我就有些怀疑。后来我了解了一下，这家公司早已不存在了，原来的账财务早已结账封存了，哪里还有什么账没有结。但我心里还是有些嘀咕。一个搞财政的朋友告诉我，作为一把手，你不管财务可以，但你必须把好财务关，熟悉财务管理制度，如果财务上出了问题，你是主要责任人，你还是要承担责任的。我也在想，我来报社已经有三年时间了，可对于财务制度还是不很熟悉的，有时已经批过的单子，到了财政局那里还是通不过，然后他们再怎么一周旋又过了。我想通过审计来了解一下我们的财务管理方式是否存在问题，以便更好地规范操作。在这种情况下，我就主动和审计部门联系，请他们给我们审一审，把把关，支支招。

我时常在思考，作为一把手，怎样才能始终保持清醒的头脑，不为谗言所惑，不为甜言所误。一把手在决策时要不犯或少犯错误，就要有一个很大的胸怀，能够容得下别人，听得进别人的意见和批评，有时还需要有一个外力，那就是有人对你很挑剔，敢于说真话，甚至敢于站出来反对你的意见。有了他们，你在最后决策拍板时，就会考虑得更周密更谨慎，不敢忘乎所以。

现实中有时候并不是这样的，个别领导是喜欢人抬轿子的，因为这些抬轿子的，可以放大他的主张，完美他主张的意图，体现出他的远见卓识。尽管有时他自己知道这轿子抬得有些过了，旁边的人听了甚至起鸡皮疙瘩，但坐轿子还是舒服的，这不仅是一种虚荣心的需要，也是提高威信的需要。结果正是这些抬轿子的人，把他抬到了水里。喜欢抬轿子的人，目标明确，都是顺着领导的思维去放大，按照领导的意图去思考，至于会带来什么负面的东西，他们怎么也不愿说，他们只会说好，不会说坏，就是为了讨得你高兴，而一旦风向不对，他们又会很快甩下轿子，甚至给你踩上一脚。

我始终认为，会计在一个单位不仅仅是一把手的管家，更是对一把手的监督。一把手与会计之间要有距离，这个距离就是制度和法律，任何人不能左右制度和法律。听听会计的意见，按照规矩来，会计不是你的会计，这样虽然看起来好像会计有时限制了一把手的权力，实际上是对一把手负责。现实中很多教训总是警醒着我，那些领导出问题的，大多就是因为缺乏监督；或者有的人投其所好，主管和主办搅在了一起，经手人和证明人联手；或者主管强势，会计照办，主办有话不敢说；或者主办帮助主管出点子，会计这里虚设，这样看起来大家是向着你，但结果会使你越陷越深，不能自拔。失去监督的权力，就会像失去缰绳的野马。尽管你是这样想这样做，但未必所有人都理解都信任。人心隔肚皮，人嘴两张皮，各人有各人的思想，各人有各人的心态，各人有各人的性格，这期间我遭到过莫名的怀疑，但我心坦然。我想，严格的管理是一把双刃剑，既是对自己，也是对别人。因此说，被人尊重是一种幸福，被人怀疑是一种痛苦，但你必须经得起痛苦的检验，承受起痛苦的打击。心底无私天地宽，无私才能无畏。这个社会每个人都有自己的思想和对事物分析判断的思维和行为方式，你得经得起别人的怀疑。别人怀疑说明你某些地方做得不够好，有让人不信任的地方，这本身就是问题。

发展是硬道理，没有发展就没有未来更多的收入，然而发展就要人才，发展就要投入。报社在当时的体制内，财政给你的只是杯水车薪。报社要做的事实在太多，在有关部门的支持下，报业大楼已经在规划区内提前征用了二十亩地。建报业大楼完全靠报社的自有资金是完全不可能的。大楼规划面积在四五千平方米，按照当时的建设标准估算，总造价应该在四千万左右，而报社每年经营总收入不到两千万，每年净利润最多只有两百万，这个投资风险是很大的，但可以采取分期建设、分期投资的方法，减轻报社发展的压力。到2009年我们已经结余资金接近五百万，可以考虑大楼的建设，可半路上杀出个程咬金，就在我们提出动工建设的时候，电视台要盖一个大楼，政府一句话，要两家共建，很好的理念。

这件事让我很纠结，电视和报纸虽都是媒体，但在大楼建造结构要求和建造成本上有着很大的差别。屁股指挥脑袋，我的意见是，可以两家共建，但要各按各的建设标准计算，分摊大楼面积，否则报社的投资得不到我们应有的面积。这个问题一开始不说清楚，那么到将来建好之后就有算不清的账，而且现在就要有投入，到底要投多少，我们心中没有底。两个单位虽然都是一个政府的，但涉及两个单位将来具体应该要承担多少债务的问题，更涉及职工的利益，政府应该一开始就要说明白，在这一点上，我的态度十分明确。我主动提出，建设大楼，电视台是主体，我不参与大楼工程建设等有关工作。我只需要明确楼层和面积，以及承担的资金。

报社鼓励大家自觉学习，不断提高素质，当然也舍得投入，只要发现有利于工作的好书，就免费提供给大家。一次，我在一家报纸上看到了一篇介绍《谁动了我的奶酪》这本书的文章，我先自己买了一本认真看了一遍，觉得书中所讲的道理正是我们报社改革所需要的精神理念，可以作为大家参与改革创新的思想动员教材。于是，我就把这本书、推荐给大家，并且号召大家在报社推荐读好书活动，鼓励大家读好书推荐好书。省里一位资深的新闻工作者，结合自身经历出了一本有关深度报道的写作体会书，报社毫不吝啬地买来给大家人手一本。后来一段时间，好像社会上有一个出书热，报社中有些职工有成果的也跟风，报社当然积极鼓励，象征性地买一些送给大家。但我发现他们的书并不适应市场，有些是为了出书而出书，我就鼓励他们要写一些适销对路的书，让他们分析市场，走市场化出书之路，不要走社会上一些人以权出书，以权卖书，变相索贿的路子。一本书出来花费了那么多的时间和精力，结果市场上很少有人问津，完全靠关系推销，这样的书还是不出的好。

有时老总们在交流时都有一个共同的感受，一些同志的职称和实际水平有很大的差距，职称和实际承担的业绩不相称，有些人为了职称而评职称，有了职称实际工作并不如其他同志，这在职称与工资挂钩的工资体制中确实有些不公平，也不利于调动大家的积极性。借鉴外地聘用制的经验，我们开始思考职称和绩效挂钩的尝试。考虑到评聘分离尚需一定的环境基础，我们先行考虑结合职称考核考绩的方法，采取不同职称考核标准不同、要求不同的模式。有高级职称的每月必须要有一篇一等稿，一篇二等稿，总分150分；中级职称的每月必须有两篇二等稿，或者一篇一等稿。以此来保证报纸有较好的稿源，引导大家树立正确的价值观和利益观。大家觉得这个观点是对的，对事业发展有利，很理解很支持，很快就得到了顺利的实施。

好环境可以激发人的创造力，差环境不但会抑制人的创业激情，甚至会毁坏你的身体。得到一个好环境不是你自己的选择，而是你生命中注定要经历的。有一段时间，我在报社忽然感到压力很大，倒不是业务和工作的压力，而是来自一个不明不白的压力，那就是工作中受到的不明不白的挑剔和刁难。尽管我知道大概问题所在，但作为部下你必须适应。我想随着时间的推移，事实会证明一切的，这也是对领导的尊重和负责。很小的时候，受到委屈时，妈妈会安慰我“人到弯腰树，不得不弯腰”。多年的实践也告诉我，胳膊扭不过大腿，我只能忍辱负重。那一段时间，班子同志也不知道什么原因，只觉得工作有些莫名其妙的别扭，不明原因地受到批评和刁难。一次，老百姓反映当地一个餐饮企业的餐饮质量问题，记者从老百姓的角度客观地报道了事实。这本是舆论监督的一件很平常的事，企业倒没有什么反应，可个别领导兴师动众搞了一个调查组来调查此事，还要坚持让分管的同志写检查，调查组的同志有些哭笑不得，感到丈二和尚摸不着头脑。后来我大概知道了问题的症结。领导出书，报社买少了。实际上我们已经买了几十本，那种书根本没人看，也不涉及我们的业务。

报社是个干事业的地方，虽然我们的媒体发展滞后，但后发优势很大，特别是新媒体的出现，给传统媒体的发展带来了很大的契机，我从外地媒体发展中找到了思路，对媒体的发展充满了信心，沉于事业的考虑中，就没有考虑我什么时候走，所以我总怕由于我的决策失误而影响报社发展，给报社带来损失。县级班子调整时，有人提醒我，可以下去到县里干干，可一想到在县里的那段经历，我总觉得还是这个岗位适合我干，相对单纯些，这里虽没有什么一呼百应的感觉，却是实实在在的事业。由于业务学习的需要，我可以不断地充实自己，小天地照样可以实现自己的一些梦想。几十年从政的经历，让我看清了很多东西，纯粹的从政不是我的理想，我有时甚至想我更适合从事理论研究，做一个学者，但我没有选择的机会。

一个人真正心系事业，落脚生根干事业，他的心里就会装着他的事业的利益，装着和他志同道合的战友和同事的利益，就会从长远考虑事业的发展，绝不会急功近利，做形象工程。任何一个做形象工程的人，干任何事利弊都清楚，但目的驱使他昧着良心只认识一面，如果我们每个人都有这个理由而昧着良心去作假，去迎合，去附势，那我们这个社会还有是非真理吗？

从外地的发展经验中，我看到了新媒体的发展机遇。从2004年开始我们就着手发展网站，当时机关已经有一个网站，但半死不活，没有人去运营，我们想拿过来办，但没有谈成，我们就下决心自己办。我们到省里说明情况，当场就得到了领导的支持，很快我们的古月在线网站就运筹成功。为了扩大影响和提高效果，我们有意在网站试运行一段时间后才开始组织开通仪式。我们不但邀请了市领导参加，还邀请了当地媒体参加，同时还邀请了几个网友代表参加。那时对于网站建设，我只隐约感觉到它对于现实和未来的希望，至于将来会是什么样子我并不知道，而对于技术方面我根本是一窍不通，但我从新华、搜狐、新浪等网站的内容上看到了它的发展趋势，相信随着技术的发展，它的空间会越来越大，它会颠覆我们传统媒体的很多东西。我就放手让懂技术的同志来做，他们肯动脑筋。对于网站的建设，我从媒体发展的战略来考虑，要求他们按照市场经济的思路来运营，时时在市场运营方面给他们出题目出点子，具体工作就由他们做。年轻人就是年轻人，学习新东西快，接受新事物快，很快这个网站就打造得像模像样。

网络开拓了我的视野，更让我看到了新媒体对于传统媒体的作用。以前每年一次的报纸征订的工作难度，现实报纸发送的时效，人们生活节奏的变化，以及人们对于信息的需求，新媒体的蓬勃发展，等等，让我意识到了传统媒体必须很快转型，否则将会失去机遇。这个时候抓住机遇，利用新媒体提高传统媒体的时效，扩大影响，改变传统媒体的生产方式，创新媒体的新业态，应该要不失时机，毫不犹豫。新媒体在这个时候，可以参考传统媒体的一些管理经验，通过传统媒体增强权威性，提高公信力，不断地校正舆论方向，两者可以实现优势互补，从而实现传统媒体的转型跨越。尽管当前创办这个网站需要相当的投入，短期看不到效益，但这是未来媒体的高地，作为传统媒体必须要有战略的眼光，抓住机遇，才能先人一步，一步为先，才能步步为先。

网站一开始并没有自己的采编队伍，新闻信息基本都是来源于报社的稿件，但由于网站的信息来得快，很多新闻信息在报纸稿件审好后，网站就可以直接上网，显然新闻信息快于报纸，这样就影响了报纸的时效性，大家担心这可能对报纸带来不利的影响。在当时这也是一个现实问题，小报刚办不久，正在爬坡阶段。如何解决这个问题？我提出打通报网之间的信息共享，发挥各自优势，实现互补共赢。网站要在信息的快捷全面、多元方便方面发挥优势，传统媒体要在舆论导向、深度报道、权威发布方面发挥优势。一条新闻两方面做，两者相得益彰。随着新媒体的迅猛发展，很快大家就认识到了新媒体的发展前景，我们的网站也在当时全国新闻网站中崭露头角，随后全省许多报社也开始创建网站。

作为媒体老总，头脑里主要有两件事，一是政治上清醒，千万不能出差错；二是报业健康发展，效益不断攀升。网站不是报纸的附属品，而应该是一个新的利益增长点，有人气不是目的，关键要有效益。一些敏感的老板看到了新媒体的市场，开始尝试在网站上做广告，但效果并不理想。我们就采取报网联动联投的形式，鼓励他们两个媒体都做，报纸上有广告，网站上配合做，价格上优惠，甚至网站广告由无偿到低门槛进入，慢慢引导客户在网站投放广告。为了扩大网站的社会知晓面，使网站走出办公室，走向社会，网站一班年轻人很动脑筋，开始组织一系列社会活动来提高网站的影响力。报社的读者节活动，单独为古月在线网站开设平台，报社和妇联共青团开展的活动也都让网站同志参加，以不断扩大网站的影响力。网站的同志还主动组织一批批网友，开展“网下摘葡萄”“网友志愿者”“网友摄影展”“网友爱心捐助”等多种活动，网上活动和网下活动结合起来，几个年轻人把个网站搞得红红火火。

领导的责任，是发现问题，研究问题，解决问题，保证事业健康发展，而现实中少数领导只注重总结成绩、宣扬成绩，回避矛盾和问题，他们让成绩掩盖了矛盾和问题，结果在成绩的背后留下了后遗症，让人民和事业蒙受巨大的损失。领导无能，一个地方或单位就要落后；领导无德，一个地方或单位就要遭殃。

新技术催生着新媒体的不断创新发展。2005年我在去外省考察时，对方无意间向我介绍了手机报，我忽然感到眼前一亮，这是一个很好的项目，一下子来了神，就仔细地问到了他的操作规程和发展思路，心中有了自己的想法，那时手机报刚在少数报社起步。回来以后，我就和移动公司负责人磋商，两人一拍即合，很快达成共识，但在他们公司向省公司汇报时此项目被搁置，无奈此事只好搁浅。但我总觉得这是一个双赢的项目，也是一个发展趋势，过了一年多，我们再次争取，省公司开了一个口子，给这里单独开设了一个平台，我们终于在2006年创办了手机报。

但由于当时省公司不支持市级创办手机报，业务没有得到省里的认可，手机报的业务也不计入他们的业绩，甚至在开通试运行的免费体验中，因为一些用户反映被动开通，他们因而受到省里的批评。我们的手机报一开始并不乐观，一直徘徊在五千份左右，而且大都是免费使用。那个时候，也是垃圾短信比较多的时候，手机用户意见很大，常常举报服务问题，客观上也给我们的手机报发展带来了障碍，省里不允许下面为了扩大业务主动为手机用户开通手机报。在这种情况下，我们不能为难朋友，就主动在内容上找原因，千方百计地以好的内容来吸引用户，减少用户的举报。我们相信只要有好的内容，就不会没有用户，为此我带着大家开展对手机用户信息需求的调查分析，听取不同用户群体的意见，了解他们的所需所想。党政机关领导和工作人员是我们主要的用户，其次是企事业单位的干部职工和乡镇机关干部职工，再有就是年轻人。通过调查分析，我们优化了手机报的政务政策、生活健康、信息咨询、服务为民的内容构成，以适应不同手机群体的需要，和移动的同志一道研究分析，提出了发展重点用户、普及一般客户、开拓特殊客户的思路。移动公司加大了各网点主动开通体验用户的力度，报社调整了手机报的编辑力量，并利用报纸宣传手机报，扩大手机报的影响。

2008年，移动公司主要负责人调整，新来的丰总很有见地，我再次提出手机报发展规划。和前任老总一样，我们也是一拍即合，但同样省里并不是很支持，但这时手机已经更为普及，手机报的发展已是日渐成熟，我们的决心也更大了。丰总也是更加大胆地支持，持续开展了手机报较大范围的免费开通试用三个月活动，然后根据用户意愿确定是否订阅。有了较好的内容基础，手机报的订阅量大幅攀升，很快突破了两万份。从实践来看，尽管移动公司用了很大力度开展免费开通，有时一个月可以增加近万户，可到月底退定的就有四五千户，有时甚至更多。这么高的退订比例，给我们手机报的同志压力很大。为了进一步做大做强，配合移动公司的大力度工作，我们坚持“内容为王”的原则，从加强手机报内容的采编力量，增强手机报内容的可读性吸引力入手，对外招聘手机报采编人才，然而公告刊登到截止日期，也没有人报名，原因是这方面的人才市场尚未形成。就在这时，我的侄儿打来电话，询问招聘之事。他当时正在一家网络媒体做手机报采编运营，看到我们报社招聘人员，就有了应聘的念头。我有些犹豫，放弃，但暂时还没有合适人选，如果招聘，那就意味着只有他一人应聘，怎么办？我犹豫再三，考虑到手机报急需人才，决定延长招聘时间，可过了一个星期，还是没人报名。招不到人，手机报就办不成。于是我果断决策，只要有人报名，通过笔试，且试用期考核合格就录用。倒不是考虑什么关系，而是急于选这方面的人才。我坦然地告诉大家，笔试面试必须按照程序进行，最后再看他实际的工作能力。这项工由一名副总负责，从笔试出题到面试都由他负责，最后报告总编办公会结果，大家集体研究讨论。从笔试和面试的结果来看，还是可以的，毕竟他在这方面有过工作经验。

在这个事情上，肯定会有人有些想法。我想，为了工作，有时也要大胆，只要胸怀坦荡，“举贤不必避亲”，也不必怕别人议论，不可能所有的人都只有一个思想，大家可以从不同的角度去看问题，只要不是有意恶意诽谤和造谣，关键是要经得起人们的议论。

手机报的诞生给报社带来了新的气息，有了网站，有了手机报，有了小报，也有了一张大报，再加上一个印刷厂，我和大家调侃说，麻雀虽小，五脏俱全。面对媒体的变化，我觉得报社的经营管理思路和方法要随着媒体的变化而发展，要能够引领这个媒体的变化，只有自己在新知识、新能力、新思维等方面保持与时俱进，才不会被迅速发展的媒体时代所淘汰。尽管我们在办报的方面能够得到领导认可，不受批评，但我们要用更多的精力来谋划报业的发展。

工作的接触和交流，使我对移动公司新来的丰总有了更多的了解，他是一个干事业、有建树、重友情的人，我们有着一见如故的感觉。作为公司负责人，他的工作压力显然比我大。手机报的业务对他们来说显然是不足挂齿的，当然他考虑的要少一些，而对于报社来说，手机报可以说是一个大项目，成本小，效益高，社会效果好，发展前景大，围绕手机报的发展，我的考虑当然比他多。我总希望发展得快一些，我就经常主动到他办公室跟他交流。很多时候我们都能很快达成共识，接着我们就当场拍板，确定什么时间召开两家工作人员会议，落实下去。我们的性格很相似，干事不拖泥带水，说干就干，就这样我们的手机报很快就突破了15000份。我们更加坚定了信心，明确提出在手机报突破20000份时组织一个新闻发布会，邀请市领导及社会各界知名人士参加，以进一步扩大手机报的影响。当手机报达到20000份时，市领导看到了新媒体的重要意义和影响力。2008年11

月，我们两家联手隆重地举办了手机报用户突破20000份的新闻发布会。20000份不是我们的目标，只是一个噱头，我们只是通过这种形式扩大影响。那天市领导和社会各界人士一百多人参会，市领导对手机报给予了充分的肯定和鼓励，社会各界人士也给予很高的评价。手机报开始进入领导的视野，开始在机关和社会有些影响。在这之前，有一次社会上突然谣传食盐短缺，很快各地出现了一股抢购风。当时市领导感到事态严峻，要求媒体做好舆论引导，考虑到传统媒体有一个时间问题，而传播最快的是手机，这时他突然想起了我们的手机报，马上通知我们。很快，我们通过手机报的平台将辟谣消息发布了出去。

对于手机报的后来发展，移动公司有关员工也是大力支持，虽然我们只做手机报内容，但我更关注用户量，每隔一段时间我都要询问手机报的发展和遇到的问题。在手机报的内容上，我总是不断提出要求，要分析手机用户群体结构，根据不同手机用户群体制定不同内容，以满足更多用户需求，坚持做到快捷便利、多元实用，报机互动，网机互动。对于推广用户，我总是不断地选择时机，做好手机报的宣传，寻求移动公司的支持。每次对于我提出的意见建议，移动丰总总是认真听取，然后我们一道商议后，交由有关部门具体落实。两家单位的两个部门的同志关系十分融洽，干事也十分认真创新意识强，积极性高。他们不但工作配合得很好，工作之余更是朋友。

互联网的诞生让我们感受到了传统媒体面临的挑战，互联网技术的发展更让我看到了传统媒体发展的希望，我隐约感到互联网的诞生就是传统媒体转型变革的开始，更是媒体发展进入一个全新时期的机遇。究竟未来的媒体是个什么样子，我不知道，但我感到，它将会完全颠覆我们传统意义上对于媒体的理解。中国有一个成语“一叶知秋”，这个秋天的到来，对于我们每个媒体人来说，应该是“春江水暖鸭先知”。

从那个时期开始，我关于报社发展的精力已经完全转到了新媒体的发展上。我给大家说，对于传统媒体，要保持稳定，要看到它的危机和挑战，做好应对，我们要在人才、资金、管理、运营上调配力量，优化结构，腾出更多的精力来研究开发新媒体，创新传统媒体。随着时间的推移，科学技术将和媒体不断融合，不断出现新的东西，我们虽看不出未来是个什么，但我们要切切实实做好应对的准备和思考，不断地与时俱进，否则就要被时代所抛弃。

2009年上半年，我和丰总对于手机报的发展已经有了一个明晰的共同目标，那就是2011年达到25万户。根据全市移动手机用户量，目标至少在60万到80万户，理想用户可以发展到100万户。随着移动网络技术的发展，新闻快餐、呼叫服务中心、动漫开发、社会综合服务将是我们下一步开发的目标，同时，大学生校园手机报、县区手机报等各类手机报也是一个不错的市场。

那时还没有“两微一端”，100万手机用户，对于移动来说效益不算什么，但对于报社来说，可是一个很大的盈利空间，按照当时四六分成，每月手机报定费3元，1万户就是1.2万元，10万户就是12万元，一年就是144万元，20万户就240万元，一年就是268万元，而且这个收入基本是净利润。其成本是非常低的，它是我们新闻资源的再开发和深加工，可以说是新闻产品的综合利用。当时运营手机报的员工真正就三四个人，而我们报纸一年的净利润也只有200多万元，因此对报社来说，这个利润实在太诱惑人了。如果能够达到150万用户，那个利润空间是可想而知了。

为了进一步加快发展，鼓励部下努力工作，积极借鉴外地发展经验，我们带着两家有关人员到外省报社考察他们手机报的发展，然而在江浙我们的考察让他们感到有些意外，外地手机报几年来基本处于停滞状态，还是徘徊在那么个点上，对于做大手机报感到一筹莫展，我们的到来倒让他们感兴趣。从谈话中我们了解到，他们的合作对象是移动、电信、联通三家，三家和报社关系都是处于一般状态，结果三家都没有认真抓，都半死不活，三家也很少有交流。他们对我们只和移动一家合作感到不解。对这个问题我给他们的解释是，当时我们在选择合作对象时有所考虑，而且经过几番比较。三家同时合作，不能突出移动的优势和地域老大的地位，对其积极性肯定有影响，而且我们一开始就是和移动合作，这个时候同时与三家合作，显然移动会不高兴。选择移动一家看起来不合算，但我们考虑即使电信联通参加，其两家手机用户总量也只占到全市市场的百分之三十左右，俗话说“伤其十指不如断其一指”，为此，我毫不犹豫地提出只和移动合作，其他两家等时机再合作，显然移动的积极性高了，推广手机报的力度大了。实践证明，我们选择强强联合而不搞多元联合是对的。

在山东考察，我们看到他们手机报发展的势头很好，齐鲁晚报已经发展到了60多万份，更有各个县级手机报也已发展起来，每个县多则两万多份，少的也有几千份。考察之前，我们也在思考县级手机报的发展，济南的手机报发展正好给了我们思路。了解了县级手机报实际操作遇到的困难，我和他们一道分析，我提出到底是市县两个手机报的冲突还是两个手机报的内容冲突的问题，他们也感到困惑。分析后我们感觉两个因素都有，一般一个人不会同时定两份手机报。对于手机报的内容来说，分开来各做各的，显然内容又有交叉。在这种分析之下，我们就想可不可以做一个手机报，同时满足两个方面的信息需要，那就是在一个手机报里，既有市一级手机用户需要的信息，又有县里手机用户需要的信息，这是最好的选择。这对于手机用户来说可能更方便。这个思路在我们后来手机报发行中不断明晰。

合作就要合心。手机报开通后，移动方面不遗余力，不断采取各种有效措施推送，给各个网点下任务，出台各种优惠政策，在营业大厅开展宣传推介，手机报的发行量呈直线上升。作为报社我们更是主动配合，积极从手机用户的角度做好服务宣传，在内容上不断创新，想用户所想，供用户所需。积极开展手机报和网站的联动互动，把网上的内容和手机报内容联动起来，网上内容手机上答，手机上内容网上答，大大提高了手机报的互动性和及时性，实现了网机优势互补。同时我们还利用平面媒体宣传手机报，实现报纸、网站、手机报三个媒体的联动互动，选择手机报上的信息（那时还没有微博微信）发在报纸上，放大宣传效果。为了加强这方面的力量，也考虑到手机报的政治安全，我们不但把报纸的骨干人才调整到网站和手机报，充实采编力量，还加强了手机报内容的审核把关。实际上，我们在不断加大手机报的宣传和推介力度的同时，也免费宣传了移动，为他们拓展了新业务，巩固了老客户。其间两家不断地联手组织开展各种社会公益活动，我们之间实现了真正意义上的双赢。显然，这种形式的合作为报社带来了丰厚的利润，为移动的发展营造了一个很好的舆论环境。合作中大家从不相互计较，本着一个目标，各尽其力。每次活动的经费都由移动支付，为了提高用户在线率，报社实行了手机用户提供的信息图片采用奖励政策，采用一条奖励5元。在社会上聘请了一部分对新闻敏感，善于思考，有思想有见地，善于捕捉民情民意的手机用户，作为报社手机报的记者，大大丰富了手机用户所喜闻乐见的信息内容，从而吸引大量手机用户订阅手机报。

到2010年，我们的手机报用户已经突破10万，我们第三次举行新闻发布会。这次发布会更加隆重，我们邀请市领导和一些有影响的手机报用户和媒体参与，请他们谈使用手机报的感受、意见和建议。现场开展了抽奖和答题有奖活动，为新的手机报记者颁发聘书。那些来自市民中间的手机用户上台接受我们颁发手机报记者聘书时那种诚惶诚恐的样子，实在让我们感动，来自民间的是最真诚的。那天我们还特地邀请了电视广播报纸等媒体，认真策划了活动方案。可以说每次手机报的推介活动都是对移动的一次盛大宣传，移动已切切实实地感到这种形式的宣传效果，他们已在三大运营商中遥遥领先。手机报体验用户已达到18万户，实际沉淀用户已达到15万户。根据这个势头，我和移动丰总商定，当年，我们的目标用户在25万户。当时的这个用户量已经是全省市级手机报的总和，这在全国手机报总量排名中是很靠前的。

随着网站和手机报的不断强化，报纸和新媒体之间就有了竞争，虽是一个单位，但网站和手机报的出现使得报纸的新闻信息明显滞后，而且网站和手机报很多是利用了报纸的资源，这明显对报纸产生了影响。如何处理好两个媒体之间的关系，一开始大家认识并不深刻，都是一家新闻单位，新闻的竞争问题容易被忽视。负责小报的同志提出了这个问题，怎么办？尽管当时看来对报纸来说压力不大，但一旦出现了问题，我们就要重视，我的习惯是不要等到问题成了堆再去解决。我们不能因为新媒体的发展而影响传统媒体，不能发展一个影响一个，而应该考虑如何将两个不同媒体的长处充分发挥好，相互补充，相互促进，相互提升，相得益彰。从这一点出发，我提出，手机报不能完全是报纸内容的缩版和报纸新闻信息的延伸，而应着力在便捷、快速、灵活、服务用户上下功夫，形成自有的特色媒体，可以利用移动技术开发新的产品，由原来的每天一期，改为每天早晚两期，重要信息可以随时发送，内容上要更加面向大众用户，更加丰富大众喜闻乐见的内容。报社记者要树立积极为网站手机报提供新闻产品和信息的意识，善于把传统媒体采访到的信息“边角料”加工成新媒体的产品，要积极发展一批手机用户的信息员，积极为我们提供有效的新闻信息，吸引手机用户参与手机报的活动之中。同时，作为面向市场的小报也要调整办报思路，调整采编力量，不在时效上争高低，重点在娱乐性、可读性、知识性、准确性、实用性，加大深度报道，提倡记者写深度报道，按照职称给记者编辑规定每月必须完成好稿的任务，给好稿高分。鼓励记者到一线采访，给予一线工作的交通出差费用的方便。在晨刊开辟手机网络信息专版，开展报纸、网站、手机报之间的互动，实现三个媒体联动。

在与移动的合作当中，我进一步看到了媒体和科技融合的趋势，这将会产生一种新的媒体业态。利用科技手段提高网站的信息传播时效，利用网络技术开展与网民的交流互动。我在想，把网络技术和媒体融合，会发生怎样的媒体裂变？这将是一个影响媒体直至彻底颠覆传统媒体概念的一次革命。在与移动的合作中，网站和手机报很快就形成了两个很有影响力和生产力的新媒体，它给我带来了成就感，在和移动同志交流的过程中，让我看到了新媒体发展的无限空间，许多的臆想在头脑中闪现。这个感觉虽很幼稚、很模糊，但对当时从事传统媒体的同志来说，我已觉得是“山雨欲来风满楼”。

我在和丰总的交流中，开始思考合作的更大空间。一方面，我们凭借着移动的科技和媒体的结合，预测会衍生出系列的组合产品；另一方面，我们考虑再次到媒体发达的省市去寻求新的发展思路。当我们第二次到外地的一些媒体考察时，大家都感到传统媒体面临新的挑战，然而在我看来应该是更大的机遇。只要传统媒体顺势而为，积极主动应对，不抱残守缺，故步自封，一定会在新一轮的媒体发展中独领风骚。习惯了优越的环境和传统思维的人们，不到喝完最后一杯羹时，是很少愿意在暂时还丰盛的餐桌前离开的。很多事情就是这样，非要等到不可收拾的时候才会去收拾，其实在发展的过程中有些问题只要用四两之力就可以拨得千斤，可为什么没有人去做这样的工作呢？毛主席曾经告诫我们，我们的同志不要等到问题成了堆再去解决，而实际工作中往往就是非得问题成了堆，寸步难行了才会引起人们的重视。我和一些媒体的同志说，今日的媒体遇到的情况比之当年供销商业遇到的冲击来势更猛更快，稍不注意媒体的明天就是供销商业的今天，我们做传统媒体的看不到这个趋势就是瞎子，没有这个担忧就是失职。在这个问题上，可能我考虑的确很多。我们和移动的合作，实际上是人生价值观的共识，大家都在考虑未来的事业发展，干点实实在在的事，大家在工作中实现灵感与灵感的碰撞，思想与思想的对接。我们相互尊重，不讲势子，不摆架子，不玩小九九。对于我来说更是把它当作一件大事来抓，对于报社来说，这是媒体发展的一个很大空间。可能对于移动来说，他们看中的并不是赚多少钱，而是看到了它的未来发展趋势。我们对于发展手机报包括后来关于新媒体的发展探讨，都有一个高度的共识。尽管当初上面对和我们开发这个项目没有明确的态度，但丰总毅然决定自己投资，调配人力，率先探索，作为一个国有企业老总，有这样的一种精神难能可贵。

手机报的发展，对于报社和移动两家来说，都有一个投入问题，谁投入多少很难有一个计量标准，需要的是两家能够默契，做大规模，不相互计较。对这个问题移动更大度。工作中为了扩大手机报的影响，吸引用户，我们采取手机信息采用奖励的办法，被采用的信息每条五元，每个月下来奖励有好几百元，我们有的同志觉得这个奖励应该由两家分摊。我给他们算了一笔账，一份手机报一月一元，多一千份每月就多一千元，多一万份就多一万元，这对于移动来说是九牛一毛，如果我们因为计较每月支出的几百元奖励，而影响对方发展的积极性，一个月少发展一千份，我们就少收入一千元，少发展一万份，我们就少收入一万元，而且我们还有很多合作开发的项目，此时市里的另一家媒体已是虎视眈眈，弄不好人家和另一家合作，会是什么结果。合作就是合心，大家应该看大势谋大利，不计小利而算大账，我们只有把自己的事做好，才会让他们在推广中少有压力，用户量才会上升。而在搞活动时，差不多的费用都由移动承担。我说这种合作是一种有高度的境界和共识，事业的共赢没有私利也没有杂念，否则就很难合作愉快，也很难很快发展起来。大家都站在一个高度，都从这个高度考虑问题，就什么事也没有了。

现实中很多单位企业之间的合作，正是因为相互之间斤斤计较，缺乏相互信任，过分讲究责任界限，结果使得两家在合作中的交集部分形成了管理的真空，实际上这个管理真空，只要两家中任何一家稍微用点力，问题就会迎刃而解，而往往就是这很小的真空，两家谁也不愿意主动去解决，相互推诿相互扯皮，结果问题越闹越大，引起了两家之间的不愉快，最终闹成很大的矛盾。这就是现实中很多很好的合作难以形成，或者难以发挥最大的效应的原因。

网站的发展，应该归功于几个年轻同志，他们对新事物接受快，兴趣大，干事业很认真，对网站建设很有见解。网站建设一开始我就放手让他们干，我时常将一些想法告诉他们。他们能够很快理解消化，并使我的想法得以完善。他们的执行力很强，也时常有主意，只要我认为合理的，我就支持他们大胆地干。开始他们只是在技术方面有长处，但我在给他们提要求时，总是要他们树立市场意识，慢慢地他们在市场经营方面的意识不断加强。2009年，他们从外地网站了解到外省一家媒体搞了一个全市形象大使选拔赛的市场经营策划活动。我觉得这个创意不错，就让他们先把对方策划的大致方案拿来，并安排副总带着他们去实地考察，看一看人家到底搞得咋样，在搞的过程中遇到哪些问题，回来后再拿出我们的策划方案。我跟他们说，拿来主义也不失为智慧，把他人的经验拿来是个好主意，但拿来不能囫囵吞枣，要结合我们自己的实际加以完善。经过一次次的不断修改，他们拿出了一个基本让我满意的东西。这时，我们再召开总编办公会，集体研究具体方案。最终我们确定的活动主题为“全市首届形象大使选拔赛”，整个活动实际上是由网站一帮年轻人具体操作的。

在策划形象大使比赛活动时，他们给我推荐了一家文化传媒公司来具体帮助策划。第一次见面，通过交谈接触，我觉得他们在这方面很有经验，而且很有思想，对这个活动的具体操作更明晰，更增加了我的信心。大的思路和实施方案确定下来，这项工作就交由分管网站的副总统筹协调。刚开始我只是觉得这个活动很有意义，不仅仅是一个商业性市场经营策划活动，更是一个倡导文明，提升机关效率效能建设的宣传活动（那一阶段市里正在开展机关效能建设活动）。但对于这个活动到底能搞到什么一个样子，我心里还是有些没底。经过一段时间的准备运作，看完他们组织的初赛活动，我信心更足了。这是提升报社和网站影响力，促进精神文明建设的公益活动。它的社会效果已经超出了我的初衷，当我把这个活动的具体内容向宣传部一把手汇报时，他立即给予了充分的肯定。这已经给了我们更大的信心，同时也给了我们更大的压力。这时我心中已经有了明确的目标，这是一次全市人民的精神文化盛宴，不能有丝毫的懈怠和差错，并对承办公司和有关专家提出了更加严格的要求。承办公司和几位专家也更加认真，来了精神。我想，这些做事业的人更加注重自己的劳动成果得到社会的承认，社会的承认就是对他们的最高奖赏。结合全市正在开展的机关效能建设，他们还主动创作了一首诗朗诵送给我看。我觉得这个形式很好，为进一步突显主题，我在内容上做了修改。

经过一个多月的充分准备，复赛开始的那一天，我们特地邀请了部领导观看。他看后大加赞赏，对这个活动给予很高的评价，并当场决定此项活动以部里名义主办，决赛时要邀请市几大班子负责人都来观看。邀请的几位专家为他们的劳动成果得到领导认可而感到格外激动，在场的选手也十分激动。

公开比赛那天，影剧院门口挤满了熙熙攘攘的人群，剧院里面更是座无虚席。选手们穿上艳丽的服装，一个个精神焕发，再加上比赛现场的灯光效果，气氛热烈十分。我的一个简短的致辞后，比赛正式开始。那些来自观众身边的选手，他们代表着不同部门不同行业的形象，他们用群众生活中工作中喜闻乐见的形式，充分展示了本行业规范标准文明的举止和热情周到服务的流程。他们精湛的才艺表演，不断地赢得一阵阵热烈的掌声。他们表演的节目都是他们工作的艺术再现，观众感到格外亲切，比赛得到了众多单位的重视，很多单位对选手的选派、节目、表演都做了精心准备，甚至请人辅导。通过表演，他们把部门行业的标准和辛苦传递给了大家，使大家对他们的工作有了一个更深的了解。一位选手的母亲主动地走上舞台，为女儿的表演当配角。那天，市几大班子负责人都到现场观看，市负责人还要我们全程录像。

为了公平公正，决赛那天，我们专门从省里邀请了几位专家当评委。几位专家在观看了比赛后十分感动，对活动给予很高的评价。他们说，这个活动十分生动地宣传了地方，创新了主题宣传的形式，有很强的观赏性和社会效果，并提出这个活动应该向各个县延伸，也可到外省巡演。

看到他们优美的动作、流利的口才、精彩的才艺，看到他们那种勇于展现自我、充满自信的精神，我十分感动。他们中每个人都蕴藏着自身的特质，这些特质因为平时没有展示的舞台和机会，只能压抑并在压抑中逐渐钝化。他们对于人生的追求，对于自我特质的展示，出于无奈只好收藏于心。而一旦给了他们机会，他们就像那些在池塘里的鱼儿，面对一场新雨过后来自池边沟渠流淌的新鲜雨水，充满着新鲜躁动，竞相逆水而上，有时甚至会奋不顾身。尽管有些人的表演很幼稚甚至让你感到可笑，但他们对于自身特质的展示充满着自信和无畏，他们不怕失败，更不怕丢掉什么面子，他们的展示确实让你感动。正是有着这样一批人，我们的活动才搞得风生水起。我们没有什么高额的奖金，更没有什么商业的承诺，我们只不过是给他们提供了一个展示的平台，但参与者十分踊跃，达千人之多。我在想，生活中还有多少人需要平台，我们还需要去搭建多少平台，才能让他们有机会展示和发挥。我们的人才从哪里来？

团结是战斗力。一个单位班子团结很重要，但班子团结不是和稀泥，这个问题很复杂，但班长是关键。班长首先要尊重班子成员。你搞一言堂，别人说不了话，让你搞，好了，总有一天他会说话；你要小聪明，把别人当糊涂虫，糊弄了今天，能不能糊弄到明天，能糊弄一个人，能不能糊弄所有的人；你搞小圈子，就等于给自己树立了对立面，把圈外的人推到了别人的那一边；你大权独揽，权力总是一把双刃剑，这把剑既会伤人也会伤自己，你总有失去权力的时候；你压制了对你有不同意见的部下，不等于别人不会说话，你能不能压制所有对你有意见的人。总之，你把别人当糊涂蛋，你自己才是真正的糊涂蛋。天网恢恢，疏而不漏。

我觉得和大家共事应该始终把自己置于班子当中而不是之上，这样才能充分发扬民主；思考问题应该把自己放在班子之上而不是之中，这样才能站得高，看得远；解决问题应该把自己置于班子之后，这样才能在解决问题遇到矛盾时留下回旋的余地。这个感觉是我在一次和证券的王总登鸟山时感悟到的。

那是一个夏末的周日，早晨天气十分晴朗，我知道王总没有回老家，就和他约好中午一道吃中饭，休息一会儿，下午爬爬山。平时我们也是很多休息的时间在一起。王总人内向，学识很深，有大智慧，为人忠诚，不大喝酒，不喜欢社交，我们性格相投，经常在一起聊天谈地。周日只要他不回老家，且我们都没有什么重要事的情况下，我们就会联系，大家在一起简单吃个饭，然后聊聊天或者出去转转，这已成一个惯例。

下午三点钟左右，我们驾着车顺着湖边大道来到鸟山脚下。停好车，我们先在湖边转了一圈。那时湖边的亲水楼台还没有建起来，湖边垒立着一座石墩，石墩上卧着一只大石鸟，我们饶有兴趣地边走边聊，然后开始爬山。山不是很高，说是山其实不过是一个小山丘，我们不费什么力气就很快到了山顶。山顶面积不大，稍微平坦，成长条形，但在山顶中间有一块石头突兀，高出平面四五米，那是山的最高点。突兀的石块面积不大，只有一两平方米，而且中间高低不平，我们小心翼翼地站上去，附近的一切已是尽收眼底，农田的稻子翠绿葱茏，村庄一栋栋粉白的民房正冒着缕缕炊烟，浩渺的湖面上渔船点点，偶尔有鸟儿在空中盘旋，一列火车长龙般从南方驶来，很快就钻进了我们脚下的山洞，马上又从另一洞口驶出。一阵风来，忽然脚下一崴，身体一阵平衡后才站稳。此时，我头脑中猛然间有一个闪念——高处不胜寒。

由此想到报社，我们的领导班子不就像这座山上的这块山顶之石吗？站得高，我们才能看得远，是位置决定我们的视野，然而高处只有这么一块大，能够站的人有限，然而站山去的风险也大，就像我刚才站在那里，稍不注意很可能就会摔下去。作为一把手就像站在这山的最高处，稍有不慎就会摔跤，必须始终保持清醒的头脑，站稳脚跟，不偏不倚，公平公正，站在中心，要心在中心，才能保证不被摔下，也只有始终稳定地站在中心，你才能把大家紧紧地团结在你的周围。

随着时间的推移，新媒体的出现，传统媒体面临一个明显的观念更新，事业创新的问题。报社的一批老同志将要逐步从中层岗位退下来，经过两轮竞争上岗，年轻的同志也渐已成熟。经过连续多年的选聘，干部的梯度和结构已经比较合理，一批年轻的同志渐已成为报社的骨干。几个年富力强的同志开始走上了中层关键岗位，关键时候有人能干事，有人能干大事，外部环境也好多了，报社的活力大大增强了。报社的第一个硕士研究生，既有丰富的社会实践，又有很强的业务能力，为人忠厚，干事敬业，是一个十分优秀的人才。那年我们招聘人才，他是中文专业研究生，我看了他的简历，他专科毕业后在市里一家橡胶公司搞销售，工作两年后考上了研究生，他的这个经历让我十分感兴趣。我的感觉是，一个新闻工作者，要有一定的社会阅历做铺垫，这样可以拓宽他看问题的角度，增加看问题的深度。在分管同志到校考察了之后，我约他来报社谈谈，他给我的感觉很实在，问他为什么要回老家，向他这样的学历到更好的媒体还是有很大机会的，他给我的答复是我要回家，爱人在这里。对他，我们作为特例免试录用。对于看人我好像有一种特别的感觉，通过他的面相、举止、谈吐，大致对他有一个基本的判断。实践证明，这个同志确实很优秀。他工作尽职尽责，表现很优秀，过了一年多一点时间，由于其他原因，在记者部暂时没有主任的情况下，我们让他主持记者部工作，他很快就能独当一面开展工作。

报社的人事制度改革已经进行了两轮，前两轮有一些制约因素，一时还不能全面展开，主要是在采编人员的聘用和绩效考核方面的改革，凡后经过招聘的采编人员，一律实行同工同酬同待遇，主要是要打造一支留得住、业务过硬的采编骨干队伍，对于其他人员则一律实行合同制。在这两种制度下，按照绩效对职工进行考核，逐步缩小基本工资的比例，扩大绩效工资的比例。按照岗位需要，实行部分岗位竞争上岗。经过前两轮的改革，大家对此已经达成高度的共识，接着就要进行报社的第三轮人事分配制度的改革。这个时候，我在分析报社的发展要求、组织结构、岗位需要、人力储备、思想准备、上下共识，以及政策环境等各个方面之后，觉得条件已经成熟，可以更大范围、更深层次、更大力度地推行新一轮的人事分配制度改革了。我想，改革不是让一部分人得利，一部分人失利，而是改掉那些不合理的利益获得，让大家都能够从改革中得到实惠，让效率更高，让效益更好，这样改革才能得到大家的拥护。老同志是一个地方一个单位的宝贵财富，必须得到尊重，不管他们现在如何，要看到他们在过去的历史发展中所做的贡献，考虑到有的老同志可能要主动从中层岗位退下来，为了表示对他们过去工作的充分肯定，我们仍然给予他们原岗位待遇不减，以争取得到老同志们的支持。这样，第三轮的人事分配制度的改革应该是报社一个全方位的改革，在全面理好报社第三轮人事分配制度改革的思路后，我们认真研究，拿出改革方案，再交由全体员工讨论修改，使之更加完善。为了减少因考虑不周到不全面甚至有缺陷而造成的矛盾，我们还邀请有关部门参加，进一步对方案进行修改，最后再将全套方案报送有关部门批准执行。

三轮改革方案中，关键是所有的岗位设定好，每个岗位所要的人员设定好，岗位的基本待遇设定好，竞聘的条件设定好，也就是所有人员“全体起立，重新洗牌”，原来所有的岗位为暂时岗位，待竞聘结束正式实施那天，退出暂时岗位，竞聘上岗人员到位。因此，第三轮人事分配制度改革关键是岗位竞聘。

岗位竞聘分三个层次进行，首先是各部室主任的竞聘。竞聘那几天，大家都很兴奋，每个同志都很关注。为了体现公平公正，我们组织了由市有关部门同志、报社职工代表和报社领导组成的评委会。每个参加竞聘的同志都十分认真，精心准备，每个同志的竞职演说都十分精彩，充分展示了他们对竞争岗位的深入思考和岗位管理领导的聪明才智，频频曝出的思想火花和独到之见，让我耳目一新，我对他们因竞聘而爆发的知识智力的能量感到震惊。我更感到一种责任和压力，作为一个领导者如何才能领导他们，让这些蕴藏在他们中间的这种知识和智力的能量能够充分释放出来，我们要做的工作还有很多。有了他们还有什么做不好、做不了的事业呢？

在部主任人选确定以后，各个部室副职双向竞选，即每个同志可以进行两个岗位副职竞选，部主任和副职进行背对背双向选择，根据竞选结果结合部主任的选择，确定部室副职选聘。之前，报社已根据发展明确所有部室岗位职责、人员要求和职位人数。最后就是所有职工的岗位选聘，各人根据自己的条件进行岗位选择，每个人最多可以选择三个岗位，各部室根据本部室人数提出具体选择对象，根据双方选择意向，按照顺序进行选定，最后对少数岗位空缺，少数没有对应岗位的同志，采取自己主动找岗位、办公室协商配选、临时岗位安排或待岗的办法处理，三个月内仍找不到岗位又不服从安排的，请主动辞职或由报社辞退。实际上我们在改革在之前已充分进行了调查分析，对改革的方方面面有一个总体的把握，对改革的后果有了一个科学正确的评估，不留死角，不留后遗症，不拖泥带水，一步到位，所有可能出现的问题都在考虑之中。按照这个方案预测，我心中有数，基本不会有人落岗，而是按照个人的能力和岗位要求进行了一次内部人事的优化组合，大家都会各得其所，这也是改革的初衷。实践证明，通过这一次的改革，报社的组织结构和人岗匹配更加科学合理，真正做到了人适其岗，岗得其人，充分体现了管理的科学化和人性化，尤其是既给了部主任选人的权力，又给了职工选岗的权力，两者相得益彰，得到了全体职工的支持。这次改革顺利地实现了报社中层干部的新老交替，一大批年轻人走上了中层领导岗位，报社的发展充满着生机和活力。

报社发展的动力来源就是搞好经营。报社的收入主要来源于两个方面：一是发行收入，市场类报纸发行是很亏本的；一是广告经营收入，这是报社的主要收入来源。再有就是极少的财政支持，我们当时每年财政定补30万元，对报社来说，可谓杯水车薪，后来由于上项目追加了20万元。由于编制控制很紧，报社要发展只有靠自己来做大做强，而做大做强就必须打破现行的报业事业体制的束缚，积极借鉴外地报业改革的一些成功经验，自主向社会招聘人才，走机制和体制创新的路子。

为了留住人才，鼓励先进，绩效考核是关键，也是报社管理最重要的事，搞得好就可以调动大家的积极性，搞得不好就会挫伤大家的积极性，必须科学合理。方案初稿出来，中层干部人手一份，由各科室组织讨论，充分发表意见；然后由各科室收集意见，组织中层干部讨论修改，修改后再拿回到各科室讨论，吸收意见；再召开全体员工会议，公布方案，让大家集中讨论，求大同存小异，形成一个较为完善的正式方案；最后，邀请组织、人事、财政、纪检、宣传部门同志进一步指导修订。方案的指导思想是，分配向采编经营一线倾斜，体现多劳多得，人随岗转，薪随岗转，奖勤罚懒，定性和定量结合，业绩和综合表现结合。这个方案既体现了多劳多得，又体现了职工的价值取向要求，防止了一味的金钱利益导向。我们从人事部门对每人核发的工资中拿出百分之七十进行重新分配，对这部分的考核，我们设置了业绩考核和工作表现两个指标，业绩考核占70%，工作表现占30%，最后按综合考核实发每月绩效奖金。工作表现考核设置若干个档，分优秀、良好、一般，连续三个月工作表现考核一般的，给予诫勉谈话。这就避免了记者编辑为了追求绩效而淡于会议报道和跟随负责人活动，以及其他工作的综合安排中可能出现的违背组织纪律的现象。

我的感觉是，任何一个改革，一定要保持着一个正确的价值导向，否则，这种改革还是不改的好。实际上在很多领域的改革，我们忽视了精神层面的东西，缺乏核心价值理念，这种改革往往把人们引向歧路。为钱而钱，为利而利。改革若丧失了根本的价值观，就会迷失方向，造成混乱，老实人吃亏，投机者胆大，制造了一个收入阶差和价值价差。

在我国改革过程中不乏一些昧着良心，钻政策空子，挖国家和集体墙角，巧取豪夺的投机者，正是他们败坏了改革的风气，毒化了社会环境，这个教训是深刻的。报社的改革也是一样，如果单纯以绩效来考核，那些兢兢业业踏踏实实干事的人就会吃亏，那些需要深度报道和重要的报道策划有时就会落空，那样就会导致大家为挣钱而写稿，忘记社会责任，甚至丢掉良心，更会在职工中形成一种不良的价值取向，而两个层面的考核，使职工必须做到职业道德和业务素质兼修，这在当时应该是一个创新，也容易被大家接受的。对于报社班子，我们从自我做起，不搞特殊，绩效只比大家的平均值略高。实际上很多地方已经实行了总编辑年薪制，高出职工多少倍。对于企业高管拿年薪，我是坚决反对的，无论是国企高管还是报社老总，都是一个职务岗位，而且这个职务岗位多数是任命的，虽说需要一定能力，也有一定压力，但也没有拿到比职工高十几倍的薪水。如果说一个人就能决定一个企业的命运，那么我们的组织部门在选人用人方面就得承担这个责任。很多企业是政策的宠儿，吃政策饭的，离开了政策的保护，很快就灰溜溜的。

现实中有些企业高管逮起来了，企业还不是照样运转吗？那么为什么要给他们拿那么高的年薪？是用钱买人心，还是要培养一个特殊的阶层？就拿报社来说，我总感觉不是我一个人能力最强，本事最大，最累，而是有一个班子，一个优秀的员工队伍，任凭我一个人本事再大能耐再强也是不能为的。

一个企业的成功往往关键就取决于选好用好一个人。这里关键是“选好用好”，但多给钱不等于“选好用好”。一个老总动辄年薪几十万，几百万，一年的收入是多少普通职工一辈子也挣不到的，这样职工会觉得公平吗？这些企业在企业效益好时，老总可以拿着巨额年薪，一旦政策优势失去，企业出现亏损，经营难以为继，他们或者拍屁股就走，或者以社会人的身份以极低的成本买来。一夜之间，国企就变成了私企，他们中很多人的原始资本积累，来自他们的巨额薪酬。我们在分析第一轮的小型国有企业、集体企业的所有权变更时发现，有些原来集体私人企业的法人代表，一转眼就变成了私营企业的法人。

在报社，我也完全可以拿到比职工高很多很多的薪酬，只要我有这个想法，我可以把自己作为改革的最大受益者。但我想，这个平台是组织给的，干好工作是我的责任，发展好报业是我的任务，只能干好，不能讨价还价，这是责无旁贷的。干不好就要滚蛋，受到处罚。我昨天还在那个岗位，能力也就那么强，工资也就那么高，今天来到这个岗位，一下子就有了好大的变化，我心里感觉不踏实，不敢拿那么高的薪酬，人还是一样的人，怎么一下子比职工多拿那么多的薪水？干事业说发展靠大家，民主集中制，怎么利益面前忘记了大家，忘记了集体智慧？

我时常在想，在这些年市场经济的发展中，一开始我们对于市场经济的规则并没有把握好，而让坑蒙拐骗巧取豪夺等不健康的东西乘虚而入，钻了很多体制和市场竞争的空子，有些人一夜之间就变成了百万、千万富翁。在发展市场经济的初期，计划经济形成的行政权力依然对市场起着作用，权力和市场结合所滋生的腐败，使我们丢掉了市场经济中的本质的东西——诚信和公平，无序的竞争摧毁了我们长期积淀的传统文化和道德底线，使“有钱能使鬼推磨”这句古话一度变成了权力和市场交易的现实。

改革不是剥夺每个人的权利，而是在大限度地发挥大家的长处，发挥组织功能和结构功能的最大效益，改革要从群众的利益出发，尽可能地把改革可能带来的负面效益考虑好，要站在全体群众的利益角度来考虑，也要充分考虑少数人的利益所受到的冲击。越是发展好的时候，越要让群众得到实惠，而这个实惠又要是科学的、长远的、可控的，要善于以其他的方式建设一个补偿机制，以解决改革中的过渡空间问题。

在报社一晃就是十多年，其间我一直没有考虑什么时候离开报社，只是一门心思谋报社的发展。在我心中，工作岗位的调整是组织上的事，我个人不需要考虑，就这样一干就是十多年。回想起来，能在报社干这么长时间，大致有几个原因：一是我们班子同志是团结的，大家都能开诚布公、坦诚相见，不搞窝里斗，和我在一起，大家没有不开心的，对我还是肯定的；二是我在报社和大家还是坚持公平正义的，遇事按规矩办，按制度办，从报社的利益出发考虑问题，尊重班子集体的意见，职工认可我们；三是我们时时警省自己，不搞小玩意小动作，不耍小聪明，坦荡做事，实在做人，平等待人，职工支持我们；四是报社收入福利还可以，比上不足比下有余，小日子好过，比较安逸，大家都把精力用在业务上；五是我个人觉得这个岗位适合我，更多的是从业务的角度去干，也回避了官场许多看不惯不愿参与的东西，有这个平台，用心是可以实实在在干事业的；最后一个也是很关键的一条是，我们没有给领导添麻烦，领导觉得我们在这里他放心满意。

实际上这十年中间我也有几次机会，但我压根就没有去想，因为之前来到这个岗位，我根本就没有想到，也根本没有找过组织找过领导。据说当时在讨论我到报社时，有的领导还很怀疑说，报社那么复杂，他能干好吗？在有的人眼里，我是一个比较文弱的人，性格内向，虽有思想，但没有领导经验，也没有他们认为的领导霸气，是否能镇得住那个摊子。一开始，我并不知道那个时候报社是很复杂的，但从我这么多年跟随领导耳濡目染的行政管理方法和思考，我还是充满自信的。我不喜欢随波逐流，人云亦云，喜欢独立思考，有自己的见解。对领导我是若即若离，有能力有水平的，我敬重，发自内心，不附炎；能力平平，水平一般的，我不会去附和；官不大势子不小，盛气凌人的，我对他是鄙视的目光，觉得他们太浅薄；我更反感领导之间的钩心斗角，争权夺利。

一次两个领导闹矛盾时，其中一个领导问我，是不是给另一个领导送过东西。这对我刺痛很大，我听了感到很恶心，我认为，尊重是一种发自内心的情感，而不需要用金钱和礼物来表达。礼物就是礼物，在那样的环境下，工作中的礼尚往来那是人之常情，而把送不送礼当作是对领导的尊重不尊重，那是对领导尊重的一种亵渎，把送礼当作升级提拔的敲门砖，那更是对自己人格的侮辱，也是对领导的侮辱。我毫不客气地回了他这么一句："你是我的领导，这么多年，我给你送东西了吗？"这句话让他有些尴尬。

几十年，一步一步走来，我感觉到自己算是幸运的。我不知道机关是什么样的政治生态环境。还是在大队时，村里的书记就说我清高，我不知道怎么回事，虽然我当时是本村高中生中的第一个共青团员，回来后在村里搞什么写写画画，可当村里买了台大拖拉机需要驾驶员修理工时，没有我的份，办了一个机械厂需要技术工时，我也没有机会。我喜欢看书，不愿与人多交往，不愿说恭维话，更不愿说违心的话，我有自己的思考和思想，我看不起那些卑躬屈膝、趋炎附势的人，更不会违背意愿去迎合别人。这是不是就叫清高，我不明白。在工作中我只知道哪些领导对我工作支持，有水平有能力，我发自内心的敬佩敬重，平时有机会请他们吃个饭，那是发自内心的尊重。我对那些喜欢投机钻营的人不屑一顾，对那些在领导面前弯腰弓背吹牛拍马的，我认为没有骨气，对那些对同事对老百姓喜欢摆架子要威风而又能力平平的领导，我是敬而远之。

我知道自己的能力水平有限，但我有报社这个平台，我有这个位置，有条件能够集中大家的智慧。我提醒自己，作为一把手，必须学会善于调动大家的积极性，善于集思广益，善于发挥班子及骨干力量的聪明才智。只有这样，你才能超越自己，战胜自己的能力不足和水平有限。有了这样的思想，我就对自己领导报社一班人有了充分的信心。我深知实现这样一个心态，需要心胸，需要理性，需要淡泊，需要智慧，更需要有一种定力。几十年奋斗努力，一路走来的风风雨雨，所见所闻，让我更加坚定了这一点。尽管在报社十多年，我没有放弃对于事业的创新追求和热情，而在进入其中却觉得前面的事业风光无限，更加激励着我不能有丝毫的懈怠，正是在这个不断追求的路上，不知不觉就走过了十多年。

仕途也是需要经营的。在报社这个环境里，你可以体会到道路两边的风景，感受到什么是真善美，什么是假丑恶的表演，观察到竞争下的繁荣所包容的丑陋和罪恶，有无奈，有愤怒，也有欣喜。报社尽管也是一块搞业务的地方，但面对那么多具有职业敏感又是非分明的眼睛，你的一言一行都在他们的监督之下，你要心存畏惧，把握好自己。就在写到这一段时，我得到一个消息，有两个曾经担任报社老总的，离开报社去了县里主要负责人的位置上，最近出事了。重要的岗位，权力和金钱的诱惑，失去的监督，使得他们忘乎所以，放松了戒备，最终走上了犯罪的道路。我在想，对于那些在高风险区工作，处于权力顶峰的人来说，每一个人都承担着极大的风险，没有巨大的定力很难抵挡罪恶环境的诱惑，顶住罪恶环境的毒害。祸所福所伏，福所祸所依。腐败在什么地方都可能产生，最关键的是要有底线之惧，定力之恒，每日三省，严于律己，要做到“常在湖边走，就是不湿脚”，不陷入腐败的泥沼，非一日之功也。

工作中，我喜欢逆向思维，喜欢从问题的一面来思考，把理论和实践的经验结合起来，站在一个更高的角度看问题，积极地寻求解决问题的办法。这种思维方式是积极的、善意的，在一定的场合下，往往突破了人们常规发言的思维，给人以新的视角、新的思考，也给了领导新的思考，同时也给了我自己机遇。

我以为，很多领导都不愿听批评的话，喜欢听恭维的话，但更多的领导喜欢听有建树的话，问题是摆着的，解决问题的钥匙在哪里，这是领导最需要的。一个人你再有智慧才能，你的观点得不到领导的认可，你的所有想法都是空的，你只有选择好自己的位置，把握好自己说话的角度、语气，站在解决问题的高度拿出你的智慧，真正地为领导分担忧愁，你的智慧才有可能得到认可。

父母都是斗大的字不识一箩筐，家中也没有什么藏书，更谈不上拿钱买书。印象最深的是，一次到舅舅家带回一本毛主席著作词语解释，另一次是舅舅寄来的毛主席语录和毛泽东选集，我如获至宝，有事没事的时候就打开来看看，尽管当时对内容还不理解，但觉得新鲜有味道，有一种模糊的感觉，读了一遍还想再读一遍，其中很多语录和文章我都能够背下来。虽然那时背起来也只是口念心熟，囫囵吞枣，但有一种亲切感，给人一种力量，对于主席很多语录和文章的理解，都是在后来的实践中慢慢感悟到的。由于少年和青年时代书读得不多，知识积累不够，我在以后工作中常常感到知识不足，能力不够，水平有限，时常缺乏自信。我是在一片红色的环境中长大，在追求红色理想中成长，普普通通的一个农民孩子，没有严格的家庭教育，没有一个良好的学习环境，也没有经历那个阶段的洗礼，只是一个旁观者，对那段历史并没有什么深刻的体会，对于政治社会的了解也是在后来的工作实践中不断接触、不断体会的，很多毛主席的语录越到后来体会越深。那个时代所给予我们的时代烙印是很深的。

感谢哲学给予我人生的快乐，是哲学的思维让我在遇到困惑时，丢掉了苦恼，看开了世界，找到了解决困惑的方法。

认识—实践—再认识—再实践，循环往复以至无穷，一分为二，辩证思维。我对于理论和实践的认识，感悟最深的是理论和实践的紧密结合。这个问题讲起来很容易，可做起来难。它是两个方面的“紧密结合”，一个是理论和实践的结合，一个是实践和理论的结合，在这两个结合的过程中，始终贯穿着一个头脑思考加工的过程，有时是前者导示后者的过程，有时是后者导示前者的过程，有时是相互否定，有时是相互肯定，不断完善、与时俱进的过程。在这个过程中不但需要清醒的头脑，还需要勇气智慧进行自我革命，没有放之四海而皆准的真理，没有亘古不变的真理。而这一点我们常常难以做到，有些人时常为了维护自己的尊严面子，就产生了绝对权力下的绝对真理，听不进别人的意见，独断专行。要么忽视了时间、地点、环境的变化，只见树木不见森林，只看眼前，不顾长远，不去把握事物的规律；要么就是只听一面之词，一叶障目，不见泰山。

就如一段时间的干部体制，一味地追求年轻化、知识化、学历化、结构化，一些领导认为干部越年轻越好，学历越高越好，而不注重干部的实践工作能力，忽视那些从实践中成长的干部，一些单位为了年龄结构到处搞“拉郎配”。由于这种用人的导向，一些干部把学历当作升迁的敲门砖，想着法子捞学历，个别人甚至连毕业论文都是别人代写的。这种导向致使一些人不注重向实践学习，不注重从实践中总结经验，他们成就于夸夸其谈，受益于领导的好大喜功，成功于标新立异，很快青云直上，独掌一方大权。也许其他一些干部从这些人的发展中得到“启发”，看到某些说假话、搞形式、做假事、捞政绩的人风光无限，一路顺风，他们也随波逐流，不甘示弱，展示智慧，抓住机会。他们尝到了搞形式、造政绩、树形象、吹牛皮所得到的实惠，体会到了贿赂趋炎于领导所带来的甜头和希望，忘了对党负责和对人民负责的一致性，不愿接触实际问题，更没有耐心来解决基层实践中遇到的问题；他们需要的是领导的夸奖，政绩的立竿见影，步步升迁的光环；他们昧着良心，回避问题，不顾事实，不屑人民的感情，尽拣好的说，追求政绩，自然不会考虑赫赫政绩的背后掩盖着的隐患，风光的表面掩盖着虚假的繁荣，他们就这样一级一级地掩饰，一级一级地造假，一次一次地爬上去，终酿苦果自己尝。

理论建树在一个信息失真的参照系，结论必然是荒谬的，俗话说，差之毫厘，失之千里，实施起来必然是既丢掉了东方的根，又失去了西方的神。就如当初推进市场经济，我们对于市场经济的精髓——公平竞争、诚信守法——把握不好，让坑蒙拐骗、投机倒把钻了空子。公平竞争诚信守法是需要成本的，而坑蒙拐骗是捷径。

在二十世纪八十年代，随着家庭联产承包责任制的全面推开，农村原来的生产力及生产关系的一系列结构被打破，农业农村农民面临许多新情况新问题。围绕“三农”问题，结合在校学习的理论，参考有关资料，深入思考，我先后对我国农村劳动力转移、小区域经济发展、农村劳动力知识结构、农村城镇化发展等问题进行了研究。其中，《我国农村劳动力转移转移三个阶段》《农村劳动力转移对农业生产力结构的影响》《推进农业信息化之关键环节》《实施农村住宅商品化开发》《我国乡镇企业链动式发展战略》等论文的观点和思路，都是从实践到理论的研究中提炼出来的。这些观点和思路随着时间的推移被证明是对的，我感到自豪。我不是一个搞理论研究的，我只是一个普普通通的公务员，我找准自己的位置，着力于实践层面的研究，并一有机会就付诸实践。1995年我在农村抓点期间，看到新农村建设存在的问题，就萌发了农村住宅商品化开发的念头，并就在那个村组织实践操作，两年后离开那个村子时，一个新农村的规划框架已成，并按照规划已经实施，可在我离开几年后再经过那个村时，一切又恢复到了原来的模样，心中的新农村永远停留在那个阶段，我感到很不是滋味。我觉得很多事情并不如我想象的那么简单，最重要的是要解决政策执行实施的终端问题。

有一段时间，招商引资成为一项重要工作。招商的业绩是要报道的，2008年市里要到沿海举办一个招商会，我的任务是和当地一家报社联系，能够在他们的报纸上报道一下我们的招商活动，这个任务当然轻松。虽然我们的差距很大，但毕竟是同行。那天，我们一早出发，一点多钟到达目的地，我们先住进宾馆，约好三点半去报社。我们到报社的时候，报社已经为我们的到来做了精心的准备，新鲜的水果、精致的席卡、优雅的环境，让我们十分感动。接待我们的是报社的一把手仁社长，五十来岁，个头不高，人很精干，十分热情，大家一见面，话匣子就打开了。我简要地介绍了我们的来意，仁社长接过话，非常明确地交代坐在他旁边的采访中心主任做好安排。接着他似有感慨地说，我还以为你们是来招商的呢？不瞒你说，一听要帮助招商，我头就痛。这几年到处在招商，我们这里经常有外省报社同志来，说市里给他们下了多少招商任务，每年都有好几家，我们这里哪有那么多商可招啊，现在连我们这里也到外地招商了。来的都是客，大家都是同行，得帮忙。

仁社长是个热心人，介绍完后就让其他同志带着我们参观他们的报社。他们拥有日报、晚报、商报、手机报、报业印务公司、广告传媒公司等，还有房产、商务餐饮等经营项目，目前正在积极筹备成立报业集团。看了他们的发展，我感觉两地的经济一个在天一个在地，两家报社也是一个在天一个在地。

广告收入是报社的经济支柱，是报社管理的重中之重，更是敏感的管理部门，对此，我是十分谨慎。刚来时，我依靠大家，一切从学习开始，熟悉各个环节，掌握广告经营的程序和制度，调查分析广告市场，走访重要客户，慢慢地对广告市场和经营管理程序有了比较清晰的把握。总的来说，当时的广告经营做得不错，广告部的同志干事很认真，广告经营也有一定的经验，人也很本分，但有不少客户单位反映他有些固执，不大与人交流沟通，可我觉得广告经营不但要有经营的头脑，还得要有一个人品底线，否则就会出问题，有缺点不要紧，我们可以帮助他改，所以，在工作中，我就积极利用他的长处，放心让他搞经营。小报是广告成长的最大空间，由分管广告的副总来搞，既有利于广告的协调，又有利于小报迅速成长。工作中我经常有意识地和搞广告的同志交流，一道研究分析广告市场，帮他出点子，但也确实感到有时和他沟通很难，他很自信、很认真。那时每年广告经营效益都有一个相对较好的上升幅度，这是他引以为豪的，但媒体之间的激烈竞争已非昨日，电视广告正在迅速生成长大，分割广告市场份额，如果我们在机制观念上不能抓住机遇，采取有效措施，先人一步，就会失去更多的市场份额，这个趋势十分明显。可那时对我们报社很多同志来说，大家的思想观念还有问题，都愿意在采编岗位，不愿意搞广告经营，我们的广告经营主要还是靠“拉”，大家叫“拉广告”。所谓“拉”，就是和人家拉关系，套近乎，劝人家做，广告经营策划能力较弱。加上市规模小，市级经济薄弱，市场广告源不多，报社还没有专业的广告经营人才，要想在广告经营方面有个大的突破，无论在思想观念，还是在实践经验方面都还有很多的路要走，然而启动思想的解放和创新观念也不是立竿见影的。我想要改变这种现象，需要时间，需要成功的经验借鉴，需要创新机制。

几次到外地考察，如何改革报社的广告经营机制，实现比较理想的广告经营效益，我的脑海里一直在思考。从外省和本省兄弟市报广告经营的经验来看，很多地方开始尝试采编和经营分离的模式，甚至采取广告代理的形式来激活广告经营市场。如果这种模式能够成功，就能够给我们带来更大的效益以及管理模式和机制的创新，那倒是我们当时最需要的东西。我开始反复研究广告代理的机制和运行问题，拿来外地成功的模本，和大家一条一条地推敲，研究外地代理经验的成功和不足，风险和效益，跳出模本看模本。

广告代理首先要有一个科学的广告标的，标的测算是一件十分科学和严谨的事，也是一件敏感的事。标的科学，代理后就能实现报社效益和代理方的效益双赢，效益大增；标的不科学，或出现报社广告利益严重流失，代理方获利巨大，或出现代理方达不到应有的效益，经营积极性受挫，难以为继，代理中途夭折。我们认真分析了报社前几年广告经营业绩和当地的广告市场态势后，经过反复测算，几次总编会研究，才确定了广告代理的基数标的和一个年度递增幅度，这个标的是明显的跳起来摘桃子。我们的理由是，之所以我们要代理，正是因为我们过去自营业绩没有达到我们的预期业绩，这里面还有一个空间。既然代理，那一定要比我们自己的经营能力要强，效益要好，否则没有必要代理，这一点也给愿意合作的对象说清楚，这叫“周瑜打黄盖”。同时我们还测算了一个扩版、加印、增期以及以报社名义开展经营活动等因子的基值，随着这些因子的变化，报社也从广告代理的效益中按一定的比例获利，这个条件实际是很苛刻的。而这个条件的设置也就防止了代理意外获得巨大效益时，报社却没有得到什么。对这个问题，我从我们许多集体和国有企业的拍卖或承包中，发觉到它有着很大的漏洞，很多地方政府在转让拍卖或发包企业时，往往就是一锤子，不分析市场，简单草率，不精于计算，很多时候会出现对方接手后一转手或稍加调整经营思路就获得巨额利润的情况。群众骂那些当官的猪脑袋，骂他们串通一气，有意放水，从中渔利。

我们的广告合同是在借鉴外地一家代理广告合同的基础上，结合本地广告市场和报社广告经营的实际，经过多次反复研究修改而成。就在我们和第一家广告公司基本谈好合同协议正要签订时，对方忽然提出代理负责人的调整。这改变了我们的初衷，我担心对方有无能力承担，是否会坚持原来的思路。就在那天晚上，吃过晚饭，对方说要到我办公室再谈一谈。他进办公室时，手里提着一袋沉甸甸的东西，没谈一会儿，他转身就走。我说你的东西丢了，他边走边说，一点心意。我不知道是什么，但很快我就警觉起来，立即让他把东西带走。他还是往外走。我更加严肃地大声喝道，这东西必须带走，否则我会将这东西从窗子扔出去。这时对方才不好意思，返回身来拿走那沉甸甸的袋子。这件事确实给了我灵魂的一个震撼。就这样，我们的合作就此停止。

就在我们和一家广告公司谈广告代理时，我的一个很要好的朋友知道了，找到我提出他愿意代理我们的广告，我一听不容他再说，当场就给予否定。我跟他说，只要我在这里干，你就不要有代理之念头，你不适合做代理，你从没有这方面的经历。这让他有些不高兴。我说，我们既然是朋友，你就要理解我，支持我，不能干的事绝不能干，瓜田李下之嫌我不能不回避。就在我们宣布和第一家合作谈判终止不久，本地一家公司主动找上门来愿意代理，表示之前已听说，但知道我们正在和前一家谈判，他就没有介入。考虑到已经和前面一家就合作事宜谈了很多回合，我们心里有了底，合同的内容也基本确定。为了不致前功尽弃，我们考虑先让对方就我们已经谈好的合同框架认真考虑一下再接触，如果没有什么大的争议，可以考虑再谈。对方认真看了合同，一口答应没有什么异议，就这样我们开始实质性接触。谈判中，对方明确表示，对原来合同的内容一一予以承认，只是个别地方我们在理解上有些不同，我们认真给予了解释，对方也基本接受。这样我们在权衡以后派人再一次对这家公司的实力和经营能力进行评估，大家觉得这家公司毕竟是当地的，对于当地广告市场比较了解，综合几个方面的因素，大家一致认为可以合作。就在合同即将签字时，我还一再给这家代理公司的老板提出，代理是有风险的，要有思想准备，坚持诚信履约，不打折扣，报社的利益是和大家的利益捆在一起的。言外之意他应该明白，报社不是我一个人说了算，损害报社利益要问大家同意不同意；同时要善于借助报社这个平台，进一步做大做强企业，必须脚踏实地，善于经营，善于开拓。就这样，广告代理虽是一波三折，但总体还算是比较顺利。

广告代理的第一年，广告市场很火爆，经营效果很明显，势头也很好，主要是房地产市场广告，双方合作很愉快，对方也能按时上缴代理广告费。可是到了第二年下半年，整个房地产销售市场开始下滑，加上电视媒体也采取了代理的模式，他们的公关力度加大，一部分房产商开始减少对报纸媒体的广告投入，向电视媒体的广告投放，报纸的广告效益明显下降。同时实行代理后，采编经营开始出现“两张皮”现象，双方在配合上也出现了一些问题，代理的经营压力明显加大。说实在的，我们当时的广告代理标的考虑，是在一个广告市场持续向好的情况下推算的，也是房产市场处于最高峰时，没有考虑广告市场萎缩，这样市场经营的风险就全部由代理方承担了。对这一点对方当时可能没有考虑到出现的情况对双方都是一种压力，一旦市场风险进一步加大，代理就会夭折，代理过程中就会因一点点利益而发生矛盾。这就是虽然看起来广告代理了，报社的经营压力小了，但作为报社来说，我并没有感到轻松，甚至感到相比之前矛盾更多更复杂，这中间就会出现很多需要协调解决的问题，甚至是很敏感的问题。你不介入，矛盾会越积越多；你介入太多，难免会在员工中造成误会，对这一点我心里虽早有准备，但还是害怕，这也就是我们报社所承担的风险。按照合同，每月对方都要按时将广告代理费缴入报社账户，但效益不好时就会不能按时到账，有时也会找理由和你讨价还价等，分管的同志解决不了，你必须走上一线。我的方法是对代理中出现的问题，班子里大家先交流一下，理出个头绪，有一个初步的意见，然后由分管同志谈，一个回合不行就两个回合，两个回合不行就三个回合，最后在全面了解对方要求的基础上，我们心里大致有了一个底，这时我再出面，这样协调就有了一个基础和一个方向，也避免了一开始就陷入僵局。果然在合同执行中，对方对合同一处条款的理解与我们产生了分歧，尽管相关同志已经几次和对方协调但仍无结果。

一次，代理公司老总来到我办公室，就这个事来阐述他的理解。我有些不耐烦了，心想这个事我们已经讲得很清楚，再讲没有什么意思了。我有些带理不理的样子，我知道他当时广告经营已经连续几个月亏损，精神压力很大，可我也无法接受他对于合同的曲解。我明确地告诉他这就是代理风险，就得要按照合同进行，没有讨价还价的，这是我的底线。他是一个很有个性很有脾气的人，我的态度一下子给了他很大的刺激，他猛地跳到我的对面，伸手一下子抓住我的衣领。我没有思想准备，但我很清楚地意识到，如果我不理智，可能会把事情弄得很糟。我站在那里，两只眼睛冷冷地盯着他，他见我那么冷静，心里已经有些理屈了，这时正好有报社同志经过，才使这场尴尬结束。事情已经过去了几天，他很不好意思来到我办公室，一再向我道歉，可我觉得那事已经过去了，当务之急是研究怎样解决好问题。我的态度让他感到意外，他说这几天他一直担心我会宣布终止他的代理，没有想到我还在为他的经营策略考虑。我对对方的一时失控是理解的，我的态度让他失望，我得换个角度来思考，帮助他分析困难，指出他经营中的不足，为他更好经营提出些好的建议，这才是解决问题的关键，如果我也一样激动，就会把事情闹成僵局，后来我才知道他这次来已经做好了撂挑子的准备。冷静的处理结果，让他很感动，他很谦虚地说，这是对他认识人生的一次改变。

由于实施了广告代理，有些经营活动，广告客户往往在观念上还有问题，他们对代理方的认识是有差别的，他们总希望直接与报社合作，但当时按照改革要求，采编和经营分离，代理方希望做得更大一点很不容易，代理后一些广告客户的偏见和媒体的关系也在发生微妙的变化，减少了投入。更为重要的是，由于实施了代理，报社职工的经营意识渐趋淡化，如果持续下去，那么报业经营的意识在职工中可能会越来越淡化，这给报业的长期发展提出了一个问题，报业经营人才怎么办？所以现实的问题，迫使我要站在更高层面来考虑报业的体制和机制的创新。

总结了经验教训，同时从报社人才的储备来看，在这个代理周期即将结束前，我们就在谋划考虑下一轮广告经营的思路和体制机制。我们必须提前考虑培养我们的广告经营人才，组建自己的队伍搞经营了。实际上在这个代理过程中，我们积累了不少经验。为了使代理交接不留空隙，经过协商，我们在代理到期前两个月，就开始介入广告经营，比较顺利地完成了交接任务，而且当月就实现了预期目标。

从版面和广告市场经营来看，日报的广告空间已经有限，而广告增长空间主要在小报，这就需要挖掘潜力，开拓市场。开拓市场首先就是扩大发行量，扩大发行量不但很难而且还提高了成本。我们分析，在当时的环境下，小报不能复制过去报纸走以高额的发行成本来赢得广告市场的路子，必须综合分析广告市场，确定一个合理的投资比例，既要看眼前也要看长远，使投入—产出效益最好。尽管我们这样很理性地分析判断，但实际增加发行量已经很难，小报生成的时间太短，出生时又遇到外力的打压，加之其他一些报纸已经占领了一定的市场份额，要想在现有市场中分得一份确实不容易，所以当然还是希望能够得到领导的支持，随着日报合并发行，降低发行价，这样既省力又很有效果。这个形式有的地方搞过，关键看领导对这个事情的态度，但当时报刊大战已经压得基层喘不过气来，基层同志已经怨声载道，领导又不是很支持，我们自然也不好争取，只好发动全体员工自主发行。每个员工都很卖力，积极利用工作之余甚至星期天休息时间，通过各种关系各种渠道，从老总到每个员工，八仙过海，各显神通。记者编辑同志利用自己的岗位优势，征订稍有空间，难度小一些，很多不在一线的同志，又没有一定的社会关系的，干脆把自己的亲戚朋友当作征订对象，能多订一份是一份，很多同志还动员亲戚朋友帮着征订，想方设法完成任务。那时让我十分感动，为着我们的事业，只要一声令下，我们的职工个个冲在一线，不遗余力，很多同志不但超额完成了自己的任务，还帮助别人完成任务。

一个地方一个单位，一个决策确定下来，就会有一个地方一个单位的全体为之而奋斗，我看到了领导的号召力，看到了决策的影响力，更感到了一个地方或者一个单位领导的责任，如果我们一旦决策失误，那将是对人民多大的伤害啊。因此，我更感到肩上的担子，我们的决策千万要慎之又慎，千万不能有重大失误，那样我们从良心上说不过去，更对不起人民啊。搞全员发行的第一年，我们的发行量就由3000份增加到5000多份，第二年增加到7000多份。

发行量并不等于影响力，长期的党报体制下的采编思路和人才队伍，一下子改变成晚报的采编思路和报道形式，是要一个过程的。

那一阶段，我把对于工作的思考作为一种精神的享受，而根本就不去计较环境的不利。一次，小报报道了一家企业的卫生问题，某个领导来了劲，又是派人了解发稿情况，又是要分管同志检讨，就是因为这家企业有背景。那时正是媒体发展的大好时机，我感觉到这个机遇期不会很长，必须抓紧乘势而上，所以对于来自外部的委屈，我经常告诫自己，不可冲动，理性对待一切，你改变不了环境，你就得适应环境。一时的委屈只要能换来事业的发展也是值得的。尽管有时遭到莫名其妙的批评，我也甘于忍受，有时我想可能是误会，有些可能就是别人的品性，我不能要求别人，我也改变不了别人，那我就要忍得住，不仅仅因为上下级关系。一次，一个领导讲话时不知怎么突然间发起飚来，含沙射影地对报社小报一番莫须有的奚落，弄得会场同志们莫名其妙。我当时真想一下子拍案而起，但我还是忍住了。我想，毕竟那是会场，一旦发生正面冲突，对自己对事业都不会有什么好结果，我极力地压抑自己的情绪，告诫自己不能冲动。

实际上小报是“戴着镣铐跳舞”的，要读者认可，就要适应读者需求，服务百姓，更多关注民生民意，敢于针砭时弊，扩大读者市场，赢得更大的广告空间；要领导支持，就要围绕中心，服务大局，加强正面报道，少报道负面的东西。你只能在这两者之间寻找平衡，既要让读者喜欢看，又要让领导满意，更不能得罪地方领导。这些要求对于一些在大报社待过的记者来说，往往还能把握分寸，但对于一些年轻记者来说，有时很难把握，他们往往只是从职业的角度怎样痛快怎样写，对于一些可能引发更深层次或者全局性的东西把握不住，或者容易在报道中出现偏见偏激，很容易造成很大的事件，或者报道中出现瑕疵，被当事人抓住把柄，纠缠不休。因此，负面信息的报道要站在全局的高度审视，防止出现负面效应。

2009年，市主要负责人调整，这对于我们来说是一个压力，现任领导曾经是这个行业的人，自然对业务要求更高更严。他在考察我们的报纸后还是给予肯定的，这让我们心里有了底，也增加了我们的自信。后来，我们办报的环境好转了，大家干劲更大了，新闻策划围绕市委市政府的工作重心和中心不断出新出彩。

由于报社工作一直很平稳，七八年时间班子都没有动，结构上有些老化。几个年轻同志正是干事业的时候，从班子的年龄结构和未来事业发展来看也应该考虑了，可市里新的人事刚刚调整，这事暂时没有考虑。

2010年，组织上让我兼任部机关领导常务，一肩双挑，压力更大了。过去虽然也兼，但机关工作我基本不问，现在不一样了，机关很多具体的事需要协调，光开会几个负责人就忙不过来。我想既然来到部里，那报社的工作就要放手了。可是领导不表态，人选没有定下来，我也没有办法。新领导的到来给报社的发展带来了很好的环境，各方面的协调好多了。有时他还亲自和我们一起策划版面，设计主题宣传，讨论报社新媒体的发展。考虑到领导人会议多，占用的版面多，在他的支持下，我们改革了领导人活动的报道和一般会议的报道形式，对有些会议和领导人活动采取一句话的标题新闻，以腾出更多的版面空间活跃版面的形式。这项改革一开始有些领导不高兴，他从自己的会议活动开始，从一把手的活动开始，很快大家就达成了共识。

机关会议多，陪会多，事情多，光每天开会就有几拨。各个部门开会都要参加，其实很多时候参加了也就参加了，很多的工作还是各部门自己做，至于需要宣传方面的事，报社记者也都到场了。报社本身对于地方的宣传是责无旁贷的，也会自觉地遵照有关会议精神去做，但是每次还是部里报社都得有人去，有时需要部里报社参加的，我干脆一个人去算了。在一些部门一些领导认为，你去了就是对他工作的支持，你不去就是对这项工作重视不够，所以很多会议你还不得不去，但去了也没有什么实质性任务。很多时候一个人要同时参加几个会，这个会报个到，那个会坐一会儿。负责人忙不过来就干脆叫科长代替，有时代替可以，有时有的领导强势，那就要挨批。没有办法，在正常情况下，我只能上午在机关上班，下午到报社处理日常事务，有些时候报社没有什么大的事情，我干脆就不过去了，招呼大家有事电话联系，也就是希望组织尽早将报社人选定下来。

新来的领导平易近人，平时我们除了工作交流以外，还不拘形式进行思想交流，大家有问题就谈问题，有工作就谈工作。休息时我们以兄弟相称，有时还在一起拉拉家常，谈社会，谈人生。他性格直率，讲义气。每次和他在一起的时候，受他感染自己也觉得年轻了。那段时间我们的工作很快乐，很开心。他有很多思想，我有很多思考，我们在交流中提升，不断达成新的共识。

他关心年轻同志的成长，在他的指导下，我们开展了机关青年干部论坛，每周选一个主题，由一个同志主讲，其他同志听评，相互交流，相互提升，活跃了机关氛围，调动了机关同志的积极性。考虑到干部的综合素质提升，我们还在机关干部中实行了AB岗制度，每个同志都有两个岗位职责，A岗是主要职责，B岗是次要职责，在A岗人工作缺位情况下，B岗同志要主动承担A岗责任。这虽是个小小的改革，但对于年青同志的成长十分重要。

既然到了机关，且分管文化产业，我开始更多地考虑文化产业的发展问题。我觉得作为一个产业提出，应该说我们已经意识到了文化在经济社会中的地位和作用。我们的文化发展已经滞后于经济的发展，我们说两个文明一起抓，实际上在基层还是一手硬一手软。基层对文化产业的发展、精神文明的建设用力不够，更谈不上在意识形态方面的引领。农村有些落后的东西还占有一定的影响，靠物质带动的富裕还缺乏文明的滋养，农民虽然兜里有了点钱，但精神生活还很单调。社会上的一些文化娱乐事业大多以营利为目的，鱼龙混杂，能够引领社会进步的精品力作不多。文化产业不但要适应经济社会发展的要求，还要在提升上下功夫。文化产业从哪里破题？我把它比喻成一棵大树，要主干粗壮根深叶茂，这是基础，没有这个基础，再大的树也容易在风雨中折断或倒下。主干，就是主导产业，要有战略的眼光，要站在战略的高度，确定能够引领一个地区文化产业的发展方向，面向未来能够走出去；粗壮，就是要有足够发展的空间，只要有足够的知识智慧营养，就能够长出参天大树；根深，就是要有悠久的文化根源，深深扎根于人民群众的土壤之中，拥有深厚的文化底蕴；叶茂，就是要有持续的创新能力，整枝打杈，与时俱进，不断丰富文化内涵。

滨湖丰厚的文化宝藏，至今深埋于湖水之下，很小的时候就听到很多传说，很多还有文字记载，但就像一把珍珠撒落在地，东一个西一个，没有串起来，形不成饰品，发现不了它的美。这些丰厚的文化宝藏为我们开发文化产业发展打开了广阔的思路，为我们创新文化产业拓展了广阔的发展空间。以湖文化为主题打造一个立体的综合文化产业园的构想，已在我的脑海中渐渐有了一丝眉目。我开始利用我的岗位优势谋划这个思路的可行性，宣传我的观点，开始向一些长期研究当地文化的专家学者请教，可时隔不久，由于区划调整，这项工作搁浅了。

来到省委大机关

2010年，一个偶然的机会，我被调到了省级机关。刚开始，我担任一个内设处的处长。

几十年的经历告诉我，既然改变不了环境就要适应环境。

没事得听听音乐，麻醉麻醉自己，因为在这里不需要你去做事，你也不能多做事。有一次，网络上正在播放歌唱家刘欢唱的《从头再来》，我也跟着哼哼。坐在旁边的一个同志说，这首歌很适合你唱，言下之意，我的一切都得从头再来。我一想也是的，一切不就是从头开始吗？说起来一个处级单位，实际上只有两个人，一个勤杂人员。可能看我是一个即将退休的同志，很多事不让我去做，都由原先的同志去做，好在我也乐得个清闲。白天坐在办公室，晚上回到房间什么事也没有，看看电视。刚开始，每天逼着自己写点东西，想到什么写什么，一个厚厚的笔记本写得差不多了，可时间一长，没有实际的生活，写出来的东西也很干瘪，索性放下来不写了。

放下了手中的笔，不去思考也很难受，调整心态，转变角色，并不容易，必须慢慢适应，我开始发现自己这样放弃是对自己的不负责任。虽然这里没有你的用武之地，没有工作展示和考虑的空间，但你的思维不能停滞，思想不能颓废，生活不能消极，自暴自弃既对不起组织这么多年的教育培养，也不利于自己的身心健康，放得下就得要彻底放得下，真正从思想上放下，放下不是放弃，进一步的思考告诉自己，必须进一步调整好自己，真正要以一个健康阳光的心态面对未来，这才是一个身心健康健全的人。想通了这个，调整对我来说应该不是很难，来这里反而感到无官一身轻了。

在一个地方生活了几十年，习惯了，对这个大城市还是缺乏感情的基础，有很多不习惯。每到周末就想着要早回去，其实家里也没什么事，有时即使要好的朋友约着周末来个聚会，我也婉言拒绝，因为一个星期都耗在办公室已经很难受了，回去换个环境换个心情，是一种自我的调节。但回去也是麻烦的事，过去一直都有车子、驾驶员，随叫随到，现在什么也没有了，你要么坐火车，要么坐汽车。买票时的排队，上车时的拥挤，坐车时遇到的尴尬，让我体会到作为一名普通公民出行的不易。有时周末下午有事迟了，赶不上公共汽车，要么等到第二天，要么连夜坐火车往回赶。过去长期有专车，一下子改变过来，偶尔也有些心凉的感觉。刚来时还有些奢望，希望偶尔还能有个照顾，可几次冷遇，就彻底死了那份心，一狠心干脆自己买车吧，算一算自己也快要退休了，买辆车是需要的。好歹普通的车不是很贵，家庭用车十来万就行了，贵了买不起，便宜了不安全，利用一个周末去了趟汽车市场，各种车辆让你眼花缭乱。别克凯越，价格适中，造型也不错，车质量又好，虽说耗油量大一点，可安全系数高，也就这样定了。看到那些很能撩你心动的车，一看价格不敢问津。

没有事只能成天坐在办公室，看看电脑，喝喝茶，又不能随便出去转，还要给新单位留个好印象。才来到这里各方面情况都不熟悉，过去到了下班的时候，没有事大家可以回家去，现在呢，这里既没有家也没有多少熟人朋友，很多时候都是一个人独来独往，没有办法大家就是一个字“忍”。

偶尔有个朋友约了吃个饭，近则半个小时的路程，稍远的要一个多小时，出租车常常打不到，想挤个公交，道路又不熟悉，地点难找到，一顿饭总要在路上折腾几个小时，有时还要搭上几十元甚至上百元打车费，偌大的一个城市到处是车流和人流，喧嚣和拥挤。我因为过去一直在媒体工作，刚来时一些媒体朋友经常邀我，但参加几次后，我觉得太累，一来时间耗得太长，二来我又不大喜欢喝酒，有时干脆我就找个借口不去了。

我觉得这样长期下去，对自己身心健康很不好，从这个环境中跳出来，放宽心情，阳光心态，快快乐乐，这是对自己意志力和理性的考验。我想我必须找到一个能够调节自己心态，健康自己身心的办法，不致智力钝化，导致将来患上老年痴呆，那么还是要多动脑筋，加强身体锻炼。我给自己设计了一个规划，那就是，领导要你做的工作，你就好好去做，领导不要你去做，你也不要生气。我想这不是颓废，而是现实就是如此，我几次尝试尽我所能，但几次都让我心灰意冷！

既然有这么多的时间，那就要安排好自己，过去没有时间干一些自己的事，现在有的是时间和条件，一个人在这里，吃饭在食堂，一日三餐不用烧煮，不用洗刷，有时不想在食堂吃就出去吃，三不久之还有些朋友约着喝个酒。办公室有空调，温度由你自己决定，旁边有健身房，跑步机、乒乓球桌、拉力机、骑步机等，累了去活动一会儿。活动出汗了，旁边还有淋浴间、洗衣机。下班后随时都可以有热水洗澡，这边洗澡那边把脏衣服放进洗衣机去，洗漱间连洗衣粉都准备好了，澡洗好了，衣服也洗得差不多了。晚上没有什么人交往，看看电视，思考些东西，有兴致时就用笔记下来，没有兴致时就休息休息。

刚来时在汽车站对面租了一小套单身公寓，位置不错，离单位大约二十几分钟的路，汽车站就在对面，火车站也很近，交通方便。一天下午，我去看房，来的是个女同志，个子高高的，很精干。她说，这房子是她的一个熟人托她出租的，刚刚有一个人从这里搬出去，从前面租房人丢下的物品一本时尚杂志、一瓶香水来看，一定是一个时尚的女同志。这个房子条件很好，面积38平方米，位于15楼，电梯上下，物业管理很好，房间有空调冰箱、电视、洗衣机，厨房设备俱齐全，有一个很大的阳台，还有一个小房间相当于书房，房子装修时间也不长，就是价格贵了些，对方网上要价是月租1900元，我说贵了些，1500元差不多。她说，前面一套一样的房子也是1900元。我说，我是一个普通的机关人员，平时只有我一个人住，星期天我都回去，实际住的时间不多，对房子没有什么损坏的。她看我说话实在，就告诉我说，这个房子是一个熟人托她出租的，自己做不了主，还得和人家说一下，接着她就出去打电话。一会儿她回来告诉我说，那就1700元吧。我看那房子确实不错，看那样子很难再压下价，也就没有再说了。接着我们闲聊了起来，她告诉我，她的这个熟人是地方电力部门的人，就这栋楼他有几套房都租了，我心里咯噔了一下。她也毫不隐瞒地说，帮忙介绍一次，对方可以给他租房费30%的提成。

房子就这样租定了，我让对方将房子打扫一下再搬。对方说，还是你自己打扫吧。我想也是，干脆自己动手，利用一个下午的时间，我自己过去带了洗衣粉、抹布、拖把，买了脸盆、拖鞋等，忙了一个下午，总算把整个房子清洗了一遍，再喷上84消毒液，关上门窗。过了一个星期，再过去打开窗户，第二天就带着简单的行李搬进来了，买了锅碗瓢勺，偶尔自己买点菜做一做。搞了几次觉得麻烦，一次做多了吃不了，做少了又做不着，后来干脆就不做了。

在那里住了6个月，觉得房租太贵了，住的时间也少，就想挑一个便宜一点的房子。后来在离单位更近的地方重新租了一间，每月租金1100元。那是一个只有20多平方米的单间，房东很会折腾，利用空间的高度隔了一个阁楼，正好可以做一个床铺。房间里沙发、冰箱、洗衣机、卫生间、厨房等还是一应俱全，电视虽有，但没有开通有线电视，因为我很少在房间，也很少看电视，也就一直放在那里。虽然面积不大，倒是很适合一个人住。楼下是广场，每到晚上有很多周围的市民来到这里唱歌的唱歌，跳舞的跳舞，遛狗的遛狗，散步的散步，热闹得很。这里距离单位也不是很远，步行只要二十多分钟，正好可以锻炼锻炼。

住了一段时间，我调整为室里的负责人，有了一个人的办公室，这下更方便了，在办公室的时间更多了，加上值班有时连续几天就在办公室。一个三人沙发，放上被子，睡觉时旁边再摆上两个椅子，虽然窄了些，将就将就行了，觉得也不错。这里有空调，有热水洗澡，有洗漱间，吃饭就在下面食堂，在办公室还能看看电脑，下下棋，听听音乐。下班的时候，还能打开音响，放大声音，关起门来，一个人随着音乐的节奏随意地跳上一会儿，直至全身冒汗。旁边还有健身房，想活动活动时就进去活动活动。平时我倒喜欢和机器打乒乓球，你可以根据你的技术水平调整它的发球速度、发球角度、摆动速度。我的技术水平太差，不求技术提升，只求达到锻炼的效果，所以，我喜欢用力抽球，甚至跳起来增加运动量，以求大汗淋漓，再去洗漱间痛快地冲个澡，随手将衣服放进洗衣机，抓一把洗衣粉，十分钟快洗，一会儿澡洗好了，衣服也洗得差不多了，方便得很。平时晚上迟了就不回去了，值班时本来就备有一套床被，往沙发上一铺，就是一张简单的床铺。

刚开始时只是偶尔在办公室休息，后来考虑，租一个房子，一个星期最多能住三到四天，加上值班和偶尔出差，每月真正住在租的房子里的时间不多，太不合算了。干脆不租房子了，就在办公室凑合凑合算了。

后来，我干脆从会议室搬来几张空桌子，拼在一起，晚上睡觉时就铺上被子，算是简单的硬板床，白天收拾好被子，放在柜子里，也不影响办公室的环境。这样既节约了房租，又很舒服。就这样，我住进了办公室，真正过上了“以室为家”的生活，这样生活更有了规律。早上起来，到附近公园快步转上一圈，三四十分钟，回来洗个脸刷个牙，再到楼下食堂吃个早饭，就这样新的一天工作又开始了，日复一日。

不租房子，反而有了更多的时间，我开始考虑怎样安排好自己，有时间就练练笔，写写东西，这样既不给自己什么压力，又不放弃自己，兴致来了，有了灵感就写一些，没有也不逼自己。感兴趣的话题，就有意识地搜一搜有关资料，从中分析思考，逐渐形成自己的观点，考虑得比较成熟了就开始写，不考虑成不成文，有没有多大价值，只是作为动动脑子的一个方法。抱着一颗平和的心态，能不能发、要不要发都无所谓，有了灵感有时间就记下来，空闲时就把平时的零碎整理一下，没有时间也就算了。

大机关岗位分得过细，职责明确，很简单的事也要涉及几个处室，处室之间交流不多，且主要靠文字交流。很多在基层一天能办完的事，在大机关却需要很长时间。上面是岗位分得过细，职责明确，一个岗位就干一件事；下面是几个岗位一个人干，一个人干几件事。大机关的文字工作占用了大量的时间，一些搞文字的整天坐在办公室绞尽脑汁，翻来覆去地推敲，思来想去地琢磨，为的是要磨出一篇好文。其实，这些文字都是经过三番五次的人为雕饰，新句子、新词汇不断，看起来对仗工整，虎虎吓人，朗朗上口，但不接地气。

2013年，开展党的群众路线教育实践活动，我被抽调到省里活动办，负责宣传这一块，其他工作由另一个同志负责。活动办设在机关附近的一个宾馆，这里既是办公室，又成了我的临时卧室。每个房间还供应早餐，条件很好，我也不用租房了。按照上面要求，时间半年，从六月份开始到年底结束，可实际上一直延续到2014年3月份，接着又是“三严三实”教育活动。这样，我在这里住了近一年时间。

活动宣传策划，既要有自己的思路，又要和整个宣传节奏一致，所以很多时候就合二为一了。这些工作只要把要求告诉媒体，加上自己的设想，让他们具体来做，事情也就差不多了，后面就是督促检查，好在媒体很配合，也很自觉主动，工作当然轻松。

快到年底的时候，省里要组织一个先进事迹报告团，到全省各地巡回演讲。巡回演讲人选在各地推荐的基础上，经过活动办领导研究最终确定。

在确定他们参加巡回演讲以后，工作组多次对他们的演讲稿进行加工，并请专业人员对他们的试讲进行指导。大家都不厌其烦，特别是一位老教授，稿子一开始是他自己写的，经过有关同志修改后，他反而觉得不适合自己讲了，有的地方他觉得不是那个意思，他不愿意按照修改的讲。参加演讲的同志都很认真，我们不要求全部脱稿练习，但大家还是主动脱稿练习，有的还对着镜子找感觉，有的同志晚上一个人跑到会议室，站在白天练习的讲台上，一边背讲稿一边找感觉。出发前，我们又现场模拟演讲一次，请领导再次提出指导意见。

由于巡回演讲时间较长，我和另一个同志各负责一段。每到一个地方都要先和当地负责人见面，相当于一个见面会，各地都很重视，都是市里主要领导接见，会上需要带队的同志简要地介绍一下情况。首先去的是北方的一个市，正好有部里的一个同志在下面挂职，见面会上，他很热心地为我准备了一个讲话稿。我开始有些诧异，对他的辛勤劳动表示感谢。我想这样一个简单的会见，都要别人准备讲话稿，恐怕也太官僚了吧？我想我还是自己动动脑筋吧，每个市的情况不一样，参加的人员也不一样。

在大机关处级干部就是一个办事员，而在市县一个处级干部就不那么简单了，特别是县一级，那简直就是“万里挑一”，竞争激烈得很。那些真正从基层脚踏实地干上来的人，确实需要一定的实力水平，在独立面对复杂局面时，能够驾驭全局，果断决策，妥善处理，没有两把刷子是不行的，当然也有机遇问题。大机关没有这样的环境，也没有这样的经历，大家的能力表现和任用标准，大多只能体现在文字上，很多同志只能慢慢熬。

刚开始来时，偶尔还有些文字工作，一个很简单的什么通知，却要改上三四遍，改就改吧，改来改去还是一个意思，搞了这么多年的文字，对文字似乎有些麻木了。后来我干脆就不搞了，有点时间搞一点自己的东西。

搞点什么并没有想好，好多年没有到基层，对基层的情况也不是很了解，空空的脑袋没有了问题的思考，也就没有了灵感和激情，加之这个环境有些让人消沉，更提不起神来。来到大机关，有很多东西改变了我对于大机关的认识，年轻时仰慕已久的大机关原来如此，甚至引起了我更深层次的思考，我觉得这些思考不是关于别人，而是关于自己。回忆过去的事，快乐的、郁闷的，成功的、失败的，这些已经都不重要了，重要的是回过头来，你能够领悟到什么？再一次的整理，你又会发现什么？回放一下过去所思所想，仿佛也是人生的再一次经历。

我开始考虑将自己的经历慢慢地回忆记录下来，有兴致时就打开电脑，打上几个字，没有兴致时，该干啥还干啥，往往几天打不了一个字。想起来了就打上几个字，丢掉了一段回忆，想起来再补上去。没有时间的要求，没有什么目标的追求，在过去的记忆中徜徉，在过去的记忆中，找回一些当时对于人生、社会的思考，不管是对还是错，记录下来。让过去的回忆消磨时间，让过去的经历开动脑筋，练练写作，不致让智力迅速钝化。

用一个平常的心态去观察世界，用一个持之以恒的心去干你应该干的事，任何时候都不要打机会主义的算盘，况且到了这个年龄。我想我还是很幸运的。

我一直认为，干部的科学公正选用要有一个科学的考察考核办法。一是某个岗位需要什么样的干部，应该有岗位业务素质要求，这个素质要求应该是科学的、公正的，而且是班子可持续性稳定发展的需要；二是考察干部要在其他人对考察对象有一定了解的基础上进行，那种为了选拔某个岗位的干部，把全市全体干部叫来海推的办法，实际上是一种游戏；三是既然有组织部，就该由组织部来负责全面真实的考察，坚持谁考察谁负责，同时建立考察责任追究制。

到这里，我两眼一抹黑，对情况不熟悉，只能顺其自然，韬光养晦应该是一个最好的办法了。要使自己的思想观点能够得到别人的认同，你只有在适当地时间、适当地地点，选对了适合的对象才可以，否则可能适得其反。

思想定了位，工作生活就有了方向。我觉得在一个单位，副职就是副职，所谓“副”就是你不是主要的，这一点必须明白，即使是分管也不是分家，你分管的也不是你说了算。作为副职，你不但要对你分管的工作负责，还不要忘了对一把手负责，只有把这两个负责统一起来，才是一个优秀的副职。来这里我按照这个思路来定位自己，对分管的工作积极思考，积极谋划，有了一个基本思路再和领导交流，征得一致意见后，再部署实施。

多年一把手的经历，我知道那不是一件快活事，谁都想在自己的岗位把工作做好，什么都得考虑，时刻都得小心，今天对我来说，能有这样的环境是很难得的，心里也就平和了。我想这可能与一个领导的工作方法和性格有关，我不能用自己的认识水平、从政经验来度量别人，更不能以小人之心度君子之腹，或者存有害人之心，那是卑伪的，更是危险的。我想还是从相信、支持他人的角度出发，做维护团结的推动者！这才是最明智的。

我对电脑还不是很熟悉，打字问题不大，但编辑方面还有很多程序不会操作。过去在报社很多材料都是尽量自己动手，很多时候自己是边写边思考，打字不熟悉，思考的时间就多了，就边写边改，写好了也差不多改好了，接着就打印。稿子出来后，有时觉得有些地方不是很好，就重新打开再修改，可一旦动手改起来就是伤筋动骨，又要重打一遍，有时要重复打几次，很是浪费纸张。文章真是不厌百遍改，改了百遍还有的改。现在时间充裕，也没有什么硬任务，有空就写，有事就放下。

电脑使用中遇到问题，我就向年轻人请教，一次不行两次，两次不行三次。这些年轻人大多都是公务员招考进来的，基本素质很好，工作能力很强。在和他们的交流中，我常常感受到来自年轻人的青春气息的鼓舞，觉得自己也年轻了。

城市规模大有什么好处呢？我总觉得那些地方生活节奏太快，生活压力很大，整个城市成天笼罩在车水马龙的氛围中，每个人的生活都像陀螺一样转个不停。

年轻的公务员工作生活并不轻松，机关的重要工作都由他们来做，工作的压力很大。生活对他们来说是很紧张的，我看到他们每天早上五六点钟就要出门，晚上七八点钟才能回家。一般上班来回路上就要两三个小时，有车的也要一个多小时，时间不算，光油费一个月也要千儿八百的，中午只能在办公室打个盹儿，整天泡在办公室。一个朋友告诉我，他的孩子在一个单位上班，一个月房租一千，车油费也要一千多，加上自己每个月的生活费，一个月工作下来，自己养活不了自己，还要家里补贴。他说现在在大城市工作的年轻人，买一套房子动辄几百万，一辈子工作就是为了还房贷，典型的一个房奴，哪里谈得上什么幸福指数。

农民工赶着往城里挤，虽然现在还看不出问题，后果难以想象，也许我这个人有些杞人忧天，但时间可以证明。我有一个观点，当官的有德无才，会耽误一个地方发展，而当官的有才无德，就会祸害一方社会经济。

有的当官的只要能够为自己赚足政治资本，是没有道德底线的。习近平总书记提出“三严三实”切中了一些领导干部的要害。

回想我党在初创时期，我们的很多制度不健全，经验不丰富，道路不明晰，但经过一次次的斗争较量，实践检验，批评与自我批评，我党一步步地找准了前进方向，取得了一个个胜利。而我们今天比之过去更应该有经验有智慧有能力来克服各种前进中的困难和问题。战争时期可以战场见英雄，和平时期靠什么发现人才？标准在哪里？考核的方向在哪里，干部的用力就向哪里。很多时候考核指标决定干部的升迁。考核指标来自一线，谁去核实是真是假，谁去鉴定利弊动机，光说有利的，不说有害的，光说好的，不说存在的问题，必然是问题越积越多。总书记提出领导干部要有问题思维，说得真好。如果我们的干部都能够自觉地运用问题思维，在工作中善于从发现问题、分析问题、解决问题入手，我们的经济社会就会向着健康良性的方向发展，如果回避问题，最后必然会被问题所绊倒。

明哲保身已经成了我们党内的最大危害，习总书记要求大家要“红红脸”“出出汗”“治治病”，指出了我们现在党内的问题症结。我们不希望党内搞得人人自危，但我们确实需要“脸”真正红起来，“汗”真正出出来，“病”才能治好。如果每个人都明哲保身，怕得罪了领导得不到重用，真抓实干得不到好处，弄虚造假可以提拔，一切为了乌沙为了得到领导的赏识，看着领导脸色行事，顺着杆子往上爬，我们的工作如何谈得上对事业负责，对人民负责呢？

年轻人工作压力和经济压力都很大，然他们的工作精力、工作态度、工作水平，又直接关乎政府的决策、行为以及在人民心中的形象，机关很多文件的出台领导活动的讲话以及和有关活动的运作安排都出于他们之手，他们应付机关的事务就已经精疲力竭了，哪还有精力到基层调查研究，发现问题，分析问题呢？因此，很多时候，出自他们之手的文件只是从文件到文件，从推理到推理。然要解决具体问题，必须结合实际，因此就有大胆创新者、突破政策者。没有调查就没有发言权。没有调查就只能凭空推理，或是断章取义，或是片言只语，或是一叶障目不见泰山，或是根据什么意图，这样出来的东西当然很难解决实际问题了。习近平总书记针对机关文风问题专门有一个讲话，我想总书记是从基层工作做起的，他深知这种机关文风的危害性。

说实话我来大机关已经三年多了，我感觉现在让我去说农村问题，我觉得有些陌生，抓不住要害的东西。前不久到党校学习，中间要求每个学员写一篇论文，我倒是很认真地准备着，到农村有意识地转了转。报纸上电视上经常报道美好乡村建设搞得如何如何，我就有心到一些地方去考察。这些年农村经济虽然发展很快，农村建设也很快，但很多地方是一个“乱”字，新房子，乱村子，空房子，旧村子；一个“脏”字，村里村外塑料袋、空酒瓶、农药瓶到处都是，到处是垃圾，池塘水沟都是黑的。村前的池塘过去夏天还能洗澡，现在谁也不敢，一脚踩下去，咕噜噜冒着水泡，一阵阵臭气直冲上来，即使有鱼也是严重污染，形体扭曲，不敢食用。一下雨，沟塘里污水四处漫流，你找不到一块干净的地方。

看到这里我有些心寒，反复思考，按照现在流行的说法，这是工业化进程中的问题，那么如何来解决这个问题呢？我结合自己这些年看到的美好乡村建设和过去的经历，觉得解决这个问题，应该从实际出发，统筹规划，从长远和近期发展来考虑，逐步解决农村公共资源的优化配置和充分利用问题，大胆地再一次提出了二十年前我在乡下驻点的想法，加快迁并散乱村庄，集中建设中心村，统筹农村公共资源配置，美化农村环境，这样才能从根本上解决美好农村的建设问题。可当我打开电脑开始考虑撰写提纲时，发现网上的思路太多了，到处都是加快中心村建设的思路和举措，我有些泄气了。我想大概是我多年没有研究农村问题，所以在选题上滞后了。这个问题触发了我的逆向思维，近几年来，有很多地方在农村建设上投入了大量的物力、人力和财力，可有多少是从长远和根本上来考虑的。村庄规划不搞好，建设不按规划办，再多的投入也是得不偿失的。为什么有这么多的人都认为这是一个好的思路，但就不能够很快推而广之呢？对于这些好的经验，我认为要真正地抓而不放，一步一个脚印抓下去，效果就会出现的。

党校的学习条件是很好的，但每天的学习安排很紧，也很周到，老师们备课十分认真，常常理论联系实际。好长时间没有听到这么完整的教学，我有些兴奋，几乎每堂课我都跟着老师的思维在思考，不时地在思想深处产生一些共鸣和感悟，好像回到了学生时代。两个月的时间虽短，但我确实学到了很多东西，收获很大。我觉得作为一个政党，能够一如既往地不断丰富自己，修正自己，完善自己，不断地在肯定中否定自己，在否定中肯定自己，这不但需要勇气，更需要智慧，这就是共产党能够从小到大、由弱到强的真正原因，这是一个集体的智慧，更是一个智慧的集体。通过老师的讲解，我感觉过去在头脑中一些似是而非的东西现在有了比较明晰的思路，再一次深刻感受到马克思主义哲学和毛泽东思想的伟大。我在想，那些对于马列毛泽东思想评头论足的人，真的是不知天高地厚，以自己的微薄知识去评论一个思想深邃、知识渊博的智者，实在是不自量力。你和一个白痴谈哲学，就像和一个流氓谈道德，和一个疯子讲规范，是永远谈不出什么名堂的，达不成共识的。只要共产党政权在握，只要我们坚定不移地走自己的路，只要我们每个共产党员永远忠诚于党，忠诚于国家，忠诚于人民，只要我们每个共产党员真正做到鞠躬尽瘁死而后已，我们的党就会永远立于不败之地。

作为社会治理培训，学校的课程安排是十分精心的，有理论有实践，还有现场模拟，外出参观考察，内容很丰富，对于我们长期做机关工作的同志来说，应该是开阔了眼界。其间，我们考察了革命老区，在那里我们切实感受到了当年共产党创建初期的艰难和老一辈共产党人对于革命事业的执着和忠诚。他们那种不畏牺牲、不畏困难，为追求真理而奋不顾身的精神，始终感动着我。我不敢想象，在那样艰苦卓绝的恶劣的自然环境下，他们是如何生存下来的？面对深山丛林中的灌木荆棘，蚊叮虫咬，毒蛇猛兽，如何应对？遇到阴雨雷电、冰天雪地的天气他们无遮无盖，如何躲避？面对敌人的围追堵截、打压清剿，如何周旋？面对强大的敌人和弱小的自己，哪来的那么大的决心和勇气？面对饥饿、寒冷、疾病、战斗和死亡，如何坚定信念？面对组织一次次面临灭顶之灾，那么多的战友一个个离去，如何矢志不移？等等，那是怎样的思想境界啊！想想今天我们生活工作的环境，多么优越，多么自在，我们应该珍惜这个环境，更加热爱我们的党，我们的国家，我们的人民，那是革命先辈们用生命和鲜血换来的。我们能够有今天，还有什么不满意、不知足呢？我们还能有什么理由不好好工作、不忠诚于党、不忠诚于国家、不忠诚于人民呢？我们怎么都要充分发挥好自己的聪明才智，为先辈们打下的江山添砖加瓦、贡献力量，筑牢共产党执政的根基；我们怎么都要时刻牢记历史，传承先辈们留下的光荣革命传统，不为金钱所动，不为美色所惑，不为名利所诱。只有这样，我们心中才能无愧，到哪一天我们到马克思那里报到的时候，我们才能有脸面对那些长眠于地下的先烈们。

两个月的时间，还安排我们外出考察学习一个星期，我们在外省的一个党校接受了来自外地党校教师的教学。他们的一个显著特点就是紧密结合实际，把理论和实际结合得很好，一个老师专门研究一个课题，一个课题就是一个本地正在具体实施的工程项目。这种教学和研究的方法很有价值，因为它的理论基础来源于实践，理论的创新价值和指导实践的价值都很高，这比之那些满口用理论来解释理论的教学要实际得多，有效得多。

老师直接参与项目运作和实践，老师在实践中发现问题，研究问题，总结经验，提出问题和建议，又回到实践中去检验，使之教学和实际紧密结合，既推进了教学又推动了工作，因而使点上的经验在实践中得到不断完善，理论得到不断创新。正是这种思路和方法，不断地推动了点上经验的不断成熟，从而成果化。

学习结束前一天，利用半天时间去市区转一转，大家事先约好分组行动。下午各组自行安排，我们一组约定去鲁迅故居，在那里我印象最深的是鲁迅展览馆的正面墙上醒目的两行大字——横眉冷对千夫指，俯首甘为孺子牛，这是最能体现鲁迅先生铮铮铁骨精神的。记得在初中时，从舅舅那里拿来了《鲁迅杂文选》(上下集)，当时虽然读起来有些费力，不是很懂其中的含义，但从字里行间可以体会到鲁迅先生的那种疾恶如仇的精神和笔锋犀利、严肃冷峻的文字功底，在以后的学习写作中多少受到了一些影响，开始了一段时间的杂文写作练习。

晚上，我们几个朋友在附近的步行街选择了一家小饭店小聚。这家小饭店位于步行街口，里面环境很优雅，一条小河从店边流过。坐在沿河的餐桌上，河水悠悠而过，我想要有兴致的话，可以在此一边垂钓一边酒叙，倒别有一番风味。

两个月的党校学习结束，一切归于常态，我已经回到了原单位，一切没有变化，变化的只是时间和党校学习留下的思考。

机关工作年龄是个宝，到了一定的年龄，自觉才能少烦恼。再有一年就要退休了，还有一个心愿，就是根据政策有一个待遇的安排。我在想，待遇的问题有机会能解决当然最好，一切顺其自然吧。

我有时有些自卑，觉得自己才学能力确实不够，委以现在的位置已经足够了，甚至还有些诚惶诚恐。但有时看到那些虽在重要位置，其能力水平却不敢恭维的，常常问自己，这样的人怎样能够在这样的岗位呢？是组织考察失职，还是这个人伪装得好？有的人善于伪装自己，很多场合你是很难看到他真实的面目的。这些人见人说人话，见鬼说鬼话，善于察言观色、见风使舵，心中没有正义和邪恶，见什么来什么，让你很难辨别他的真伪。对人的认识本身就是一个复杂的工程，所谓“试玉要烧三日整，辨才须待十年期”。有时候由于某个偶然事件的触发，我们才发现某个人的真实面目。

就在退休前，组织上给了我副厅级待遇。我觉得这种制度对机关干部来说是一个福音，也符合公务员制度的发展方向，毕竟领导只是极少数。一个机关那么多人，很多人都很优秀，但由于没有职位无法提拔，这样就有一些较优秀的干部得不到相应的待遇，处理不好也容易造成矛盾，而采取这种职务和级别分开的办法，就大大缓解了许多矛盾，也激发了干部的积极性。一些政治素质好、工作时间长、贡献比较大、能力比较强，限于年龄的同志，即使在职务上考虑不到，但可以通过级别解决待遇问题，这样这些同志也就觉得心里平衡了。这种形式可以创造一个更好的政治生态环境，把干部的积极性导向一个正确的轨道上。只要认真工作，兢兢业业，任劳任怨，总会有机会的，即使职务上不去，但级别可以上去，待遇没差别，这样他们会更加努力工作。我想这个政策应该持续下去。

作为个人来说，我十分感谢组织能够有这样一个安排，我也十分知足。农村的一名乡镇干事，走到今天的省委机关，已经是光宗耀祖了，还能有什么奢想呢！

2016年，60岁到了，我正式退休了，回到家乡开始了全新的生活。

退休后的生活日记

引言

60岁退休，活到80岁的话，还有20年，活到90岁的话，还有30年，这后几十年如何快乐健康地度过，是每个人面对的现实。我想，人生前二三十年是长大学习，这一阶段是打基础；中间三四十年是拼命工作，这一阶段是发现自我，发展自我，实现自我；后来二三十年是颐养天年，这一阶段是保重身体，回味人生，感悟人生，享受天伦之乐。顺畅的一生应该是一步步走来，不急不慢不悔。假如中间生病、失业、离婚、遭祸，那才是人生的最大不幸。作为一个人，一生要无愧于你的岗位、你的事业，无愧于组织对你的信任，无愧于曾经和你一道工作的同事和战友，尽力了，奋斗了，也就知足了。很多人一辈子不知足奋斗不息，还没有到头就走了，多可惜；有的人轰轰烈烈一辈子，一转身才发现自己一无所有，财富都是社会的；有的人为了子女，节衣缩食，心累身累一辈子，可子女还是忤逆不孝；有的人为权力、名誉、金钱苦心经营一辈子，到头来身陷囹圄，一无所有，还失去自由。人生切记，底线不可越，知足才常乐，健康才是最幸福的。

2017年2月20日

从2016年11月开始，我就正式进入了退休的生活。退下来真是快乐，没有了上班的要求，没有了工作的压力，没有了不停的会议，没有了酒桌的应酬，时间都由自己安排，一切都由自己做主，简单了，自由了，随便了，轻松了，快乐了。可以有时间看电视，可以有时间钓钓鱼，可以外出旅游，可以邀朋唤友掼蛋喝酒。

刚开始退休的一段时间，我让自己好好地美美地放松一下，真正地好好地休息休息。每天睡到自然醒，也不问什么时间，想睡再睡，醒来后还赖一会儿，起床后，想吃什么自己做，不想做就去外面买，没有了工作和时间的要求，一切顺其自然。过去很少看电视，现在往沙发上一坐，遥控器拿来，找着好看的看，动物世界、大真探、电视剧一集接着一集看。菜市场过去偶尔去一趟，现在是常客了，每天挑着自己喜欢的菜，价格也不计较。买回来自己动手做，洗、切、炒、煎、煮，油、盐、酱、醋的调配也是一种享受，每次吃着自己做的菜，似有评赏一篇自写的文章的感觉。余下的时间就是转悠，也可以说是锻炼，公园是很少去的，郊外、马路倒是散步的好地方。大脑就像刚刚卸完货物的汽车，空空的，一点压力没有，整天也不去思考什么人生啊工作啊，甚至比在人生的原点时还轻松还简单。因为已经走过了人生的风雨，感受到了什么叫人生的酸甜苦辣咸，因而更觉得简简单单才是真。

2月23日

放下了工作，放松了身心，那一段时间才叫真正的快活。

最近一段时间，母亲的身体不是很好，需要人照应，我就陪同母亲照应她的生活。我想尽管母亲一直在我们身边，但之前我们真正陪母亲的时间很少，这下退休了没什么事了，有的是时间，那就好好地陪陪母亲吧。

母亲喜欢住农村老家，我就带着母亲到老家住。我也是喜欢经常住农村的，但母亲住下来就不想走。有时我有事就让她和我一道回城里，她总是不愿意，说："你出去一两天就回来，我自己一个人住行的。"这让我有些为难。尽管她生活能自理，头脑还很清楚，手脚灵便，身体还算好，但毕竟九十多岁的人了。没有办法，我只好让姐姐过来陪她，有时把她送到姐姐那里，待我回到农村时，再将她接回来。

2月25日

刚从农村回到城里，一个朋友来电话，让我和他一道去黄山看看，反正没事，去就去好了。我们约定吃过午饭赶往黄山，可他一直到下午五点多钟才到，我本不想去了，可人家很是热情。

吃过晚饭，已是八点多了，我催着他赶紧上路。

他开车的速度不快，高速路上也就80码左右，我坐在旁边有些着急，可考虑到安全，我也不好催他。他大概是晚上吃的咸肉太多，一路上老是要喝水。经过一个服务区，他又买了几瓶矿泉水，稍事休息了会儿，我们继续赶路。这下他似乎来了些精神，车速明显快了些，可天公不作美，雨下大了。随车的一个女同志倒是自在，前面一路嗑着瓜子，这后面又美美地睡着了。后来才知道，原来她是他的准合伙人，她看中了他投资的项目。她也是本地人，原来是一家饭店的老总。

到了厂里已经是十一点多了，外面黑漆漆的，看不清周围是什么。他让我住在他们厂里的宿舍。宿舍里的卫生一塌糊涂，烟灰缸里满满的，被子也不干净，显然是前面来人睡过的，没有整理，乱糟糟的。卫生间更是糟糕，牙膏牙刷脏兮兮的，一个脸盆放在厕所蹲位的地上，一个放在洗漱面盆的边上，不知哪个脸盆是洗脸的，哪个是洗脚的，地上扔着三四支用过的牙刷还有牙膏。我心里很是不快，既然请我来看看，不住宾馆，那总要把这里打扫干净啊。已经快12点了，外面又下着瓢泼大雨，我想已到这个时候了，说什么话也没用，心里嘀咕像这样的管理水平能办好企业？我想你既然请我来看看，那就要考虑一下我来的安排啊，怎么什么都没有准备，即使是平时，房间也要有人打扫管理啊。转念一想，毕竟人家现在是创业阶段，什么东西都得从头开始。想开了心里也就敞亮了，干脆自己动手，烟灰倒掉，牙膏牙刷捡起，脸盆放好，地下扫一下，被子整理一下，三下五除二也就一会工夫。

这时，他拿来一床羽绒被让我加上，实际上床上的两床被子我已经调换过了，将一床自认为比较干净的调到上面了。简单整理好以后，已经12点多了，水热了，也不想洗澡了，望着那环境心里总有些嘀咕。窗外雨点吧嗒吧嗒，开窗不行，干脆打开空调，把卫生间的窗户打开，换换房间里的味道，坐在床边愣愣神，就这样和衣倒在了床上。

2月16日

天刚蒙蒙亮，我就早早地起了床，洗漱完毕，打开门，外面雨还在下着，楼道上一半是湿的。

这里原来是个开发区，远离城区，几家厂房零零散散地布局在这里。这是一家公司的旧厂房，不知公司是倒闭了，还是搬走了，前面的门楼上还有公司的英文名字。厂门朝北正对着马路，厂区杂草丛生，显得有些萧条。

天有些冷，我回到房间想打开电视看看，发现电视没有插口，根本没有接线。打开南面的窗子，湿漉漉的窗台上一层脏兮兮的东西，外面的茅草差不多挡住了二楼窗户。

大约7点半了，他们还没有起床，我也不管了，叫醒他们，赶时间上午去看望一位领导。

厂里虽有食堂，但好像没有什么人。我顺便看了一下生产车间，感觉那个产品实在不错，但他们管理粗放，车间灰尘满地，次品率也很高。

我们在厂区外的一家早餐店就餐。这是一家很讲究的早餐店，前店后院，早餐的小菜都是自家做的，味道很不错。吃完了早餐，我们就往市里赶。

雨还在下着，两边的山峦都被云雾笼罩。十一点多钟，我们到了市政府，一位部门负责人已在大厅迎接我们。在他的引导下，我们来到领导办公室。他正在接待一位客人，一见我们到来，对方自觉地起身离开。我们坐下还没有聊啥，旁边的朋友也不管这时说话是不是合适，就插上话题，好在领导很是平易近人，很耐心地听着。看他门外还有人等着，我们主动告别。

午餐安排在附近的一家酒店，很丰盛，不允许喝酒，大家以茶代酒意思一下，很快就吃完了饭。

吃过饭，天还在下雨，出去转转也不是好时机，他们给我选了一家方便坐高铁的酒店。现在网络订酒店很方便，而且价格便宜很多，现场开房，普通的房间380元，网上预约只要290元，若与酒店有协议，价格则更便宜。生意人很是灵活，虽没有在网上预约，但通过与服务员拉关系，加微信，以网上预约的形式订了房。微信加了，还得通过微信支付，可他们的钱不够，又通过微信相互间转了一下，总算把房间开好了。

房间很大，条件很好。他们原来说好下午要去机关找人，结果坐下来就打牌。我让他们抓紧过去，我打电话给我的同学，可他们一直没有去，于是我们就继续打牌。其实，我很想中午休息会儿，昨晚没有睡好。

晚上，同学请我们吃饭，他从家里带了两瓶酒，看来晚上不喝酒是很难过去的，好在同学不是很蛮，大概喝了个二两也就罢了。酒桌上三杯酒一下肚，相互间交流的话多了，扫一扫微信大概是当前一个时尚的交友方式，大家忙着你加我、我加你，酒也就少喝了。

回到房间，在手机上看了一下返程的高铁时间，早上九点五十八分的正合适，接着赶快冲了一把澡，早上起床到现在身上总是有些不自在。

2月17日

早上一觉醒来，已是七点半了，冲个澡就去吃早饭。早饭吃完，估摸着时间，赶紧收拾了一下就去等车。本以为发车的间隔时间不长，还来得及，先来了一趟车没有在意，车也没有停，可是接下来的一班车足足让我等了二十分钟。到了高铁站，已经没有九点五十八分的车了，只有十点二十分的，也就买了。一趟黄山之行结束了。

2月20日

今天一大早，我起床打开门，站在院子里，太阳已经爬上树梢，又是一个好天气。树梢上的三个鸟窝格外显眼，我想，那应该是喜鹊窝，但不是新的窝。记得前年这里有很多斑鸠，田埂上、树上很多很多。后来，一些人不知从哪里搞来了捕鸟网，他们将网竖在斑鸠喜欢进出的树林边，只要斑鸠进出树林就有可能撞上网，一旦撞上网，十有八九是跑不掉的。一张网有时一天能捕到二三十只，很快这里的斑鸠少了，现在很少能看到。喜鹊却多了，因为喜鹊人们是不会捕的。一说喜鹊肉酸，不能吃，而更重要的原因是喜鹊是吉祥鸟。

2月22日

这几天天气一直很好，我已经连续钓了几天的鱼。这里的鱼实在太多，塘里沟里到处都是，一个上午，只要用心钓，五六斤鱼不成问题。这一段时间也怪，都是些鲫鱼，过去钓鱼的时候，小鱼让你很扫兴。鱼钓得多了，吃不掉就送人，送人也麻烦，隔壁的老兄我是隔三岔五地送，有时干脆就放到家门口的塘里。

昨天下午真怪，我在村后的塘里钓鱼，钩还没有到底就有鱼咬钩，一提竿钓得一条翘嘴鲌。翘嘴鲌一般都在水的中层，咬钩速度快、凶猛。我想就按照刚才的方法，不动浮漂，抛钩后就慢慢拉动鱼竿，拖动鱼钩，诱鱼上钩，拉动中只要鱼竿有感觉就顺势提竿。这方法很灵验，下去就是一条，一会儿钓了三四斤。后来我想，今天刚起风，那块地方正好有一排柳树伸向塘中，风一起，树枝摇动，树上的什么虫子败叶会被风吹下，翘嘴鲌正喜欢吃浮头食，大概今天集中到那里了。

鱼钓得多，吃鱼也多了，今天得换个吃法。将鱼内脏清洗干净，然后用酱油、盐拌一拌，放点花椒、十三香，腌半个小时。腌好后先将油烧热，然后把鱼放在油锅里煎，煎到鱼皮略有些焦硬，即可起锅。这种方法是我在张家界旅游时看到的。人家卖油煎鱼，买了一条吃了一下，味道真是不错。老娘平时不吃鱼，今天让吃一吃，她也觉得味道不错。

2月24日

过去我们村子里有几个人会抠黄鳝，他们什么也不要，就是一把锹，一个装黄鳝的笼子。在夏秋季节，他们背着锹和笼子，顺着田埂，只要看到田埂边有些异样，顺手下去就是一条。他们逮黄鳝很有本领，站在田埂上看看就能大概知道这条田埂有没有黄鳝，有几条。他们掐住黄鳝的尾巴黄鳝也跑不掉。他们早上出门傍晚回来，有时一天可以搞到十几斤，一季能搞个五六千元。后来田里农药用多了，又是机耕，黄鳝、泥鳅少了，他们也就不再搞了，偶尔在河沟里找找。

现在没有人抠黄鳝了，村子里倒有一两个人用笼子逮。他们在笼子里放上蚯蚓，然后将笼子顺着沟边放下，第二天一早，再一个一个地将笼子取回来，每天能搞到三五斤。搞那个家伙不是很容易的，五六十个笼子，每天里面要一个个放上蚯蚓，要跑很多地方一个一个下下去，第二天还要一个一个收，每个下笼子的地方都要记住，否则会丢了笼子的，当然有时也有丢掉的。

2月25日

大水淹过后，院子里的地上散落着剪刀、灯头、挂衣架、铁钉、铁锅、筷子、茶杯等很多生活用品，每个物品的上面都附有一层厚厚的脏泥，有的捡起来洗一下还是可以用的。瓦工们这几天在这里干活，什么东西都乱扔，很多好好的东西或被埋了或被弄坏。

被水浸泡的大门，外面看起来还好，可一拍门，里面的铁锈往下直掉，换下来后就一直倒在院子里。换新门时，让安装的人将旧门带走，可人家不感兴趣。既然暂时处理不了，那就先将它靠在一边。还有院子里的碎砖和水泥疙瘩等垃圾，要捡起来堆在一起再运出去。隔壁的人家正在用手推车装运泥土，说好了借过来用一下。手推车虽很笨重，但比用粪筐运方便省力多了，装上满满一车碎砖等垃圾，不是很费劲。第一次没掌握好倒垃圾的技巧，一用力连车也倒进了水塘里。水塘虽然不深，但那笨重的东西掉到水里实沉实沉的。先是够不着，我拿来锄头钩住车边的一环，使劲地往上拉，怎么也拉不动，隔壁的老兄赶过来帮忙，两个人用力拉，还是拉不动，问题是水虽不深，可人在岸上，不好用力，我得另想办法。顺手找来在网上购买的自助洗车的废弃水管当作绳子，用锄头钩住车边的一环拉得近一些，然后系上水管，两个人再合力往上拉，总算把推车拉上来了。有了第一次的失败，随后几车注意了用力和控制，再没有出现问题。

既然手推车省力好用，干脆再用这个车装上几车土，把院子里平整一下。

取土就在屋旁的地里，过去在生产队时，这块地一直是我家的自留地，父母离开农村后，二轮土地承包时分给了别人家，现在人家改种水稻了。虽说用推车比较省力，但几车土运下来，也是汗滋滋的。运了十几车，估摸着差不多了，放下车子，将土扎碎铲平。地里的土上长了很多草，还要用力将土扎碎再铲，没有草锤石臼，就用铁锹使劲拍，顺着水泥边沿用力踩。踩很费力，干脆跳起来踩，忙了一个上午，总算结束了，望着自己平整的成果，虽有些累，但还是有几分欣喜的。

2月26日

大水过后，我想将房子再加一层。我的想法是，在墙上一层高的地方，四周一排固定挑架，然后隔几十厘米放上一横梁，将横梁架在挑架上固定，最后直接在上面铺上楼板，既简单又快捷。为了保证质量，我特地邀请技术人员来指导，就在我们研究方案时，我的一位同学过来了，他一直是搞这方面工作的，应该说是个行家。他一得知这个房子没有地脚梁，马上否定了我的加层的想法，这事就这样搁下了。

时隔一段时间，我总觉得要抓紧时间把房子加上一层，特别是每次从上柳村下来的时候，远远望去，我家的房子在村子里最矮，去年又是水淹得最深的，心里总有些说不出的味道。虽然这里盖房管理很严，但现在加一层还是有理由的。咨询了村里的人，他们都说我们这里的土质好，一两层房子不用地脚梁是没有问题的，于是就相信了。村里正好有人家在盖房，找到那个包工头和他谈了谈，他爽快地答应了，让他估算一下整个费用，报价在7万元左右。

开始施工前，我们将家里大的物件搬走，有一些小的东西没有搬。到他们施工时，院子里一片狼藉，没有搬走的东西被扔得到处都是，很多东西都被他们弄坏了，连挂在墙上的梳妆台的镜子也被打碎了，梳妆台台面也被砸碎。院子里满是凳子、桌子、门窗、木板、木条、碎砖、铁桶，厨房里的餐具、灶台也被扔在外面的地上。

清理院子要先将院子里的东西捡起来，能用的放在一边，因为屋内还在粉刷，等粉刷完才能清洗整理。那些散落在地面的水泥，已结成很硬很硬的块，你只能慢慢地用锹从一处挖开一个口子，一块一块地边挖边撬，有的太大了，铁锹撬不动，你得找来更硬的东西撬。垃圾没有东西装，只好用两个油漆用的旧铁桶装，在桶把上拴上绳子，一担一担地挑走，碎砖、木条、水泥块还得一块一块地拣。一个上午下来，累得筋疲力尽。

中午简单地做了两个菜，一盘青椒炒虾子，一盘红烧鲫鱼。虾子和鱼都是一大早放在河沟里的虾笼起的，环保得很。半天的劳动下来饭量增加了不少，虽然很累，但愉快的劳动不仅仅是锻炼，更是一种享受。

3月1日

大水之前，院子里栽了很多树，桂花树、银杏树、樱花树、石楠树、海棠球。特别是那棵金桂树，已经有小碗口那么粗了，应该是这个院子里的树王了，可是在这场大水中，也在劫难逃，所有的树都死了。

几个退休的同学听说水退了，过来帮忙清理院子。所有的树都清理了，有个同学竟然发现其中一棵银杏树上还有叶子，我过去一看，树枝上确实有一片鲜活的绿叶，轻轻刮开树皮，确实还活着。发大水时，这个院子里有五六尺深的水，加上在水中泡了四五个月，这棵树竟然还活着，我有些将信将疑。我记得这棵银杏树被水淹得很深，而且还被风刮倒了，树干靠在旁边的护栏上。

其实他们在清理树时，我的心里是很难受的，总希望有活着的树，特别是那棵金桂，可是它确确实实死了。这棵银杏还活着，那就让它长着，不要锯掉了，总还有一叶的希望吧！就这样，整个院子只留下这唯一的一棵树，依然沧桑地立在那里。

这棵银杏前年搞来的，两年时间，树枝新长了不少。大水淹过，上面的枝条全部落了叶，只有一根枝条上还有唯一的一片绿叶。今天，我在整理一棵已经砍下的银杏树干时，倒发现了一件不可思议的事情。这棵银杏树干也是那次大水被淹后死掉的，也是那次同学来的时候从根部砍掉的，树干一直放在院子一边。我准备将这根树干的皮全部剥掉，可在剥到树干上半截时，我发现有一段树干的树皮还是青色的，树干也是新鲜的。我再认真地剥一截，确实感觉那一截还活着。这突然给了我一个大胆的联想，银杏是不是就像人一样，人在死亡的时候，不是所有的器官都同时死亡，有的器官死了，有的器官仍然活着，这就是人体器官之所以可以移植的原因。那银杏树是不是也具有这个功能，如果有的话，那么我们可不可以利用银杏的这个因子来造福人类呢？

3月3日

屋前人家养了一条小狗，一条普通的狗。刚开始的时候，它一见我们就叫，后来来得多了，狗也就不叫了，还慢慢地试着接近我们。我们进家时，它开始是远远地站在院子外面。中午吃饭时，我有时扔下一两块骨头或者肉给它，或者吃完饭后将剩菜倒在门口，唤它来吃，它小心翼翼地走过来，嗅几下，然后就大口大口地吃起来。后来只要我们回到村里，它在路上看到我们就屁颠屁颠地跟在后面，跟进院子。后来每当我们开始吃饭的时候，它就来了，站在桌子的一边，两眼直盯着我们。这条狗嘴很刁，味道再好的鱼，你扔过去，它至多嗅一嗅，不会吃，大概是鱼吃得多了，倒是给它后来带来的一条小狗吃了。现在我们吃饭的时候，它时常堂而皇之地蹲在桌子下面。

这是条母狗，已经有四五岁了，已下了几窝，很乖顺。最近不知又从哪里带了一条小黑狗和一条小白狗，听它主人说，那条小黑狗是它自己的狗崽，那条小白狗不知道是从哪里来的。这下好了，我们一回到村里，它们就跟在我们后面直到把我们送到家，尤其是那条母狗，每次见到我们，总是摇着尾巴直点头，地道的摇尾乞怜的样子。有一次给我的印象最深，那天中午，我们正吃着饭，看到这条母狗又带着狗崽来了，我就从盘子里夹起一块大骨头准备给它吃，它突然在我面前站起来，两个前爪在胸前划着，很像是叩头作揖。那样子着实可爱，一刹那给我一阵震撼，狗通人性，你给它一点点施舍，它就能如此感恩。

3月4日

一个本来有四个生产队近一百户人家的村庄，因为前些年一直讲要搬迁，已经有不少户人家迁出，村子里只剩下七八十户了。

一场大水把整个村庄淹得鼻青脸肿，灾后的村庄乱糟糟的，碎砖碎瓦、树枝渔网、塑料袋塑料片、杂草杂物狼藉一地，村里到处散发着一阵阵难闻的臭味。圩堤是从后面的子埂破的，整个村庄的垃圾粪便和庄稼在水里浸泡四五个月的时间，最后水退了，塘里的水体受到严重污染，高温时发出阵阵异味，好在村里已经安装了自来水，人们饮用水不成问题。

村前村后的池塘，是村民们的天然垃圾场，沿塘边到处是塑料袋、玻璃瓶、泡沫、生活垃圾等，没有人清理。村口的两个垃圾池早已堆得小山似的，散发着一阵阵恶臭。过去这个村子为了防土匪，房子盖得很密，一家连着一家，巷子也是狭窄的。巷子里人家的厕所都建在巷口的塘边，沿塘边一排全是厕所，雨天雨水污水都汇集到塘里。过去生产队时期塘里经常换水，现在没有人问也没有人管，塘里的水成了死水。

前不久，村里鱼塘承包人把塘水抽干，清塘卖鱼，抽干后的塘里散发出一阵阵浓烈的怪味，让人掩鼻。塘里乌黑乌黑的淤泥，一脚踩下去，咕叽咕叽响，还散发出一阵阵恶臭。严重的水体污染使这个塘里的鱼，尽管你烹饪时花费了很多佐料，但吃起来仍然有一股怪味，让你无法下口，不得不倒掉。这让我想起了日本的水瘩病，一下子扫了我在这里钓鱼的兴。这么严重的污染，钓着又有何用?

3月6日

早上吃过早饭，没有什么事，就想到湖边的沙滩转转，这已成了我回到老家的一种习惯。

从家里到湖边，顺着村东的堤埂，不足两百米，一夜的大风，没有了露水，不会打湿裤脚。

早晨的太阳刚从东方升起，照在微风吹过的湖面，像撒落的一串银片闪闪发光。静静的大堤横卧在面前，一直延伸到很远很远的地方，我跨过堤埂，小心地踏过碎石铺成的斜坡，来到湖岸边。

这里是一个浅滩，每次大风大浪过后，都会给这里增加很多的沙子，慢慢地在这里形成了一个沙嘴。昨夜一夜的东南风，又给这里堆积了一条长长的新沙带。经过大浪淘洗过的沙子，虽然上面还有些漂浮的杂物，但还是很干净的，厚厚的沙层，淡黄的沙子，很细很细，踩在脚下别有一种滋味，靠湖边抓一把沙子攥在手里，润润的。这里虽然不足百十平方米，却是游客最喜爱的地方，经常有人来这里搞婚纱摄影，也经常有人来这里露营。

最近水枯，湖滩很浅，前面有一块湖滩已突出湖面，突出的地方被湖水啃得坑坑洼洼，有些还在水中的，也是高低不平。我忽然想起来了，这里原来是一家水产公司的房基，周围是一片芦苇，后来随着湖堤的修建，这家公司搬走了，周围的芦苇也被砍光，这一坑一坑的就是烂掉的芦苇根。

不远处有一片柳树林，很多柳树还在水中，弯曲的树干下长着很多根须。树枝有些已经抽芽，枝头有些绿了，昭示着春天已经来了。

我踏着岸边新形成的沙带，深一脚浅一脚地走着，一直走到沙嘴的最前沿。拐过弯再往西，沿着湖边是一条白色的沙带，绵延几十米，煞是好看，一脚下去咕咕叽叽一个大窝，这里有很多被风浪吹到岸边的已经死亡的螺蛳壳和贝壳。在一堆厚厚的螺蛳壳前，我坐了下来，屁股下沙吱吱地响，我随手抓起一把仔细观察。螺蛳壳已经被风浪冲洗得干干净净，被岸边沙粒磨得光滑，有的空壳里还灌满了沙子。这里还有很多碎瓦片，每一个碎瓦片也都被磨得光滑洁白，没有了棱角。我拣起一片，顺手向湖面劈去，这是我们小时候经常玩的一个游戏——打漂漂。

岸边的水很清，沉在岸边的沙子大而粗，一粒粒清清楚楚。微风卷起的细浪，温柔得像是在抚摸，岸边的螺蛳壳时而被波浪推上岸边的沙滩，时而又被波浪带回水中。细浪轻轻地碰着岸边，有时清脆，有时低沉，有时急促，有时迟缓，仿佛在演奏一首优美的交响曲，令人陶醉，令人遐想。我静静地坐在那里好久好久，沉浸在岸边波浪的轻吟中。

这里有一个美丽的传说。这里曾是一座美丽的城市，由于地陷而成了一个湖，这个城市从此沉入湖底。我想眼前这么多的各种各样磨得光滑的碎瓦片，很多也许就有那个古老城市的记忆，这美妙的声音是不是也包含着那遥远古城的悠悠诉说呢！

3月7日

吃早饭时，坐在家里远远就看见大堤上停着一台挖掘机，好像昨天就停在那里。我想那不是鱼塘人家搞来做什么的，一定是大堤搞什么建设。前天晚上，我在大堤上散步时，就看到大堤外侧的路肩上，新铺上了一层厚厚的泥土。

早饭后，刚出村不久，就见西边的大堤上一连有四五辆大卡车，装着很多树，正在往大堤的沙滩处行使。

从家里到大堤，用不了几分钟。到了大堤上，这里已经停了六七辆大卡车，车上装着几棵从外地挖来的大树。一台挖掘机已停在大堤下的沙滩上，另一台正在准备起吊运来的大树。这些大树比碗口还粗，每棵树龄至少在十年，树的根部带着一个很大的泥球，并且用绳子缠着，那是为了保证大树的成活率。

随车有七八个人，每人手里带着一把铁锹，那是来栽树的工人。一个年轻人手里拿着本子和笔，正在写什么，我过去打听，原来这些树是从外地挖来的，现在移栽在这里。望着那些移栽来的大树，我心里似乎有些喜悦，也唤起了我对这里的回忆。

修复这里的生态，是我一直以来埋在心底的呐喊。但看到那么多被移来的大树，我又想，这是不是在挖肉补疮呢？但愿这些移栽来的大树能够早日成活，早日成林。

3月8日

月光如昼，远处的村庄，漫漫的田野，无垠的湖面，宽广的大道，似乎熟睡了，月色下的农村给人以无尽的遐想。

我一个人独自走在大堤上。柏油铺成的大道如巨龙蜿蜒绵延伸向天边，大道上白色的车道分界线十分清晰，随身携带的收音机里正在播放水木年华的歌曲。我一边走，一边踩着音乐的节奏自由地舞动着肢体，沉浸在音乐的节奏中。沙滩上新栽了很多刚刚移栽来的高大的柳树，树影下的沙滩新增添了几分神秘。

我有些兴奋，走下大堤，走向沙滩，去体会月光下的沙滩，体会踩着沙子的感觉。在靠近水边的地方，我选了个沙丘坐下来，仔细聆听细浪和沙子的私语，柳树和浅水的低吟。

忽然，远处的沙滩树林中发出一道手电筒的亮光，朝着灯光的方向望去，我模糊地看见那里有两个人，这么晚这里怎么还有人呢？是附近的村民捕鱼？这时我突然想起停在大堤上的一辆轿车，那可能是一对恋人的约会，或许是一对夫妻的浪漫。我不想去打搅他们，静静地坐在那里，任凭思绪飞扬，尽情地享受着月光的洗礼。

这时，我突然很想念我的家人——爱人和女儿，如果她们在我身边，能够和我一道漫步在这月光下，那该多么美好啊！

3月10日

叶落归根，人老了思乡的情结重了。母亲已经九十多岁，身体还算可以，在我退休前，她一直和我们住在城里。每次我从外地回家，她总要我送她到乡下去住，实在没有办法，就让她去农村的姐姐家住，可在姐姐家住的时间长了，她觉得不习惯，还是要回老家住。但那时我们没有办法，都在上班，只能偶尔在星期天带她回家看看，大多是上午去下午就回，很少能住几天。

退休了，我有了陪母亲的时间了，我开始将老家的房子整理了一下，试着带她到乡下住。她是二十四个高兴，一听说回老家住，马上精气神都好了。可这一住，她就不想走了，每次我有什么事需要回城里，或是单位有什么事需要离开时，她总是磨磨蹭蹭不愿走。你总要说很多遍，她才很不开心地拣好自己的东西，边走边说："去了就回来啊。"

有一次，我们已经在农村待了一段时间了，看了天气预报，接下来一连好几天都是阴雨天，我想趁这个天气回去一下，几个同学已经约了几次。晚上我告诉她，从明天开始，后几天都是阴雨天，我们回城里住几天。她说，那你回去，我就在这里，我自己照顾自己，你放心，饭菜我自己做，门怎么锁，热水器怎么开关，我都会，一个人很简单。你回去事情办了就回来。

第二天一大早，她看到天气晴好，自言自语地说："今天不是晴天吗？"那意思我知道，她还是不愿回到城里。

为了让她在农村多待会儿，我也想尽量给她些时间。吃过早饭，她就出门去了，几个八九十岁的老姐妹坐在一起有讲不完的话。她们乐观得很，风趣地说，我们现在是活一天就多赚一天，几个人一聊就是大半天。

村子里午饭时间都早，十一点半差不多都在吃饭，为的是饭后打牌。我看今天天气还好，也就没有催促母亲回城，那得赶紧为她做饭，好让她去打牌。母亲饭量不大，生活一直很节俭，有时多做了几个菜，她就说够了够了吃不掉浪费。有时我临时有事不能给她做饭，她就说，你放心地去吧，我自己行的。吃过饭她碗一放下，就径直去别人家打牌，有时还在吃饭，就有人站在门口等着。经常在一起的几个老人，每次打四圈结束，回来后先躺一会儿，然后就没事找事地这里扫扫，那里抹抹。院子里自生了一些苜宿，我想那可以作为院子里的风景，满院子都是不是很好看吗？可她就是不喜欢，在我外出的时候全部锄掉了。

母亲虽然听力不如以前了，但大脑十分清楚，她不识字，不听广播，不看电视，但她对于时令节气阴历阳历却记得十分清楚，常常问我今天是不是什么日子，我都答不出来。

每当我要出门时，让她一个人在家总有些不放心，她总说："没事的！"我开玩笑地说："假如你忽然走了，我们都不在你身边，没有人知道，人家不是要骂我们吗？"她笑着说："那倒是好，那是前世修来的福啊，那倒让你们少烦了心。"

长期离开农村，和村里人的共同话题少了。村子里又多是七八十岁的老人，除了每天有几场麻将外，什么活动也没有，一到晚上，家家早早地就关灯睡觉了，寂静得很。时间长了，我觉得有些单调。

有一天，我突然想到一个问题，我就这样一直陪着母亲到老？这也太单调了。但一想母亲十月怀胎，一把尿一把屎，十几年的养育，把我们拉扯成人，多么不容易啊！我这才陪护几天的时间，就觉得单调不耐烦了，想到这我感到惭愧内疚。母爱是伟大的，母爱是无私的。唐代诗人孟郊的"谁言寸草心，报得三春晖"说得多好啊！

3月12日

三爷在村子里辈分较高，村里人都习惯叫他三爷。三爷性格开朗，七十多岁，身板硬朗，和人说话时脸上总是堆着笑，满脸的皱纹中两只眼睛显得大而有神。三爷现在是一个人住，他的老伴儿比他小很多岁，听村里人说前几年出去了，再也没有回来。子女们都在外地打工，让他过去跟他们过，他不愿意，他说一个人住自在。

三爷兄弟三人，他排行老三。生产队时期，兄弟三人经常挑着铁匠担，走村串户在外打铁，他力气大，负责抡大锤。

三爷善于和人交流，什么人他都能谈得来，天文地理也都能插几句。他信息灵通，神通广大，张家山前李家山后的事，他都知道些。他的媳妇就是在人家村子打铁时认识的，后来他把她带回来了。

不知道从什么时候起，三爷开始倒牛。他每次买来一头或者两头，最多时三头牛，然后放养一段时间，待有合适的价格再卖出去。有时一条牛要养几个月，有时几天时间就又卖出去了。一条牛多的能赚上千儿八百元，少的也能赚个三四百元。买来了养，养了卖，卖了再去买，买来了再养，养了再卖，就这样，他一年可以倒腾个七八次，也能赚个两三万元。

三爷养牛不需要什么成本，他将买来的牛散养在村边的圩堤上，或者人家荒芜的田里，不用饲料，不用牛棚，不用防疫，夜晚也不用牵回，只在冬天太冷的时候，才将牛牵回自家的牛屋里。刚买来的牛，他都用一根很长的牛绳拴着，时间长了，牛熟悉环境了，就解开牛绳散养。每天早晨，他都要到牛跟前看一看，看牛在一处的草吃得差不多了，就再换一个地方。去年，他还从外地买来草种，在自己家的地里种，用作冬天的牛饲料。

每次牛卖了，他就又去牛集，看看有没有合适的牛买。他买的牛有大有小，只要认为有赚头他就买。卖牛的时候，只要不赔，赚个二百三百，他也不嫌少。他看牛很有一套，摸一摸牛的牛脊，看一看牛的牙口，就知道这头牛的年龄和体重。他和牛集的人很熟，人家经常给他提供信息。他兜里经常装着一部老旧的诺基亚手机，经常有人和他联系买卖牛的生意。他成天忙个不歇，经常骑着电动车四处打听信息，他的朋友很多，时常有朋友来村里找他。

3月13日

春水贵如油，在我们这个地方，我最烦的就是连绵的阴雨天。昨夜一夜的大风大雨，早晨还在下着，门口院子里还没有挖好的池子，已经汪了半池子的水，田野里的沟沟凼凼，也是一汪一汪的水，池塘里的水已经满了。本想出门走走，可是老母亲没有起床，还要等她起床后给她做好早饭。

等母亲吃过早饭，我准备出去走走，可是道路有些泥泞，雨还不小呢。一只喜鹊正在我家旁边的稻田里，不知它是在咬草根，还是在找虫。它一次又一次地咬着，使劲往后拽，让你觉得它可爱又呆萌。

我索性不出去了，转过身换上鞋子上楼，拿起电脑来到阳台的太阳房。坐在这里视野很开阔，四处的田野尽收眼底，田野里的草开始绿了，只有一块田里的草已枯黄，那是人家准备耕种前施了除草剂。满满的池塘水，风乍起吹过阵阵涟漪。池塘边的柳树已抽出了绿色的枝条，如丝般随风飘摇。一片一片的油菜花，在风雨中形成一排排金色的波浪。村东的大埂直直地伸向远方，像一条青色的巨龙，埂下的河沟，盈盈的一沟水相伴而行。

当我坐下来打开电脑开始写作时，一抬眼，那只喜鹊就在我的眼前，尽管雨下得还不小，它仍然自在地走来走去找着什么，时而抖一下身上的雨水。这时它似乎看到了我在注意它，愣愣地对我看了好一会儿，然后又继续找着什么。

过了一会儿，天放晴了些，外面亮堂了许多，我的心情似乎也开阔了些。雨还在下着，雨点不停地敲打着太阳房的玻璃，看来雨一时半会儿是不会停的，我索性静下心来继续写作。

中午吃过饭，稍微眯了一会儿，天还在下着雨，已经在家待了一个上午，身上真有些难受了。车上唯一的一把雨伞被母亲拿走打牌去了。忽然想起来西边的小屋里还有一件用来钓鱼用的雨衣，还有胶靴，干脆穿着它们出去转转，反正雨不是太大。

风还是不小，刮在脸上脖子上还有些冷，我赶紧将雨衣的斗篷罩在头上，穿了雨衣，就不用再穿棉衣了，轻便了许多。

湖水退了很多，湖滩大了，开阔了，不远的浅水处的高地也露了出来，我饶有兴趣地走下湖堤，在露出的滩涂徜徉。滩涂的泥土板结，波浪留下的印迹，就像泥土的皱纹，十分清晰，滩涂上露出一根根已经枯朽的芦苇根，密密麻麻。几棵枯朽的树根很突兀，十分显眼。湖滩十分平缓，渐渐地我走进浅滩，湖水轻轻地吻着我的脚，发出吧唧吧唧的声音，时而看到渔民丢弃在湖滩上的渔网。偌大的滩涂，只有我一个人站立在这里，我不知道这是一种孤独，还是一种壮怀。

回到岸上，我继续沿着大堤往前走，远处水与天连成一片。一辆小车迎面而来。湖水浅了，这边的大堤也露出了一条又宽又长的滩涂，沿岸被大水淹没的芦苇根部也全部露了出来。忽然间，我发现已经枯萎的芦苇丛中，隐约有几根从根部发出来的芦苇嫩叶，我怀疑是不是我的眼睛看花了，大水已经把整个芦苇淹了好几个月。我停下来揉了揉眼睛，使劲地看着那里，确认是芦苇又长出来了，我有些兴奋，不由感慨大自然的生命力真顽强。

3月15日

院子里要挖一个池子，一来是为了美观，二来有时可以暂时放钓来的鱼。一个池子就七八方土，估摸着三四天也就成了，我开始自己挖。这里是白土泥，沙性强，一锹可以挖得很深，不费劲，也不黏，雨水越浸越板。院子原来位置较低，在建房子时，施工队从外地运来了很多黄泥土，在这里加了厚厚的一层。这下麻烦了，本来这里无论天晴或是雨天，地下总是干爽的。现在一遇到雨天，地上黏得很，穿鞋走在上面，只要几脚踩下去，鞋子上就沾满泥土，让你甩不掉，挪不动步；你用铁锹挖，锹头上总是沾着泥，让你怎么也用不上劲，很是怂人（方言，烦人的意思）。

前几天刚下了场雨，地面还有些湿，自然不是很好挖，半天挖下来已是很累，看这个进度无法保证在雨天再来之前完工，干脆请人来挖，但我知道挖开了黄土层，下面会很好挖的。听天气预报，后两天有雨，如果挖到一半，下雨了，池子里会积水。

第二天，我请了两个人准备一天完工。过去农村请人干事，一个人情一顿饭，现在不行了，一般不管饭，说好了多少钱一天，路途远的中午管个快餐。现在农村干事的都是些六七十岁的老人，一些绿化园林、水利建设、房屋改造等工程的临时杂工，他们还是主要力量。周边的一些工程公司常常开着车到村里请他们，有时还请不到。远一点的他们不愿意去，他们的一天劳动工资一般在六十到八十元。

吃过早饭，我也参加了他们的劳动，刚开始还好，挖了一层后，我发现下面的泥土特别坚硬，我担心今天很难完成，一会儿我就满头大汗。周围的几个老人来了，他们一看我也帮着挖，觉得我是力气多了，认为我既然请他们挖，那就让他们挖就是了。我觉得倒不是什么让人家承包的事，劳动对我来说是一种锻炼，而对于他们来说，劳动恐怕是为了生活。劳动中我的一位兄嫂说："你老兄给你干事就不要给工钱了，你只要付别人的工资就行了。"她这话有两层意思，一层是我们是一个家族就不需要工钱了，另一层是别人的工钱还是要给的。我说："那不行，我们虽然退了但还有退休金，但你们一天不劳动，一天就没有收入。"第二天在他们完工后，我按照一人一天100元给他们付了工钱。

3月16日

池子挖好了，接着就要砌，约好了今天请两个瓦工师傅、两个小工，准备当天完工。

我就知道挖好的池子经过一夜时间，里面一定会渗出好多水，一早起来我过去一看，池子里果然积了有两三立方米的水。我来不及吃早饭，就赶紧下到池子里往外舀水。

七点多一点的时候，两个做小工的来了，开始拌灰，七点半时两个师傅到了，上午的施工很顺利。到十一点半，已经完成了一大半的工程。中午我自己下厨，说好了让他们在这里吃个便饭，我简单地准备了几个菜，可到了时间，我还在厨房准备，他们就悄悄地走了。我一看既然他们走了，也就算了，我也累了，中午有点时间正好休息。母亲的饭已早早地单独给她做好了，十一点半她就要出去打牌。我草草地吃了饭，抓紧时间休息一会儿，可是靠在椅子上，总是睡不踏实。我掂摸着工程还需要水泥、砂石，如果等他们下午来时再安排，就会影响施工。我这个人心里一有事，就总是惦记着。估摸一下还需要五六袋水泥，干脆自己去附近的沙石场联系，在他们来施工前将材料送来。

下午一点半，他们准时来了。一个中午，池子里又渗出好多水。我们这里的土壤就是这样，越到下面渗水越厉害，人越在上面活动，土壤渗水就越快，泥土就容易下陷，这时鞋子很容易被泥土吸住，让你举步艰难。为了使渗水集中，他们在池底中部挖了一个凼，一开始，他们舀去凼里的水还能施工，可几个人在下面一走动，池子四周的泥土随着渗水开始向中心滑动，四周垒起的砖墙根部也开始有些移动，可以说是四面危机，一会儿这里刚刚粉好的水泥裂开，一会儿那里底部的水泥塌落，很是紧张，砌好的墙也有了些松动，底部沼泽一般。池子中间的凼里放了一个坛子，准备用来栽莲藕的，也被泥土抬出好高，师傅在坛子里放了好多砖，坛子才不致被完全挤出。两个师傅只能用木板垫着站在上面施工，可还是不敢多挪步，其中一个师傅很有经验，说这个时候尽量不要乱动。

打地平就像抢险一样，水泥和石子拌好后，不用加水就整桶整桶地直接倒进池子，师傅也是三下五除二地找平，尽管这样，有两处渗水还是很厉害，没有办法。我豁然想到，西边的小屋里还有半袋堵漏王，不如拿来试试。我拿来一试还真是管用，很快这两处渗漏就堵了。

经过紧张的施工，在五点半左右，整个工程基本结束，但池口还没粉平，我本想也就是十来分钟的时间，可他们已经收起家伙了。尽管对工程质量不是很满意，对收尾工作也不是很满意，但我还是坚持晚上留他们吃个晚饭。

约好了他们先回去，六点半过来吃饭。我开始紧张地在厨房工作，不到六点半，六个菜一个汤上了桌，可他们还是没来。我再次让我的老兄催他们。也许他们认为，你一个大领导，主妇又不在家，你哪会做饭烧菜，你也就是客气客气罢了。

等他们来了，我做的菜已全部上桌，我也坐下来陪他们喝几杯。

3月19日

满怀着浓浓的乡情，我陪母亲回到了家乡，也带着离开家乡时的情结。虽离开家乡几十年，在我的心中，儿时的情怀依旧，儿时的真情仍然深藏在心，不敢忘怀父老乡亲，更不敢有一点成功的傲气。我还是过去的我，脱下上班的西装，换上放在柜子里多年不穿的旧衣裳，脱下皮鞋，穿起解放鞋，拿起铁锹扁担，还是和过去一样干活，甚至高兴时还扛起了夹网，但更多的时候是拿起鱼竿，一切回归过去的我很自在。

在乡亲们的眼里，我现在退休了，每个月还有工资，是最快活的了，像神仙一样。是的，看到他们一个个都六七十岁的人了，整天还像个壮劳力似的，田里地里一天天忙个不停，生活又很节俭，我也确实感到十分知足了。

还是在工作的时候，一提到家乡就有一股热血涌流，一见到家乡的人，也是从内心就有一种情感油然而生，看到家乡的发展也是引以为豪的。偶尔回到家乡，觉得格外亲切。家乡的父老乡亲委托之事，只要有能力也是尽力为之而感到愉快。

而今退休回到家乡，脱去了光环，就像一个赤裸裸的孩子离开家乡，今又赤裸裸地回到家乡，一切都那么平淡，那么真切，让我似乎回到了那个年代。但毕竟三十年过去了，一切都发生了变化。三十年的距离，导致在和村里的老人交流时，一时很难找到一个共同交流的平台，我开始试图让我的回忆成为我们交流的开始。

然过去的毕竟过去了，三十年的时间，三十年的变化，记忆永远只是记忆。面对现实的环境，一切已经物是人非。可有时我试图按照过去的思维和习惯和他们交流相处时，却并不是我想象的那样，我自己也感到自作多情。但当我用现代的理念来和他们交流时，他们的一些想法，常常让我哭笑不得。我感到家乡变了，人变了，思想解放了，社会进步了。但随之而来的是东方传统的文明和市场经济的意识的相互碰撞交融，人们更多的是在追求一种利益下的平衡。

3月25日

连续的阴雨，总是让人有些郁闷。和母亲说好，天好我们就在农村，天阴有雨我们就回城里。可每次要回城里，总要和母亲说上好长时间，她总是有些恋恋不舍的样子。

已经在农村待了一段时间了，看了一下最近的天气预报，接下来几天一直是阴雨，我想回城里住一段时间。一来在这里待久了，虽说空气好但总还是有些单调的；二来几个朋友已经约了几次，都因为我在农村，大家没有相聚。

本打算今天上午回城，早晨开门一看，天气不错，想想还是让母亲在农村多待会儿，晚饭吃过再回城。

还是和以前一样，上午十点半左右，我就开始做饭，好让她早点去打牌。考虑晚上我们要回城里，午饭也就简单一点，免得浪费。今天炒了一盘菜薹，一盘番茄炒鸡蛋，考虑母亲每顿最好有汤，就做了一个紫菜汤。两个人的菜很难烧，烧多了吃不掉，少了又不好烧。平时常常是中午晚上一顿做，今天只能少做一点。饭菜刚刚做好，准备吃饭，就已经有牌友等候在门口。

几个牌友都是七八十岁的老人，母亲年龄最大。他们几个老人是每天下午打四圈，每人出资20元，然后车塘，等到80元打完，一般在四点半就结束了。

我吃过饭稍微休息了一会，就出去钓鱼了。今天不错，钓点选得也不错，不到四点钟就钓了四五斤，全是大鲫鱼，想着晚上还要赶着回城，也就收竿回来了。到家时，母亲还没有回来，等她回来时，已经五点多了。看到母亲那种安详快乐的样子，本想回去的心情一下子又黯然了，再看看明天的天气吧。母亲好像猜透了我的心思，问我：“你不是说要回去吗？我一个人在这里可以的，你在农村待久了急，你回去吧。”面对母亲，我不知道说什么好。是的，我在外工作几十年，刚刚退下来就陪母亲来农村，反差的确很大。在这里长时间待，我觉得确实有些单调不适，但让母亲一个人在这里我是不放心的。

母亲虽然没有文化，没有给我们留下什么家产，但母亲给我们的爱、给我们的体贴关怀、给我们的善良厚德，使我们终身受益，我为能有这样的母亲而自豪。

母亲，下辈子我还做您的儿子！

3月31日

动车刚刚启动，就听见坐在我后排的一位三十多岁的女人在教训孩子，让他赶紧把面前的小桌板打开，拿出课本抓紧做作业。孩子自然有些不高兴，但母亲不依不饶，孩子自然也就不敢不做了。看到这一幕，我忽然很有感触。

诚然，随着社会的进步和发展，人们需要提升整体素质，这是一个必然要求，但一个人的素质提升，包括德智体美劳，知识文化水平只是其中一部分，而强调知识文化忽视其他方面的综合提升，那是十分有害的。

一个有知识的人，如果世界观、人生观、价值观不正确，其知识越多对社会的危害越大。教师在传授文化知识的同时应该包含着育人，这个道理再简单不过了。所谓“育人”，就是德智体美劳的全面教育和培养。青少年是祖国的未来，他们的身心健康关系着我们的未来，而对于青少年的教育和培养就应该从娃娃抓起，教育不能没有战略的考量，教师不能唯利是图，更不能误人子弟。为人师表，师之率也。有人说市场经济是竞争经济，教育也要搞市场经济？市场竞争中积极的因素是可取的，市场竞争中不好的东西一点也不能要。

4月1日

再过三天就是清明节，又到了祭祀先祖的时候了，看了一下天气预报，未来几天多有雨。古人说“清明在前，冬至在后”，清明前三天祭祀都是可以的，冬至时可以一直往后延。正好这两天天气较好，又没有什么事，干脆在清明前去给父亲和外公外婆上坟，也可利用这两天钓钓鱼。

这时候上坟的人不是很多，一些家在远处，工作又不是很紧张的，也选择了提前回来上坟，一来这两天天气较好，二来也避免清明那天路上拥堵。从家出发，本准备先去外公外婆的坟，后来在经过一个转弯时，车一下开过去了，得到镇上才能调头，可是镇上的交叉路口拥堵得很厉害，于是不调头干脆先到父亲的坟上去。

父亲的坟在上柳村的后面，这里原来是一家医院，现在是一块坟地，村里死了人都安葬在这里。一座座坟墓都做得很讲究，多数都是用水泥砌一个宝塔状，然后再贴上瓷砖。父亲的坟只是简单地用水泥砌了一下，也没有什么装饰，而且有些年头了，有的地方有些斑驳，这在那些坟墓中间自然显得有些寒酸。但我总认为对于父辈的孝敬不是在他死后，而是在他活着的时候。祭祀只是一种纪念和哀悼的形式，坟墓也只是一个象征，人们依据这个象征来释解心愿，真正的纪念是死者永远活在心里。我不否认在这些装饰讲究的坟茔中，有很多是包含着一种孝心，一种感恩，但也不否认在这些装饰考究的坟墓背后，很多不是怀念，不是哀悼，不是感恩，而是一种需要和回报。他们中很多人千里迢迢赶回家乡，在烧去草纸、元宝、冥币，甚至一些现代化的“手机”“冰箱”“豪宅”的时候，是一种心理安慰，是寄希望于故去的人的在天之灵能够保佑他们平安健康、发财升官等等。有的人真是太自私了，对死去的人也要求回报。

父亲的坟和他们几个弟兄的坟相隔很近，那一年我们将父亲的骨灰送回家，几个父辈已经将父亲的墓穴挖好，说是让他们几个弟兄在一起。

每次来父亲的坟墓，我总觉得父亲的音容笑貌就在眼前。我时常在梦里梦见父亲，还是勤勤恳恳的样子。有时在外面远远地看到形似父亲的人，我就觉得他还活着。我在想是不是父亲走得太快，还没有到他该走的时候就走了？是的，父亲生前因为脑出血留下后遗症，以致时常大小便失禁，也有些老年痴呆症的现象。那时我们都在工作，不能照顾他，只有母亲服侍他，时间长了，母亲也受不了，也就放松了对他的治疗，以致他走得太快。这一点，我一直负疚于心，面对父亲的坟墓，我暗暗地在心里流泪。

上过父亲的坟，我们回到老家。第二天下午我们去外公外婆的坟。外公外婆的坟在他们老家的坟地，离我们村有十来里地，当时是舅舅给他们安葬的。两个老人家一辈子艰苦朴素，节俭得很。如今两个舅舅，一个已经去世，一个年岁已高，几个孙子都没有在他们身边长大，至今也不知道他们的坟墓在哪，倒是我们每次清明、冬至都会去一下。

4月2日

上午，在城里没有什么事，天气也不错，想着还是回老家住，可以钓钓鱼，空气又好。半个多小时的车程就到家了。拿起鱼竿就去钓鱼，今天的鱼不错，但不大。

刚一会儿，一个老兄走过来，他是从城里赶过来上坟的，昨晚就在村里，没有回去，这会儿出来转转，看到我在钓鱼，就过来看看。他也喜欢钓鱼，平时都在城边的一个水库钓。今天他是来他的三叔家，说今天中午请我去他三叔家吃饭。我喜欢中午自己在家做两个菜，吃过饭还能小睡一下，乐得自在。

还没有到十二点，这位老兄再次过来邀我去吃饭，我也就不好推辞了。

来到他三叔家，有几个菜已经上桌，几个叔字辈的和几个同辈的兄弟，已经坐在桌上，见我进来，他们很是高兴。他们认为我的到来是在给他们面子。我说我现在就是一个退了休的人，什么也不是，家门口的塘，谁不知我的深浅。坐上桌不喝酒很难，都是长辈或者兄长，一个个相劝，有的干脆就叫出你的小名来，既让你感到亲切，也让你难以推辞，那就少喝一点。

桌上的蔬菜都是自家种的，鱼也是早上从湖里捞上来的，自然可口。

酒过三巡，大家话题就聊开了。他们对我从小在家乡的奋斗大加赞赏，对我对家乡建设的支持表示感谢，还对村干部的工作不满意，我听了也不便多说。

本来我一直有一个想法，就是想把村前的一口小塘填起来，做一个广场，这样可以让村里的老人们有一个共同休闲的地方，也让节假日村里的孩子们回家时有个停车的地方。我把这个想法和他们交流，他们都很赞成，觉得是件好事。我本以为这个投资不大，两三万元就差不多了，我个人拿点钱，再找一些朋友赞助些，也算是对父老乡亲的报答吧。但他们估算后告诉我，整个投资要十几万元，还牵涉一家几分承包地的征用。听他们这么一说，我觉得我个人无能为力，又没有什么好办法。我建议他们做个项目，争取上面一些资金支持，少量不足村民可以筹措些，我也可以赞助些。可他们一说到筹措资金明显不赞成，对村干部意见也来了。上次美好乡村建设，就是因为资金使用有问题，让村民怀疑，结果闹到了镇上。听他们这么一说，我本来想报答家乡的心一下子凉了半截。

我在想，现在的基层问题确实要引起我们的高度重视，在一些地方，个别基层干部甚至出现了与老百姓“两张皮”的现象，党的声音和方针政策如何更好地送到他们心中，是需要我们深入研究探索的。

4月8日

又是一个星期天，日子过得真快，一眨眼，一年已经过去三分之一。离开了工作岗位，轻松了，自在了，但如果长期待在一个地方，又没有具体的事做，也觉得无聊，因而老家、城里两边转转，倒是比较好的。今天天气不是很好，本不想出去，但在家也无聊，还是出去随便看看，可是不自觉地又将车开到了滨湖大道，又朝着老家开去。

春天来了，道路两边的树绿了，草青了，散落在道路两边草丛中的油菜，已经长得很高了，稀稀拉拉地开着黄花。车开到离家不远的一块地方，只见一群农民工正在平整道路旁边的空地，地下放着从外地运来的一捆捆树苗，看来这是在搞绿化，美化环境。这里离湖边很近，不到二十米，原来是一家砖瓦厂，已荒废多年，杂草丛生。但这里位置较好，又是滨湖大道与观光大道交会处，东侧的坡地已经被绿化，环境优美。这是按照规划实施的半岛国际健康慢城工程的一部分。

半岛国际健康慢城，不管将来实施到何种地步，这个构想应该是伟大的。按照这个规划，北岸的三个镇，将被建成一个集健康养老、生态旅游、科教文化、休闲娱乐于一体的现代化城市。对这个地方来说，这是一个从天而降的好消息。早几年已经建好的城建学院，刚刚建好的组干学院，正在建设的几所大学，以及几条道路，已经把这里闹腾得红红火火，这里的房价很快就由三四千元每平方米，攀升到八九千元每平方米。

宏伟的建设规划，刺激了附近农民的神经，他们加紧了老房的翻盖、新房的扩建，承包大户的土地规模也在扩张。尽管地方政府一再控制，经常检查，但一些老百姓还是偷偷摸摸地盖，旧房翻新、厕所改建、正屋搭厦、空地圈墙等“创建”活动仍在继续。承包大户继续悄悄地扩张着规模，其意图不言而喻。

“慢城”的概念才刚刚炒热，这里承包大户的规模却大了不少，民房也新建了不少。原来说要搬迁的村，很多人家已经搬走了，成了空心村，这下又回到原地盖起了房子，乡干部有的是真的不知道，村干部有的是装作不知道，村民们是你好我好大家好，睁只眼闭只眼。

城里建房是为了卖房，农村盖房是为了拆房？有些老百姓似乎从城里人那里得到了什么启示，不管有钱没钱，能盖的地方找着理由盖，没有理由也要盖，谁也不愿在这方面认输，争先恐后先盖了再说。

一些嗅觉灵敏、头脑灵活的企业或个人，也加入了这里利益瓜分的行列，他们以种种理由，或是承包农民土地，或是投资养殖种植，来这里大规模地承包土地。总之，这里成了一块大肥肉，谁都想多吃一口。

车就在家门口停了，刚刚下过雨，地上还有些湿。今天不想钓鱼了，进了家，简单地整理了一下，就准备煮饭了。一个人很简单，到菜地摘一个莴苣，蒸几片香肠，中餐也就过去了。虽然没有家人朋友在这里，但也不感到孤寂，倒是觉得自在。饭菜很香，吃过饭稍微休息了一会儿，打开电脑，晒晒感想，动动脑筋，也是一种乐趣。剩下一些时间，是要到外面的田野走一走、转一转的，放飞思想，放松身心，一晃就半天时间。

晚上仍舍不得离开这里，想多多享受农村田园的新鲜空气，享受夜晚农村静谧的美。

4月30日

春夏之交，又到了母亲哮喘发病的季节。母亲刚刚在姐姐那里住了没有半个月，姐姐就来电话说母亲的病又发作了。我赶紧过去，将她接到医院看一看，医生给她挂了几瓶水，还是不见好，于是就住院。

很快手续就办好了，母亲被安排在危重病房，记得上次也是住这个病房，上次情况确实很危重。

病房里有六张床，只有一张空床，有三个病人戴着氧气罩。住在病房西头南边的那位老人，看样子情况很严重，他面色灰暗，没有一丝精神，喉咙里的痰总是呼哧呼哧地响，守在旁边的家人，正在用棉球棒从他的喉咙里往外掏。母亲的症状相比他要好多了。

医生就是这样，情况不是十分严重，诊疗也就按部就班，有时让你有些着急。护士只是催着你先交钱去，我看母亲那个样子，还是有些着急，就让护士先给母亲输上氧，以减轻她的症状。大约过了两个小时，护士才拿来了药水，开始为母亲吊水。人老了，血管很脆，前几天的吊水导致母亲手上的针眼处有一大块淤血，护士在母亲的手背上试了几次都没有成功，最后还是在手腕上吊上了针。

根据医嘱，明天要做CT。我知道这个CT检查是可有可无的，她是老毛病了，且离上次住院时间不长，才拍过片子，但医生还是按照程序来，说是医院有规定。记得上次来，又是拍片，又是抽血，又是大小便化验，又是戴监护仪、输氧，什么都用上了。我当时就觉得是不是有些过度医疗，对于这样一个慢性病人，又刚刚出院不久，这样的程序显然是多余的。第二天，科主任来查房时还问到此事，我也不便多说。

科主任是个主任医师，四十来岁，个头不高，人很实在，医术很不错。有了之前的接触，这一次，常规的检查少多了，只做了一个CT，然后就吊水。医院里的氧气和监护仪都是按时间收费的，很多病人一进病房就一直开着。很多新来的病人家属并不知道，护士也不提醒，这显然是在加重病人的医疗负担，同时又给医疗资源造成很大的浪费。

医院的护工是个五十多岁的妇女，她很热心，我们刚住下来，她就过来让我去她那里拿住院用品，什么陪护床、椅子、脸盆、痰盂等。脸盆、痰盂质量都很差，可能是一次性的。护工间的椅子个个都是歪歪倒倒的，她认真地给我挑了一把说，你先将就一下吧，只要有好一点的，我就给你换一个。过了两天，她还真的为我换了一把好一点的椅子。

母亲住院后，我和弟弟说好，我白天陪护，他晚上陪护。

尽管住院，但是母亲生活都能自理，一般不需要我们做什么。我们只是在吊水时注意提醒护士及时换水，其他时间也就没有什么事了。

住在西头南边病床的病人，子女们很孝顺，轮番来照应。后来我们在交谈中才了解到，这位躺在病床上的是他们的父亲，今年已经七十多岁了，是一个企业的退休工人，已经在病床上躺了十七年，生活一直不能自理，吃饭要人喂，大小便要人弄，话也说不出，整个身子动弹不得，只是嘴角有时能微微动一下，眼睛也一直眯着，但他们一家就这样一直照应着他，没有放弃，没有怨言，没有责怪。老人有五个子女，三个女儿，两个儿子，大家很团结、很和谐。老人患有小脑萎缩，姐妹们时时想着法儿逗他玩。他刚从南京医院出院没几天，又旧病复发，来到这里住院的。

看到病人那个样子，我被他子女的孝心感动。看看母亲的病情，我觉得自己还是幸运的，至少没有他们那么重的负担。我们应该再多些孝心，好好照顾好母亲，让她安心地快乐地度过余生，这样才能对得起生你养你的亲娘啊！

5月21日

这几天一直有些琐事忙着，刚刚有些时间歇下来，又想钓钓鱼。今天一大早，洗过脸，没有吃早饭就出去了，场子就选在去年一次钓了五只老鳖的地方。路上有露水，干脆开车去。

这是一条排灌沟，又长又深，四通八达，鱼多。前期这里由这个村一个八十多岁的老人一直看着，他说鱼是他养的，其实他一条鱼也没有放，老人大多数时候是带看带不看的。老人去年年底去世了，这沟就被村里一个狠头子插了一个旗子，那就标志着这条沟是他养了鱼的，别人不可以在这里捕鱼钓鱼了。其实在农村个别地方存在这种现象，一些村里很好的公共资源，被村里的那些狠头子无偿地霸占着，老百姓敢怒不敢言，也不愿沾他。

这条沟四周都是农田，沟对岸是一家养鳖的，去年大水破圩，养了几年的老鳖全部跑了，结果爬得到处都是，周围老百姓一天要逮好多。现在这沟里也有鳖，时常有人逮着。今天我也想来试试看，碰碰运气。

到了一看，位置还是不错的，只是这里的草深了，岸边的芦苇也长多了，随即用网兜扫了一下草丛。今天特地带了网兜，怕遇到老鳖提不上来。上次真是巧，正是因为带了网兜，一只三斤多重的老鳖才没有跑掉。平时我基本不带，因为这里很少碰到大鱼。踩下钓位周边的草头，再将几根碍事的芦苇折断就行了。选了两处打好鱼饵，就开始钓了，很快就有鱼咬钩，看来这里不错，可钓了一会儿，都是些小鲫鱼和餐鲦，不是很带劲。一心只想着有没有老鳖上钩，钓兴就不是很浓了。换了另一个打窝的地方，试钓了一下，还是没什么大鱼。

这里钓位虽好，但两边都是树枝和芦苇，提钩时很容易钩到旁边的树枝或者草棵上，实在有些烦人。这不刚才有鱼咬钩时，稍一提钩，钩子就钩到了树枝，试了几下拉不下来，最后只能硬来，结果线断了，钩子丢在了树枝上。

鱼竿已经用了几年，竿节之间磨损严重，稍不注意就会拔出，竿子成了两节，需要再将竿子插进去才行。一不小心，小手指被竿节之间的缝隙夹了一下，破皮流血了，一阵疼痛。随后穿蚯蚓或摘鱼时，因为怕伤处受到感染，总是小心翼翼的。

看来今天不行了，干脆早早收工。前晚睡觉的时候听到虫鸣时的灵感冲动一直记在心里，还是回去把它记下来好了。看看网兜，虽没如愿，也算没白来一趟。

5月22日

农村的夜晚一到天黑，家家户户早早就关起门来，村子里静悄悄的，然田野间的虫子开始亮开了嗓门。那天有点累，上楼看了一会儿电视，就早早地睡了。天不是很热，一会儿就睡着了。

年龄大了，困了就想睡，可瞌睡毕竟不像年轻人的多。大概夜里两三点钟就醒了，迷迷糊糊睁开眼睛，外面月色朦胧，远处人家养鱼塘的灯光远远地射过来，映在房间的柜橱上。大概睡得早，这时倒没有了睡意，外面的虫鸣声倒是很大，也很悦耳动听，慢慢地这虫鸣声带走了我的睡意，我感觉那是一首农村夜晚的田野交响乐。

我索性从床上爬起来，披上外衣，走到客厅，走向阳台的太阳房，微风从太阳房的窗子吹进来，凉凉的，天空中一轮弯月高挂，眼前是昏暗月色下的田野的夜，给人一种神秘感，池塘里洒下了一片粼粼的月光，岸边柳树留下黑魆魆的影子，远处的圩堤轮廓模糊，周围一片祥和，我静静地伫立在太阳房的中间。

心越静，你听到的虫鸣声就越大；心越静，你听到的声音就越清晰；心越静，你听到的声音就越美妙。呱唧……呱唧，吱叽……吱叽，叽日……叽日，吧啊……吧啊，哇唏……哇唏，唏唏唏，叽叽叽……咕叽……咕叽……它们中有的清脆高亢，有的低沉婉转，有的圆润悠长，有的短促有力，有高有低，有长有短，这众多的声音交织在一起，美妙动听。你不知道这么多的歌唱演员是谁，更不知道这个庞大的乐队指挥是谁，但它很有节奏感，令人陶醉。这是一首大自然的天籁之音、生态和谐之音，它正在唱响自然之美、生态之美、和谐之美，这是一首夜晚田野的合奏曲。这声音从我的耳朵穿进，兴奋我的大脑，渗透到我的每一个毛孔，每一个细胞。我全身的细胞开始活跃起来，肌肉开始了跳动，整个身体开始扭动，我完全沉浸在这美妙的音乐的海洋中，在这音乐的海洋中舞蹈，在这音乐的海洋中漂游，在这音乐的海洋中飞翔，随着这音乐我登上喜马拉雅之巅，来到汹涌奔流的黄河之滨，站在无垠的大海岸边，乘坐着天宫一号遨游太空……

忽然，一只蝙蝠飞到我面前，翅膀不时地碰撞着玻璃发出嘭嘭嘭的声音，像是在给这首交响乐喝彩。

我站在阳台上，任思绪驰骋，任身体舞蹈。妻子在房间里叫我，我这才意识到该睡觉了，可我一点睡意也没有，回到房里我赶紧打开灯，记录下这一时触发的灵感冲动。

5月25日

去年冬，妻子在屋后的一块空地种了些蚕豆，现在是收获的时候了，趁这两天天气不错，抓紧收。一大早，妻子就到地里将蚕豆连着豆秸一道割回来，然后将豆荚摘下来，放在院子里的水泥地上晒。

午饭吃过，我睡了个午觉，起来时，打着赤膊，穿个裤衩，懒洋洋地坐在门口的小凳子上，火辣辣的太阳，热浪阵阵，白花花得耀眼。

晒在地上的蚕豆荚，摘下来时还是青皮，现在都已晒成了黑色，很多荚壳已经张开，再有两三个小时的太阳，这些豆荚就能够全部打开了。过去在生产队的时候，每到稻子、麦子、蚕豆、豌豆收获的时候，人们就用连枷打，十几个人排成一排，整齐地一下一下地挨着打，很有节奏感，现在已经多少年没有见到人家有连枷了。

大约四点钟，妻从地里回来，说要把蚕豆弄下来，但没有农具，她用脚踩了一下，炸开了几个。我想既然没有连枷，这也不失为一种方法。我穿着拖鞋就走上去，咔叽咔叽地一阵响，又是咔叽咔叽一阵响，蚕豆壳就炸开了，效果真不错，一脚接着一脚地，也没有顾上戴草帽、穿上衣了。

我开始是一脚挨着一脚踩，从这头踩到另一头，再从另一头踩到这头，一遍两遍三遍，渐渐地我觉得这样有些单调，也有些累了，开始尝试边踩边用力跺着脚，增加些力度，特别是遇到堆得厚一点的地方。

踩着踩着我的脚步不自觉地有了些节奏感，我有意识地放松了自己的身子，随着咔叽咔叽的踩踏声，我开始有节奏地踩了起来，渐渐地身子和脚步协调起来了，感到比原来的踩踏轻松了。我开始有些兴奋了起来，索性放开手脚跳起来，任由自己的身子舞蹈起来，这时越发不感到劳累，反而感到全身心的轻松和愉悦。烈烈的太阳晒着，汗水顺着面颊流淌，我全然没有感觉，只是置身于这脚下踩踏的节律之中，而且越发精神愉悦，越发带劲。

一会儿，一大堆的蚕豆壳踩好了。我想今天不仅仅收获了这么多的蚕豆，更收获了这劳动的感受——是劳动创造了音乐，更是劳动创造了美。

5月26日

村子里的路已经修过一次，那是几年前的事，全市正在搞新农村试点。那时是一个试点村补助10万元，由各村自己规划使用。几个村干部不是很得力，路修得很差，只是在原来的路基上简单地铺了一层薄薄的水泥、砂石，路面也是窄窄的，群众不是很满意，结果闹到了镇里，镇里派人查了村里的账，算是给了群众一个交代。几个村干部的形象也大打折扣。这次修路实际上是那次的完善，也是村级道路延伸工程的一部分。

这是一条贯穿村东西的主路，由于原来道路两旁老百姓乱搭乱建，路面已经很窄，研究修路的那天，有关部门还来人到现场看了看，提出了方案。村干部对这些乱搭乱建的拆迁有为难情绪，最后提出老百姓愿意拆就修，不愿拆就不修，最终决定只修东头一截。从工程的招标立项来看，工程量不大，5米宽路面，总长只有172米。但按照5米宽道路标准，很多地方无法达到，只能将就着。

施工队前些天已经将工程公示给大家，道路两边的菜地和乱搭乱建应该自行解决，可是没有人行动。施工队来了，自然要清理路边的障碍，一些人这个理由那个理由，弄得施工队很是不快，觉得这个村的老百姓实在难缠，为他们干事还这么难讲话，有些不可理喻，村干部也被他们搞得灰头土脸，不愿意出面协调。

我回到村里，还没有进家，他们一个个见到我都像告状似的。刚进路口，路边的一个堂嫂站在家门口嚷开了："你看把我家的墙角挖坏了。"实际上并没有影响到什么，只是施工队为了修路基需要去掉上面的土，我没好气地说："挖得好，挖了以后再补。"她不依不饶："不讲好我还不让他们搞。"

刚说完，后面一家两个九十多岁的老人也过来了，老太婆冲着我就说："你看看把我的菜地挖没了。"好像是我在这里施工似的，那菜地明显占了道路，我说："都九十多岁的人了，还种菜，不嫌累呀，让儿子给钱买。"接着我话锋一转，指着路面说，"你自己看，你的菜都种到路上来了，还怪人家，那本来就是道路，不是你家的菜地。"老人嘴里依然咕哝着："那你要跟他们说，把我前面的塘搭要搞好。"我岔开话题："两老身体这么好，把这路修好了让你们更好走，活到一百岁。"

前面两个工人正在安装道路水管，住在路边的一家主人一见我回来，赶紧过来跟我说，他家那里也要安，我知道那意思是想让我跟施工人说。

我在想，这个工程施工前，应该召集这些老百姓讲一讲，没有前期的思想工作，施工中当然就会出现很多矛盾，同时村里应该有人帮助协调，减少矛盾摩擦。

这条路本该修到东圩埂边，但再往前就没有人家了，而且前面道路已经被人家占了大半，要修又是一大堆矛盾。农村工作难，难在涉及千家万户，难在千头万绪。

5月31日

村子里的年轻人都外出了，剩下的多是些七八十岁的老人，农民把承包地按照每亩七百元转包给大户。这些大户采取规模化经营，或者养鱼养蟹，或者种植水稻、栽树。说是规模化经营，实际上很粗放，原来一年三熟四熟，现在只有一年一熟。这些承包大户光种养自身是没有什么收益的，有些是为了套取政府项目资金或政策性补贴，或先以少量投资来圈占农民的承包地，然后等待政府开发，套取政府征用补贴，所以他们真正精耕细作的少，精养高效的少。

去年大水后到现在，已经快一年了，村子里一千多亩的耕地一直荒芜，春天一来，杂草繁茂，如茵如毯，一马平川，倒是好看，像广阔的大草原。

前一个星期，几个农民背着喷雾器，给成片的田地喷了一次除草剂，草叶已经枯萎了。现在农民种田真舒服，犁田用旋耕机，稻子直接种，既不用插秧，也不用栽秧，稻子也不用镰刀割，请来收割机割。农民很少用锄头，田里长草了，就用除草剂，锄头差不多只在自家的菜地里用。

这几天，拖拉机已经将田地深耕了一遍。深耕时，不知从哪里飞来了那么多的鸟，跟在拖拉机的后面，有白鹭、八哥、斑鸠、喜鹊等，成群跟在拖拉机的后面，啄食翻出来的虫子。

田里正在上水，承包人准备种稻子了。一只小水泵已经打了几天，田里开始满水了，虫子被水淹了，到处乱爬。田里又不知从哪里飞来了许许多多的鸟，它们四处啄食。白鹭特别多，一只只修长的腿，亭亭玉立，雪白的羽毛，细长的脖子，像个绅士似的，特别好看，两只眼睛直盯着水淹的田里，不时地迅速地伸长脖子啄食虫子。花喜鹊动作轻快敏捷，一跳一跳地寻找着田中的美味，时不时警觉地抬起头注视着周围的动静。只有那些八哥一会儿飞起，一会儿又落下。

高处的田里上满了水，白汪汪的一片，开始向低处的田里淌，这些鸟儿也跟着到了低处的田里。

6月6日

雨后天如洗，空气沁心脾。田野更绿色，稻田鲫鱼肥。

捧书家中坐，门前白鹭飞。夕阳垛山头，万里放煌辉。

6月30日

去年的一场大水，犹如昨日，圩堤田地淹没的痕迹还在。

去年银屏牡丹开了12朵，今年一下子开了18朵。银屏牡丹很是灵验，每年开花的多少预示着当年的水情，花开得越多水会越大。正常年景只有七八朵。这是否预示着今年又是一个大水之年呢？

但不管水大水小，人们还是照常耕作，经过一次大水，田地里的土壤更肥，菜地里的辣椒、茄子、黄豆、玉米、花生比往年长得更好，稻田里的秧苗更绿。

菜地里的苋菜、番茄、茄子、辣椒、西瓜、玉米等都到了采摘的时候了，时常迟了些时日去，菜就老了不好吃，一扔一大堆。

天气有些闷热，太阳不是很厉害，回到家已经一点多钟。这几天南方雨势很大，汛情严峻，可我们这里没有下雨，倒有些旱象了，浅浅的河沟快要干涸了，院子里的草坪也有些枯黄了，西边鱼池里的水也浅了很多。站在院子里汗不断地往下滴，自来水水量又不是很大，浇起草坪很是费时，干脆打开龙头，将水管放在那里，任由它去。这几天看电视说南方雨势很猛，灾情很重，是不是雨水都下到那里去了呢？

冰箱里还有前几天剩下的猪肝，拿出来解个冻，就可以用来钓鳖，反正没有什么事，午觉也不想睡，索性碰碰运气。就在村口的大塘南，上次钓了一只斤把重的鳖，今天换个位置看看。听村里人说，塘南边人家玉米地边，见过一只足有三斤重的大鳖晒太阳，今天就去那儿。还没到塘边，邻居的嫂子就告诉我，前天，村里的小党用电捕器在大塘那个涵洞边一下子电了两只鳖。

玉米地那里确实是老鳖下蛋的好地方，紧挨着塘边，安静得很，又有松软的土。我拨开玉米丛，将穿好的海竿抛向塘中，然后回到家里，拿起菜篮上菜地去了。

就种了一垄菜地，保证我们自己吃绰绰有余，时常还带些给亲戚朋友。几天没来，辣椒棵子上已经挂满了辣椒，今年的辣椒种不错，结的辣椒个头很大，肉很厚，皮很脆，不是很辣。番茄种了二十多棵，前几天来番茄红的不多，这下已经红通通地挂满了一片，有熟开了的已经被雀子啄过。茄子棵子上挂满了一根根雪白的茄子，很是好看，这种茄子形体长，皮薄肉嫩，炸着吃入口即化。

带了一只塑料袋，怎么也装不下，能装多少就带多少了。

在菜地邻居看到我，劈头就问我："今年会大水破圩吗？去年是7月6号破圩的。"语气中似有希望破圩的感觉。她说："今年牡丹花开了18朵唉，只要连续下几天大雨，很快圩就破了。"我不便和她说什么，但一想，是的，现在长江上游水情严峻，江水顶托，一旦一连几天的滂沱大雨，说不定还真的破圩了。

摘好菜，回到家，我稍事休息会儿，就去看刚才下的钓。鬼影儿也没有，我又换了个位置。刚下好，原来屋前的堂嫂坐在马路边正在剪着辣椒，看见我来，也是什么不说，就问今年会破圩吗？语气中带有肯定的意思。我忽然感觉到，他们就是这个心态——希望破圩。

我只记得小时候，老人们有句话"圩田好做，七月难过"，意思是说我们这里每年六七月份是梅雨季节，雨量大、雨水集中，极易形成水灾破圩。而现在经过这么年的水利兴修，大江大河的堤坝加固了很多，抗御水灾的基础要好多了，可是这些年一些圩堤的子埂并没有受到重视，去年我们村这个圩就是从子埂破的。我感到他们关心水情，更关心是否破圩。因为他们的承包地都被别人承包了，子女们都在外面打工，房子位置很高，破圩了水也淹不到的，破圩对他们来说，并没有什么损失，破圩后国家还有灾后补贴，他们不但可以趁着大水多捕些鱼虾，还可以拿到国家对于灾后的补贴，对他们来说破圩不是受到损失，而是增加了收入。

8月23日

一个企业的老总，也是当年我们开拖拉机的朋友，我们在老家遇到了，老朋友相遇，自然是叙旧。他早些时候在一家私企，后来自己创办了一家公司，现在已有规模了。他想得开，现在企业主要由儿子在管理。他的企业原来就在家乡，后来发展大了，搬到城里开发区去了。他现在是早出晚归，就住在原来的公司里，公司很漂亮。

我是今天一大早来老家农村的，到家后，我换下衣服就去钓鱼了，手机也没带在身上，到了中午回来，手机上有八个未接电话，一个连续打了三次，其他几个我看了一下，估计没有什么重要的事，也就没有回，但这个电话是我的学生打过来的，我估计有事，就回了一个电话，原来他是请我吃饭，说镇里领导去了他的农家乐，让我过去。我想现在已经到了吃饭的时候了，那就不客气，让他来车接好了。到了那边，还没有到他们的桌上，就看到了几个省城来的朋友在打牌，正是他们打的电话，我赶紧过去打个招呼，说这边陪了再来。这边已经开席，位子早留在那里，我也不客气了。他们中午是不喝酒的，但让我喝一点，我不好推辞，勉强喝了几小杯，很快这边结束了，我又赶到那边。这是三个家庭一起的周日游玩，都是老熟人，他们自己带了酒，没有办法我接着又喝了几小杯。很快也就结束了，接下来大家接着打牌。一局结束，已是下午四点多了，他们要到城里，我是带着车在家的，中午喝了点酒，自然就没有和他们一道回去。

我是准备走回家的，朋友见我还有点酒气，就说开车送我。他一是热情，二是想去我那里呱呱淡，我就不客气地上了车。我们来到家里，没有烧水，就一人一听柠檬茶。我们交流着，感慨人生苦短，都觉得到现在这个年龄了，对很多东西看淡了，保重身体重要。不过他有一句话让我感触很深，他说："像你们干了这么多年，能够平安着落是很不错的。"是啊，那么多的领导干部出了问题，不能不说这是个问题，但我想每个人心中还是有底的，你的底线守住了没有？人生啊，没有奋斗，显然很苍白，也不够精彩，然奋斗时也不可忘乎所以，没有了定力，丢掉了根。随风而动，借势丧智，借势丧理，借势丧德，虽可能称得一时的英雄，但撑不了长久。

9月3日

炎热的夏季结束了，院子里原来铺上的草坪经过炎热的夏季，很多草已经被晒死，可那些杂草倒是格外茂盛，长得很高很高。这两天天气凉快了些，就想把这些杂草除掉。

上午吃过早饭，我就开始拔草，那些草已经长成很长的茎蔓，根也扎得很深，厚厚的一层，那些原先铺下的草皮，很多已经被它们遮住了，成片成片地死掉了。考虑到杂草的茎蔓很长，不好拔，还要用很大的力，我就先用镰刀割上一遍，一来是割开草茎的缠连，二来也能割除一部分草茎。这些杂草生命力实在旺盛，茎蔓长到哪里，哪里的茎蔓下就又生出根来，尽管你找到了杂草的主根，一把下去，可以满满一抱，可你用力时，就时而有茎蔓在中间拔断，这些断下来的茎蔓，过一段时间照样会疯狂地生长，因此你必须将它们全部连根拔掉，不留后患。一根根草拔不需什么力气，可一大把草拔起来就不是那么回事了，你得用很大的力，有时还拔不起来，时间一长，手受不了，必须戴上手套。

拔草不但要弯腰，还必须蹲下来，杂草面积虽只有七八十平方米，但你得一把挨着一把，一次又不能拔多，时间一长，不但手受不了，腰、腿、膝盖也受不了，一两个小时下来，已经是腰酸手痛了。

我总想，这么大一点儿的面积，争取当天拔完，上午多拔一点，下午就少拔一点。到中午吃饭的时候，我的两只胳膊和两条腿已经很酸痛了，吃饭时拿筷子都难，两条腿跨过板凳也是有些吃力的。

吃过饭，不管三七二十一，先倒床休息一会儿。人一累倒床就瞌睡了。其实到这个年龄瞌睡是不多的，但我坚持中午总要睡上一会儿，哪怕二十分钟，有时中午没有睡，下午开始干活时总有一会儿提不起精神。

下午，开始想请人来帮帮忙，可一看不就那么一小块嘛，已经拔了一半多一点，反正现在时间有的是，再说劳动也是一种锻炼嘛，这样晚上就不用散步了，想想咬咬牙自己也能完成。

我这个人有个脾气，自己能做的事总是尽量自己做，尤其是这些简单的农活。

人啊，就是怪，休息了一会儿，就精神了，看看老天，多云，没有什么太阳，抓紧干。

休息了一会儿，刚开始干活时，身体硬邦邦的，弯不下腰来，只觉全身酸痛难受，似乎胳膊手伸不开，腿也弯不下去了，咬咬牙坚持了一会儿，感觉好了些。

这一块草皮是那次下午铺的，大概草皮晒得干了，原来的草基本死光了。可这边有个水龙头，经常取水，所以这一块杂草长得又深又厚，一把下去一拉就是一大抱，草茎老长老长的。

有一处有许多的水花生，这种草生命力特别强，任何一截都可以重生，而且长得很快。我不知道这种草是从哪里过来的，在农村这种草可以说是灾难，它对农作物的生长和环境都造成了很大的破坏，水塘里一旦有了这种草，很快整个水塘就会长满。拔这种草必须连根、连茎蔓全部拔掉，一截也不能留。留下一截就会再生，而且生长得十分快。我不知道这草是怎么到院子里的，院子里都是挖池子时翻上来的地下深层的土，而且是厚厚的一层。我一根根小心翼翼地拔着，可是它的根扎得很深，你得要挖到很深处，才可将它连根拔起。就那么很小的一块，我用了半个多小时还没有拔干净，我想过不了几天，那剩下的又会长出一片来，实在是烦人。

一直到下午五点多钟我才将院子里的杂草全部拔掉，早已累得筋疲力尽了。满身汗水，满身泥点，裤子、上衣上沾满了杂草种子，胳膊腿上到处痒痒的。我赶紧脱下衣服，跑到卫生间，打开水龙头，抹上沐浴液、洗头膏，狠狠地冲了一把澡，全身这才轻松舒服多了。

我换上干净衣服，坐在门前，捧来一杯茶，看着干干净净的院子，这时才真正体会到劳动的快乐。

9月7日

人总是有欲望的。

人的欲望受两个力的影响，一个是来自自身的控制内力，另一个是来自外部环境的外力。两者对人的欲望形成了双重的影响。控制内力主要是指自身内在素质，如谨慎、大胆、坚韧、睿智、机敏、聪慧等，这些素质一般是先天赋予的，而理想、信念、见识、胆略、眼光等一般是受后天影响形成的。它们共同构成了一个人的思想品质，影响并控制着人的思想道德行为。这个影响力就是内力，这个内力在每个人受到环境因素的影响时，就会产生免疫力，当周围环境与之形成的内力相一致时，人们的方向明确，思想愉悦，信念坚定，人们就感到快乐，社会和谐安宁；当周围环境与之不相适应时，来自外部的环境就会对人们的控制内力产生影响。较长时间的压力就会影响到一个人的控制内力，人们的思想道德行为就会受到影响。一个人的内力越强，抗拒环境影响力的能力也就越强。反之，抗拒环境影响力的能力就越弱。这两种力一直伴随着每个人，影响着一个人的发展方向和人生道路的选择。

来自外部环境的外力，包括体制、制度、法律法规、历史文化、自然灾害、家庭教育、社会环境等。这些外力对每个人的思想行为的影响大多是渐进的、慢性的，偶尔也有突发的。这种外力引导着一个国家的发展，所以原始社会就形成了原始社会的文明，资本主义制度下就形成了资本主义的文明，社会主义制度下就形成了社会主义的文明。

对每个人来说，无论在什么社会，每个人的人生欲望无不受到这两个力的作用。每个人由于个体差异，形成了千差万别的个体特征。一个人的内力形成，总是时刻受到来自外部环境的外力的影响，一定条件的环境外力总会影响着一个人的内在定力的形成或者改变。一个人的内力总是相对稳定的，环境外力总是不断变化的，当一个人之前形成的内力和来自外部环境的外力一致时，两力同向，也就是人们常说的比较适应，这个适应期越长，人们就越感觉精神愉悦，伴随愉悦而迸发的智力潜能就会得到充分发挥，产生精神动力，从而推动自身前行，推动社会进步。当自身之前形成的内力和来自外部环境的外力不一致时，也就是不适应时，首先是自身的内力产生对于社会环境外力的免疫力的抵抗。如果这个不适应度较小，自身内力足以抵抗外部环境的外力，这个震荡就小；如果这个不适应度较大，甚至足以破坏之前形成的内力，就会产生震荡，迫使一个人内力的改变。同时，内力的形成和改变，又受时间的影响，适应期的时间越长，对于每个人的免疫力破坏性也就越大，甚至会彻底改变一个人，重塑其内在的定力。

从这个理论出发，我们研究反腐倡廉工作就有了一个方向。举一个很简单的例子，北方盐碱地盐碱化严重，即使雨水较多、气温适宜，也很难长出杂草来，原因是那里没有杂草生长的土壤条件，尽管我们人为地撒下一些草种，它们也难以生根发芽。也就是说，种子虽好，但外部环境（外力）抑制了种子内在生长欲望的内力，尽管种子自身生长发芽欲望很强，也无法生长。而在南方，很多地方即使你没有撒草种，一场雨后就会冒出很多杂草来，你拔了，但过不了多长时间，又会长出很多杂草来，让你感到头痛。这是因为南方的土壤等环境适宜杂草的生长，即使你打了除草剂以后杂草死了，但再过一段时间，杂草又会长出很多来。从这个例子出发，解决杂草的问题，主要是要解决土壤问题，这是问题的关键，如果单靠施药，那就要持之以恒，不能放松。这个问题为我们解决腐败问题提供了一个很好的思路，那就是首先要强化每个人世界观、价值观、人生观的教育。人的世界观、价值观、人生观一旦扭曲，那么抵御外界腐蚀的能力就会变弱。提高每个人的自身控制内力，也就是提高免疫力，这一点显得尤为重要。一个人的内力越强，抵御外界环境的能力就越强。实际上每个人的世界观、价值观、人生观的形成，都是在实践中通过不断觉悟累积形成的，慢慢升华成一种内力。它一般都是由外而内的，这种内力不会是与生俱来的，加强每个人的世界观、价值观、人生观的教育，就是要提升每个人应对环境变化的定力。近些年来，党内加强了党规党纪、理想信念、公仆意识以及中国特色社会主义理论体系等一系列教育，严正了党内风气，纯洁了党的形象，提高了党的威信。同时，在全社会开展了社会主义核心价值观的教育，廓清了社会的真善美、假丑恶的标准，提高了全民的道德素质，这些都是为了全党全民自身内力的提升。教育是一个方面，严惩腐败分子也是一个方面，它可以形成一种震慑力，使每个人在内心产生一种抑制腐败的自控内力。我以为光有这些还不够，还要从外部环境上加大力度，形成里应外合的心理态势，也就是在舆论导向、管理制度、政策导向等诸多方面，与理想信念、公仆意识、思想路线等教育相辅相成，使理想和现实相一致，制度和信念相一致。因此，在教育方面，要着力解决每个人的“三观”问题，党员领导干部在“三观”方面应该是社会的标杆；在宣传方面，要营造一个群众性的社会主义核心价值观的实践氛围，全社会都来弘扬真善美，抨击假丑恶，创造强大的环境外力；在制度政策方面，坚持走中国特色社会主义道路，制度政策体系的建设要服务于党的宗旨信念和社会主义核心价值观的实践，不断革除在实践市场经济中的各种弊端。

9月9日

农村房子在加层时用的是火烧木板做地板，铺设时可能有些潮湿，经过一个夏天，板间缝隙大了，我考虑再加上一层地板革。打开手机在网上看到了一家生产PVC地板的，就在网上直购了。货到时，我有些诧异，我感觉一般地板革应该是大幅的，2米宽，长度随你而定，70平方米也就需要35米。可快递送来的是一块一块的，本想把它退回去，可已经送到了，因为怕麻烦也就算了。可到施工时才发现，这哪是什么PVC，只是上面涂了一层PVC，下面就是一些纤维类的东西，手一撕就断了。就像家中一条伪劣的皮裤带一样，牌子很响，可你剪开皮带一看，哪是什么皮，完全是纤维做的。

既然上了当，买也买来了，干脆将就着先铺着用一用。铺地板不是什么难事，早先家里的木地板就是自己铺的，而且还是一根一根的小木条，不但需要铺，铺好后还需要用木工的推刨刨。铺地板革那就简单多了，一个退休的同学过去好像搞过这个行当，现在夫妻俩回到农村老家，于是请他们来指导指导。

早饭吃过后，我开始搬运地板革，还没有搬完，他们夫妻俩开着车来了。看到我正在搬料，他过来帮忙，我也不客气，70平方米的料，分14捆，每捆都是实重实重的。搬完后，他也顾不上歇一会儿，夫妻俩上了楼，就开始琢磨着怎样铺设科学合理美观。他毕竟是搞过这个行当的，做工讲究。他说，万事开头难，铺地板革也一样，要起好头，铺好第一排，后面就好铺了。按照他的要求，我们先铺第一排，考虑到地板革的缝不能与原来地板的缝相重，铺地板革时就要错开缝。同时，考虑到板缝的美观，还要拉直第一排地板革使它们都在一条线上。他们夫妻两个都来帮忙，一会儿第一排地板革铺好了，接着就好铺了。这时我们三人同时作业就有些窝工了，干脆我把客厅给他们铺，我去房间铺。

真想不到，他们夫妻两个真的很能干事，尤其是他的爱人，在我们同学看来，她家原来是镇上的，是吃商品粮的，她不会干农活什么的，可谁知她不但能干，还能吃苦，这让我十分敬佩。他们一丝不苟，一直忙着，一个上午都没有休息，也没有喝一口水，我也只顾自己忙。到上午十一点半，客厅差不多已经铺了一半。这时老伴儿已经把午饭准备好了，我们也就歇了下来，喝喝茶。中午吃饭很简单，我们也没有准备什么，夫妻两个都不喝酒，我也就不客气了。上午已经很累，吃过饭还能休息会儿，我想剩下的我自己来，反正我有的是时间，可他们很是热情，非要帮我铺完。吃过饭，我让他们休息会儿，他们对我倒很是照顾，说："你过去习惯睡午觉了，你去吧，我们歇歇就行了。"我感觉实在累了，也不和他们客气了，和衣上床躺了一会儿，让老伴儿和他们拉呱去了。

中午没有休息多长时间，他们又接着干，中间的铺设更快了，不到四点钟，客厅差不多铺好了，剩下的是楼梯口的收尾工作。楼梯口收尾也是需要动脑筋的，不但要保证完整性，还要考虑到美观。他不愧是搞过工程的，先计算好需要的板块，根据地板革的宽度和长度，再确定怎样下料。我铺好房间正好来给他打下手，实际上这时我的两条腿和膝盖已经受不了了。在铺房间时，腰弯下去了，可是腿很难弯下去，两只膝盖又酸又胀，我只能坐在地板上，一块一块地铺。看到他们夫妻两人一直是蹲着的，而且那么认真，这让我想歇也不好歇。不过我想他们也许也很难受，但是坚持着，我真的敬佩他们，敬佩他们的劳动精神，敬佩他们的那份真情，敬佩他们身上我们这一代人的品质。

2018年1月27日

又是一年过去了。

一晃2018年的第一个月悄悄地就要过去了，但好像和2017年一样。时间没有分界线，时间没有警示牌，一天接着一天，流水似的，不急不慢，不张不扬，非常温和地从你的身边走过，让你没有感觉，没有准备，真的是人生如梦啊！

几天没有什么东西可写，总觉得有些诚惶诚恐，不知是习惯还是一贯的思想压力使然，总之，时常在坐下来的时候，忽然间有些恍惚，总觉得有些不安。静下心来看点书，静下心来写点东西多好啊，可很多时候就是做不到，放松了自己，放纵了自己，明明知道这样不好，可又这样一天一天地过去了，真的不知道怎样调整自己，怎样安排自己，使自己更充实，更快乐。说起来好像是心如止水，可心如止水不是无所作为，无所事事，总要有个目标、爱好、兴趣啊，可就是没有韧性，没有耐心。写日记坚持了一段时间，后来总是断断续续的；练习书法也是一曝十寒，从这个帖临到那个帖；钓鱼只在钓而没有达到娱，没有在钓上下功夫；锻炼身体也是今天看到这个方法好，还没练上两三天就放弃了，明天又看到另一个方法好，浅尝辄止，学了这个丢了那个，不知道怎样才好。有一句老话说得好，无志之人常立志，到了这个年龄就是无志了？这恐怕是坏习惯的开始。记得自己在回忆过去工作经验时，感悟很深的就是干事情不专心，没有韧性，很多时候就会一事无成。而当你一心一意专注于一个事业并且持之以恒的时候，你一定会从中收获成功的种子，其实成功和失败就是一步之隔，你坚持下去了就成功了，你半途而废自然就失败了。一个人把有限的时间随心所欲地打发在多个事业中，则不会有什么大的成果，也不可能成功，这就叫术业要专攻。对于老人来说，可以不要什么成功，但不可以不要学习，不要思考，不要思想，否则就会落后于时代，成为时代发展的局外人——老朽。老了还是要好好学习，还得要有所作为，这个作为不一定是伟大的，但只要自己觉得充实，觉得对得起时光，就应该老老实实地静下心来，确定一个目标，坚持不懈地做下去。

1月31日

这是新年第一个月的最后一天，早上起来的时候，我突然想起昨晚看电视时的一时感慨。当时电视台正在播放一个新闻节目，中间忽然插了一个广告，实在是有些不妥，夫人也在看，也觉得不合适。十年的媒体工作经历告诉我，一个媒体要时时刻刻地体现正能量，这不是一件简单的事。但插播广告这个现象似乎又不是疏忽或偶然，而是司空见惯的事了，是不是我这个曾经的媒体人有些格外的敏感呢？

接下来的事就更让我有些感慨了。这几天一直在播放一部电视剧，这是一部很好的电视剧，主演是一位著名演员，演一位伟人，而就在这个电视剧播出中间，插播了一个由这位主演代言的广告。前面是一个伟人的形象，接着就是一个广告人，给人的感觉实在有些别扭，总觉得让伟人的形象大打折扣。当然不是媒体有意要损坏伟人的形象，而可能是商家为了达到宣传效果，不惜花重金刻意要求在电视剧播出中间插播广告，媒体在利益面前做了选择，也不顾及其他，这可能不是个别现象。我反复问为什么媒体会如此，因为媒体需要生存，媒体的体制机制就是这样，它们中极少一部分靠财政，绝大部分需要依靠市场，依靠市场自然就得遵守市场规则，只要不越过法律道德的底线，就可以放开来经营。然而媒体在放开来经营走向市场的过程中，哪些市场规则适合媒体，哪些市场规则还不适合媒体，有很多未知的，有很多模糊的，这就需要媒体自己把握。媒体竞争激烈，商家也多以追求宣传效果和市场利益最大化为目的，在商家追求利益最大化的同时，媒体也忽视了自身的宣传效果，有些媒体就在模糊中去试水——打擦边球，什么软新闻、什么做专版、什么版面换实物、什么实物抵消广告费、什么广告词变成主持词等等。打擦边球是有风险的。

作为媒体人，我们没有任何放纵的理由，我们必须坚持正确方向，坚守精神家园，激浊扬清。

2月7日

昨日，做了一个梦，一个做过几次的梦，梦中又是遇到了一次考试，一个同村的兄弟说自己准备得很好，可我总觉得自己没有准备好，很多东西没有复习好，甚至一直没有看过，都丢掉了，生怕自己考不好，心里压力很大。挣扎中慢慢醒来，想到自己已经退休了，还在考什么呢？这才知道自己在做梦。

不知什么原因，这样的梦已经做了不止一次，每次总是在感觉很有压力的情况下醒来。我在想，是不是第一年高考给我留下了阴影。那次因为紧张作文一直没有思路，到考试快要结束的时候，才匆匆写了几百字，也觉得语无伦次；数学卷子拿到手觉得太简单了，可是到最后一题作图时，还是把长短轴画错了，到最后虽然发现了，但没有处理好。我这个人缺乏自信，遇事紧张，容易心跳加快，血压升高。想想在很多场合，总会遇到这种情况。譬如有个场合，有个简单的发言，一到场就不自觉地紧张起来；有时已经打好了腹稿，可一说话就会忘词；有时简单地拟个提纲，坐着说还是可以的，可一站起来，脑子时常会出现空白。遇到人多的场合，更是有一种害怕的心理，即使有很好的发言稿，也达不到应有的效果。慌乱中甚至看词也会眼花，更谈不上现场发挥了。偶尔也有效果不错的时候，那可能是一时灵感来了，什么也没有想，结果反而好些。

这一定是一种病态心理反应，也叫心理素质差。几十年来，一遇到事就会出现这种情况，有时自己即使做好了思想准备，本该能够说得很好的，但一到现场又会不自觉地心跳加快，紧张起来，有时语无伦次，因此我错过了很多机遇，也不能成为成大事者。几十年已经过去，这种场合已经很少有，但心里的阴影依然在，这时常做的相似的梦就是一个说明。

怎样才能排除这种不健康的心理阴影呢？都到了这个年龄应该没有什么思想的压力了吧，可为什么还这样常常骚扰我呢？这不是心理病态又是什么呢？但又能如何呢？只能任其骚扰，不要在意罢了，一在意就真的需要心理治疗了。

其实对于现实中的很多问题，我还是想得明白的，很多就不去想他，任由他去，顺其自然，这应该是一个良好的心态啊。我常说自然界要生态平衡，人要心态平衡，可为什么这种现象时常出现呢？人的心理是很复杂的，一旦有了阴影，就很难彻底走出。

心病难医啊！

2月10日

读书明理，读书明智，读书明事……似乎读书可以解决一切问题。博览群书是一件好事，但认为读书可以解决一切问题，那就大错特错了。文官治理天下，武官打天下。这句话说得很有道理，文官在天下归一时作用更大。社会在发展中需要一个明确的目标，按照这个目标前进，就要有一个规则。这些规则很多都是未知的，需要提前谋划设计，而规则要前后贯通，就需要从历史和现实的比较中拿出方法来。这些是文官的强项，他们熟知历史，明理思辨，文采飞扬，往往自诩满腹经纶，一切都能说出个理来。一般人在冷静的时候，是善于听取别人意见的，也是比较明理的，这时说理就比动武来的让人信服，因而文官比之武官来就显得更有用。而在一切混乱的时候，人们的思想也是混沌的，很不容易听进别人的意见，这时就需要一个外力给予一定的压力，才能使之趋于平静，而这个外力可能是震慑力甚至是武力。

维护和平的环境需要一个有效的规则，这个有效的规则由谁来制定，当然主要由文官来完成，即所谓文人治天下了。和平环境离开了规则就会出现混乱的局面。这有点像武官指挥时军令如山，不许违抗命令一样，需要一个统一的指挥系统。也就是说，在没有规则的情况下，武官可以见机行事，灵活机动，不受约束。所谓将在外军令有所不受，说的就是一切要依据当时的实际情况而定，这就打破了君君臣臣之礼。这个规则的制定一方面需要武官参与，但更多的是由文官来完成。他们善于使用精准的文字表述，善于考虑方方面面，总之比较细致完善，也便于交流和留存。所以文人治世时，容易出现文来文去，文山会海，甚至是文字游戏。所以读书可以明理，可以明智，但书中之理自在书中，一切还得根据实际情况而定，不能生搬硬套，一成不变，书之理事在变，事之理书其中，与时俱进，方能事理相宜，对症下药。所以文官治世故然重要，但需要结合实际，从实践中获得真知，形成理论，方能立于不败之地。

2月18日

春节之前，某市颁布了一道法规——城市禁止燃放烟花爆竹，一个有着几千年历史的传统习俗就这样被禁止了。除夕之夜、春节之晨，平静得和平日一样，铺天盖地的鞭炮声没有了。然千家万户依然是欢欢喜喜过新年，倒比之前有了更浓的年味，人们用一种更加文明的形式、更加理性的心情、更加开放的姿态，迎接新年，庆祝新年。微信不但可以发送文字，还可以发送视频，不但可以表达情意，还可以表现才华和真诚，最大限度地表达了内心的祝福。一个简单的决策推动了一个社会的文明进步。在社会发展进程中，我们就是要不断革除旧习，不断引领社会进步。

其实我们生活中还有很多陋习，也需要在社会发展中不断革除。如小孩满月、过周岁、升学，大人生日等，过去也不是每家都搞，即使有的家庭搞，也是很简单的事。现在好了，几乎少有不搞的，并且越搞规模越大越隆重，甚至有孩子满月跑到酒店拉起了横幅；还有每到春节烧纸祭祀，虽然近些年来淡化了些，但在农村仍然比较多，每到除夕之夜，村外“星星点点”。这些习俗明显与社会文明进步不协调，我们不去抓任由其发展，大家也就见怪不怪了；我们一旦认真抓起来，大家也就认可了，这说明社会文明在于我们及时正确的引导。行政部门应该与时俱进，注意研究社会进步中存在的问题，及时地予以纠正，而不能任其发展。

在社会发展过程中往往会同时出现若干个问题，这若干个问题不是都可以同时解决的，还要根据问题的具体情况而定，选择好解决问题的时机，否则会事倍功半。有些问题的解决还急不得，非得等到一个好时机，即所谓顺势而为。而有的事就是要发现早，抓得早，当机立断，不让其有继续繁衍的机会，不能等到其形成气候，否则就要伤筋动骨了。行政有作为包括主动作为和被动作为，主动作为就是主动地发现问题，主动地面对问题，主动地想办法解决问题；被动作为就是问题出来后并没有注意，熟视无睹，一旦闹出事端，造成不良影响，倒逼着有关部门去解决，那种解决问题的动力不是发自内心的，而是被迫的、被动的。我们希望我们的行政部门都能够主动作为，都能够按照习总书记说的——我们的一切工作都要以人民为中心，从这个出发点出发，我们的工作就会有效有力，就会受到人民的欢迎。

4月4日

最近的天气真是怪，昨日穿单衣还是汗滋滋的，今晨穿毛衣还觉寒，温度相差十几度。一大早我洗漱完毕，就兴致勃勃地拿起鱼兜走向湖边。前日，一大早我洗漱完毕就去湖边散步，刚上圩堤，就见湖滩树林浅处鱼儿正在打籽，激起一处处浪花，赶紧回家拿来网兜去水边。有人说，恋爱中的女人智商为零，其实动物可能也一样。鱼儿交欢时也是忘乎所以了，只见几条雄鱼围着一条雌鱼，在浅水处激起一堆堆浪花。交欢时的鱼儿，什么也不顾了，更忘了安全，你站在水边，能看到它们常常游到很浅很浅的岸边，甚至露出半个身子，有时甚至游到你的脚边。其实平时鲢鱼是十分狡猾的，哪怕一个很微弱的动静，它都能感觉到，一溜烟儿跑了。但这时它们好像忘了安全防范，往往几条在一起，追着雌鱼交欢，忙得不可开交。你只要掌握好时机，看准了它们交欢的地方，一个网兜下去，只要你卡得准，且水下比较平整，一般都会有收获。我第一网兜下去，就网到了一条雌鱼。但是如果水下不平整，尽管你一网兜下去，网进了三四条，但往往最后都跑掉了。鲢鱼被网到后，它会头贴地面拼命地往外钻。一次，我一网兜下去，一下子网了三四条，结果只抓到了一条，其他的都从网兜下面溜走了。也有运气好的时候，一条都溜不走。昨天我一次网了三条，今天我一次网了四条，真是过瘾！其实每次网了那么多的鱼，很多时候要不送人，要不就放在池子里，有的过不了几天就不行了，能送人就送人，不能送人就扔掉，真正自己吃得很少。今天早晨一共网了六条，回来后送了两条给邻居，自己选了一条中午吃，剩下三条放在池子里。池子里已经“鱼满为患”了。池子里的水有问题，虽是自来水，可时间长了就会变色，可能是因为池子渗水造成的，虽已经做过一次补救，但还是没有搞好，暂时没有办法，也就算了，过段时间再想办法吧。

5月4日

今天是五四青年节。青年是祖国的希望和未来，青年强则国家强。人的一生中青年时期精力旺盛，思维活跃，创造力强，理想丰满，抓好青年就是抓好了未来。抓好青年，一要鼓励学习。学习关系到一个人的知识生命，也关系到一个人的政治生命。青年人面对未来，任重道远，更加需要丰富的知识，以增长智慧，优化思想，坚定理想，只有这样，方能站得高、看得远，方能担当未来的事业重任。只有坚持不断学习，才能成为优秀人才，为社会做出贡献。二要正确引导。青年人应该有担当，引导和教育好青年人树立正确的人生观、价值观、世界观，事关重大。要积极营造社会风清气正、理想道德丰满、经济发展健康、法治体系完善的政治经济社会环境。三要呵护好青年。社会要积极为青年的健康成长和事业发展创造条件，鼓励他们创新创造，鼓励他们成才成长，保护好他们的那股劲，那股气，那股创新精神，包容他们成长中的缺点，相信和信任他们，及时地沟通并给予纠正。四要树立青年标杆。雷锋影响了多少青年、多少代人啊！榜样的力量是无穷的，要在青年中树立一批学习科学知识的榜样、社会道德的榜样、事业创新的榜样、敬业奉献的榜样、爱国爱人民的榜样、为国争光的榜样，从而影响和带动全社会青年人奋发向上。

总之，把握了青年就把握了未来。

年轻时，怀揣着多少憧憬，怀揣着多少梦想，似乎对一切新鲜的事物都充满着好奇。那个时候信息闭塞，总想离开农村到城市去。每一个来自城市的人都充满着神秘感，哪怕是一个从很小的甚至不算城市只能算作镇上来的人。不知是因为一种新鲜感，还是因为当时的农村劳动太累太苦，一有机会就想尝试去城市。记得一次镇上公路需要一名道班工人，我也跃跃欲试。如今退休回来，一切都看过了，很多也都经历了，甚至对城里的很多东西已经有些厌倦了，在城里反而不习惯了。污染的空气、林立的高楼、鱼贯的车流、耀眼的霓虹灯、浮躁的人群，让你眼花缭乱，头脑发胀，倒不如农村清闲。

我在想，青年有青年的梦想，青年之梦在于对未来的畅想，并为之奋斗，因而需要充满着激情的思考，需要有实现梦想的能力和资本，需要有实现梦想的环境和条件，那时这些都不可能在农村得到和实现，需要你去寻找，去努力，去实现跳跃，跨过约束的藩篱。在年轻人的心中，前面一切都是空白，一切都是零，一张白纸好画最新最美的图画，好写最新最美的文字。带着这样的理想，很多农村的年轻人义无反顾地背井离乡，走出乡村，就像今日很多农民工一样，怀揣着梦想，丢下父母，抛妻别子，远离家乡，打工创业。这和当年我对未来的憧憬一样，只不过时代不同了，环境不同，基础条件不同，那时在农村是大集体时代，上大学、当工人、当兵是很难的，城乡二元户口的不平等待遇，在很多方面拴住了你，唯有跳出“农门”，方能成就大业、实现大志。

老人有老人的梦想，大多老人之梦不在于大业大志，而在于健康安逸，也许我就是这其中之一吧。我现在觉得城市不好，农村安逸，有益于健康，在这里更自在。对于人生，很多我已经看透看懂看淡了，前方的目标不是什么名利金钱地位了，而是健康的身体、安逸的生活、愉快的心情，悠闲自在。人到无求品自高。自然纷争少了，理解多了，懂得了宽容，知道了忍让，看开了得失……

在这个青年们的日子里，祝青年朋友们好好学习天天向上，早日梦想成真。也祝我们已经走过来的“年轻人”身体健康，顺意长寿！

6月2日

岁月如梭，一年就快过去一半了，半年来没什么印象，也没什么收获，心中空荡荡的，总有些恐慌，是知识的恐慌，还是衰老的恐慌？好像都有。我在想，干什么呢？真的不知道自己可以干什么，有的时候自觉还有些思想，有些能力的，可一面对现实，却没有实施的环境和条件。自己再来创业，觉得没有必要，也觉得并非简单的事。长期处在领导岗位，有的时候好像有些眼高手低了。又有的时候，在面对现实时，往往心灰意冷，甚至觉得不可思议，是观念的问题？是认识的问题？还是年龄的问题？本来是很有道理的事，觉得很简单，实施起来却有很多你预想不到的困难和障碍，有时有些问题让你哭笑不得。然而这就是现实，你不得不面对。例如，修路是一件造福子孙的事，也是惠及千家万户的好事，可是就是这件好事，却被一家一个很简单的理由改变了完好的方案。或者是经过他家门口需要安一个水管，或者是道路拓宽需要占用一点点菜地（其实是他占用了集体的土地），或者是这块土地过去是他家的宅基地，但集体已经重新划了新的宅基地给他，这块地应该是集体收回的，可是他认为那块地还是他的……

我总在想，老虎要打，苍蝇更要拍。苍蝇虽小可它就在老百姓身边，党的方针政策就在他们手里落地，千里之堤毁于蚁穴，不加大拍苍蝇的力度，再好的政策也会在这里打折。

6月18日

明日就要搬家了，说到搬家，其实早就在搬了，东西差不多已经搬完了，只剩下主要餐具了，只不过按照传统习俗，要选个好日子，在原来的住宅煮上一锅饭带到新家。

算起来这已经是第五次搬家了。第一次是刚参加工作时，爱人在本村的小学，我们一开始住在家里，结婚后就住在学校，房子是学校的，一间房间加上一个储藏室。我们先是住在楼下，后搬到楼上。那时没有什么家具，一台19寸黑白电视机，一张架子床还是学校的，一张课桌当梳妆台，两个人从学校带回的木箱子，一个煤炭炉，那就是全部家当。

第二次是我到乡政府工作，在乡政府有了一间房子，我们就搬到了那里，家具还是那些。在乡政府工作了三年，实际只有一年时间，1985年我到外地上学，就爱人一个人住在那里，1987年毕业刚回来时，还住了一段时间。

第三次是调到市委农调室，一开始我一个人在城里工作，单位给我租了一间房。住了一段时间，工作定下来了，我在单位附近租了两间民房，后门外还有个很小的小院子。我们把结婚时的家具带了来，也就是一件大衣橱、一件五斗橱、一张父辈们用过的老式麻将桌，另买了一张双人沙发、四个方凳。

第四次是调到市委办公室，我分到了一套两室一厅的房子，面积在60平方米左右。拿到房子后，我亲自动手，先是将墙面刷了一下，然后买来小木条，先拼铺好，然后再刨平，两个房间的地板，我忙了整整一个星期。客厅简单地用地板漆刷了一下，房顶没有吊顶，没有装饰，客厅和主卧室挂了两个吊扇。另请人打了一张餐桌、六把椅子、一个简单的酒柜。厨房里用砖砌了个台子，贴上瓷砖，地上贴了马赛克瓷砖，一张在农村时用几块木料钉的小方桌，成了我们的小餐桌。新添了一台燃气热水器、一台燃气灶。请人家打了一组衣橱、一组矮柜。自己在一张柜子上加上几层隔板，也算是个简易的书橱了。另外打了一张床，买了一台36寸的黑白电视。这就是全部家当了。在这里一住就是十多年。

第五次是考虑到女儿上学，买了一套五楼的三室两厅的房子，面积为136平方米，外加一个小储藏室。这时住房已经商品化了，没有政策性照顾了，房价从开盘时的每平方米1100元涨到1300元，并且还在继续上涨，而且涨势很快，等我们拿到手的时候房价已经涨到2300元每平方米了。由于房地产商没有按时交房，房子拿到手时，按合同规定开发商还赔了一万多元。这次，房子的装修算是一件大事了，让妹婿过来帮忙，要求简洁大方、适用安逸，总计费用不超过二十万元。房子装好后，我们是老房新房两边住。后来女儿上学后，我们就住到新房了，老房子临时出租给人家陪读。就这样，我们一直住到现在。

这次搬房，实际是调房，原来的房子在五楼，没有电梯，上下楼不是很方便，年轻时好像无所谓，现在年龄大了，上下就更不方便了，换个小高层或者底层的房子，是为以后年龄更大时做准备。这次是先卖老房，然后选好位置后，买一套小高层或者底层的房子，面积也不要很大，两个人百十平方米就够了。可是老房很旧，不是很好卖，后来把新房也挂网出售了，结果新房价格还可以，就把新房先卖了。卖了新房，我们得赶紧再买房子，因为老房子实在太旧了，质量又不是很好，本来还想装修一下自己住，但考虑到还是小了些，干脆重新买一套位置好一点的，不需要爬楼的，面积适当就行了。就这样最终选择了一个小高层的房子，面积94平方米。这里的位置十分优越，处于市中心，生活十分方便。这个房子原来是人家的结婚用房，虽然装修了几年，但一直很少有人住，基本上属于新的。

搬进来后，新添了床、沙发、茶几、冰箱、餐桌。我想，这个房子到最后也许还是会卖掉，这几年家乡发展很快，从当前来看，再有五六年，家乡会是一个美丽的、令人向往的、宜居的、适合养老的地方，再说老家的房子位置好、环境好，可现在只能相机行事了。

总之，房子我是不想再折腾了。

6月26日

又是一个多星期过去了，时间就像流水一样，从不停下脚步，不紧不慢，不慌不忙，总是在你经意或不经意间，大摇大摆地走过，从不停留，从不加速，带着温和、带着认真、带着执着、带着公平，悄无声息地流淌。

岁月不等人啊。每个人都在一天天地老去，每个人都在随着时间的流逝自然地衰老，这是自然规律。然在这时光的道路上，每个人都有着自己的主张、自己的活法，有的人在一辈子的事业追求中老去，有的人在一辈子的利益贪求中老去，有的人在一辈子的浑浑噩噩中老去，有的人在一辈子的穷苦劳累中老去，有的人在一辈子的奢华糜烂中老去。平凡的人平凡地老去，伟大的人伟大地老去，总之最终都得老去。

人去留名，雁去留声。这是人们对活着的人的一种激励，也是人类社会之所以不断进步的内在动力。自然界尚有优胜劣汰的自然法则，从动物世界中你就可以了解到竞争的法则、适者生存的法则，动物为了延续后代，总是强者生存，弱者淘汰。人类在自然的进化中，慢慢地强化了人的社会属性，减少了自然属性，人类文明不断进步。人之所以为人，就在于人不是一般动物。人性的向善使人在社会活动中对于自然的法则有了自己的主张，优胜劣汰可以在事业中、工作中，而不可以用在人类自身的生存中，这就是对生命的珍惜。其实在自然界就整个生态系统来说，它是一种优胜劣汰的法则，但每一种生物都是有生命的，都应该得到尊重。

自然的老化，就是旧的生命结束，新的生命开始。草木一秋，来年再发，又是一个生命的开始。春夏秋冬，日出日落，自然界在永不停息地运动着，更替着，重生着。

其实人就应该活得自然。

6月28日

前两天，从隔壁家捉了一只小狗，全身米黄色，但在尾巴处、眼角处、耳轮处、脚爪处、额头处有几根可数的黑毛。小狗有个把月，体型不大，怪好玩的。刚捉来的时候，它不是很适应，吃食不是很香，贪睡，总是恋着老狗，一有机会，就想回到原来的地方，没有办法，只好把它拴起来，可没有人时，它总是叫着、犟着。

拴了几天，本以为它熟悉了，可一放它，它照直就往回跑，你不让它跑，你拽着绳子拉它回来，它也不愿意走，赖在地上让你拖。看到它憨萌的样子，我觉得它实在是可爱又可笑。可能太小，没有经过什么训练，它不大听话。没有人在的时候，它很不安分，又是咬绳，又是挣扎，又是叫，几次挣脱了绳子。因为离得很近，它经常挣脱了绳子跑回原来的家，和老狗一起疯玩，把原主人家的秋豆搞得一塌糊涂。原来主人很有意见，我也觉得很烦。是不是太近了？我想如果总是这样，干脆送给别人算了。后来几天，原主人将老狗拴着，经常带着外出，小狗有时跑过去看不到老狗，可它还是不想回来，我真的不想要了。这又是一天没有回，第二天我过去看一看它是不是被原主人送到别的地方去了。我到了人家门口，一唤它，它从狗窝里出来了。我本想不带它了，转身就走，可它这下却主动地跑过来，跟在我的后面，看到它有些可怜兮兮的样子，我又不忍心赶它走了。

一开始，小狗白天放在外面，晚上放在家里，可是撒尿拉屎成了问题，总是在家里。两天后，我觉得这不是个办法，就在晚上十一点左右临睡前，把它放出来撒尿拉屎，第二天一大早就又放出来。搞了两三天效果不错，撒尿问题解决了，可拉屎它还是经常跑到储藏室，有时甚至跑到老母亲的房间。母亲说这狗子脏，不懂事，干脆把它扔掉算了，我也有些动摇了。这狗不听话，得要时间来训练它才行，还是看看它的接受能力吧。至少它到现在没有在自己的狗窝里撒尿拉屎。说是狗窝，其实就是一个纸箱，用胶带缠一下，开上一个口子算是门，让它进去两次后，它就知道了。

后来，我不仅每次睡觉前把它放出去一会儿，而且夜里还起来一次，再放它出去一会儿，可有时它还是在家撒尿。过了几天，我试着把它放在外面，也将那狗窝放到外面，它好像知道似的。等第二天一早，我打开门，它就在门前，见到我又是摇尾，又是乱跳，很是高兴的样子。我想这下好了，晚上就放在外面。

7月5日

老夫家中坐，抬眼是野田。鹭鸶黑牛背，鸟栖电线杆。
幽幽荷香吹，袅袅晨雾暗。何去城中住，那得乡村赞。

晨来自然醒，鸟鸣更无烦。兴至垂钓去，归来拾菜园。
三餐不足贵，生态食材安。有感打打字，书法练练闲。

偶有朋友来，小酌侃侃山。晚来湖边走，空气不一般。早早睡觉去，再迎新一天。

7月7日

搬房收拾东西时，突然有了一个感觉，那么多杂七杂八的东西，让你想扔又不忍，不扔又无奈，现在的房子小了，很多东西不能放了。这些东西看起来有用，实际上从放在那里开始压根儿就没有用过。那么多的书，很多根本就没有打开过；那些杂七杂八的酒，就一直堆放在储藏室里；很多杂七杂八的纪念品，打开看一看也就看一看，又有什么用？我在想，女儿现在已经远嫁国外，我们也已退休在家，有些存款，每月还有退休工资，这些东西无论是现在还是将来都没有什么用。再说，随着年龄的增长，我们对于物质的需求越来越少了，吃饭也就那么多，营养品也不能乱吃，吃多了反而对健康有害无利。房子有了，车子也有了，退休工资足够我们生活。这些东西现在看来都是身外之物，唯有健康是第一。这些东西女儿看不上，也不会要的，到我们驾鹤西去的那一天，这些都成了遗产。

城里换了一套房子，还有一个小套，那是房改房，也想卖了。总书记说得好，房子是用来住的。农村原来有一套老宅，后来父母随我们到城里住，老房子也就卖了。可随着年龄的增长，我们越发觉得不能违背父母的心愿，还是在农村给他们重新盖了一个三间房。后来大水破圩，房子被淹，水退后又加了一层。这下，我陪着母亲干脆在农村住，倒是更习惯了。这里视野开阔，空气新鲜，清闲自在，没有城市的噪音，没有汽车尾气的污染，一切是那么的安逸和谐。

人生就是一个圆，从这个起点出发，经过几十年的努力和奋斗，跋涉千山万水，再来到这个出发的地方，这应该是一个圆满。

7月11日

一个关于芦溪湿地生态恢复工程的构想。

这里曾经是一块宝地，位于沿湖北岸中心位置，有着全国内陆湖泊面积最大的沙滩，沙滩总面积三四平方千米，沙层厚度平均在三米左右，最厚处有七八米，这是自湖形成以来几百年甚至上千年大自然的杰作。广袤的沙滩边被沙子磨得光滑的碎石和瓦片，使这里的历史记忆变得遥远。每次大风浪过后，岸边那堆积的一条沙丘和白色的贝壳带，显示着沙滩的生命在不断地延续。每到春季，这里一簇簇野草小花，引来蝶舞蜂忙，天高云淡时，云雀在高高的天空盘旋高歌，江燕就在沙滩的贝壳间垒窝下蛋，时有慌张的野兔出没。岸边的柳树林犹如一条长龙，随着圩堤蜿蜒。沙滩处的柳树湾，飞鸟栖集，每逢夏季雨水多的时候，这里就是鱼儿产卵的地方。靠圩埂边的一块芦苇湿地，滩浅水清，走入其中，淡淡芦苇清香，犹如仙界一般。嘴尖的航标灯高高耸立。沿湖一个人工开挖的船塘，每天都有来往船舶停靠。稍远处整天都有前来装沙的拖轮，拖着长长的驳船。高处的沙滩上有一家水产公司，建有几栋房子，每到捕鱼季节，这里的沙滩成了他们的晒场，大片大片的银鱼、白米虾，还有鳙鱼、草鱼、鲢鱼，飘出一股鱼腥味。这里曾经有一个一百多人的沙站，是专门挑沙上船的。到二十世纪七十年代末，这里的沙滩已经被夷为平地。后来在建设湖滨大道时，仅有的浅滩高地被夷平，沿圩堤的芦苇、柳树也被砍光。至此，沙滩已不复存在，芦溪嘴也无芦苇了。

好在人们幡然醒悟，特别是近些年来，国家对于生态环境的重视和保护，有关部门开始重视这里的生态恢复，沿岸开始栽种芦苇和柳树，使得芦溪嘴沙滩及湿地又有了重生的希望。

关于芦溪生态湿地的重生，我想，这是政府的一项生态环境恢复工程。芦溪湿地生态环境破坏已成历史，恢复芦溪湿地生态环境是我们的责任。这里曾经是一块难得的内湖沙滩，也可能是全国唯一一个大面积的内陆湖泊沙滩，是几千年的自然造化，由于人为的过度破坏，至此已面目全非，现在单纯依靠自然的恢复，需要很长时间。好在人们已经开始重视起来了，外滩已经禁止采砂，并且有了小规模的柳树和芦苇的栽插，圩堤大规模护坡工程已经开始，打造一个沙滩湿地生态旅游观光的综合项目是可行的。

建设芦溪湿地生态恢复工程，要参照芦溪沙滩湿地的生态记忆，结合本地未来的发展，统筹环湖湿地建设规划，突出重点，做出有特色的精品。

关于芦溪嘴沙滩湿地生态恢复工程的构想，总面积大约三平方千米，嘴尖最远处离圩堤距离在五百米左右，沿圩堤东西长约一千米。沙滩可建日光浴场、足球排球场、休闲游乐中心等。沙滩中间可以留有一块面积适当的芦苇湿地。嘴尖可建设一座环湖旅游观光码头。嘴尖可以用现代化手段，从湖中吸土填方，抬高至正常年度水位以上几十厘米。外围驳岸，中间填土，土上铺沙，沙层厚度在八十厘米左右。岸边外围种植芦苇、柳树，与内圩湿地建设呼应，融为一体。

内圩生态湿地工程已被列入政府规划，关键是要在打造地方特色上下功夫。位于芦溪湿地内的下柳村是一个圩中之村，也是一个古村落。这个村原来四面挖有护城河，村东村西各有一座城门，进村出村只有走东西城门，关上城门外人无法进村，这是当年老百姓为了防止土匪上岸进村抢劫而修建的。村中有南北九条巷子，村南有一口大塘，具有典型的九龙攒珠格局，现在依稀还有原貌的轮廓。依据这个历史记忆，可以在此基础上将此打造成一个别具特色的生态湿地城堡，恢复环村护城河，修建南北两个城门，打造一个集休闲度假、观光旅游、文化娱乐于一体的湿地城堡旅游胜地。

我们常说战略眼光，所谓“战略眼光”就是不但要有眼光看到现在，更要放眼未来。恢复芦溪湿地生态环境是功在当代、利在千秋之大事。

7月15日

这几天天格外蓝，视野格外开阔。一早起来，打开门，满眼清爽的绿色田野，令人心旷神怡。湖南起伏的山峦上风力发电机的风轮缓慢地转动。蜻蜓早早地飞了起来，比前几天多得多。早晨的太阳格外红，红得刺眼。一阵阵晨风带着丝丝凉意，带走一夜的燥热，深吸一口，顿觉全身舒爽。

毕竟已进三伏，一会儿你就会感到白花花的太阳给你带来的酷热。已经有好长时间没有买菜了，冰箱也空了，总吃蔬菜也不一定好。刚刚听到广播里介绍一位一百来岁的老人，说他每天要吃鱼肉，很少吃蔬菜，还喝点酒，一百来岁了精神状态还很好，他的儿子快八十岁，状态还不如他。采访者说，这完全颠覆了人们常说的好生活习惯。实际上，每个个体之间身体差异很大，不能拿一个标准来衡量。

譬如抽烟容易患肺癌，但很多抽烟的人并没有患肺癌，有些人抽了一辈子烟也没有，但有些患病的人并没有抽烟。总之，每个人应根据自己的心情和健康状况，选择适合自己的生活习惯。

买菜要去镇里，有四五千米路程，要开车去。打开车门已经感到里面很闷热了，开开车窗玻璃透透气。今天想去买一只鸡，买两斤五花肉，还买斤把湖虾。早上菜市场人很多，天又热，也就没怎么多逛，很快就买好了，顺便还买了两斤桃子、一小块生姜。回来后赶紧把虾子分好，留下一点中午吃，剩下的放进冰箱。五花肉和鸡也是要赶紧分割和清洗的，三伏天不能放长时间，早饭前，这些都全部搞好了。

随着太阳升高，越来越热了，好在今天外面有较大的风，来到楼上，打开窗户，坐在电脑前，感觉还是蛮爽的。

7月18日

这几天特别热，人在室内也是满身是汗。我趁着早晨还有些凉意，赶紧到菜地摘些菜。其实屋子里还有前几天摘的辣椒、茄子、黄瓜、秋葵等，堆在那里吃不完，昨天老伴去城里还带了一大袋。很多时候这些蔬菜吃不完放在那里，过几天就扔掉了。这边扔掉，那边又摘来一大堆。

其实，我们种的菜地并不多，院子里种了几棵秋葵、紫苏、玉米、豆角，顺着院子外围的围墙种了几眼西瓜、黄瓜、苦瓜，还有些苋菜、辣椒什么的。外面人家给的一块地也种了些辣椒、茄子、番茄、韭菜、黄豆、扁豆、马铃薯等。规模虽然不大，但品种很多，有的只有几棵。我们种的都是些季节菜，随季节种随季节吃，新鲜，味道绝对比在城里菜市场买的菜要可口。

土地真是个宝啊，虽然只有那么一小块地，那么几棵蔬菜，就足够我们吃的了。院子里的几棵秋葵，几乎每天都要去摘，不然过一两天有些就老了；西瓜、黄瓜也是一样，你今天摘了，明天你得再看一看，到后天去看时，有些已经老了。我们种的黄瓜有两种，一种是市场上经常看到的，长长的、带刺的，一般用来做菜；另一种是不怎么长，人们称之为水果黄瓜。这种黄瓜特别脆，口感很好，我经常顺手摘一个，洗一下就吃。黄瓜、辣椒、豆角、茄子等蔬菜，开花结果是一波一波的，一波来了，那几天天天有摘的，隔那么几天又会有一波。

我们这里土地很肥沃，我们种的蔬菜没用过化肥。我们都是农村出身的，都在农村长大，农活都会做，农事农时都知道。退休前，星期天我们隔三岔五会来到这里，钓钓鱼，休闲休闲。老伴带些菜种子，先把它种上去，回来时浇浇水，锄锄地，整理整理，偶尔也买些豆饼复合肥撒。有些蔬菜有虫子吃，我们也不去打药水，让它吃就是了，反正我们吃不掉。偶尔有朋友来，我就说，你们城里人来乡下，我没有什么好东西让你们带回去，就带些蔬菜，他们很高兴。我知道虽然他们在城里都能买到，但绝对没有我们种的蔬菜安全可口。这也是我向他们炫耀的地方。

今天，摘了秋葵八个、黄瓜三根、番茄五个，辣椒、豆角、茄子就不去摘了。韭菜已经长老了一些，割一些，撒上灰，下次吃嫩一些的。这一波的黄豆还没有结荚，上一波的黄豆还有些放在冰箱里。看来今天的蔬菜又摘多了，但不摘又老了，没有办法，前面的人家菜地旁，也是茄子、瓠子到处乱扔。

农村真好啊！

7月19日

平时我每次做番茄鸡蛋汤，总是先把番茄炒一下，然后再下汤。母亲说，你这样做，番茄会酸的，或把水烧开了再下番茄，或直接将油和番茄倒进锅里加水就不会酸。我不以为然，但倒是想试一试，到底是不是这样。中午我煮好饭，开始做菜，两个人的菜实在很难做，加上母亲饭量不大，每顿就那么一小碗，要不了多少菜，但母亲每顿吃饭时得有汤，年龄大了，没有汤她觉得干、噎，所以每顿我得首先考虑做什么汤。当然，什么番茄汤、丝瓜汤、排骨汤、瘦肉汤、紫菜汤、鱼汤都可以的。

今天中午，我准备炒上一份秋葵炒辣椒，一份烧黄豆，做一盆鱼，再做一份番茄汤。秋葵昨天摘了还没有吃，今天又摘了几个，辣椒是早上从自家菜地摘来的，黄豆也是刚从自家菜地里拔回来的，豆米刚剥好，鱼是一早从门前的野沟里钓上来的。说到钓鱼，我是一早起来，洗好脸刷好牙，就去野沟边打好窝料饵，然后回来做早饭，吃过饭去钓的。不一会儿工夫，就钓了一斤多鱼，不想再钓了，钓多了吃不掉，池子里的鱼已经够多了，不能再放了。野沟里鲫鱼多，不大，偶尔也有鳊鱼，大的有半斤，有时也能钓到昂刺鱼。

母亲上了年纪，我正适口的饭，她就觉得硬了些，每餐煮饭时，我都要考虑水稍微多加一些。两个人的菜不好做，搞多了一顿吃不掉，少了又不好烧。我一般是两素一荤一个汤。因为每份菜不多，我就把两个素菜用一个盘子装上，一边一样菜，我把它叫作“鸳鸯菜”，这样既不会因为做多了浪费，又节省了洗盘子时间。

中午吃饭的时候，我告诉母亲，今天的番茄汤是按照她的说法做的，让她试试酸不酸。母亲尝了尝，说还是有点酸，但比之前好一些。我拿起勺子尝了一口，感觉没有什么区别，还是那个味道，也没说什么。母亲自言自语地说：“我不喜欢吃酸的，昨天隔壁人家送来一瓶大蒜给我，我尝了一口很酸，就没有要了。”

我想，人老了可能很多时候有些像小孩，老小老小嘛。

7月20日

傍晚，顺着湖边大道走着走着，隐约听到远处有音乐声。这圩堤上哪来的音乐声，是不是前面的村子在放电影？我心中有些疑惑，这太阳还没有落山呢。再继续往前走，隐约看见一群人，声音是从那里传来的，再走近时才看清楚，原来是附近村子一帮老太太在跳广场舞，我有些惊诧。

这几年来，农村变化真大啊！我一直在城里工作，前年退休，刚刚带着母亲来乡下住。现在农村条件好了，村村通了水泥路，路都修到了家门口，雨天出门再也不要穿上胶鞋，深一脚浅一脚溅得一身泥。很多家都有电动三轮车，上街走亲戚买东西方便得很。才来乡下时，我开着小汽车还似乎有些自豪，可现在他们很多家也买了小汽车。

公路很宽敞，从村中穿过，一直到湖边大道。每到傍晚时分，吃过晚饭，就有些老太太老爷子三三两两地顺着公路散步到湖边。他们边走边谈，张家山前李家山后，惬意得很。刚来的时候，我还觉得有些好奇，是不是他们偶尔赶赶时尚，可后来，我才发现他们已把饭后到湖边大道散步，当作每天的一项健身运动，有的还推着小车上的孙子跟着大伙儿一道散步。

道路宽了，人心畅快了。人们走到哪里都说：“你看这社会多好啊，不愁吃，不愁穿，路修到了家门口，手机哪里都能通，连个无线网，微信语音通话也不要钱，想孩子了来个视频，种田国家还有补贴，年龄大了国家每月还发钱，谁要是说国家不好，那肯定是瞎说。我们就是要锻炼好身体，多享受享受。”

来乡下这么长时间，我没有感到有什么不方便的地方，蔬菜自己种，荤菜每天都有人进村吆喝着卖，生活日用品也时常有人开着车进村卖，自来水、电也没有停过，电视等电器有什么毛病，临时需要什么东西，一个电话马上就有人来服务。

我每天吃过晚饭就顺着湖边大道散步，有时也和他们一道，边走边聊。走在宽广的湖边大道，放眼浩瀚的湖，点点船舶，鸥鸟低飞，夕阳映红了山头，山上的宝塔高耸，岸边的芦苇丛中不时传来鸟的叫声，芦溪嘴的沙滩更是让你百看不厌，每天都有一个故事。这不，又有一家婚庆公司带着新人来这里摄影留念。就在昨天，几个女孩为了留下美好的一瞬，竟然下到齐腰深的水里拍照，那一瞬也让我随手拍到了。夜幕降临，湖像蒙上了一层面纱，慢慢地进入了梦乡，让你遐思飞扬，乐不思归。

家乡，这里有蓝天白云、新鲜空气、绿色田野、美丽环境、祥和村庄，还有熟悉的父老乡亲，真好！

7月22日

这段时间一直在乡下陪着母亲，几个同学打了几次电话过来，说大家聚一聚。早晨我和母亲正在吃早饭，弟弟打电话过来，说我的侄女放假了，让母亲到他那儿住一段时间。接过电话我说：“今天我们回城里。”母亲说：“你去你的，我一个人行的，中午蒸一个鸡蛋就行了，你不是待一个晚上就回来嘛。”我说：“弟弟来电话了，让你到他那儿去。”母亲有些茫然，说：“我不去，我们回去了，小狗怎么办？撒尿拉屎的。”我知道她的意思当然不是指小狗的问题，而是不想回城里。她本来吃得好好的，忽然放下筷子说不想吃了，一脸不高兴的样子。

其实，前几天，我就试着问过她，说我要回城里有事，她说：“你去就是了，我自己搞行的。”说实在话，母亲九十多岁，大脑清楚得很，记忆也好，就是有些哮喘，一到发作的时候很危险。她的哮喘一般在春季三四月份发作，经常会反复。前年她的哮喘很厉害，去医院住了一段时间，回来后又发作了，医生告诉我，她的时间可能不长了。我听了有些悲痛，告诉弟弟说：“看来母亲的时间不多了，我们能多陪她一点时间，也算是一份孝心。只有在她活着的时候，给她快乐，那才叫孝心。我们不要等到老人家走了，然后披麻戴孝，大操大办，修坟造墓，烧香叩头，那算什么孝心呢？说得不好听的话，是做给人家看的，也是祈求自己心灵的安慰，那不是孝心，那是形式。我们要趁着她现在健在，抓紧医治，好好照顾。”母亲回来后，弟弟买来一个氧气瓶，充满氧气，放在母亲的床头，让她多吸吸氧，缓缓症状，减少痛苦，饮食上也加强营养。

几个月过去了，她的状况慢慢地转好了些，我就带她到乡下住。一到乡下，她感觉好像好多了，经常院子里村子里四处转转，和隔壁邻居拉呱，有时还帮我在院子里锄锄草。有时我去钓鱼，脏衣服放在那里，她还动手帮我洗一下。我说：“有洗衣机。”她说：“一两件衣服，用洗衣机浪费。”

前一阶段，考虑到要带她回农村住，特地给她的房间安上了空调。这会儿，我陪她在乡下已经住了一个多月了，她的状况好多了，心情也很好，有时还和村里几个老人一道到湖边大道转转。

这下，又要回到城里，她当然有些不高兴了。没有办法，我只好妥协，告诉她："那你就暂时还在农村，也不去弟弟那里，我上午到城里去一趟，吃过饭晚上回来。"城里几个同学电话又来了，催着要我去打牌，我哪里不想早去呢，但我得把母亲的中饭安排好。

7月23日

本来准备在城里待几天的。中午吃过饭，几个同学打牌，我去请人看一下老房子。因为老房子太旧，之前在网上挂了一段时间，不大好卖，想着简单装饰一下可能好卖些。房子一直租给人家小孩读书用，好长时间没有来了，一进门看到那刷了油漆的地板已经斑驳，房间里用小木条拼铺的地板有的已经突出来，粉刷的墙壁也不那么白亮了，心里一阵莫名的感觉。这些都是那时分到房子后自己亲手做的，现在看来实在太落伍了，时间太快了，社会变化太大了。

回家简单吃了晚饭，心里还是不放心，去超市买了些平时用的东西，带了几件衣服，就又开车回农村。天气预报说今天受台风影响，我们这里有雨，可只是傍晚的时候下了几点，路上只有一些湿润，老天又恢复了晴朗。

车开到家门口，打开院门把车开进去，停好车，来开大门，发现门是虚掩着的，门销未插，门锁未锁。打开灯，我将买来的东西放进屋里。这时母亲从房里走出来，大概是看到家里的灯亮了，说："你回来啦?"我问她吃了没有，她说："吃了，是中午剩下的饭，晚上加了点水烧了个汤饭吃了。"问她有没有菜，她说："中午蒸的腌韭菜。"我心里一阵酸楚。

母亲确实是到了年龄，我在出门时一再说了，门要怎样关起来，饭菜要做一些，她说："我会的。你不要操心，我一个人简单得很，蒸个鸡蛋就行了。现在没有土匪没有贼，放心得很。"我说："我这里带了些饼干，饿了可以吃一些。”她说：“上次买的雪饼还有。”母亲回房后，我感觉她现在行动已经有些迟缓，耳朵越来越不好了，身体也越来越瘦弱了。

我想，人老是自然规律，有生之年平安健康才是最大的幸福。母亲没有给我们什么财产，但母亲给了我们生命，教会了我们做人做事。愿母亲永远健康！

7月24日

前晚开车回来，打开院门，放好车，却不见小狗过来。平时总是我一进院子，它就不知从哪儿一溜烟儿跑过来，又是舔，又是跳，围着我脚下直转转，十二分亲热。我叫了两声“小帅”（狗名），还是不见它出来，它到哪里去了呢？

我来到西屋，打开手机的手电筒一看，它惊恐地望着我，大概是被手机光照着，它不知道我是谁。我又唤了几声，它还是很惊恐，我走过去，它赶紧往里面的一个纸箱下钻。我唤它，它好像更害怕，拼命地往里钻。我有些气愤，一下子把纸箱掀开来，它惊恐地蜷缩在那里。我低下身子，再次唤它，并将它往外推。慢慢地，它走了出来，似乎还是心有余悸。我想它大概是白天受了惊吓。

回到家里，我拿来从超市买来的香肠，让它过来吃，它还是离我远远的，疑惑地望着，不敢过来。我切下一块扔过去，它闻到了香肠的味道，慢慢地走了过去，接着我又扔了一块，它尝到了香肠的美味。这时我让它过来，它才慢慢地走过来，几口吃下去，比之前的状态好多了。

大概是香肠的作用，它开始活跃起来，在我脚边躺下，四仰八叉，舔我的手脚，一副亲昵的样子。

但第二天一早起来，打开门还是没有看见它，我又去西屋看了一下，它还是在里面，两只眼睛望着我，没有出来。要是平时，一大早它就会坐到门口，你只要一开门，它就迅速地扑过来。早上见面，可能是它一天中表现最为亲热的时候，又是蹦，又是跳，又是舔，又是咬，跟着我的脚步转，有时我甚至踩到了它，它还是一个劲儿地亲昵。

我想，它一定是前天让陌生人狠狠地吓了一顿。小狗毕竟还小，毕竟是畜生。狗通人性啊，你给它好吃的，它就跟着你，感激你，你吓它，它就害怕。

7月25日

死人与钱，毫无关系；死人与名，毫无关系；死人与利，毫无关系。人死如灯灭。灯灭了还有一个灯泡，人死了一阵烟，只剩下一撮灰，而且从殡仪馆拿回来的还不一定是死者的骨灰。

去参加一个同学的遗体告别，到了那里，整个殡仪馆的院子里外，站满了前来吊唁的人。那些刚从告别仪式出来的人还在悲痛之中，一个个悲伤的面孔，有的脸上还挂着泪水。我想，那大概是死者的至亲，或者与死者有着深厚友谊的人。这是见死者的最后一面，值得发自内心的宣泄。

死了死了，一死百了。无论死者生前多么辉煌，抑或多么落魄，死后一切都留给后人评价。对于死者，生者的悲伤只有自己知道，亲戚朋友同学战友的吊唁，是一种情结，一种传统，一种怀念。

但一般参加这样的仪式，除了亲戚朋友同学战友的情谊之外，还有一个礼钱，这就让人匪夷所思了，这是给死者的呢？还是给活着的人的？死者已随烟而去。给活着的人什么意思，用钱去安慰他失去亲人的痛苦，用钱去补偿他失去亲人的损失，还是用钱让他去完成死者未竟的事业，还是……我不知道这个习俗从何而来，但当我看到，死者的亲人腰系白毛巾，身穿孝服，满脸悲伤，吊唁者从兜里拿出礼钱，死者家属照例收受时，心里总有一种说不出的滋味。

7月26日

我相信我们的很多政策的指导思想和出发点是好的，但有些时候歪嘴和尚念歪了经，政策在执行中变了样，甚至违背了政策的初衷。

农村实行土地规模经营，向种养大户集中，提高土地规模经营水平，一方面可以提高土地规模效益，另一方面可以促进农民转移，加速城镇化进程。这是大好事啊，可是我在农村看到的却是个别经营大户利用土地规模经营圈地，从农民手中拿来土地经营权，然后打着土地规模经营的幌子，搞规模化种植或者养殖，以申报项目套取国家农业农村方面的政策资金。这不但改变了土地规模经营的初衷，使国家的支持资金流到了个别经营大户的腰包，甚至很多地方毁坏了农田。

让这些人钻了政策的空子，可能是一些部门没有把国家的三农政策资金管理好、安排好、发挥好，这是值得我们思考的。

现在的问题是，农民不愿意种地，一是很多农民都外出打工去了，家里都是些老人；二是土地收益低，生产成本高，农民不愿种，很多农民的承包地长年荒着。这就是虽然承包大户给他们的承包费并不高，但他们觉得比自己种划得来，愿意转出承包地的原因。转出后自己还可以做做临时工，也能补贴补贴生活。

面对这个两难选题，我想村民组织要真正发挥作用，把农民组织起来，成立农业合作社，实现农民的共同富裕，让农业合作社来承担农村劳动力转移中的土地规模经营问题，让农民在劳动力转移中也能享受农村农业的政策实惠。让那些有真正能力，能够带领老百姓实现共同富裕的大户承包，而不能让那些投机钻营的人来钻国家政策的空子。

7月28日

我家的院子里挖了一个池子，有时钓鱼回来，鱼多了就放在池子里。池子面积不大，有四五平方米；池子不浅，有一米三四深。每次钓鱼回来，多了或不想吃了，就把鱼放在池子里。时间长了，池子里存了十几斤鱼。有时有的鱼受伤较重，放下去时间不长就死了。死了的鱼，得赶紧把它捞上来。捞上来的死鱼，我有时把它就近埋在池子旁边的菜地里，偶尔也会丢在池子边。

邻居家养了一只花猫，嗅觉很灵敏，每次我钓鱼回来，它总会出现在院子里。有时我暂时将鱼兜放在院子里，只要稍不注意，它就会偷走我的鱼。有时它还会偷偷地跑进家，把我放在锅台上的鱼叼走。午饭时，只要我们煮了鱼，它一定会出现在门口，两眼望着我们，喵喵地低吟着，很是乖巧的样子。有时我扔下一块鱼，它会小心翼翼地过来。时间长了，我们吃饭时，它会待在桌子底下。

这只猫很精明，当池子里的水达到一定水位时，它会时常守在池子边，等待鱼儿浮头时，猛地一爪子下去，把鱼儿抓到。这不，今天我正在房间里写东西，中间休息会儿，站在窗口朝外看，那只花猫正在池子边全神贯注地盯着池子里的鱼。看那池子里的水位不够高，它两只后腿紧紧地贴在池子的边沿，几乎探下全身去抓那水中的鱼，谨慎地试了几下，小心翼翼地换了几种姿势，可还是够不着，有些灰心的样子。它在池子边沿上待了会儿，然后有些不甘心地离开了。

记得有一天夜里，我刚躺下，忽然听到窗外扑通扑通的击水声。我心里一阵紧张，大半夜的，哪来的击水声，是有人掉水里了？不对啊，门口的塘很浅的，再说这会儿不会有人的。我赶紧打开手电筒，朝着声音的方向，从楼上的窗口照过去，隐隐看到好像是什么东西掉进了池子里，正扑通扑通地打着水。我怀疑是邻居家的花猫捞鱼时不小心掉下去了。我心想这下让你吃点亏，瞧你下次还敢不敢再来捞鱼吃。我不紧不慢地穿好衣服拿着手电筒下楼，走过去一看，不是邻居家的花猫，而是一只斑猫，不知是哪家养的，在池子里扑通扑通直转转。我站在池子边看了会儿，看那样子实在可怜。

池子里的水位离池沿有一尺五六高，看来它是爬不上来的，再过一会儿会淹死的。我拿来捞鱼的网兜，准备把它捞上来。它大概是害怕，网兜一下去它就往别处划，我捞了几下才将它捞入兜里。当我把它捞上来时，我一放网兜，它惊恐万状的样子，一通乱窜，又掉进了池子里。当我再次把它捞上来，它已经晕头转向了，过了好长时间，它才跌跌撞撞、惊恐地离开。

斑猫的教训，就是贪心捞鱼，不够谨慎，没有想到水位太低捞鱼会落水，而花猫则是把握了度，觉得够得着有把握就捞，够不着就放弃。

7月29日

昨晚，几个老朋友聚会，先是打牌，然后喝酒。闲聊中我说，我已经有一个多月的时间一直在农村陪着老母亲了。他们有些不信：“你能待得住？”其实这个话，我已经在很多场合听过，意思是：“你过去是一个领导干部，有很多事情，忙习惯了，现在乡下没有什么人，都是些老人，在乡下能耐得住寂寞？”每次我对这个问题的回答总是很干脆，不假思索。

我觉得我在乡下感觉很好，没有感到寂寞啊。早上起来，打开窗户，放眼望去，空旷的田野一片绿色，吸一口空气，是那么的新鲜。洗漱完，到菜地采摘些中午要吃的蔬菜。吃过早饭，稍事休息会儿，打开手机，看看微信，看看朋友们都发了些什么，有好看的就转一转。来到楼上，打开电脑，随性而作，把自己昨天的所见所闻记录下来。坐在电脑前，一两个小时一晃就过去了，中间颈椎不舒服了，做做操放松放松，反正没有什么压力，有灵感就写，没有就玩。我是几乎不玩游戏的，偶尔和电脑下一会儿棋。这样差不多也到十点钟了，下楼来，到田野边转转，回来得准备中午的菜了，摘摘洗洗，切好装盘，有荤菜时还得考虑好配料，特别是有鱼时，要葱蒜姜，还得要几片紫苏。我是经常吃鱼的，偶尔去市场买了两次荤菜，一次是一只鸡，一次是一块猪肉，回来清洗好切开时，感觉都是饲料喂养的。那鸡人家说得好听，是自己养的，可我打开鸡肚时，用手简单一拨，剪刀稍一用力鸡骨就断了，那猪肉实在是太嫩太肥了，这些菜烧好后我根本就没有什么胃口。

准备好菜，稍微休息会儿，或听听广播，或翻开书看上几页，差不多十一点，就可以开始煮饭做菜了。

吃饭很简单，我极少喝酒。吃完饭洗刷完后，或者随性划上几笔，或者休息会儿。到三点左右，铺开毛边纸，练上一会儿毛笔字，或隶书，或楷书，或行书，没有什么拘束。太阳稍微弱了些，或到村边田野转转，或到湖边沟边钓钓鱼，或看看书，或打扫打扫卫生。总之，一个下午一晃就过去了。

吃完晚饭，到湖边大道散步是一天中最重要的健身活动，也是最舒心的活动。顺着宽阔的大道，望着浩瀚的湖面，远处水天相接处的山和宝塔，夕阳落在山顶，湖面上挂着一条长长的金色霞光，或停或行的船舶，任你思绪飞扬。一个半小时的时间，大约五千米的路，全身汗滋滋的，好像每个细胞都活跃了，让你感到十分轻松愉快。

到家时八点左右，洗个热水澡，来到楼上，躺在沙发上，一手拿着遥控器，挑选着好看的电视，一手拿起身边的健身锤，轻轻地敲着脚底，享受着免费的足部按摩。大约十点半，我就告诉自己，该上床休息了。

就这样，一天就过去了，我真的不知道哪来的寂寞。我喜欢这种安逸的生活，这里适合一个退休同志养身养心养性。

7月30日

吃早饭的时候，就去打了鱼饵，本想吃过饭趁着早上凉快一些，钓点鱼中午做个鱼汤。可是吃过饭去钓了好长时间，鱼漂基本不动。看来天气还是太热，站在那里已是满身汗，只好收竿，但今天中午就没有鱼汤了。索性在池子里钓一钓。池子里的鱼太多了，几分钟时间，差不多就够一顿吃了。

剩下的时间考虑写一篇关于染发的文章。还是在前天，几个朋友一起吃饭时问我怎么不把头发染一下。

我说：“为什么要染，就这样不是很好吗？”

“染了年轻些。”

“染了年轻些，不染就不年轻？不还是一个人吗？染一下，只不过让别人看着年轻些，实际并没有年轻啊。”

“那不一样，从你脸上看，你不过五十来岁，染一下不更好吗？”

我说：“一个人年轻不年轻，不是染发决定的，关键是看他的心态是不是年轻，是不是有一个健康的身体、一个阳光的心态。我这样，我并没有觉得难看，也没有觉得因为不染发而感到老了啊。”

我不知道从什么时候开始时兴染发，好好的黑头发染成黄头发、棕色发，白头发染成黑头发。有的年轻人甚至把黑头发染成一半黄一半白，还有只染一撮发的，或黄或白或棕。女同志更是三天两头染发烫发，飘逸顺直的头发非要烫成一卷一卷的卷发。一时间，大街小巷到处是染发烫发的小店，少则几十元，多则几百元，且常常是排队等候，店家忙不过来。

不说染发之贵，但说市场上鱼龙混杂的染发剂，又有多少对人没有伤害呢？退休之前，我也染过发，出于一种传统的观念，第一次是单位开大会，有人建议，要注意形象，将头发染一下，把几根白发盖掉，我就染了。染过后，我总是觉得不自在，后来一开始也不是经常去染，倒是染过后一段时间白的又出来了，发根处是白发，上面是黑发，反而觉得更难看。以后就经常去染，但每次染发回来，我总觉得染发对身体有伤害，每次染过后头皮就会出现一些不适，有时会出现小疙瘩，头屑也增多了，总之不想再染了。直到退休，我都没再染了。

一头乌发，固然美，但一头白发，也不一定不俊逸潇洒。黑发中长出几根白发来，那是成熟稳健的象征。关键是人要有自信，一个缺乏自信的人，即使染了黑发，内心还是自卑的；美不是靠外在来展示的，美需要内在的修养和外在的协调。白发是人老的自然规律，红润的脸庞，一头白发，如丝如银，真乃鹤发童颜，给人以清秀干练睿智之美。

我希望我们每个人都能在欣赏最真实的自我中，去追求健康之美、自然之美。

8月1日

退休后，我什么也没有想，就带着母亲来到乡下，毕竟母亲已经九十多岁了。退休前，我也时常带着母亲回家乡，我自己对家乡也是念念不忘，工作期间稍有时间就回乡下转转。这里的生活对于我来说，还是能够适应的，我喜欢安静，不打麻将，也不大喜欢打牌。刚退休时，学着打乒乓球，去的时候，人家总是十分客气，又是请吃饭，又是请人陪，还专门请教练教，我有些过意不去。后来经常带着母亲回乡下，也就没有再去练球了。

每次一说到乡下去，母亲总是很高兴，可一说回城里，我总觉得她不是很情愿，有时她实在不想回去，就说："你回去，我一个人在这里行的。"实在拗不过她时，我就叫农村的姐姐来照应一下。

刚退休的时候，有企业朋友来，请我去给他帮忙，我明确告诉他，一来纪律不允许，二来我不能丢下老母亲。我想，我这个人没经过商，没搞过企业，人家请我无外乎看我还有些人脉。人脉也是有原则的。我告诉他，既然是朋友，只要在原则范围内，我可以帮忙，但我不会参与你公司的经营管理，也就没有必要去公司。退休退休，不就是退下来休息休息吗？

母亲到了乡下，精神明显好多了，白天几个老人坐在门口拉拉呱，晚上早早睡去，身体也越来越好。

现在农村水通电通信息通，生活十分方便，而且乡下空气好，环境好，食材好，安静安逸，慢慢地我也习惯了。

虽说之前我对于家乡并不陌生，但真正住下来的时候，才感觉农村已不是昔日之农村。几十年过去了，一切的记忆都不再重现。过去的老辈们不多了，健在的也都七八十岁人了，有的耳聋眼花，有的生活不能自理；同辈们大多随子女到外地去了，几个留在家里的，独守空巢，也是皱纹满面，头发花白。村里看不到年轻人，也看不到多少孩子，只有个别孩子暂时留在家里。全村在家的不足四十人。每到晚上，整个村子像睡着了似的，大家早早地关上门。村子里看不到人，安静得针掉在地上都能听到，偶尔几声狗吠打破了夜晚的宁静。

新修的宽阔的公路穿村而过，笔直地通往湖边大道，给了这里生机。村中的水泥路修到了每家的门口，似乎也给夜晚的村庄释放了安全感。家家盖起的楼房，也告诉人们这里并不贫穷。

每晚，母亲早早就睡了。吃完饭后，我顺着湖边大道去散步，享受着大自然的安静祥和，享受着几十年来党给予我的孕育和成长，享受着退休后党和政府给予我的恩泽。我在想，如果说人生是一场体育比赛，那么我的上半场已经结束，下半场才刚刚开始……

8月7日

天气实在太热，室外温度有三十五六度，夜里吹了一夜空调。一大早我得赶紧起来，昨晚下了一张网，趁着太阳还没有出来去起网。渔网就下在我家屋前面的沟里，离我家很近，一两分钟的路程。穿上短裤和背心，带上网兜，来到沟边，心想，如果有大鱼，就要下水起网，如果没有什么也就不需要下去了。站在沟边拿起网头，只见已网了几条鱼，一条大一点的鳙鱼，大约有两斤，就在跟前，看来暂时还是不需要下水的，于是就在沟边起网。中间也网了几条，但不是很大，也是不需要下水的，这样在沟边就把网全部收好了。沟边的杂草很多，网被拉得很乱，暂时顾不上了，起回来再说，反正网还是需要再捻一捻的。

来到家门口，先将网挂起来，这样好捻。摘鱼是很讲究的，要细心理出鱼与网的缠绕关系，然后一层一层理，不能心急。有些时候网与鱼缠绕得很厉害，要很长时间才能理出头绪，好在今天鱼不多。

捻着捻着，我头脑中忽然有一个奇怪的念头，我这样是不是太放肆了，一个退休老干部，还是一个副厅级，昨晚穿着裤衩，光着膀子，下到沟里下网，今天一大早又穿着裤衩去起网，现在在这里摘鱼捻网，弄得一身泥水。这似乎有些不相称，这要是在年轻的时候这样，恐怕不是现在的心情，也不是现在的状况。那时如像现在这样，有心思去捞鱼摸虾，就没有后来的上学，没有后来的上学，也就不会有现在的退休状况和心情。也许我还在农村，和其他几个朋友一样，或种几亩田，一边种田，一边在附近打一些临时工，或开着拖拉机当个个体户，也许换个汽车了，或搞个什么其他的，那样就会有不同的人生道路。

我想人啊，很多时候，就在于一个选择，在对的时间选择适合自己发展的对的路子，应该是比较圆满的，而在不对的时间选择不对的路子，就会给人生留下一些遗憾。

今天在这里，下网捕鱼，摘鱼捻网，完全是一种放任的自由、快乐的运动，心情愉悦，没有任何压力。在与村里人的相处中，我看到他们辛辛苦苦，不知疲倦劳作的样子，听到他们发自内心的声音，有很多无奈，因为他们老了没有什么保障，一切都得自己给自己留好后路，即使子女们很孝顺，那也没有我们这种退休的自在。

但我又想，什么都要一个平衡，人生也是如此吧。那些现在虽然没有什么退休保障的，但也不是不快乐。我的今天不是拿过去的努力和奋斗得来的吗？那时人家玩得比我轻松，捞鱼摸虾，骑牛斗鸡，享受野性之快乐时，而我的兴趣却在书，没有享受野性之乐，发现野性之美。难道这不是一种平衡吗？

这是一块风水宝地，这是一条大雁南北迁徙的线路。2007年的秋天，一个大雾的天气，一群南飞的大雁经过这里时，其中四只大雁掉队了，迷失了方向。正在寻找雁群的时候，它们忽然听到来自龙地雁群的叫声，寻着声音它们来到了这里，加入了这里的雁群。不久，那群南飞的雁群中的一只母雁飞了回来，在这里找到了它们。第二天，母雁带着失散的大雁去追赶已经飞远的雁群，可是其中的一只年轻的母雁却迟迟不愿飞去，母雁几次试着带它回去，可它就是不愿离开这里，母雁只好带着其他三只大雁飞走了。原来留下的那只年轻的母雁恋爱了，在这里它遇到了它的意中人——龙地的一只鸿雁。它们一见钟情，很快就坠入爱河，定下终身。鸿雁是这里的头雁，对它新来的恋人关爱有加，成天形影不离。不久，母雁开始下蛋，鸿雁格外照顾，不允许其他雁接近。母雁总计产蛋16枚，开始孵化，孵化时鸿雁始终陪伴在母雁的身边。经过一段时间，16只小雁终于出壳，而今在这龙地的雁群中，不但有它们的子女，而且已经有了它们的孙子辈了。

11月13日

螃蟹真狡猾，螃蟹真愚蠢。

初次钓螃蟹是在去年，也是在这个时候，在村边的沟里。那次先钓了一只，接着又有一只，可鱼竿提到一半时就脱钩了，也没有去想为什么。就在前几天，沟里的螃蟹忽然多了，一会儿就钓到几只，我开始注意螃蟹的钓法了。经过一段时间的摸索，我觉得螃蟹有螃蟹的钓法，虽然手机上也有人介绍，但还是实践出真知。

螃蟹很精，胆子小，警觉性高，一有动静，马上就跑。但螃蟹很凶猛，两只钳子很厉害，夹住东西就往嘴里送，你越要逃跑，它咬得越紧，一般不会放，掌握了它的这个吃食特点，再钓螃蟹就有了办法。螃蟹喜欢肉食，蚯蚓、蛆虫、死小鱼等都是很好的诱饵，对买来的配方诱饵也感兴趣，当然最好是用蚯蚓。

垂钓时，先打好窝料，大约半个小时就会有螃蟹来吃饵。一般有螃蟹时，很少有鱼在窝料边。钓螃蟹最好的诱饵是蚯蚓，挂饵和搓饵也行，但没有蚯蚓耐钓，螃蟹主要是用两个钳子夹饵，进食时可谓张牙舞爪。挂饵和搓饵容易散，留钩时间短。蚯蚓对螃蟹诱惑力大，容易引起螃蟹的兴趣，好挂钩并且不需要考虑蚯蚓大小，留钩时间长。

穿上诱饵，伸出鱼竿就可以垂钓。螃蟹咬钩时一般都在原地，很少拖动。用较长的子线钓，螃蟹咬钩时很难发现浮漂有动静，因此要注意在螃蟹较多时经常提一提鱼竿，将鱼线提起来看一看。如果鱼线很重，就说明有螃蟹咬钩了。无论浮漂有动静还是没有动静，要想钓螃蟹，那就不能像钓鱼那样提钩。钓螃蟹是有技巧的，在提钩时，一旦感觉下面有点重，有一种沉沉的感觉，你就要考虑是螃蟹了。这个重与鱼上钩时的手感不一样，钓上螃蟹时一般感觉不到线下有游动。提竿时要注意速度和用力。螃蟹的壳很硬，一般钩不到。螃蟹咬钩时，真正钓上来的很少，大多都是它在咬钩时，被鱼线绊住，你一提鱼竿，钩住了它的腿关节处，或钩住腹下嘴的进食处。

提钓螃蟹时，它的肢脚张开，水的阻力很大，如果你用力过猛，很可能会掉，如果用力不够，又容易脱钩。螃蟹进食时用两个大钳子夹住诱饵，你一提钩，它就放掉了。很多时候它的钳子夹住诱饵时浮漂有动静，但你不知道它是否正在往嘴里送，即使送进嘴里，你提钩时也容易脱钩，或者提到半竿时脱钩了，所以你要掌握好时间和力度。经常是你还没有提出水面，它就脱钩了；有时你刚提到水面，正要继续往上提时，扑通一声，它松口了，掉下水去；有时趁它还没有松口的瞬间，你迅速提竿顺势将它甩上来，等它松口时，已经掉在地上了；有时钩到了腿关节处，你就可以不用担心了，直到放进桶里，它也逃脱不了，但你得小心翼翼地摘下鱼钩，稍不注意就会被它前面的两只钳子夹住，那就够你痛苦的了。

钓螃蟹最好是带个较深的桶，这样方便摘钩和装蟹，而且螃蟹爬不出来。

今年，大概是附近养螃蟹的没有搞好防逃措施，沟里的螃蟹实在太多了，那几天每天钓上两个小时，总能钓到头十只螃蟹。个头虽然不是很大，但钓得很带劲，吃不了就送给邻居或带到城里。村里的人看到我钓了那么多的螃蟹，干脆在沟里下起了虾笼，五六个虾笼下去，碰巧的话也能装上几只。周围的几个钓鱼爱好者不知怎么知道了这里可以钓到螃蟹，带着午餐，来到这里，每次都能高兴而归。

12月24日

早上，站在书橱前翻阅张冠生的《晴耕雨读》，前面有余世存给他写的序。读着读着，忽然冒出一个感慨，眼前有这么多书，很多都没有打开，整整齐齐地摆在那里，实在有些惭愧。

记得小时候，见书如命，到处找书看，一拿到书就不放手，非到看完才罢，一部《小城春秋》两天看完。平时没有什么书看，见到一张报纸，都是从头到尾，一字不漏，连报缝也不放过。现在有这么多的书，却束之高阁不去看，很多书连包装的塑封纸都没有打开，想想这是怎么回事呢？是不是退休了就什么都不需要学习了？是不是自己已经知识饱和了，学不下去了？还是退休了，别的什么也要退了，连书也可以不看了？一时想起来实在感到不应该。尽管自己已退休，但实际自己无论过去在工作中还是在退下来后，都有一个知识恐慌的感觉，觉得很多东西对自己来说都是新知识，很需要学习，可就是静不下心来，看不进去味来。有时有短暂的冲动，但持续时间不长，热度不高，耐心不够，刚一会儿还兴致勃勃，一会儿就没有了激情。一本书，几页一翻，似懂非懂，也就不想再看下去，好像自己什么都懂，可细细想来，什么也不懂。

为什么会出现这种现象，自己也解释不清。每每拿起一本书，开头还有些兴致，读着读着就放下了，没有持之以恒的习惯了，没有一个问题问到底的韧性了。很多时候，看到前面什么，似乎对后面也有所了解了。很多时候一本书看了也就看了，头脑中只有一个模糊的东西，很难记起其中之精神，记忆力明显差了，读书就像一个过水的涵洞一样，水过了涵洞什么也没有留下。我有时有些气馁了，是读书方法有问题，还是记忆衰退，还是没有用心呢？我看是真的要总结一下，到了这个年龄是不是读书的方法要改变一下呢？我常常看到很多退下来的老同志还是精力不减，学习不辍，很是羡慕，为什么他们能够做到呢！

我在想，是不是自己过去的思维习惯的影响，我是一个问题思维的人，喜欢在别人的思维中发现问题，读书时常常是读着读着，受别人思维的影响自己的思维就开小差了，产生了新的想法，接着一直想到一个结，这时书中的情节也差不多忘记了。

如果说过去在某些方面是成功的，那也成功在此，但这种思维如此下去，失败也就失败在此，不能很好地吸收别人的东西，没有了过去工作的压力和环境影响，还是在过去的思维习惯中独步前行，要不很快就会落后于时代，要不很快就会出现老年痴呆。

现在在农村陪着老娘，大多时间是钓鱼，这似乎成为一种体育活动了，但过度的钓鱼，钓到了鱼，可能的结果是鱼愚了自己。一个人必须给自己一个目标，无论到什么年龄，为着这个目标不断努力，你才会不断地给自己充电给自己营养，一旦沉溺于一种放肆状态，肌肉和大脑都会放松，体力和智力都会衰退。

这个时候要有一个定位，不工作不等于不需要学习，学习不等于为工作。尽管你自己觉得你有很多很好的想法，而且是很正确的，甚至是前瞻性的，但不一定只有你一个人想得到，别人甚至远远超出你的想象，要记住山外有山，楼外有楼，外面人才多的是。你只能面对现实，做好自己的事，你的想法说得好听一点是建议，说得不好听就是干扰，要相信别人不比你差，很多方面远远超过了你，想到这一点，自己就不要自作多情了。

想想看，从中央到地方那么多那么大的领导，每一个都是人中豪杰，满腹经纶，到了年龄不也就退了吗？不都在安安静静地做自己喜欢的事吗？你算得了什么呢？随着年龄的增长，记忆力减退，知识跟不上时代，思维不如年轻人，体力下降，这是自然规律，你还有什么不安的呢？但书是一定要读的，不是为了什么满腹经纶，什么宏图大业，而是一种思想的旅游，时间的消遣，智力的运动，也是一种修身养性。读书没有功利性，读书是为了丰富自己的生活，提升自己的内涵。在读书中联想人生，回味人生，感悟人生，这是一种很高的境界修养。这个年龄的读书，不需要像过去那样，为了及时补充自己的知识能量，需要刻苦，需要知其然，需要到茫茫的书海中寻找答案。这个年龄的读书，可以根据自己的兴趣爱好，可以随心所欲，喜欢什么读什么，喜欢什么时候读就什么时候读，不急不累，没有时间的要求，没有任何压力，高兴时写点读后感，不高兴时扔在一边，也可不求知其所以然，随读随放，随翻随记，顺其自然。只要能读出快乐，读出健康，读出人生的道理，就是人生的最大收获。

尾声

借用李肇星部长在《远行的诗情》自序中的一段话：“这本小小集子能像一碗凉白开，喝起来方便；有的读者愿意，就喝上三两口，剩下的泼在地上也聊可增加一丝湿润。”

这个小册子，只是我在工作闲暇零零碎碎撮合起来的，个中感悟都是当时的所思所想，有些简单，有些肤浅，有些粗糙，甚至有些错误，但不管怎样，我还是把它如实地记录下来。我这个人对很多问题的看法，自觉比较客观，大多数时候喜欢运用辩证思维，而不是一边倒地看问题。人家说的问题，我一方面喜欢将其延伸，也就是顺着他的思路延伸思考，往往一延伸就会发现新的问题；另一方面我又喜欢逆向思维，从问题的另一面来考虑，往往问题就多了，这就引发了我对解决这些问题的思考，当按照原来的思路出现问题时，会出现什么情况呢？我常常思考很多，当有外界的经验给了我启示和灵感时，我很兴奋，会结合当时的实际，逐渐形成自己的观点，我认为很充实，有底气。所以很多时候我的观点虽然有些超前，但好像比较容易让人接受，这实际上不是我的什么能力，而是我的思维习惯形成的。我喜欢对问题进行延伸思考和逆向思维，延伸思考和逆向思维会给我带来很多新的发现，触发我在发现有关经验时产生联想的冲动和灵感，我的很多观点和论文也就是在这种思维状态下确定主题的。这种思维在我的实际工作中往往会表现为对问题考虑过多，有时有些瞻前顾后，谨慎有余，魄力不足，缺乏大刀阔斧的闯劲。

人啊，到了一定的年龄可能家乡情结更重。过去年轻的时候，总希望能够跳出农门，早早地离开农村。参加工作离开农村后，尽管家乡离得很近，时常也从家门口路过，但很少想到回家一趟，只是偶尔村里的同志过来有个什么事，从情理上接待一下，但也没有多交流。

随着年龄的增长，家乡情结与日俱增，想到外公一辈子在城市，到老了还是经常想到农村老家，甚至要母亲在我家老房子边盖一间给他住。我经常想到我也快要退休了，退休后的生活怎么过。大概是因为我离开农村很迟，对家乡的一草一木有着特别的情结，回到农村很快就能找回当年的感觉，很多熟悉的农活驾轻就熟，顺手拈来。从锻炼身体的角度来说，劳动是一个很好的锻炼形式。

说实话，我当时离开农村时，对家乡并没有什么好感，甚至觉得这里有很多不公，让我感到愤怒，然这些年过去了，一切早已被遗忘，唯有对家乡的那份情却日渐加深。偶尔回去见到家乡的父老乡亲，看到他们当年生龙活虎，而今已一个个满脸皱纹，老态龙钟，再想想自己，我发现人生就是一个圆，从一个原点出发，经过一辈子的努力，现又回到了原点，说变了也变了，说没变也没变，但对我来说，根没变，情没变。

村里大多数人家都在老宅上重新盖了新房，而且差不多都是两层的楼房。只剩几家老旧房子在老地方孤零零地立着，周围杂草丛生，显得有几分凄凉。有些人家是常年“铁将军”把门，只是每到春节的时候才有人回家一趟，有的已是全家外迁，还留下老宅，有的已是家无后人。

村子里的人不多，年轻人都外出打工了，剩下的都是上了年纪的老人。承包地也差不多让人家租赁挖塘养鱼蟹了，只有少数人家还有一些田地和菜地，很多地已经荒芜了。人家给了一小块菜地，土壤肥沃得很，用水又方便，撒上些种子，要不了多少天，绿油油的蔬菜就长出来了。就那么一小块儿地，种出来的蔬菜已经足够我们吃的了，有时还送给人家，多的也就浪费了。我们还在人家零星的荒地上种上花生，栽上山芋、玉米，在荒废的圩埂上点了几眼南瓜。土地真是宝，在农村只要勤快，你撂下什么就会有什么收获。家乡的人见了我说："你不怕累啊，何必吃那个苦？"其实我们并不在乎获得多少，而在乎从中得到体力的锻炼和劳动的乐趣，这一点也许只有像我们这样从农村到城市再回到农村的人才会有很深刻的感受。

农村精神文明和物质文明建设不是朝夕之功，农村进行全面小康建设，还有很多工作要做，农村基层组织建设还有很多课程。"示范"要能够推广，"示范"要按照"示范"的思路能全面普及开来，"示范"不能只是一个噱头，"示范"更不能靠"包装"，离开了"包装"就回卤，人一走茶就凉，手一放就倒下，那叫什么示范，那叫"作秀"。个别地方搞"示范"，就是"示而不范"，只在那一点，只在那一阶段，推广不开，站不长久。基层工作真的需要我们按照习近平总书记说的，要以踏石留印、抓铁留痕的精神，脚踏实地抓到底。

家乡是美的，家乡情结是真的，是不是每个人都有一种叶落归根的情怀，我不知道，但你对家乡的情结一旦被唤醒，那种感觉，那种情结就剪不断了。尽管农村条件还不是很好，但那种乡情让你魂牵梦绕，那种环境让你回味无穷，那种朴素略带酸涩的经历让你感悟很多。人生就是一个过程，不在于你曾经拥有多少，而在于你现在怎样。

那时我们这个村在县里一直都有名气，时常有领导来参观。村里集体经济比较发达，有农机厂、翻砂车间、棉花原种场，还有大小拖拉机四五台。两条纵贯南北的机耕路保证了每一块农田都能够实行机械化耕作，一条纵贯南北的排灌沟确保了每块农田灌溉到位，全村基本实现了机耕机收机运。1978年，农村实行家庭联产承包责任制，几天时间集体的耕地很快就分到户。我还记得，当时政策一下来，生产队还在我家开了一个社员会，讨论如何分地。大家初步意见是按人口，水田和旱地分开分，因为我们生产队的田地肥沃程度差不多，远近距离也相差不大，所以很快大家就达成了一致意见，然后确定从东到西的分田顺序。第二天队长、会计带着各家户主，拿着账本、卷尺、绳子，一家一户抓个阄，然后按照阄号，一块一块丈量，就这么简单，一天田就分好了。接着就是集体的耕牛、集体的稻种以及耕牛过冬的稻草、犁耙、水车、水泵、大盆等农具，最后就剩下仓库了。

也就是从那个时候起，大队集体经济慢慢地衰退了。最后集体资产没有了，连厂房都卖掉了，村集体什么也没有留下。原来一个集体经济还红红火火的村，一个过去在周围可以引以为豪的村，怎么这些年就变成这个样子？我离开家乡时间太长，也不知道到底是什么原因，更不好去评判，在看到华西集体经济和外地一些集体经济搞得好的村时，我常常为之惋惜。一个地方的发展要根据自身的条件和实际，实事求是，对于当时的我们村来说，完全可以走像华西村一样的共同富裕的道路，只可惜村里缺少一个睿智的领头人，缺少一个有远见的领头雁，能够有自己的思想、思路和理想信念，头脑清晰，敢作敢为，带领大家共同创业。

火车跑得快，全靠车头带。用好一个人，可以带动一个村，一个村搞得好不好，关键在于村干部选得好不好。一个有思想、有能力的村干部，可以为全体村民造福；一个缺乏能力、缺乏智慧的人当了村干部，不但会影响一个村的发展，还会危害一个地方。从这些年很多地方发展的经验来看，农村的发展最缺的是优秀的村干部。改革开放以来，一大批优秀的农村青年背井离乡，外出打工，农村优秀人才匮乏，很多地方的村干部找不到合适人选，只能“拉郎配”，“矮子当中选将军”。基层干部问题要从战略的高度来运筹，现在有的地方搞的村干部政策是一个良策，应发扬光大。另外，还要建立一个机制，消除城乡二元结构的传统观念，改变农村向城市单向的人才流动趋势，形成一个城乡双向流动的良性循环机制，使优秀的农村青年不但愿意留在农村，而且愿意扎根在农村，为新农村建设贡献才智。由于城乡差别的存在，要使优秀人才留在农村，发展农村，就必须在政策上进行突破，要在基层组织建设中有一个全新的理念，要有战略思维，创新基层组织建设新思路、新举措。人才的培养和使用是全面实施乡村振兴战略，切实解决“三农”问题，决胜全面建成小康社会的基础。

后记

子不嫌母丑，狗不嫌家穷。无论你走到哪里，讲到家乡总有一种温情的感觉；无论你是衣锦还乡还是穷困潦倒，回到家乡，总有一种归属感。有时，独自一人散步在家乡的田间小道，回忆家乡的过去，享受泥土的芳香，思绪在清风、明月、虫鸣、脚步中翻滚，你会不断地滋养精神，放飞思想，慢慢地品味人生百味，宁静地面对未来，最终慢慢地消失，就像天上陨落了星星一样，天空还如以前一样平静。

岁月不饶人。每每遇到村里的孩子和外出打工归来的年轻人，已经不知道他们叫什么名、干什么事的了。唐朝大诗人贺知章云：“少小离家老大回，乡音未改鬓毛衰。儿童相见不相识，笑问客从何处来。”而我呢，离开家乡时已是而立之年，况且我离家乡并不遥远，又是现代化、信息化发达的今天，倒还有那种“笑问客从何处来”的感觉。

参加工作几十年，这一路虽有些磕磕碰碰，半步半步走来，可回过头来，看看前前后后、左左右右，想想在风云变化中的兴与衰、在潮起潮落中的人和事，倒是心地坦然，自在其中，没有什么后悔，没有什么牵挂。人生就是一个过程，在这个过程中，你不可能预测未来。有些你可以改变，有些你无法改变，改变未必就好，没有改变未必就坏，每一个改变都在改变着你的未来。人生没有假如，你选择了什么路，你就得按照这条路的规律走下去，你不按照这条路的规律去走，就会违背规矩，就会成为这条路上的失败者。有时正是这个失败，使你重新认识或者发现了自己，或者激发了你潜在的智慧和能力，从而使你成熟起来，最后走向另一条适合你的路。这就是对有些人来说，失败是成功的开始，正是这个失败给了他重新认识、重新选择的机会，让他选择了一条适合自己，并能够充分发挥自己的路。同样，对有些人来说，这个失败，也许成了他前进中的阴影、一辈子的包袱，让他在以后的工作中畏首畏尾，找不到自己，迷失了方向，从此信心不在，自暴自弃，选择沉沦。很多人不是不优秀，而是思路不对，发展的方向不对，选择了一条并不适合自己的路一直去走。人生没有什么以后的选择，只有现实的选择，对错在一念间。所以，人生中的每一个节点都十分重要，有些人靠自悟，有一种先知先觉的感觉，在每一个节点都能够很好地把握机遇；有些人在关键时刻有“高人”指点，所谓“高人”，就是见识、经历、悟性高人一筹的人。然而对于人生，平平淡淡才是真，每一个人都有一个自己的定位，努力了奋斗了，就不后悔。财富、名誉、地位都是浮云，离开了人这个主体，什么都没有了。我有时在想，孩子大了，成家立业了，分享我们这一辈创造的财富，对他们来说，到此也该结束了；如果他们还需要我们的支持，那就说明他们没有这个能力，既然没有这个能力，我们今天可以支持，但明天我们老了，他们怎么办？所以还得靠他们自己。如果他们不需要我们的支持，说明他们自己有这个能力，我们又何必要更多的财富呢？古人云：“养儿胜似父，要钱干什么？养儿不如父，要钱干什么？”财富、名誉、地位都是身外之物，人不可能不为之，为之生存之需，快乐之需，幸福之需，足矣；凡事有度，超过了这个度，将会反累其身。我想子女已经能够自食其力，远在他方，而且发展之路远远超出我们的想象，我们不必去为之担忧，而我们最担忧的应该是自己了，到了这个年龄，一切的一切，就是一句话，身体要健康，在有生之年，能够健健康康地活着，比什么都重要，终有一天驾鹤西去，那也是人生的规律，谁也抗拒不了。